Karen Marie Moning

MAGIC HIGHLANDERS III

Karen Marie Moning

EL TOQUE DEL HIGHLANDER

RBA

Título original: *The Highlander Touch*
Traducción: Jorge Fondebrider

Diseño de cubierta: Adland Comunicació

ISBN: 978-84-473-6410-7
Depósito legal: B-31890-2009

Impreso por PRINTER

Impreso en España - Printed in Spain

Para el amor de...

Soy el alegre vagabundo de la noche.
Bromeo con Oberón y le hago sonreír...

William Shakespeare,
Sueño de una noche de verano

Prólogo

Highlands de Escocia,
Castillo Brodie, 1308

Adam Black se materializó en el salón.

Silenciosamente, observó al imponente guerrero que se paseaba delante del fuego.

Circenn Brodie, terrateniente y señor de Brodie, exudaba el magnetismo del hombre nacido no sólo para existir en el mundo, sino para conquistarlo. «El poder nunca fue tan seductor —pensó Adam—, excepto, quizás, en mí.»

Su objeto de estudio se volvió, sereno, ante la silenciosa presencia de Adam.

—¿Qué es lo que quieres? —dijo Circenn.

A Adam no le sorprendió el tono de voz. Había aprendido hacía tiempo a no esperar buenas maneras, especialmente de ese señor de las Highlands. Adam Black, el aburridísimo bufón de la corte de la Reina de las Hadas, era un fastidio que Circenn soportaba de mala gana. Acercando al fuego una silla de una patada, Adam se instaló a horcajadas, con los brazos descansando sobre el respaldo de listones.

—¿Es eso lo único que tienes que decirme después de meses de ausencia?

—Sabes que detesto cuando te apareces sin aviso. Y en cuanto a tu ausencia, he disfrutado de mi buena fortuna —dijo Circenn, volviéndose hacia el fuego.

—Si me hubiera ido por mucho tiempo, me habrías echado de menos —le aseguró Adam, estudiando cuidadosamente su perfil.

«Esta poderosa bestia parece un pecador», pensó, «y sin embargo se conduce con mucho decoro.» Si Circenn Brodie iba a parecerse a un guerrero picto salvaje, entonces, por Dagda, él se comportaría como uno.

—Te habría echado tanto de menos como a un agujero en mi escudo, a un jabalí en mi cama o un fuego en mis establos —dijo Circenn—. Vuelve la silla y siéntate como una persona educada.

—Ah, pero no soy ni educado ni persona, de modo que no esperarás que me adapte a tus requerimientos. Me estremezco al pensar en lo que harías sin todas esas reglas que tienes para llevar una existencia «normal», Circenn.

Circenn se puso tenso y Adam sonrió, extendiendo una graciosa mano hacia una criada que se ocultaba entre las sombras en el perímetro del gran salón. Inclinó la cabeza, dejando que sus cabellos oscuros y sedosos cayeran sobre sus hombros.

—Ven.

La criada se aproximó, mirando alternativamente a Circenn y a Adam, como si no estuviera segura de cuál de los dos hombres era el más amenazador. O el más atractivo.

—¿Les puedo servir algo, milords? —dijo en tono vacilante.

—No, Gillendria —respondió Circenn, indicándole con un ademán que se marchara—. Vete ya a la cama. La hora del duende ha pasado hace rato. —Y después agregó, dirigiéndole una mirada sombría a Adam—: Y mi invitado no tiene necesidades que yo quiera satisfacerle.

—Sí, Gillendria —dijo Adam—. Hay muchas formas en las que me puedes servir esta noche. Me proporcionará un enorme placer enseñártelas todas. Ve a tu cuarto hasta que los hombres terminemos de hablar. Me reuniré contigo allí.

La criada abrió los ojos de par en par mientras se apresuraba a obedecer.

—Deja a mis criadas en paz —ordenó Circenn.

—No las dejo embarazadas —dijo Adam con su sonrisa más insolente.

—No es eso lo que me preocupa, sino que una vez que terminas con ellas quedan como tontas.

—¿Como tontas? ¿Quién fue el tonto esta noche?

Circenn se puso tenso, pero no respondió.

—¿Dónde están los objetos consagrados, Circenn? —preguntó Adam, con un destello travieso en los ojos.

Circenn le dio la espalda al duende.

—Los protegiste, ¿no es cierto? —preguntó Adam—. No me digas que los perdiste —reprendió a Circenn ante el silencio de éste.

Circenn se volvió hacia él con gesto de desafío, las piernas abiertas, la cabeza ladeada, los brazos cruzados. La posición usual que adquiría cuando estaba furioso.

—¿Por qué pierdes el tiempo preguntándome cosas que ya sabes?

Adam se encogió de hombros elegantemente y respondió:

—Porque los que escuchan a escondidas no podrán seguir esta espléndida saga si no hablamos en voz alta.

—Nadie escucha a escondidas en mi castillo.

—Me olvidaba —susurró Adam—: nadie se porta mal en el castillo Brodie. Siempre pulcro, siempre disciplinado, el perfecto castillo Brodie. Me aburres, Circenn. Ese dechado de compostura que finges ser es un desperdicio para la fina alcurnia que te dio origen.

—Terminemos con esta conversación, ¿quieres?

—De acuerdo —dijo Adam—. ¿Qué fue lo que pasó esta noche? Los templarios iban a encontrarte en Ballyhock. Iban a confiarte los objetos consagrados. He oído que sufrieron una emboscada.

—Has oído bien —dijo Circenn.

—Comprendes lo importante que es que a los templarios se les dé asilo en Escocia ahora que han sido disueltos, ¿verdad?

—Por supuesto que lo comprendo —gruñó Circenn.

—¿Y lo importante que es el que los objetos consagrados no caigan en manos equivocadas?

Circenn hizo caso omiso de la pregunta de Adam con un movimiento de impaciencia de la mano.

—Los cuatro objetos consagrados se encuentran a salvo. En el momento en que sospechamos que los templarios serían sitiados, la lanza, el caldero, la espada y la piedra fueron enviados de vuelta a Escocia, a pesar de la guerra. Es mejor que queden en un país dividido que con los perseguidos templarios, cuya orden corre serio peligro. Así pues, los objetos consagrados se encuentran a salvo.

—Excepto por el frasco, Circenn —puntualizó Adam—. ¿Qué pasó con él? ¿Dónde está?

—El frasco no está consagrado —dijo Circenn, evasivo.

—Lo sé —dijo Adam con aspereza—, pero el frasco es un objeto sagrado de nuestra raza y, si cayera en manos equivocadas, todos estaríamos en peligro. Repito: ¿dónde está el frasco?

Circenn se echó el cabello hacia atrás. Adam quedó deslumbrado por la sensual majestad de ese hombre. Su sedoso cabello negro estaba atrapado entre unos dedos elegantes, revelando una cara compuesta de planos fuertes, una mandíbula tallada con cincel y cejas oscuras. Tenía la tez olivácea, ojos intensos y el temperamento dominante de sus ancestros Brude.

—No lo sé —dijo Circenn finalmente.

—¿No lo sabes? —dijo Adam, imitando su acento, consciente de que Circenn debía de sentirse como un tonto al admitirlo. Nada estaba nunca fuera del control del señor de Brodie. Reglas y más reglas gobernaban a todo y a todos en el mundo de Circenn—. ¿Un frasco que contiene un elixir sagrado, creado por mi raza, desaparece de entre tus manos y no sabes dónde está?

—La situación no es tan seria, Adam. No es que esté permanentemente perdido. Piensa que es como si... estuviera temporalmente fuera del lugar que pronto volverá a ocupar.

Adam enarcó una ceja.

—Estás cortando un pelo con un hacha... Las hábiles evasivas son arte de mujer, Brodie. ¿Qué ocurrió?

—Ian estaba cargando el cofre donde estaba el frasco. Cuando empezó el ataque, yo estaba en el ala sur del puente, esperando a que Ian lo cruzara desde el norte. Recibió un golpe en la cabeza y cayó al río. La corriente le arrebató el cofre...

—¿Y dices que la situación no es tan mala? Ahora, el cofre podría tenerlo cualquiera. ¿Te gustaría que el rey de los ingleses le echara mano a ese frasco? ¿Entiendes acaso el peligro que ello representaría?

—Claro que sí. Nada de eso sucederá, Adam —repuso Circenn—. Puse un *geasa* sobre el frasco. No caerá en otras manos porque, en el momento en que sea descubierto, me será devuelto.

—¿Un *geasa*? —bramó Adam—. Magia de pacotilla... Un verdadero duende sencillamente lo habría hecho salir del río.

—No soy el enemigo. Soy un escocés Brude y estoy orgulloso de ello. Considérate afortunado de que le haya echado un conjuro a la cosa. Sabes que no soy aficionado a los métodos de los druidas. Los sortilegios son impredecibles.

—¿Cuál ha sido la inteligente invocación que elegiste, Circenn? —preguntó Adam suavemente—. Habrás elegido bien tus palabras, ¿no?

—Claro que sí. ¿Acaso crees que no aprendí absolutamente nada de los errores pasados? En el momento en que se abra el cofre y una mano humana toque el frasco, éste volverá a mí. Le eché un conjuro bien específico.

—¿Especificaste si el frasco volvería a ti por sí solo? —preguntó Adam, repentinamente divertido.

—¿Qué? —dijo Circenn y se lo quedó mirando sin comprender.

—El frasco. ¿Consideraste acaso que, si usabas un conjuro vinculante, el mortal que tocase el frasco podría ser transportado junto con él? —Circenn cerró los ojos y se frotó la frente—. Empleaste un conjuro vinculante —agregó Adam con un suspiro.

—Empleé un conjuro vinculante —admitió Circenn—. Era el único que sabía —añadió a la defensiva.

—¿Y de quién es la culpa? ¿Cuántas veces rechazaste el honor de adiestrarte con mi gente? Y la respuesta es sí, Circenn, el hombre será traído ante ti por el conjuro vinculante. Tanto el hombre como el frasco se presentarán ante ti.

Circenn mascultó su frustración.

—Y, entonces, ¿qué crees que harás con el hombre cuando llegue? —preguntó Adam.

—Interrogarlo y después devolverlo a su hogar a toda prisa.

—Lo matarás.

—Sabía que dirías eso, Adam. Puede que él ni siquiera entienda de qué se trata. ¿Qué pasaría si un hombre inocente encontrara el cofre en la orilla de un río?

—Lo que pasaría es que matarías a un inocente —respondió Adam con toda tranquilidad.

—No haré tal cosa.

Adam se irguió con la graciosa seguridad de una serpiente que se dispone a dar el golpe de gracia. Atravesó el espacio en dirección a Circenn y se detuvo muy cerca de éste.

—Lo harás —dijo con calma—. Porque lanzaste un conjuro estúpidamente, sin medir las consecuencias. Aquel que llegue con el frasco lo hará en medio del escondite de los templarios. Tu conjuro traerá al hombre, inocente o no, a un lugar donde sólo pueden entrar tus guerreros fugitivos. ¿Crees acaso que podrás, sencillamente, dejarlo marcharse con un saludo y la promesa de que no hablará de la cuestión? «Por favor, extraño, no menciones que la mitad de los templarios que faltan se quedaron a vivir entre mis muros, y no dejes que te tiente el precio que les pusieron a sus cabezas» —añadió—. Así que lo matarás, porque consagraste tu vida a poner a Robert Bruce firmemente en el trono, y prometiste no correr riesgos innecesarios.

—No mataré a un hombre inocente.

—Lo harás, y si no lo haces tú, lo haré yo. Y sabes que tengo por costumbre jugar con mis presas.

—Torturarías a un inocente hasta matarlo —dijo Circenn, y no era una pregunta.

—Ah, me has entendido. Tus opciones son sencillas: o lo haces tú o lo hago yo. Elige.

Circenn buscó los ojos del duende. «No pretendas compasión. Carezco de ella», fue el mensaje que leyó. Al cabo de un momento prolongado, Circenn inclinó la cabeza.

—Seré yo quien se haga cargo del portador del frasco.

—Serás tú quien mate al portador del frasco —insistióAdam—, o lo haré yo.

—Mataré al hombre que traiga el frasco —dijo Circenn con furia—. Pero se hará a mi modo. Sin dolor y con rapidez, y tú no interferirás.

—Muy bien —dijo Adam, retrocediendo un paso—. Júralo por mi raza. Júralo por los Tuatha Dé Danann.

—Lo haré con una condición: a cambio de la promesa que ahora te hago, no volverás a ensombrecer mi puerta sin invitación, Adam Black.

—¿Estás seguro de que eso es lo que quieres? —preguntó Adam, apretando los labios en señal de disgusto.

Circenn había vuelto a cruzar los brazos, mostrando una actitud furiosa. «¡Qué guerrero glorioso, oscuro ángel. Podrías haber sido mi aliado más poderoso!»

—Eso es lo que quiero.

Adam inclinó la cabeza; una sonrisa burlona se insinuaba en las comisuras de sus labios.

—Sea entonces lo que pediste, Brodie, hijo de los reyes Brude. Ahora jura.

Para salvar a un hombre de una muerte penosa en manos del duende, Circenn Brodie se arrodilló y juró por la raza más antigua de Escocia, los Tuatha Dé Danann, que él cumpliría con su promesa de matar al hombre que llegara con el frasco. Luego suspiró aliviado, mientras Adam Black, el *sin siriche du*, el más negro de los elfos, desaparecía para no volver a oscurecer la puerta de Circenn porque éste, seguramente, jamás le volvería a extender una invitación, aun si viviera mil años.

Cayendo...

Arriba y abajo, arriba y abajo,
Los llevaré arriba y abajo
Me temen en el campo y la ciudad.
El duende los lleva arriba y abajo.

WILLIAM SHAKESPEARE,
Sueño de una noche de verano

1

El presente

—¡Eh, mire por dónde va! —gritó Lisa, mientras el Mercedes dejaba atrás a un taxista holgazán y pasaba peligrosamente cerca del bordillo de la acera donde ella estaba, salpicando de agua sucia sus tejanos.

—¡Quítate de la calle, idiota! —bramó el conductor del Mercedes a su teléfono móvil. Lisa estaba lo bastante cerca como para oírle decir al teléfono—: No, tú no. Parece una indigente. Cuando uno piensa que paga los impuestos —añadió, y su voz se desvaneció a medida que se marchaba.

—¡No estaba en la calle! —le gritó Lisa, calzándose la gorra de béisbol. Luego sus palabras se fueron apagando. «¿Indigente? Santo Dios, ¿eso es lo que parezco?» Y echó una mirada a sus tejanos gastados, raídos y deshilachados en los dobladillos. Su diminuta camiseta, aunque blanca, estaba gastada a causa de los cientos de lavados. Tal vez la gabardina hubiera conocido mejores días algunos años antes de que ella la comprara en la tienda de segunda mano Sadie, pero aún la ayudaba a mantenerse seca. Una de sus botas tenía un agujero, pero el conductor del Mercedes no lo podía haber visto porque estaba en la suela. El agua helada de los charcos le entraba en la bota, empapándole el calcetín. Movía incómoda los dedos del pie y se dijo que nuevamente tendría que arreglar la bota con cinta adhesiva. Pero ¿de verdad parecía una indigente? Estaba escrupulosamente limpia, o, al menos, lo había estado antes de que el Mercedes pasara a toda velocidad junto al bordillo.

—Lisa, no tienes pinta de indigente —le dijo la indignada voz de Ruby, interrumpiendo sus pensamientos—. Es un idiota pomposo que cree que el que no conduce un Mercedes no merece vivir.

Lisa miró a Ruby con una sonrisa de agradecimiento. Ruby era la mejor amiga de Lisa. Todas las noches hablaban mientras esperaban juntas el bus que iba a la ciudad, donde Lisa trabajaba en tareas de limpieza y Ruby cantaba en un club del centro.

Lisa observó el atuendo de Ruby con desazón. Debajo de la gabardina clásica color gris paloma, Ruby llevaba un deslumbrante vestido negro adornado con un rosario de perlas. Los sensuales zapatos con tiras permitían ver las cuidadas uñas de los pies (zapatos que costarían lo que consumían Lisa y su madre durante todo un mes). Ningún hombre se permitiría salpicar con su coche a Ruby Lanoue. Y cuando Lisa se viera así, tampoco a ella. Pero sí ahora, que estaba tan endeudada que ni siquiera podía imaginarse una salida.

—Y sé que ni siquiera le echó una buena mirada a tu rostro —añadió Ruby, frunciendo la nariz, irritada por el conductor que hacía rato se había alejado—. Si lo hubiera hecho seguramente se habría detenido para disculparse.

—¿Porque me veía tan deprimida? —preguntó Lisa irónicamente.

—Por lo bella que eres, cariño.

—Sí. Claro —dijo Lisa, y si había algún rastro de amargura Ruby lo ignoró tácticamente—. No importa. No era que estuviera intentando impresionar a nadie.

—Pero podrías hacerlo. No tienes idea de cómo te ves, Lisa. Seguro que era gay. Es la única razón por la cual un hombre podría perderse a una mujer tan guapa como tú.

Lisa sonrió débilmente.

—Nunca te das por vencida, ¿eh, Ruby?

—Lisa, eres bella. Sigue mis consejos. Quítate esa gorra y déjate el cabello suelto. ¿Por qué crees que Dios te dio esa magnífica cabellera?

—Me gusta mi gorra —dijo Lisa, y se hundió hasta las cejas la gorra de los Cincinnati Reds, como si temiera que Ruby fuera a quitársela—. Papi me la compró.

Ruby se mordió el labio interior, vacilando, y a continuación frunció el ceño.

—No puedes esconderte debajo de esa gorra para siempre. Sabes lo mucho que te estimo, y sí —agregó haciendo señas de que Lisa no protestara incluso antes de que la protesta llegara a sus labios—, sé que tu madre se está muriendo, pero eso no significa que tú te encuentres en el mismo estado, Lisa. No puedes dejar que eso te venza.

La expresión de Lisa se volvió inescrutable.

—¿Con qué canción empezarás tu actuación de esta noche, Ruby?

—No intentes cambiar de tema. No dejaré que te rindas —dijo amablemente Ruby—. Tienes tanta vida por delante, Lisa... Vas a sobreponerte a esto.

Lisa evitó la mirada de su amiga.

—¿Será eso lo que quiero? —murmuró Lisa, pateando el bordillo de la acera. A su madre, Catherine, le habían diagnosticado cáncer hacía unos meses. El diagnóstico había llegado demasiado tarde, y ahora era poco lo que podía hacerse, salvo animarla para que se sintiera lo mejor posible. «Seis meses, tal vez un año», habían dicho los médicos cautelosamente. «Podemos intentar con métodos todavía en experimentación, pero...» El mensaje era claro: Catherine iba a morirse de todos modos.

Su madre se había negado, con férrea determinación, a ser objeto de métodos todavía en experimentación. Pasar los últimos meses de su vida en un hospital no era el final que querían Catherine o Lisa. Lisa se las había apañado para acondicionar la casa a las circunstancias, y ahora el dinero, que siempre había sido escaso, lo era aún más.

Desde el accidente de coche, que cinco años atrás había dejado inválida a su madre y que le había costado la vida a su padre, Lisa había estado trabajando en dos lugares. Con la muerte de su padre, su vida había cambiado de la noche a la mañana. A los dieciocho años había sido la hija querida de padres ricos y formaba parte de la elite de Cincinnati, donde vivía, con un futuro brillante y seguro por delante. Veinticuatro horas después, la noche de su graduación de la escuela preparatoria, su vida se convirtió en una pesadilla de la que no había podido despertar. En lugar de ir a la universidad, Lisa había empezado a trabajar como camarera y luego había conseguido un empleo nocturno. Lisa sabía que, una vez que su madre muriese, continuaría con las dos ocupaciones, tratando de pagar las astronómicas cuentas de los médicos que se habían acumulado.

Al recordar las recientes instrucciones de su madre a propósito de que la incineraran ya que eso era menos caro que un entierro, se estremeció. De pensar demasiado en ese comentario se descompondría allí mismo, en la parada del autobús. Comprendía que su madre estaba tratando de ser práctica, que intentaba minimizar los gastos para que Lisa tuviera alguna oportunidad en la vida, una vez que ella hubiese muerto, pero, en la intimidad de su alma, la perspectiva de vivir sola, sin su madre, le resultaba muy poco agradable.

Esa semana, Catherine había empeorado de manera inapelable, y Lisa había recibido una bofetada en el rostro ante la evidencia dolorosa de que nada podía hacer para mitigar el sufrimiento de su madre. Sólo cesaría con la muerte. La gama de emociones que venía experimentando le resultaba apabullante. A veces se sentía furiosa para con el mundo en general; en otras ocasiones, habría ofrecido su alma a cambio de la salud de su madre. Pero los peores momentos tenían lugar cuando, por debajo de la pena, aparecía una punzada de resentimiento. Esos días eran los peores, porque con el resentimiento también venía la aplastante carga de culpa que la hacía consciente de lo ingrata que era. Muchas personas no habían tenido la suerte de querer a sus madres durante tanto tiempo como ella había querido a la suya. Mucha gente tenía mucho menos que Lisa: «la mitad», habría dicho Catherine.

Cuando subieron al autobús, Ruby hizo que Lisa se sentara a su lado y mantuvo una conversación jovial, con la intención de levantarle el ánimo. No funcionó. Lisa se desconectó, intentando no pensar en nada (y, por cierto, no en el «después»). El ahora ya era lo bastante negro.

«¿Cómo he llegado a esto? Dios, ¿qué le ha ocurrido a mi vida?», se preguntó, frotándose las sienes. Más allá de las ventanillas del autobús que iba al centro de Cincinnati, la helada lluvia de marzo volvió a caer, desplegando capas uniformes de color gris.

Mientras entraba en el museo, Lisa respiró hondo. En medio del silencio sepulcral, sintió que la envolvía una cierta paz. Las vitrinas de vidrio engalanaban suelos de mármol que habían sido esmeradamente lustrados y que reflejaban las luces suaves de los apliques de las paredes. Antes de acceder a su santuario, se detuvo para sacudirse cuidadosamente las botas mojadas sobre el felpudo. Ninguna pisada húmeda echaría a perder ese suelo sacrosanto.

Lisa había estado famélica de estímulos intelectuales desde su último día en la escuela preparatoria, hacía cinco años, e imaginaba que el museo le hablaba seductoramente al oído sobre cosas que nunca experimentaría: lujo, climas exóticos, misterio, aventura. Cada noche esperaba el momento de ir a trabajar, a pesar de haber pasado un día agotador sirviendo mesas. Le encantaban los techos abovedados con sus mosaicos pintados de colores brillantes, que describían famosas sagas. Podía trazar con todo detalle los menores matices de las últimas adquisiciones. Podía recitar de memoria los rótulos: cada batalla, cada conquista, cada héroe o heroína más grandes que la vida misma.

Ya secas las botas, colgó su gabardina en la puerta y se dirigió velozmente, más allá de las primeras vitrinas, al ala medieval. Pasó los dedos sobre la placa que había en la entrada, trazando el contorno de las letras doradas:

QUE LA HISTORIA SEA SU PUERTA MÁGICA AL PASADO.
NUEVOS Y EXCITANTES MUNDOS
LE ESTÁN ESPERANDO.

Una sonrisa irónica se dibujó en sus labios. Podría usar una puerta mágica hacia un nuevo mundo: uno en el que pudiera asistir a la universidad cuando todos sus compañeros de la preparatoria hubiesen partido a toda carrera, con sus flamantes equipajes para conocer nuevos amigos, dejándola atrás envuelta en el polvo de las esperanzas y los sueños rotos. ¿Universidad? ¡Bang! ¿Fiestas, amigos? ¡Bang, bang! ¿Padres que vivirían para verla crecer y quizá casarse? ¡Bang!

Miró su reloj y enterró el sufrimiento en un arrebato de actividad. Trabajando rápidamente, barrió y limpió el ala hasta que quedó inmaculada. Quitar el polvo a lo que se exponía era un placer que saboreaba, pasar la mano por tesoros de manera en la que ningún guardián se lo habría permitido. Tal como era su costumbre, se reservó el despacho del director Steinmann para el final. No sólo él era el más meticuloso, sino que a menudo tenía allí nuevas e interesantes adquisiciones para ser catalogadas antes de ser dispuestas en vitrinas. Podía haberse pasado horas errando por el silencioso museo, estudiando las armas, las armaduras, las leyendas y las batallas, pero Steinmann mantenía la estricta política de que ella abandonase el museo a eso de las cinco de la mañana.

Mientras devolvía los libros a sus lugares en las estanterías de caoba que cubrían el despacho, Lisa ponía los ojos en blanco. Steinmann era un hombre pomposo y condescendiente. Recordó que cuando terminó su primera entrevista ella se había puesto de pie y le había ofrecido la mano y Steinmann se había quedado mirándola con disgusto. Luego, con voz dura, le informó que la única evidencia que quería de su presencia nocturna era que las oficinas quedaran impecablemente limpias. Prosiguió recordándole el «toque de queda» de las cinco de la mañana de manera tan enérgica que ella se sintió como una Cenicienta, segura de que Steinmann la convertiría en algo peor que una calabaza si por casualidad no abandonaba el museo a tiempo.

A pesar de la grosera despedida, estaba tan eufórica por haber conseguido el trabajo que dejó que su madre le hablara de salir con Ruby para una tardía cena de cumpleaños. Al recordar ese fiasco, Lisa cerró los ojos y sollozó. Al cabo de la cena, se había quedado al lado de la barra esperando el resto para que ella y Ruby pudieran jugar una partida de billar. Se le acercó un hombre apuesto y bien vestido. Galanteó con ella y Lisa se sintió especial por unos instantes. Cuando él le preguntó en qué trabajaba, ella respondió orgullosa que en un museo. Bromeando, quiso saber más: «¿Directora? ¿Administrativa? ¿Guía?»

—Hago la limpieza por la noche —dijo—. Y durante el día, sirvo en el First Watch.

Un instante después, él se excusó y partió. Se sintió humillada y se quedó esperando en la barra a que Ruby acudiera en su rescate.

Al recordar el desaire, Lisa pasaba el trapo por las estanterías y lo sacudía furiosa sobre el gran globo que había en un rincón del despacho, molesta por que el incidente todavía le molestara. No había nada de que sentirse avergonzada; era una persona responsable y entregada a su trabajo, y no era una estúpida. Su vida se había visto restringida por responsabilidades que se le habían impuesto y, al hacer un análisis final, sentía que se las había arreglado bastante bien.

Paulatinamente la ira fue cediendo a la oleada del siempre presente agotamiento que, por lo general, la energía nerviosa mantenía constantemente a raya. Desplomándose sobre un sillón que había delante del escritorio de Steinmann, acarició el cuero suave y esponjoso, relajándose. Entonces advirtió un cofre de apariencia exótica en un rincón del escritorio. No lo había visto antes. Medía unos tres palmos de largo por medio palmo de ancho. Hecho de ébano africano profusamente lustrado, con los bordes tallados reproduciendo nudos de manera exquisitamente detallada, era obviamente una nueva adquisición. De manera contraria a su costumbre, Steinmann no lo había guardado en la vitrina donde almacenaba los nuevos tesoros que esperaban a ser catalogados.

¿Por qué habría dejado una reliquia tan valiosa sobre su escritorio? Lisa, concentrada, trataba de adivinarlo con los ojos cerrados. Descansó durante unos instantes. Mientras lo hacía, se animó a fantasear por un instante: era una mujer económicamente independiente que vivía en una casa hermosa y su madre gozaba de buena salud. Tenía muebles tallados a mano y sillones cómodos. Tal vez, un novio...

Imaginándose el lugar perfecto en su casa soñada para el encantador cofre de caoba, Lisa se quedó dormida.

—Debería haberme llamado apenas llegó —dijo enfadado el profesor Taylor.

Steinmann condujo al profesor más allá de las vitrinas en dirección a su despacho.

—Llegó ayer, Taylor. Nos lo enviaron de inmediato desde la excavación. El hombre que lo encontró se negó a tocarlo, ni siquiera quiso sacarlo de la tierra —dijo Steinmann. Hizo una pausa y añadió—: Hay una maldición grabada sobre la tapa del cofre. A pesar de que está en gaélico antiguo, ese hombre entendió lo suficiente como para percibir lo que decía. ¿Ha traído guantes?

Taylor asintió.

—Y pinzas para manipular el contenido. ¿Aún no lo ha abierto?

—No he conseguido hallar el mecanismo que abre la tapa —dijo Steinmann con aspereza—. Inicialmente, no estaba seguro de que se abriría. Parece estar hecho en una única pieza de madera.

—Hasta que el laboratorio lo examine, para manipular todo usaremos las pinzas. ¿Dónde ha dicho que lo encontraron?

—Enterrado cerca de la orilla de un río en las Highlands de Escocia. El granjero que lo desenterró estaba quitando piedras del cauce para levantar un muro.

—¿Cómo demonios lo hicieron para sacarlo del país? —preguntó Taylor.

—El granjero llamó al conservador de una pequeña firma de antigüedades de Edimburgo que, casualmente, me debía un favor.

Taylor no presionó para obtener mayores informaciones. El traspaso de reliquias invaluables a las colecciones privadas lo enfurecía, pero no tendría sentido distanciarse de Steinmann antes de tener la oportunidad de estudiar el cofre. Taylor estaba obsesionado con toda clase de cosas celtas, y cuando Steinmann lo llamó para discutir a propósito de una pieza medieval inusual, Taylor apenas pudo arreglárselas para ocultar su interés. Revelárselo sólo habría servido para darle a Steinmann poder de manipularlo, y cualquier tipo de poder en las manos del director era algo peligroso.

—Estúpida muchacha —murmuró Steinmann cuando entraron en esa ala del museo—. ¿Ha visto? Dejó nuevamente encendidas las luces.

Por debajo de la puerta de su oficina se veía una delgada línea de luz.

Lisa se despertó abruptamente, sin saber dónde estaba o qué era lo que la había despertado. Entonces oyó voces de hombres en el pasillo que conducía al despacho.

Poniéndose rápidamente en movimiento, Lisa se puso de pie de un salto y le echó una mirada aterrada a su reloj. Eran las cinco y veinte de la mañana... ¡Perdería el trabajo! Instintivamente se dejó caer al suelo y, mientras lo hacía, se dio un golpe en la sien con la punta del escritorio. Con un gesto de dolor, se arrastró debajo del escritorio, mientras oía la llave en la cerradura, y luego la voz de Steinmann:

—Es imposible tener colaboradores decentes. Esa chica inútil ni siquiera trabó la puerta. Lo único que debía hacer era apretar el botón. Hasta un niño podría hacerlo.

Mientras los hombres entraban en el despacho, Lisa, hecha un ovillo, se acurrucó en silencio. Respiró con cautela y llevó las rodillas hacia atrás. Los zapatos de Steinmann tenían unos adornos colgantes cubiertos del barro de la reciente lluvia. Le costó poner en juego toda su fuerza de voluntad para no extender la mano y limpiar las ofensivas motas de tierra de la alfombra.

—Qué detalle asombroso. Es bello —dijo la segunda voz en un murmullo.

—¿Verdad que sí? —coincidió Steinmann.

—Aguarde un segundo, Steinmann. ¿Dónde dijo que encontraron el cofre?

—Debajo de una acumulación de rocas, cerca de la orilla de un río en Escocia.

—Eso es absurdo. ¿Cómo es posible que los elementos no lo afectaran? El ébano es una madera resistente, pero en absoluto incorruptible. Este cofre está como nuevo. ¿Ya lo han datado?

—No, pero mi fuente en Edimburgo le tiene una fe ciega. ¿Puede abrirlo, Taylor? —preguntó Steinmann.

Hubo una especie de crujido. Un murmurado «Veamos... A ver cómo funcionas, cosita misteriosa...».

Debajo del escritorio, Lisa apenas se atrevió a respirar durante el prolongado silencio que siguió.

—¿Tal vez esto? —dijo finalmente Taylor—. Quizás este pequeño cuadrado que se levanta... ¡Ah, ya está! He visto esto antes. Es un pestillo a presión. —El cofre hizo un ruido desvaído—. Fue sellado —observó—. Mire, Steinmann. Ese mecanismo de pestillo es brillante, y ¿ve la resina gomosa que sella los canales internos de la madera donde se entrelazan las juntas? ¿No le asombra que nuestros ancestros se las ingeniaran para crear mecanismos tan inteligentes? Algunas de las cosas que he visto simplemente desafían...

—Corra la tela y veamos qué hay debajo de ella, Taylor —le cortó Steinmann.

—Pero, al manipularla, la tela se puede desintegrar —protestó Taylor.

—No hemos llegado hasta aquí para dejar el cofre sin examinarlo —dijo Steinmann ásperamente—. Corra la tela.

Lisa luchó contra el deseo de asomarse por debajo del escritorio. La curiosidad superaba su sentido común y su instinto de conservación.

Se produjo una larga pausa.

—Bueno, ¿qué es? —preguntó Steinmann al cabo.

—No tengo idea —respondió Taylor lentamente—. Nunca traduje relatos sobre esto ni vi bosquejos de algo así en mis investigaciones. Y no parece muy medieval, ¿no? Casi parece... del futuro —añadió, incómodo—. Francamente, me siento confuso. El cofre parece prístino, aunque la tela es antigua y esto... —Hizo un gesto dirigido hacia el frasco—. Es condenadamente extraño.

—Quizás usted no sea tan experto como le habría gustado hacerme creer, Taylor.

—Nadie sabe más que yo sobre los irlandeses y los pictos —replicó fríamente—. Pero algunos artefactos sencillamente no constan en mis registros. Le aseguro que encontraré las respuestas.

—¿Y lo hará examinar?

—Ahora me lo llevaré.

—No. Yo lo llamaré cuando estemos listos para entregarlo.

—Planea invitar a otra persona para que lo examine, ¿verdad? —preguntó Taylor—. Usted pone en duda mi capacidad.

—Sencillamente necesito catalogarlo, fotografiarlo y registrarlo en nuestros archivos.

—¿Y ubicarlo en la colección de alguna otra persona? —preguntó Taylor secamente.

—Déjelo donde estaba —advirtió Steinmann, cerrando la mano alrededor de la muñeca de Taylor y obligándolo a dejar nuevamente el frasco debajo de la tela. Luego cogió las pinzas de la mano de Taylor, cerró el cofre y depositó las pinzas a su lado—. Lo traje aquí. Le diré lo que necesito de usted en el momento adecuado. Y le recomiendo que se aparte del asunto.

—De acuerdo —saltó Taylor—, pero cuando descubra que no hay nadie que sepa de qué se trata, ya me llamará. No debe mover un artefacto que no puede ser identificado. Soy el único que puede averiguar de qué se trata, y usted lo sabe.

—Lo acompaño hasta la salida.

—No hace falta, conozco el camino.

—Pero me quedaré más tranquilo si lo hago —insistió Steinmann con calma—. No puedo permitir que un adorador de antigüedades tan apasionado como usted ande solo por el museo.

Los zapatos retrocedieron por la alfombra con pasos apagados. El sonido de una llave en la cerradura puso alerta a Lisa. «¡Maldita sea!» Normalmente, cuando ella se iba, apretaba el botón de la cerradura del picaporte. No se le confiaba la llave a ninguna humilde empleada. Steinmann había corrido el pestillo y, en realidad, empleaba la llave para cerrar el cerrojo. Al enderezarse, Lisa se golpeó la cabeza con la parte inferior del escritorio.

—¡Oh! —exclamó suavemente. Mientras se cogía del borde y se ponía de pie, se detuvo para mirar el cofre.

Fascinada, tocó la madera fría. Bellamente grabada, la materia oscura brillaba bajo la tenue luz. Sobre la cubierta había letras grabadas a golpes enérgicos y sesgados. ¿Qué era lo que contenía el cofre para haber dejado perplejos a dos experimentados proveedores de antigüedades? A pesar del hecho de estar encerrada en el despacho de Steinmann y de no dudar de que él regresaría en instantes, la curiosidad la consumía. «¿Del futuro?» Con cautela, pasó los dedos sobre el cofre, buscando el pestillo a presión que habían mencionado. Luego se detuvo. Las extrañas letras que había sobre la tapa parecían casi..., latir. Un escalofrío de aprensión le corrió por la espalda.

«Vamos, estúpida, ¡ábrela! No puede hacerte daño. Ellos la tocaron.»

Resuelta, presionó el cuadradito con el pulgar. La tapa saltó hacia arriba con el sonido desvaído que había oído antes. En el interior había un frasco, rodeado por andrajos polvorientos de antigua tela. El frasco había sido hecho con metal plateado y parecía brillar, como si su contenido tuviera energía. Dirigió una mirada nerviosa hacia la puerta. Sabía que tenía que salir del despacho antes de que Steinmann regresara; sin embargo, se sentía extrañamente paralizada por el frasco. Sus ojos iban de la puerta a éste una y otra vez. El frasco la atraía. Era como si dijese «Tócame», con el mismo tono de los otros objetos que había en el museo. «Tócame mientras no hay guardias, y te contaré mi historia y mis leyendas. Soy sabiduría...»

Las yemas de los dedos de Lisa rodearon el frasco.

El mundo pareció salirse de su eje bajo sus pies. Se tambaleó y, de repente...

No pudo...

Dejar...

De caer...

2

Dunnottar, Escocia, 1314

El agua mojó los tejanos de Lisa por segunda vez en ese día en el momento en que el hombre se levantó del baño. Se incorporó cuan alto era, mostrando los dientes y gruñendo.

Lisa parpadeó con incredulidad. Una, dos veces. Y una tercera vez, pero muy lentamente, como para dar tiempo a que la aparición se evaporarse. El gigante desnudo se quedó allí, con su inquebrantable expresión de fiereza y los ojos entrecerrados. «¿Qué demonios ha ocurrido en el despacho de Steinmann? Si me encontrara con un hombre desnudo no me echaría, ¡me haría arrestar!»

Lisa cerró los ojos y movió el pie, asegurándose cautamente de que el mundo volviera a ser sólido bajo sus pies. Sólo cuando estuviese firmemente convencida de que se encontraba en el despacho de Steinmann, aferrando aquel frasco medieval, volvería a abrirlos.

No se encontraba en el despacho de Steinmann.

La sorpresa hizo que se quedara sin aliento cuando miró —cuando miró de veras— al hombre. Sobre su piel resplandecían gotas de agua. Las llamas chisporroteaban en el hogar que había detrás de él, confiriéndole un color de bronce y sombras a las curvas de sus músculos. Era el hombre más alto que había visto, pero sus dimensiones no sólo se limitaban a su improbable estatura. Tenía hombros macizos y un pecho vasto que se afinaba en un abdomen musculoso, muslos gruesos y largas y poderosas piernas.

Y estaba desnudo.

Lisa resopló. No podía ser real. Y, como no podía ser real, no había peligro en echar una rápida mirada a tanta perfección. Un hombre perfectamente proporcionado que no existía en realidad estaba desnudo a su lado. ¿Dónde miraría toda mujer saludable de veintitrés años? Y ella miró.

¡Bingo! No podía ser de verdad. Con las mejillas en llamas, advirtió que él la miraba y retrocedió un paso.

Masculló algo en un lenguaje que ella no entendió.

Dirigiéndole una mirada furtiva, se encogió de hombros en un gesto de impotencia, incapaz de entender lo que le estaba pasando.

Él volvió a gruñir, con expresión y ademanes de furia. Habló por unos instantes, agitando los brazos y fulminándola con la mirada.

Ella lo observó, boquiabierta, cada vez más confusa. No ayudaba que el hombre pareciera totalmente ajeno al desconcertante hecho de estar maravillosamente desnudo. Hizo un esfuerzo por hablar y, con alguna dificultad, convenció a su lengua de que se pusiera en movimiento.

—Lo siento, pero no lo entiendo. No tengo idea de lo que dice.

Él se estremeció como si ella lo hubiese golpeado; sus ojos oscuros se entrecerraron y frunció el ceño. Si ella había pensado que antes él se había enfurecido, fue sólo porque no lo había visto verdaderamente furioso.

—¡Eres inglesa! —le escupió, cambiando rápidamente al idioma inglés, aunque con un acento marcadamente gaélico, que a ella le sonó a irlandés.

Lisa abrió los brazos como pretendiendo decir: «¿Qué tiene de malo?» No entendía por qué se ponía furioso con ella.

—¡No te muevas! —le ordenó él.

Lisa se quedó absolutamente quieta, estudiándolo como si fuera una de las recientes adquisiciones del museo, intentando asimilar la increíble dimensión y anchura de su cuerpo. El hombre exudaba una sexualidad tan intensa que la joven se estremeció ante la fantasía de un guerrero salvaje, que no reconocía ley alguna excepto la propia. La sensación de peligro que producía daba miedo a la vez que seducía. «Estás soñando, ¿recuerdas? Te quedaste dormida y empezaste a soñar que estabas despierta y venía Steinmann. Pero todavía no has despertado y nada de esto está ocurriendo de verdad.»

Apenas advirtió que el hombre cogía el arma apoyada contra la tina. A su mente le pareció vagamente divertido que el producto de su fantasía viniera con una espada vengadora. Hasta que, con un rápido y elegante movimiento de la muñeca, la apuntara con su arma mortal.

«Es un sueño», recordó. Podía simplemente ignorar la espada. Nadie sufre castigos ni daños en los sueños. Si en la vida real no podía conseguir un novio, al menos podía saborear esa experiencia virtual. Sonriendo, extendió la mano para tocar el abdomen de aquel hombre monumental, impecablemente esculpido —seguramente por la materia de los sueños— y la punta de la espada le rozó la mandíbula, forzándola a que sus ojos se encontraran con los de él. Se dijo que, por mirar tan arriba, a una muchacha le podía dar tortícolis.

—No creas que vas a distraerme de mi causa —bramó él.

—¿Qué causa? —preguntó Lisa, sintiendo que le faltaba el aliento.

En ese momento la puerta se abrió de golpe. Un segundo hombre, con el cabello oscuro y envuelto en una tela, irrumpió en la estancia.

—¡Sea lo que sea, no tengo tiempo para eso ahora, Galan! —exclamó el hombre que sostenía el filo contra el cuello de ella.

El otro se mostró sorprendido de ver a Lisa.

—Te oímos gritar en la cocina, Cin.

—¿Sin? —repitió Lisa incrédula—. Oh, sí, definitivamente es un pecado*. Cualquier hombre que tenga el aspecto de éste debe ser puro pecado.

—¡Fuera de aquí! —tronó Circenn.

Galan dudó por un instante y después, a su pesar, se marchó cerrando la puerta.

Cuando Lisa volvió a mirar a Sin, reparó nuevamente en sus improbables atributos.

—¡Deja de mirarme ahí, mujer!

—Nadie tiene tu aspecto —dijo ella, mirándolo a los ojos—. Y nadie habla como tú, excepto tal vez Sean Connery. Prueba positiva de que estoy soñando. Eres un producto de mi mente cansada y traumatizada —añadió, y asintió con firmeza.

—Te aseguro que no soy un sueño sino de verdad.

*Sin, apócope de *sinner*, «pecador» en inglés

—Venga ya —dijo ella. Cerró los ojos y volvió a abrirlos. Todavía seguía allí—. ¿Estaba en el museo y ahora me encuentro en un dormitorio con un hombre desnudo que se llama Sin? ¿Crees que soy tonta o qué?

—Circenn —la corrigió él—. Que se pronuncia Circin. Los que me conocen me llaman Cin.

—No puedes ser de verdad.

Tenía ojos oscuros, nariz pronunciada, arrogante. Sus dientes eran perfectos y lo bastante blancos para hacer suspirar de envidia al dentista de Lisa. Su frente era alta y la renegrida melena le caía sobre los hombros. A pesar de que ninguno de sus rasgos era corriente entre los modelos, salvo sus labios sensuales, en conjunto le conferían una belleza salvaje. «Tiene todo el aspecto de un señor y guerrero», se dijo Lisa.

La punta de la espada pinchó suavemente la delicada mejilla de Lisa. Al sentir una gota de humedad en el cuello, se sorprendió por la veracidad de su sueño. Se pasó los dedos por ese punto y luego, asombrada, observó la gota de sangre.

—¿Acaso se sangra en sueños? Nunca antes me ocurrió nada semejante en ninguno —murmuró.

De pronto se asustó al notar que él le quitaba con violencia la gorra de la cabeza. Ni siquiera había advertido el movimiento de su mano. El cabello de la joven cayó sobre sus hombros y ella se precipitó a buscar la gorra, sólo para detenerse de inmediato ante la punta de la espada. Lisa apenas le llegaba al pecho a aquel hombre.

—Dame mi gorra —exigió—. Me la regaló mi padre.

La miró en silencio.

—Es todo lo que me queda de él —añadió ella—. ¡Ha muerto!

¿Hubo un esbozo de compasión en aquellos ojos oscuros?

Él le tendió la gorra sin pronunciar palabra.

—Gracias —dijo ella ásperamente, doblando la gorra y guardándosela en el bolsillo trasero de los tejanos. Bajó la mirada al suelo, mientras reflexionaba en la espada que todavía apuntaba a su garganta. Si era un sueño, podía hacer que las cosas sucedieran. O que dejaran de suceder. Cerrando muy fuerte los ojos, deseó que la espada desapareciese, tragando saliva con dificultad mientras el frío metal le pinchaba el cuello. Luego intentó hacer desaparecer al hombre; a la tina y al fuego graciosamente les concedió que permanecieran allí.

Al abrir los ojos, descubrió que el hombre continuaba delante de ella.

—Dame el frasco, muchacha.

Lisa lo miró asombrada.

—¿El frasco? ¿Esto es parte del sueño? ¿Acaso... puedes... verlo?

—¡Claro que puedo verlo! A pesar de tu belleza cegadora, no estoy ciego.

«¿Desde cuándo mi belleza es cegadora?», pensó Lisa, y, estupefacta, le entregó el frasco.

—¿Quién eres? —le preguntó el hombre.

Lisa decidió refugiarse en la formalidad; siempre le había servido como brújula al adentrarse en territorios desconocidos. Y eso era precisamente ese sueño, un territorio desconocido. Nunca antes había sido tan lúcida mientras soñaba, a pesar de no poder controlar los elementos de su sueño, y su subconsciente jamás había hecho aparecer a un hombre como ése. Quería saber de qué rincón prehistórico de su alma había venido ese gigante.

—¿Podrías vestirte? Tu..., eh..., aspecto de..., tu desnudez no ayuda a que entablemos una discusión seria. Si te pones algo de ropa y bajas la espada, estoy segura de que lograremos entendernos —añadió. Esperaba que el optimismo de su voz resultara persuasivo.

Él frunció el ceño, mientras Lisa lo miraba de arriba abajo. La chica podría haber jurado que el color del rostro del gigante se hacía más intenso, al tiempo que advertía su erección.

—¿Y qué esperabas de mí, cuando te apareces vestida de ese modo? —le preguntó él—. ¿Has olvidado que soy un hombre?

«Eso es totalmente imposible», pensó ella irónicamente.

Él se echó sobre el hombro una manta tejida de color carmesí y negro, de modo que se cubrió la parte delantera del cuerpo. Cogió un pequeño morral, metió el frasco en él y, finalmente, bajó la espada.

Lisa se relajó y retrocedió unos pasos, pero cuando lo hacía se le cayó la gorra del bolsillo trasero. Se volvió y se agachó para recogerla. Al levantarse, lo pilló con la vista fija en el lugar donde, un instante antes, había estado su trasero, enfundado en los ceñidos tejanos. Atónita ante el descubrimiento de que esa aparición perfecta le había estado inspeccionando las nalgas, le echó una rápida mirada a la tela en la que el hombre estaba envuelto y después, cautelosamente, miró a éste a la cara. Sus ojos oscuros parecían arder. Tuvo la repentina intuición de que, estuviera donde estuviese, allí las mujeres no solían usar tejanos. Quizá ni siquiera pantalones.

El hombre apretó las mandíbulas y su respiración se aceleró. Parecía un depredador, inmóvil, alerta, listo para atacar.

—¡Es toda la ropa que tengo! —dijo a la defensiva.

Él alzó los brazos en un gesto conciliador.

—No quiero discutir eso, muchacha, al menos por el momento. Y quizá nunca.

Se miraron mutuamente en un silencio tenso. Luego, sin razón alguna que pudiera definir, atraída por una fuerza que estaba más allá de su capacidad de resistencia, Lisa se descubrió avanzando hacia él. En ese instante, él fue quien retrocedió. De un solo y rápido movimiento de sus magníficos músculos, salió de la estancia.

En el momento en que la puerta se cerró, Lisa sintió que las fuerzas la abandonaban y cayó de rodillas, con el corazón latiéndole dolorosamente en el pecho. El sonido familiar del metal que se deslizaba al otro lado de la puerta le indicó que nuevamente había quedado encerrada. ¡Tenía que despertar!

Pero por algún motivo había empezado a sospechar que aquello no era un sueño.

3

—¿Deberemos retirar el cuerpo? —preguntó Galan cuando Circenn entró en la cocina.

Circenn respiró hondo.

—¿El cuerpo? —repitió. Se frotó la barbilla, ocultando con la mano un gesto de ira. Nada había sucedido de acuerdo con sus deseos. Había abandonado sus aposentos, planeando encontrar algo de sidra en la cocina, aclarar en privado sus ideas y tomar algunas decisiones; específicamente, qué hacer con esa mujer bonita a la que, por honor, se había comprometido a matar. Pero no se le concedía esa gracia. Galan y Duncan Douglas, sus fieles amigos y consejeros, ocupaban una mesita en la cocina del castillo y lo observaban atentamente.

Desde que tanto los ingleses como los escoceses quemaban por completo Dunnottar cada vez que cambiaba de manos, lo que quedaba del castillo, reconstruido a toda prisa, tenía corrientes de aire, era frío y tremendamente incómodo. Estaban apostados en Dunnottar sólo hasta que los hombres de Bruce los relevasen, lo que se esperaba que sucediera muy pronto, de modo que no se continuaba con las obras pendientes. Donde debería estar el techo del salón se hallaba el cielo nocturno, y la cocina reemplazaba al comedor. Esa noche, desafortunadamente, también era lugar de encuentro.

—El cuerpo de la portadora del frasco —insistió Galan amablemente.

Circenn frunció el ceño. Había escondido el frasco en la bolsa que llevaba sobre la falda, deseando que el tiempo cumpliera por él su promesa. Varios años atrás, había informado a los hermanos Douglas sobre el conjuro que le había impuesto al cofre y sobre su promesa a Adam Black. Se había sentido reconfortado al saber que, cuando el frasco apareciera, si por alguna razón él era incapaz de cumplir con su promesa, aquellos dos leales amigos se encargarían de ello.

Pero, ¿qué hacer cuando las promesas realizadas están en abierta oposición unas con otras? A Adam le había jurado que mataría al portador del frasco. Pero mucho antes, arrodillado ante su madre, le había jurado que no causaría daño a ninguna mujer en ninguna circunstancia.

Galan se encogió de hombros ante la expresión ceñuda de Circenn y dijo:

—Le conté a Duncan que ella había llegado. Vi el frasco en sus manos. Hemos estado esperando su regreso. ¿Deberemos retirar el cuerpo?

—Eso sería poco práctico. Lo que llamas «el cuerpo» todavía respira —dijo Circenn con irritación.

—¿Por qué? —preguntó Duncan.

—Porque todavía no la maté.

Galan lo midió por un instante.

—Es bonita, ¿no?

Circenn no dejó pasar la acusación.

—¿Acaso alguna vez he permitido que la belleza corrompiera mi honor?

—No, y estoy totalmente seguro de que tampoco sucederá ahora. Jamás has roto una promesa —dijo Galan y su desafío resultó inconfundible.

Circenn se hundió en una silla.

A los treinta años, Galan era el segundo de los cinco hermanos Douglas. Alto y moreno, era un guerrero disciplinado que, como Circenn, creía en la estricta obediencia a las reglas. La idea que tenía de una auténtica batalla implicaba meses de cuidadosa preparación, estudio intenso del enemigo y una estrategia detallada de la que no se desviaría una vez comenzado el combate.

Duncan, el menor de la familia, tenía una actitud más despreocupada. De un metro ochenta de estatura, era toscamente guapo, siempre llevaba barba de un día y tan negra que hacía que su quijada pareciera azul. Tenía la falda generalmente arrugada y rápidamente anudada, pareciendo como si fuese a caérsele. Atraía a las muchachas como la miel a las moscas y, con entusiasmo, se aprovechaba de la atracción que ejercía sobre el bello sexo. La idea que Duncan tenía de la batalla consistía en cortejar hasta el último momento, saltar de la cama y ponerse una falda, coger una espada y meterse en la riña, sin dejar de reír ni por un instante. Duncan era un tanto particular, pero todos los Douglas eran elementos a tener en cuenta por una u otra razón. James, el mayor de los hermanos, era el lugarteniente en jefe de Bruce y un estratega brillante.

Galan y Duncan habían sido los hombres de confianza de Circenn durante años. Combatían juntos, llevaban a cabo ataques y contraataques sirviendo al estandarte de Robert Bruce y se preparaban vigorosamente para la batalla final que, esperaban, liberaría a Escocia de los ingleses.

—No estoy seguro de cuál es el daño que esa mujer podría causarle a nuestra causa —se cubrió Circenn, evaluando cautelosamente la reacción de los Douglas a sus palabras. Calladamente, también evaluó su propia reacción. Por lo general, sus propias reglas lo confortaban, le daban una meta y una dirección, pero cada pizca de su conciencia se rebelaba contra la idea de matar a la mujer que había quedado encerrada en el cuarto. Más allá de mancillar su honor, comenzó a considerar las otras posibles repercusiones de dejarla con vida.

Galan entrecruzó los dedos de sus manos y estudió las callosidades mientras hablaba:

—Creo que ni siquiera importa. Le juraste a Adam Black que eliminarías al portador del frasco. Aunque puedo ver que esa mujer podría provocar alguna simpatía, no sabes quién es en verdad. Estaba vestida de una forma realmente extraña. ¿No será descendiente de un druida?

—Creo que no. No advertí magia alguna en ella.

—¿Es inglesa? Me sorprendió oírte hablar esa lengua. Hemos estado hablando inglés desde la llegada de los templarios. Pero ¿por qué ella habla inglés?

—Hablar inglés no es un crimen —dijo secamente Circenn. Era cierto que desde que los templarios habían llegado, habían estado hablando más en inglés que en cualquier otra lengua. La mayoría de los hombres de Circenn no hablaba francés y la mayor parte de los templarios no hablaba gaélico, pero casi todos ellos habían aprendido un poco de inglés, debido a las importantes fronteras de Inglaterra. A Circenn le parecía frustrante no poder emplear el gaélico (una lengua que le parecía hermosa más allá de toda comparación), pero aceptaba que los tiempos estaban cambiando y que, cuando hombres de muy distintos países estaban juntos, debían entenderse en una lengua conocida por todos. Le daba rabia hablar la lengua de sus enemigos—. La mayoría de los templarios no hablan gaélico y eso no los convierte en espías.

—¿Ella no habla nada de gaélico?

—No —dijo con su suspiro—. No entiende nuestra lengua, pero eso solo resulta insuficiente para condenarla. Tal vez se crió en Inglaterra. Ya sabes que muchos de nuestros clanes viven de uno y otro lado de la frontera. Por otra parte, su inglés no se parece a ningún otro inglés que haya oído antes.

—Razón de más para sospechar, razón de más para deshacerse de ella cuanto antes —dijo Galan.

—Como con cualquier otra amenaza potencial, primero debemos estudiarla y luego calcular su importancia —agregó Circenn, evasivo.

—Tu promesa, Circenn, está por encima de todo. Tu mente debe concentrarse en defender Dunnottar y abrirle camino a Bruce hacia un trono seguro y una Escocia liberada, no en una mujer que, mientras estamos hablando, ya debería estar muerta —le recordó Galan.

—¿Acaso alguna vez dejé de algún modo de estar a la altura de mis obligaciones? —preguntó Circenn, sosteniéndole la mirada a Galan.

—No —admitió éste—. Hasta ahora, no.

—No —dijo Duncan.

—Entonces, ¿por qué se me cuestiona? ¿Acaso no tengo más experiencia con la gente, las guerras y las elecciones que cualquiera de vosotros?

Galan asintió con expresión irónica.

—Pero si rompes tu promesa, ¿cómo se lo explicarás a Adam?

Circenn se puso tenso. Las palabras «rompes tu promesa» quedaron flotando incómodamente en su mente y se entrelazaron en una promesa de fracaso, derrota y posible corrupción. Era de la mayor importancia que se adhiriese a sus propias reglas.

—Dejadme que me ocupe de Adam, como siempre he hecho —dijo fríamente.

Galan meneó la cabeza.

—Si los hombres se enteran no les va a gustar esto. Sabes que los templarios son tipos duros y particularmente desconfiados con las mujeres...

—Porque no pueden hacerlas suyas —intervino Duncan—. En su esfuerzo para mantener a raya los pensamientos lujuriosos, buscan cualquier pretexto para desconfiar de las mujeres. El voto de castidad no es natural en los hombres: los vuelve unos bastardos fríos e irritables. Yo, en cambio, siempre estoy relajado, sereno y soy amigable —dijo y les ofreció una sonrisa simpática, como si ésta probase la validez de su teoría.

Duncan tenía tendencia a comportarse de manera extravagante y, cuanto más irreverente era, más irritaba a Galan. Éste nunca parecía darse cuenta de que su hermano menor lo hacía a propósito, pero durante todo el tiempo en que Duncan se comportaba como un joven irresponsable la mente astuta de Douglas no se perdía detalle de lo que pasaba a su alrededor.

—La falta de disciplina no es propia del guerrero, hermanito —dijo Galan duramente—. Tú representas un extremo y los templarios, el otro.

—Fornicar no afecta en lo más mínimo mi capacidad en el combate y lo sabes —dijo Duncan, enderezándose en su silla y con los ojos brillantes ante la expectativa de la discusión que iba a producirse.

—Basta —interrumpió Circenn—. Estamos hablando sobre mi promesa y sobre mi renuncia a matar a una mujer inocente.

—No sabes si es inocente —protestó Galan.

—Tampoco sé si es culpable —dijo Circenn—. Hasta tener algún indicio de culpabilidad o inocencia, yo... —dijo y se interrumpió con un suspiro. Le resultaba casi imposible pronunciar las siguientes palabras.

—¿Tú, qué? —preguntó Duncan, observándolo fascinado. Como Circenn no respondía, lo acicateó—: ¿Te negarás a matarla? ¿Romperás una promesa? —La incredulidad de Duncan se reflejaba en su bello rostro.

—No he dicho eso —replicó Circenn.

—No has dejado de decirlo —puntualizó Galan irónicamente—. Me gustaría que aclararas cuáles son tus intenciones. ¿Piensas matarla o no?

Circenn volvió a frotarse la barbilla. Se aclaró la garganta, intentando dar forma a las palabras que su conciencia le exigía pronunciar, pero el guerrero que había en él se resistía.

Duncan miró pensativo a Circenn. Al cabo de un instante, se volvió hacia su hermano.

—Sabemos cómo es Adam, Galan. A menudo ha procedido a la destrucción rápida e innecesaria, y demasiadas vidas inocentes han sido arrebatadas para asegurar el trono. Propongo que antes de dictar sentencia Circenn se tome su tiempo para descubrir quién es la mujer y de dónde viene. No puedo hablar por ti, Galan, pero no deseo que la sangre de otro inocente manche mis manos, y si lo urgimos a que la mate la responsabilidad también será nuestra. Por otra parte, recuerda que, aunque Circenn juró matar al portador del frasco, nada en su promesa especifica cuándo lo debe hacer. Podría esperar veinte años antes de matarla, sin romper su promesa.

Circenn, sorprendido, prestó atención a las últimas palabras de Duncan. No había considerado esa posibilidad. A decir verdad, su promesa no incluía palabra alguna que especificara con qué rapidez debía matar al portador del frasco; por lo tanto, no era ni amoral ni una violación de lo prometido que se abstuviera de hacerlo por un lapso breve para estudiar a la persona en cuestión. Decidió que podría incluso argüirse que abstenerse era sabio. «Estás cortando un pelo con un hacha»: las palabras que Adam había pronunciado hacía seis años afloraron en la mente de Circenn para burlarse de él.

—Pero te conviene tener cuidado —alertó Galan— porque, si no la matas y alguno de los templarios descubre quién es ella y la naturaleza de tu promesa, los caballeros perderán la fe en tu capacidad para guiarlos. Verán en la promesa rota una debilidad imperdonable. La única razón por la que aceptaron pelear por nuestro país eres tú. A veces creo que te seguirían hasta el infierno. Sabes lo fanáticos que son en sus creencias. Para ellos, no hay justificación para romper una promesa. Jamás.

—Entonces no les diremos quién es ella ni lo que prometí, ¿verdad? —dijo calmosamente Circenn, sabiendo que los hermanos apoyarían su decisión estuvieran o no de acuerdo con ella. Los Douglas siempre permanecieron con el señor y con el clan de los Brodie: un antiguo juramento de sangre había unido a ambos clanes hacía ya mucho tiempo.

Los hermanos lo estudiaron y luego asintieron.

—Quedará entre nosotros hasta que llegues a una decisión.

Aspirando profundamente el aire frío y seco, Circenn atravesó el patio, mientras la mujer esperaba en sus aposentos una gracia que no le correspondía a él otorgar. Él se debatía tratando de endurecerse contra ella. Había vivido tanto tiempo siguiendo las reglas de un modo estricto que casi no había oído el clamor de su conciencia cuando levantó la espada contra el cuello de la joven. A pesar de que su entrenamiento como guerrero le urgía a honrar inmediatamente su promesa, un sentimiento que creía muerto en sí mismo había minado su resolución.

Compasión. Simpatía. Una vocecita insidiosa que suave, pero incansablemente, había cuestionado la perspicacia de sus reglas. Había reconocido a esa voz: era la de la duda, algo que no lo había asaltado desde hacía una eternidad.

«Mataré al portador del frasco», había dicho años atrás.

La promesa de un guerrero era parte vital de sí, un código inquebrantable por el cual se vivía y moría. Las reglas de Circenn Brodie eran lo único que había entre él y un rápido descenso al caos y la corrupción. ¿Cuál era la solución?

Ella debía morir.

Ella.

Por Dagda, ¿por qué tenía que ser una mujer? A Circenn le gustaban las mujeres; había adorado a su madre y tratado a todas las mujeres con la misma deferencia y cortesía. Creía que las mujeres mostraban algunas de las mejores cualidades de la humanidad. Circenn era un Brude, cuyo linaje de sucesión real tenía en su origen una mujer. Hacía años, cuando Circenn le había hecho esa promesa a Adam Black, no había considerado ni por un instante que el frasco podría ser encontrado por una mujer, y mucho menos por una tan bonita. Cuando le arrancó el extraño bonete que llevaba en la cabeza, una espesa cabellera le había caído hasta el talle como una cascada de reflejos cobrizos y dorados. Sus ojos verdes, curvados hacia arriba en los bordes exteriores, se habían abierto de miedo y luego, cerrado rápidamente de cólera cuando dijo que el bonete era un regalo que le había hecho su padre. Sólo porque correspondía le devolvió la reliquia familiar, sin considerar lo fea que era.

Inusualmente alta y ágil para ser mujer, tenía pechos grandes y firmes, y él había alcanzado a percibir la presión de los pezones contra la fina tela de su extraño atuendo. Sus piernas eran generosamente largas (lo suficiente como para rodear el talle de él y permitirle cruzar cómodamente los tobillos mientras él se hundiera entre ellas). Cuando se agachó para recoger el bonete, estuvo a punto de cogerla por la cintura, atraerla hacia sí y dejar que sus necesidades se cumplieran sin freno alguno. «¿Y luego cortarle el cuello cuando el deseo se hubiera satisfecho?»

Ella. ¿Habría acaso sospechado Adam que quien portara el frasco sería una mujer? ¿Lo habría visto en el futuro con su vista de duende y estaría ahora riéndose de su dilema? Sin embargo, si él no hubiera empleado un conjuro vinculante la vida de esa mujer ahora no estaría en peligro. Lo que la había traído era su conjuro inepto, y ahora se suponía que debía matar a esa alma confiada. A menos que él encontrase alguna prueba de duplicidad que la delatara, la muerte de ella sólo significaría sangre inocente en sus manos, lo cual lo obsesionaría por el resto de su vida.

Circenn se preparó para cumplir, concediendo que la mejor solución era matarla. Cumpliría su promesa; luego, al día siguiente, la vida volvería a ser normal. Escondería el frasco en un sitio seguro, con los otros objetos consagrados, y proseguiría la guerra. Volvería a su régimen estricto y encontraría consuelo sabiendo que nunca se convertiría en la abominación que tanto temía llegar potencialmente a ser. El primer objetivo de Circenn Brodie era ver a Bruce bien instalado en el trono de Escocia.

Luego de la muerte de Piernas Largas, el rey inglés, Edward II, su hijo, continuó la guerra iniciada por su padre, horadando incesantemente el patrimonio escocés. Pronto, nada quedaría de su singular cultura. Ellos se convertirían en súbditos ingleses: serían débiles y obedientes, pagarían impuestos hasta morirse de hambre y se someterían. Su única esperanza contra el despiadado rey de Inglaterra eran los templarios renegados, quienes habían pedido asilo en el castillo Brodie.

Circenn resopló frustrado. El hostigamiento a los templarios lo apenaba y enfurecía. Alguna vez había considerado la posibilidad de unirse a la renombrada orden de esos monjes guerreros, pero algunas de sus reglas no habían sido del todo de su gusto. Entonces se preparó para trabajar en estrecha colaboración con los caballeros religiosos, puesto que tanto él como la orden protegían objetos consagrados de inmenso poder y valor. Circenn respetaba las muchas causas de la orden y conocía tan bien su historia como cualquier templario.

La orden había sido fundada en 1118, cuando un grupo de nueve caballeros, predominantemente franceses, se marchó a Jerusalén y pidió al rey Balduino que les permitiese vivir en las antiguas ruinas del templo de Salomón. A cambio de ello, los nueve caballeros habían ofrecido sus servicios para proteger a los peregrinos que viajasen a Tierra Santa de los ladrones y asesinos que hubiese en los caminos que conducían a Jerusalén. En 1128, el Papa dio su aprobación oficial a la orden.

A los caballeros se les había pagado magníficamente por sus servicios y la orden de los Templarios, durante los siglos XII y XIII, había crecido espectacularmente en número, riqueza y poder. Ya en el siglo XIV, la orden era propietaria de más de mil mansiones y castillos en toda Europa. Independiente del control real y eclesiástico, los beneficios de la orden estaban libres de impuestos. Las muchas propiedades de la orden fueron trabajadas, produciendo dividendos que sirvieron como bases para el mayor sistema financiero de Europa. En los siglos XIII y XIV, la orden Parisina de los Templarios funcionaba virtualmente como el Tesoro Real de Francia, prestando grandes sumas a la realeza europea y a los nobles. Sin embargo, a medida que la riqueza y el poderío de los templarios aumentaban, otro tanto ocurría con las sospechas y los celos existentes entre algunos miembros de la nobleza.

A Circenn no le había asombrado que el éxito de la orden se convirtiera en la razón misma de su caída. Lo había previsto, aunque no había podido impedirlo: las políticas del Papa y del rey eran demasiado poderosas como para que un hombre pudiera influir sobre ellas.

Circenn ahora recordaba claramente cómo, hacía ya una docena de años, la riqueza de los templarios les había atraído la funesta atención de Felipe, rey de Francia, desesperado por llenar sus arcas. En 1305, Felipe difamó a la orden, al convencer al Papa Clemente V de que los templarios no eran los santos defensores de la fe cristiana, sino más bien quienes buscaban destruirla.

Felipe hizo campaña contra los caballeros y acusó a los templarios de actos abyectos de herejía y sacrilegio. En 1307, el Papa le dio al rey la orden que éste había estado esperando: el derecho de arrestar a los templarios en Francia, de confiscarles sus propiedades y de dirigir una inquisición. De ese modo comenzó el proceso infame, sangriento y tendencioso contra los templarios.

Circenn se pasó una mano por el cabello y frunció el ceño. Hubo caballeros que fueron arrestados, puestos en prisión y forzados a confesar mediante tortura los pecados que Felipe elegía. Otros habían sido quemados en la hoguera. Durante los procesos, a los caballeros no se les había permitido contar con abogados defensores; ni siquiera saber el nombre de sus acusadores ni el de los que atestiguaban contra ellos. Los supuestos «procesos» habían sido una caza de brujas, arteramente orquestada para arrebatar a los templarios sus fabulosas riquezas. Añadiéndole una afrenta al agravio, el Papa había lanzado una bula que suprimía la orden y le negaba reconocimiento. Los pocos caballeros que se las apañaron para escapar de la cárcel o de la muerte se habían convertido en descastados, sin país ni hogar.

Cuando Circenn se dio cuenta de que la debacle de los caballeros era inevitable, se había apresurado a reunirse con Robert Bruce y, con la aprobación de éste, hizo saber a los templarios que en Escocia eran bienvenidos. Robert les ofrecía asilo y, a modo de compensación, los poderosos monjes guerreros volverían sus destrezas en el combate contra Inglaterra.

Los templarios eran guerreros formidables, entrenados en el empleo del armamento y en estrategia, y resultaban esenciales para la causa escocesa. En el transcurso de los últimos años, Circenn había estado incluyéndolos furtivamente, como comandantes, entre las tropas de Bruce, con el consentimiento de éste. Los escoceses estaban haciendo mejor la guerra, implementando estrategias astutas y ganando batallas menores.

Circenn sabía que, si él ahora titubeaba, si comenzaba a romper sus promesas o si hacía algo que pusiera en peligro la lealtad de los templarios, podría echar por la borda los últimos diez años de su vida, así como el amor por su patria.

Lisa no tenía idea de cuánto tiempo había pasado desde que se había sentado en el suelo. Pero había sido lo suficientemente largo como para darse cuenta de que el tiempo no puede medirse en quienes sueñan. Si una se sentaba quieta en un sueño y no hacía nada, el sueño terminaba o se desplazaba hacia alguna otra nueva e increíble aventura, matizada por las sombras de lo absurdo. «Absurdo como las proporciones de ese hombre», pensó con irritación.

Al levantarse del suelo ayudada por las manos, hizo una pausa cuando estaba acuclillada y observó las piedras amplias y planas debajo de sus palmas. Frías. Duras. Secas, con una superficie de polvo de roca. Demasiado tangible. Al ponerse de pie, empezó a examinar su entorno.

El aposento era amplio y estaba iluminado por velas gruesas y jabonosas. Las paredes, construidas con bloques de piedra maciza, tenían tapices colgados al azar. El centro del cuarto estaba ocupado por una amplia cama y, a su alrededor, había distribuidos varios arcones con telas cuidadosamente dobladas, apiladas hasta arriba. El aposento era espartano, pulcro. El hogar de leña era la única concesión al ambiente; no había ni un solo toque femenino en el cuarto. Deteniéndose cerca de la tina de baño, hundió la mano en el agua: tibia (otra sensación demasiado tangible como para negarla).

Fue hasta el hogar y se estremeció ante la sensación desconcertantemente real de calor. Estudió las llamas por un instante, asombrándose de que el resto del cuarto fuera tan frío, cuando en el hogar alentaba tamaño fuego. Pensó que era como si el fuego fuese la única fuente de calor. Confundida por tal idea, recorrió enérgica el perímetro del aposento. Sus sospechas pronto se confirmaron: no había ningún conducto para la calefacción en todo el cuarto. No había estufas que juntaran polvo en las esquinas. No había pequeños conductos de metal en los zócalos. No había tuberías ni tampoco ningún implemento eléctrico para ese uso. Tampoco toma de teléfono. No había armarios. La puerta estaba hecha de lo que parecía ser roble macizo, no había un interior hueco enchapado.

Respiró hondo para calmarse y para asegurarse de que debía de haber pasado algo por alto, al menos en términos de la calefacción. Recorriendo el aposento una segunda vez, inspeccionó cada rincón y cada rendija, al tiempo que recorría con la mano a lo largo de la pared (otro modo de verificar la solidez de su prisión). Las puntas de sus dedos pasaron por un grueso tapiz, que cedió ante ellos, y que parecía más frío que las piedras. La tela áspera tembló bajo su palma como si el viento diera contra ella desde el otro lado. Perpleja, la apartó.

Una repentina ráfaga de aire le hizo perder el aliento. Lo que se veía desde la ventana la conmocionó de manera tan intensa como un inesperado golpe en el estómago.

Vio una noche neblinosa salida de la antigüedad.

Estaba en un castillo de piedra a veinte metros por encima del suelo, erigido sobre el promontorio de una isla, rodeada por un mar tormentoso. Las olas aullaban en los peñascos rocosos, rompiendo para convertirse en espuma y fundiéndose con la niebla que se espesaba desde la negra superficie del océano. Sobre una pasarela adoquinada había hombres que llevaban antorchas, desplazándose silenciosamente entre el castillo y unas pequeñas edificaciones. El aullido distante de un lobo competía con el tenue sonido de las gaitas. El cielo nocturno era negro azulado y se teñía de violeta donde se juntaba con el agua, bailando con millares de estrellas y una delgada luna en cuarto creciente. Jamás había visto tantas constelaciones en Cincinnati; la polución y el efecto de halo de la ciudad brillantemente iluminada empañaban tal belleza. Desde la ventana, la vista era abrumadoramente inhóspita a la vez que majestuosa. Un viento amargo aullaba desde el mar y cruzaba el promontorio, azotando el tapiz que tenía en la mano.

Lo soltó como si se hubiese quemado y la ventana quedó oculta, sellándose así felizmente la inexplicable vista. Desafortunadamente, cuando sus ojos se concentraron en el tapiz, descubrió un nuevo horror. Estaba brillantemente tejido y contenía muchos detalles: había un guerrero a caballo entrando en la batalla, mientras lo alentaba un ejército de hombres vestidos como escoceses con las ropas manchadas de sangre. En la parte inferior del tapiz, bordados en carmesí, leyó cuatro números que la dejaron al borde del colapso: 1314.

Lisa fue hasta la cama y, deprimida por las sucesivas impresiones, se dejó caer sin fuerzas. Por un instante se quedó mirando al vacío, luego palpó el colchón frenéticamente, mientras miraba alrededor. «No es tu colchón habitual, Lisa.» Asaltada por una creciente sensación de pánico, deshizo las mantas apretadamente puestas bajo el colchón y por un instante se distrajo por la fragancia que se desprendía de las sábanas. Olía a peligro y a hombre.

Ignorando con firmeza el deseo de hundir la nariz en las sábanas, tiró del colchón, que era poco más que dos jergones dispuestos uno encima de otro, ambos recubiertos por una tela basta. Uno estaba aplastado como un pincel seco, el otro parecía atiborrado de un irregular relleno de algodón y la parte superior daba la impresión de tener plumas. En los siguientes veinte minutos Lisa escrutó cuanto la rodeaba, con una desesperación creciente. Las piedras se sentían frías; el fuego, caliente. El líquido que había en la copa que estaba cerca de la cama tenía un gusto inmundo. Oyó las gaitas. Cada uno de sus sentidos se activaba a medida que se ponían a prueba. Ausente, se tocó el cuello con el dorso de la mano y, cuando la apartó, le quedó en la piel una única gota de sangre carmesí.

Comprendió con una repentina certeza que nunca debió haber tocado el frasco. A pesar de que lo que sucedía desafiaba cualquier explicación racional, no estaba ni en Cincinnati ni en el siglo XX. Perdió toda esperanza de que lo que estaba ocurriendo fuera un sueño. Un sueño que ella conocía bien. Pero eso era demasiado real como para ser un sueño, tenía más detalles de los que su mente era capaz de fabricar.

«Dame el frasco —le había ordenado él—. ¿Lo ves? ¿Acaso es parte del sueño?»

Había quedado estupefacta.

Pero ahora, al reflexionar sobre eso, se daba cuenta de que él lo había visto porque el frasco no formaba parte de un sueño sino de la realidad, la de él, una realidad que ella ahora compartía. Que el frasco fuera el que ella había tocado justo antes de empezar a sentir como si cayera, y el que él le exigía, parecía una conexión demasiado lógica como para ser cierta en el contexto de un sueño. ¿Acaso había sido el frasco el que la había llevado al hombre que directa o indirectamente tenía propiedad sobre él? Y si así hubiera sido, ¿era verdad que estaba en el siglo XIV?

Con progresivo horror, reparó en los alarmantes indicios: la curiosa forma en que él se vestía, el penetrante examen que él realizara de la ropa que ella llevaba puesta como si nunca antes hubiese visto algo igual, la primitiva bañera de madera situada ante el fuego, la curiosa manera de hablar que él tenía, el tapiz en la pared. Todo esto insinuaba lo imposible.

Afligida, volvió a examinar la estancia desde otra perspectiva. Lo hizo de la manera en que su trabajo en el museo la había llevado a creer que sería un aposento medieval.

Y advirtió que todas las cosas, por curiosas que resultaran, tenían su razón de ser.

La lógica le decía que estaba en un castillo medieval de piedra y, a pesar de lo improbable que eso fuera, según el tapiz, en algún momento del siglo XIV.

En un frenético intento de calmarse, Lisa exhaló todo el aire retenido. Sin embargo, no podía permitirse estar en otro momento del tiempo porque ésa era la Escocia medieval y Catherine se había quedado sola unos setecientos años en el futuro. Su madre la necesitaba con desesperación y no tenía a nadie más en quien apoyarse. Eso era inaceptable. De haber sido cierto, haberse quedado atorada en una pesadilla ahora era apenas un problema menor. Un sueño habría sido fácil de manejar: paulatinamente se habría ido despertando, sin importar lo feas que hubiesen sido las cosas que pasaban en el sueño. Pero si ella realmente estaba en el pasado, lo que todos sus sentidos parecían indicarle, debía volver a su casa.

Pero ¿cómo?

¿Acaso volviendo a tocar el frasco? Mientras consideraba esa posibilidad, oyó pasos en el pasillo. Rápidamente fue hasta la puerta, se preguntó si agacharse detrás de ésta pero luego, en lugar de ello, apoyó la oreja contra la madera. Sería interesante descubrir todo lo que pudiera acerca de lo que la rodeaba.

—¿Crees que lo hará? —dijo el eco de una voz en el pasillo.

Hubo un largo silencio, después un suspiro tan sonoro que llegó hasta la gruesa madera.

—Eso creo. No se toma las promesas a la ligera y sabe que la mujer debe morir. Nada puede ir contra nuestra causa, Duncan. Dunnottar tiene que conservarse, ese bastardo de Edward debe ser vencido y las promesas deben ser honradas. Él la matará.

Cuando los pasos se desvanecieron en el corredor, Lisa se apoyó sin fuerzas contra la puerta. En su mente no cabían dudas sobre de qué mujer hablaban.

¿Dunnottar? ¿Edward? ¡Santo Dios! ¡No sólo había viajado a través del tiempo, sino que había sido lanzada exactamente a la secuela de la película *Braveheart*!

4

Era tarde por la noche cuando Circenn abrió silenciosamente unos pocos centímetros la puerta de su habitación. Espiando por la estrecha rendija, vio que el cuarto estaba oscuro. Sólo un haz de luz de luna caía débilmente por detrás del tapiz. Pensó que ella debía de estar durmiendo, lo que le daría la ventaja de la sorpresa. Debía terminar con eso rápidamente.

Abrió completamente la puerta, entró en el cuarto con rápida convicción y raudamente perdió pie. Mientras golpeaba contra el suelo de su cuarto, maldijo. El suelo estaba completamente sembrado de pequeños fragmentos afilados de cerámica rota. Apenas había tenido tiempo de darse cuenta de que se había tropezado con una cuerda astutamente colocada, cuando sintió que lo golpeaban con una bacinilla en la parte posterior de la cabeza.

—¡Por Dadga, muchacha! —rugió, rodando de costado y tomándose la cabeza—. ¿Qué estás tratando de hacer? ¿Matarme?

—¡Por supuesto que sí! —repuso ella.

Circenn sólo consiguió entrever un vago movimiento en la oscuridad cuando, para su sorpresa y dolor, ella lo pateó en la parte más sensible de su cuerpo, una zona que la mayoría de las mujeres tocaban reverentemente. Cuando se acurrucó sobre su cuerpo sus manos chocaron contra más pedazos de cerámica e hizo un gesto de dolor. Ella saltó por encima de su cuerpo, como un gamo asustado, intentando alcanzar la puerta. Insensibilizándose ante el dolor, Circenn se movió rápidamente. Su mano atrapó el tobillo de la muchacha.

—Si abandonas este cuarto, considérate muerta —dijo llanamente—. Mis hombres te matarán en cuanto te vean.

—¿Y cuál es la diferencia? ¡Tú también lo harás! —exclamó—. ¡Deja que me vaya! —añadió sacudiendo la pierna, de manera poco efectiva, para liberarse de la mano que la sujetaba.

Él bramó y cerró la puerta de una patada. Luego tiró del tobillo de la muchacha, lo que provocó que ella perdiera pie. Trató de dar la vuelta para impedir que alcanzara algunos de los fragmentos de cerámica que antes había diseminado, pero ella corcoveó y cayó de costado sobre el cuerpo de Circenn. Hubo un forcejeo durante el cual ella luchó con sorprendente coraje y fuerza. Consciente de su superioridad, Circenn concentró sus esfuerzos en dominarla, tratando de que no se hiciera daño. Si alguien iba a hacerle daño, sería él.

Pelearon en silencio, a excepción de los gruñidos que emitía Circenn cuando ella alcanzaba alguna parte particularmente sensible y el grito ahogado que emitió Lisa cuando él finalmente apresó sus manos y las sostuvo por encima de la cabeza de la muchacha, poniéndola de espaldas en el suelo. Sus manos casi resbalaron cuando se cerraron alrededor de una banda metálica que ella tenía en su muñeca. Al intentar sujetar sus brazos, la banda se deslizó y Circenn la tomó, colocándola en su escarcela para inspeccionarla después: le podría dar alguna clave sobre la identidad de aquella mujer. Deliberadamente dejó caer su propio cuerpo sobre el de ella, consciente de que eso le impediría respirar.

Pensó «ríndete», mientras ella se debatía contra su cuerpo, tratando de liberarse.

—Soy más fuerte que tú —dijo él—. Ríndete. No seas tonta.

—¿Y dejar que me mates? ¡Nunca! —replicó ella—. Oí lo que decían tus hombres —añadió tratando de recuperar el aliento al tiempo que se sentía aplastada por el cuerpo de Circenn.

Él frunció el ceño. Era por eso por lo que ella le había puesto la trampa. Había oído lo que Galan y Duncan decían cuando se retiraban a sus aposentos. Obviamente habían dicho algo sobre matarla. Tenía que hablar con ellos a propósito de la discreción. Tal vez instarlos a hablar en gaélico entre los muros del castillo. Mientras admiraba la inventiva de la muchacha, sufrió una momentánea pérdida de concentración y ella la aprovechó, golpeando su cabeza contra el mentón de Circenn. Y eso dolió. Él la sacudió y se sorprendió de que la mujer no sólo no se rindiera, sino que tratara de alcanzarlo otra vez con la cabeza.

No mostraba signos de rendirse y él se dio cuenta de que ella iba a intentar golpearlo hasta quedarse sin aliento. Como la única parte de su cuerpo que le quedaba libre era la cabeza, hizo lo que se le ocurrió para detenerla: besarla. Le iba a ser imposible golpearlo mientras tenía sus labios contra los de ella. Por otra parte, Circenn había aprendido hacía mucho tiempo que la mejor forma de ganar una lucha era tomar tanto espacio del enemigo como se pudiera. Se precisaban nervios de acero para manejar un metro noventa de un Brodie despiadado, que estaba muy cerca del corazón del enemigo.

Felicitándose por la inventiva que había desplegado para mantenerle quieta la única parte del cuerpo que ella podía mover, reconoció su intento como un autoengaño. Había querido besarla desde el momento en que se materializó en frente de su tina de baño. Y ésa era otra violación de sus cuidadosas reglas. Sabía que la intimidad física con esta mujer podía torcer su imparcialidad. Pero la escaramuza había puesto en contacto cada pulgada de sus respectivos cuerpos, y las curvas de la muchacha estaban apretadas contra toda la extensión del cuerpo de Circenn, como si estuvieran yaciendo juntos y desnudos. Su valiente e inteligente emboscada lo había excitado más que su belleza.

Tenía su aroma en las ventanas de la nariz: miedo, mujer y furia. Eso lo hizo ponerse duro como la piedra.

Buscó sujetarla con un beso, hacerle entender su completa dominación, pero al sentir los senos por debajo de su pecho se excitó y se encontró hundiendo su lengua entre los labios de la muchacha con la intención de seducirla, más que de conquistarla. Sintió el momento exacto en que sus besos dejaron de ser su manera de controlarla y se convirtieron en el salvaje deseo de ceder a su apetito por esa hembra. Todo lo que tenía que hacer era desplazar su falda, arrancarle esos extraños pantalones e introducirse en ella. La tentación era exquisita.

La respiración del hombre se aceleró, sonando dura para sus propios oídos. Había pasado mucho tiempo desde la última vez que había estado con una mujer y su cuerpo estaba totalmente tenso. Se apartó un poco para detener la dolorosa presión de su excitación contra las caderas de la muchacha.

Cuando ella se detuvo debajo de su cuerpo él impuso su voluntad. Se resistió a perder el labio inferior de la muchacha y lo succionó mientras se alejaba. La miró. Los ojos de la muchacha estaban cerrados, las pestañas eran abanicos negros contra sus mejillas.

—¿Me vas a matar ahora? —susurró ella.

Circenn la miró, mientras distintas sensaciones se debatían dentro de él. En la lucha, Circenn había tomado su daga y la había puesto en la garganta de la chica. Con un rápido movimiento todo estaría concluido. Breve, misericordioso y simple. Su juramento habría sido cumplido y todo lo que hubiese restado hacer era librarse y volver a su mundo cuidadosamente organizado. Lisa abrió los ojos con expresión de alarma al sentir el frío metal contra la piel.

Circenn cometió el error de mirarlos. Cerró sus ojos y apretó las mandíbulas. «Corta», se ordenó, pero sus dedos no obedecieron. Perversamente, su cuerpo se puso rígido contra el de ella y sintió el repentino deseo de dejar caer el cuchillo y besarla de nuevo.

«¡Mátala!», volvió a ordenarse.

Pero no movió ni un dedo. El cuchillo yacía inútil contra la piel de Lisa.

—No puedo morirme ahora —le susurró Lisa—. ¡Si todavía no he comenzado a vivir!

Circenn notó que sus músculos reconocían la derrota antes que su mente. No existían otras palabras que lo afectaran tanto. «¡Si todavía no he comenzado a vivir!» Un alegato elocuente sobre lo que la vida tenía para ofrecer y, ya sea que ella se hubiera dado cuenta o no, muy revelador. Le dijo mucho sobre ella.

Circenn alejó el cuchillo de la garganta de Lisa con mayor facilidad que cuando lo había acercado a ella. Murmuró una maldición que atravesó el aposento y salió por la puerta con un sonido de satisfacción.

—No, muchacha, no te mataré. —«Al menos esta noche», pensó. La interrogaría, la estudiaría, la juzgaría, determinaría si era culpable o inocente. Se dijo que, si encontraba alguna evidencia de un subterfugio o una personalidad egoísta, el filo de su cuchillo le rebanaría limpiamente el cuello—. Necesito hacerte unas preguntas. Si dejo que te incorpores, ¿te sentarás en silencio en la cama y las responderás?

—Sí; pero no puedo respirar, de modo que date prisa —imploró ella.

Circenn se acomodó de forma de no apoyar totalmente el cuerpo sobre ella. De a poco, le permitió recuperar la libertad de movimiento, como para que ella comprendiera que él estaba cediendo. No era una libertad que se hubiera ganado ni una que podía tener esperanza de conquistar. Circenn le procuró un cierto rango de movimiento. Pero era imperativo que ella entendiera que el control de Circenn era absoluto.

A pesar de su excitación, bastante incómoda, la forzó a mantener un estrecho contacto mientras ella deslizaba su cuerpo por debajo de él. Era una pura demostración de dominación masculina. Apenas le dejó lugar para acomodar las rodillas. Él se inclinaba hacia atrás, de a poco, de manera que se veía forzada a balancearse sobre los pies, agarrándose de los hombros de Circenn, lo que puso los labios de Lisa a unos centímetros de los del guerrero. Él la controlaría por completo, a menos que ella no aceptara sus órdenes.

Lisa desvió la mirada de la de él ostensiblemente. «Si hubieras encontrado mis ojos, muchacha, habría hecho más presión todavía», pensó Circenn, ya que si ella hubiera sido tan desafiante como para sostenerle la mirada, habría logrado que se sometiera por otros medios. Él se levantó junto con ella, de forma que sus cuerpos tuvieran tantos puntos de contacto como fuera posible, y no se perdió la rapidez con que Lisa tomó aire cuando él, deliberadamente, le permitió que sus senos tocaran su abdomen. La acompañó hasta la cama y con un empujón suave la sentó.

Entonces le dio la espalda, como si ella no fuera nada, ninguna amenaza, insignificante. Otra lección que Lisa debía aprender: él no tenía nada que temer. Podía darle la espalda con total impunidad. Ese movimiento le dio también la oportunidad de aliviar su deseo. Tomó aire varias veces, le echó cerrojo a la puerta, puso la daga en su funda y se la colocó en la bota. Se dio unos golpecitos antes de volver a darle la cara a Lisa. Para entonces ya respiraba normalmente y el frente de su falda estaba cuidadosamente abrochado. Ella no tenía que saber lo que su forzado acercamiento le había provocado.

Lisa había hundido la cara entre las manos y su cabello cobrizo se deslizaba sobre las rodillas. Circenn recordó que no debía mirarle las largas piernas, enfundadas en esos pantalones tan reveladores. Apenas ocultas por esa tela de un pálido azul, un hombre podía seguir la delgada línea de sus tobillos sobre las musculosas pantorrillas y arriba, sus formadas caderas hasta la letra «V» de su privacidad femenina. Aquellos pantalones podían seducir hasta a un gran maestro templario.

—¿Quién eres? —comenzó calmadamente. Continuaría con un tono de voz suave hasta que ella demostrara alguna resistencia. Entonces le rugiría. Divertido, pensó que esa muchacha podría devolverle el rugido.

—Mi nombre es Lisa —murmuró con la cara entre las manos.

Fue un buen comienzo: obediente y rápida.

—Lisa, yo soy Circenn Brodie. Si nos hubiéramos encontrado en otras circunstancias, tal vez hubiéramos podido conocernos mejor, pero no ha sido así. ¿Dónde encontraste mi frasco?

—En el museo donde trabajo —contestó con tono monótono.

—¿Qué es un museo?

—Un lugar donde se exponen tesoros y objetos.

—¿Mi frasco estaba en exhibición? ¿Para que la gente lo viera? —le preguntó indignado. «¿Acaso el conjuro no había funcionado?», pensó.

—No. Acababan de encontrarlo y aún estaba en su cofre. No había sido puesto en exhibición todavía —respondió ella.

—Ah, entonces el cofre no había sido abierto. Fuiste la primera en tocarlo.

—No, dos hombres lo tocaron antes que yo.

—¿Los viste hacerlo?

—¡Dios mío! ¡Las pinzas! —exclamó Lisa con expresión de horror—. No, no los vi tocarlo. Pero al lado del cofre había un par de pinzas. ¡Apuesto a que ni Steinmann ni sus visitantes tocaron el cofre o el frasco! ¿Fue eso lo que me hizo aparecer aquí? ¿Tocar el frasco? ¡Sabía que no tenía que aventurarme en asuntos ajenos!

—Esto es muy importante, muchacha. Debes contestarme la verdad. ¿Sabes lo que contiene el frasco?

Lo miró inocentemente. O era una actriz consumada o estaba diciendo la verdad.

—No. ¿Qué contiene?

«¿Comediante o inocente?», pensó Circenn, mientras se frotaba la barbilla y la examinaba.

—¿De dónde eres, muchacha? ¿De Inglaterra?

—No. De Cincinnati.

—¿Dónde queda eso?

—En Estados Unidos.

—Pero hablas inglés.

—Nuestra gente escapó de Inglaterra hace cientos de años. En un tiempo los ingleses eran paisanos míos. Ahora nosotros nos consideramos americanos.

Circenn la miró sin comprender. Luego, una revelación hizo brillar los ojos de Lisa.

—Perdón, eso fue tonto de mi parte. Es cierto que no puedes entenderlo. Estados Unidos está muy lejos de Escocia, cruzando el océano —le dijo—. A nosotros tampoco nos gusta Inglaterra, por lo que simpatizo con vosotros —añadió tratando de infundirle confianza—. Probablemente nunca habrás oído hablar de mi tierra, pero vengo de muy lejos y es imperativo que vuelva allí. Y pronto.

Lisa sacudió la cabeza y sus mandíbulas se endurecieron. Circenn sintió admiración: la muchacha era una luchadora hasta el final. Sospechó que si hubiera intentado matarla no habría obtenido ruegos de sus labios, sino gritos de venganza hasta el amargo final.

—Me temo que no puedo enviarte a casa ahora.

—Pero ¿puedes enviarme a casa en algún momento? ¿Sabes cómo hacerlo? —Lisa contuvo la respiración a la espera de la respuesta.

—Estoy seguro de que podremos hacerlo —respondió él sin comprometerse. Si ella venía del otro lado del mar y lograba encontrar alguna forma de no tener que matarla, si se decidía a liberarla, seguramente conseguiría un barco donde ponerla. El hecho de que fuera de un lugar tan lejano le hacía más fácil liberarla porque era dudoso que su patria tuviera algún interés en Escocia. Y una vez que ella se hubiera ido tal vez podía forzarse a olvidar que había violado una regla. Fuera de la vista significaba fuera de la mente. Su aparición en la torre podría haber sido sólo un gigantesco error. Pero ¿cómo había llegado su cofre tan lejos?

—¿Cómo obtuvo tu museo mi cofre?

—Ellos mandan gente a todas partes para buscar tesoros raros...

—¿Quiénes son ellos? —preguntó él rápidamente. Tal vez ella era inocente, pero los hombres que mencionaba no lo eran.

—Mis empleadores —dijo, mirándolo y luego rehuyendo su mirada.

Él entrecerró los ojos y la estudió detenidamente. ¿Por qué había desviado la mirada? Parecía estar haciendo un genuino esfuerzo por comunicarse con él. Aunque no notó ningún signo de engaño, sintió que la muchacha estaba experimentando emociones fuertes. Había cosas que no estaba diciendo. Mientras evaluaba en qué dirección seguir el interrogatorio, ella lo sorprendió diciendo:

—¿Cómo conseguiste hacerme viajar en el tiempo? ¿Utilizaste algún tipo de magia?

Circenn dejó escapar un suave silbido. «Por Dagda, ¿de cuán lejos viene esta muchacha?»

5

Lisa, sentada en la cama, esperaba ansiosa la respuesta. Mirar a ese hombre le resultaba difícil. En parte porque la asustaba y en parte porque era increíblemente guapo. ¿Cómo podía pensar que era su enemigo cuando su cuerpo, sin consultar a su mente, había decidido que le gustaba? Nunca había sentido una atracción tan instantánea y visceral. Cuando yacía debajo de su peso arrollador, se había sentido inundada por un frenético deseo sexual que apresuradamente había atribuido al miedo a morir. Había leído en alguna parte que a veces sucede eso.

Se forzó a estarse quieta, así no demostraría su pánico ni su inaceptable fascinación por ese hombre. En los pocos minutos que habían pasado, había sido transportada del miedo y la furia que le daba que su vida fuera a terminar de esa manera tan poco auspiciosa a la sorpresa de cuando la había besado. Ahora estaba precavidamente aturdida.

Se había dado cuenta..., ese hombre tenía un lenguaje corporal seriamente intimidante..., de que él tenía pleno control de la situación y, a menos que lo sorprendiera, ella no tenía la más mínima oportunidad de escapar. Cuando lo emboscó frente a la puerta, ya había malogrado su mejor posibilidad de cogerlo con la guardia baja. Medía más de un metro noventa de estatura y era más macizo que cualquier jugador profesional de fútbol americano que ella hubiese conocido. No se habría sorprendido de que pesara cien kilos, o más, de puro músculo. A este hombre no se le escapaba nada. Era un predador natural y un guerrero que estudiaba cada movimiento y expresión de su oponente. Se imaginó que sería capaz de oler sus emociones. ¿Acaso no atacaban los animales cuando olían el miedo?

—Veo que debo encarar las cosas desde otro ángulo. ¿De qué época eres, muchacha?

Lisa se forzó a mirarlo. Circenn se había sentado en el suelo, con su espalda apoyada contra la puerta y sus poderosas piernas extendidas frente a él. El mango de su cuchillo asomaba por encima de las botas. Le resbalaba sangre de la sien y su labio inferior estaba hinchado. Cuando se limpió distraídamente la sangre con el dorso de la mano, los tendones y músculos de su antebrazo se tensaron.

—Estás sangrando.

Se le escapó ese comentario tonto. «Y vistiendo un tartán», pensó maravillada. Una falda hecha con un tejido de colores carmesí y negro le envolvía el cuerpo, revelando descuidadamente más de lo que ocultaba.

Los labios de Circenn hicieron una mueca.

—Imagínate esto —dijo burlonamente—. Fui emboscado por una *banshee* escupidora y ahora estoy sangrando. Me hizo caer, me golpeó en la cabeza, me hizo rodar por encima de trozos de cerámica rota, me dio un cabezazo, me dio una patada en...

—Lo siento

—Haces bien.

—Estabas tratando de matarme —dijo Lisa a la defensiva—. ¿Cómo te atreves a enfadarte conmigo, cuando era yo la que estaba enfadada contigo primero? Tú comenzaste todo esto.

Él se pasó la mano por el cabello impacientemente.

—Sí, y ahora lo estoy terminando. Te dije que decidí no matarte por el momento, pero necesito información. Tengo cincuenta hombres detrás de esa puerta —dijo haciendo un gesto con el pulgar por detrás de su hombro— que necesitarán razones para confiar en ti y dejarte vivir. Aunque soy el jefe aquí, no puedo mantenerte a salvo si no les doy a mis hombres una razón creíble por la cual no deben considerarte una amenaza.

—Pero ¿por qué querría cualquiera de vosotros matarme? —preguntó Lisa—. ¿Qué hice?

—Yo dirijo este interrogatorio, muchacha —dijo con placer deliberado, cruzándose de brazos.

Lisa no tenía dudas de que había adoptado esa pose como para dejar en claro sus argumentos. Sus brazos eran puro músculo y le recordaron lo pequeña que era en comparación con él, incluso midiendo un poco más de un metro sesenta. Aprendió otra lección: Circenn podía ser cortés y aun demostrar un extraño sentido del humor, pero siempre era infalible y estaba al mando.

—Está bien —dijo—, pero, para empezar, me puedes ayudar a entender por qué me consideras una amenaza.

—Por lo que hay en el frasco.

—¿Y qué hay? —preguntó Lisa, reprendiéndose por su incesante curiosidad. Su curiosidad descontrolada, después de todo, había generado esta situación.

—Si no lo sabes, tu inocencia te protegerá. No me preguntes de nuevo.

Lisa respiró nerviosamente.

—¿De qué época eres? —le preguntó suavemente Circenn, volviendo a la pregunta inicial.

—Del siglo XXI.

Circenn parpadeó y ladeó la cabeza.

—¿Esperas que crea que vienes de setecientos años hacia el futuro?

—¿Y tú esperas que crea que estoy en el siglo XIV? —dijo ella, sin poder ocultar una nota de irritación en su voz.

¿Por qué él esperaba que esa locura le fuera más fácil a ella? Una rápida sonrisa cruzó la cara de Circenn. Ella respiró, pero luego la sonrisa se desvaneció de la cara del hombre y nuevamente volvió a ser el mismo remoto salvaje de antes.

—Esta conversación no es sobre ti, muchacha, o sobre lo que piensas o crees. Es sobre mí y sobre si puedo encontrar una razón para confiar en ti y dejarte con vida. Que seas del futuro y lo que sientas sobre estar aquí no significan nada para mí. Es irrelevante de dónde o de cuándo eres. El hecho es que ahora estás aquí y te has convertido en mi problema. Y no me gustan los problemas.

—Entonces mándame de vuelta a casa —dijo en voz casi baja—. Eso debería resolver tu problema.

La mirada de él, fija sobre su rostro, la estremeció. Sus ojos oscuros captaron la atención de los de ella y, por un espacio de tiempo inconmensurable, no pudo desviar la mirada.

—Si eres del futuro, ¿quién es el rey de Escocia? —preguntó él con delicadeza.

Respiró con cautela.

—Me temo que no lo sé. Nunca estoy al tanto de la política —mintió. Por cierto que no iba a decirle a un guerrero que luchaba por reyes y territorios que, setecientos años más tarde, Escocia todavía seguiría sin tener un rey reconocido. Puede que no tuviese un título universitario, pero no era estúpida.

Él entrecerró los ojos y ella tuvo la curiosa sensación de que Circenn estaba midiendo mucho más que sus expresiones faciales.

—Lo acepto —dijo finalmente—. A pocas mujeres les interesa la política. Pero ¿quizá sabes de historia?

—¿Acaso tú sabes lo que pasó hace setecientos años?— dijo Lisa evasivamente, intuyendo dónde quería llevarla él. Lo que quería saber era quién había ganado tal o cual batalla y quién había peleado en qué lugar, y lo próximo sería enredarse, embarrándola con el futuro. Si realmente estaba en el pasado, no se involucraría en aumentar el caos del mundo.

—Buena parte, sí —contestó Circenn con arrogancia.

—Bueno, yo no. Sólo soy una mujer —dijo con más candidez de la que podía mostrar.

Él la miró admirativo y la comisura de sus labios se alzó en una sonrisa a medias.

—Ah, muchacha, decididamente no eres «sólo» una mujer. Sospecho que sería un gran error juzgarte meramente como algo. ¿Tienes un clan?

—¿Qué?

—¿A qué clan perteneces?

Como ella no le contestó, preguntó:

—¿Tienen clanes en Cincinnati?

—No —dijo Lisa sucintamente. Por cierto, él no tenía que preocuparse por que alguien viniera en su rescate; si a duras penas seguía teniendo familia. El suyo era un clan de dos, y una de las dos se estaba muriendo.

Circenn hizo un gesto de impaciencia con las manos.

—El nombre de tu clan, muchacha. Eso es lo único que quiero saber. ¿Lisa qué?

—¡Oh, quieres saber mi apellido! Stone. Lisa Stone.

Los ojos de Circenn se abrieron incrédulos.

—¿Como roca en inglés? ¿O peñasco? —preguntó él entre risas.

Lisa deseaba abofetearlo.

—¡No! Como Sharon Stone. La famosa actriz —puntualizó impertérrita.

Circenn entornó los ojos y preguntó:

—¿Provienes de un linaje de actrices?

¿En qué se había equivocado ahora?

—No —dijo, con un suspiro—. Fue un intento de hacerte un chiste, pero no resultó gracioso porque no entendiste lo que quise decir. Sin embargo, mi apellido es Stone.

—¿Tan tonto me crees? —preguntó él, utilizando las mismas palabras que ella le había dicho a propósito de su nombre horas atrás—. ¿Lisa Rock? No funcionará. Difícilmente podría presentarte a mis hombres, si eso decidiera finalmente, como Lisa Stone. Igualmente podría decirles que te llamas Lisa Mud o Lisa Straw. ¿Por qué razón tu gente tomó por apellido el nombre de una piedra?

—Es un apellido perfectamente respetable —dijo ella con dureza—. Siempre he pensado que se trata de un nombre fuerte, como yo: resistente a las calamidades, poderosa y capaz. Las piedras tienen una cierta majestad, cierto misterio. Siendo de Escocia, deberías saberlo. ¿Acaso aquí las piedras no son sagradas?

Circenn meditó por un instante sobre lo que la joven había dicho y asintió.

—Es cierto. No había considerado de ese modo la cuestión, pero sí, las piedras son para nosotros monumentos bellísimos. Sí, Lisa Stone. Dime, ¿dijeron en tu museo dónde encontraron mi cofre? —preguntó, continuando fríamente con su interrogatorio.

Lisa reflexionó tratando de recordar la discusión que había oído cuando estuvo escondida debajo del escritorio de Steinmann.

—Enterrado entre unas rocas, cerca de la orilla de un río en Escocia.

—Ah, eso empieza a tener sentido —murmuró él—. Cuando le eché un conjuro, no se me ocurrió que, si mi cofre permanecía escondido durante siglos, la persona que lo tocara viajaría tanto a través del espacio como del tiempo. —Meneó la cabeza—. Tengo poca paciencia para este asunto de los conjuros.

—También parece que estás poco capacitado para llevarlos a cabo —dijo Lisa, con palabras que le salieron de la boca antes de poder refrenarse.

—Funcionó. ¿O no? —dijo secamente Circenn.

«Cállate, Lisa», se dijo reprendiéndose, pero su lengua no le hizo caso:

—Bueno, sí, pero no se pueden juzgar las cosas solamente por su resultado. El fin no necesariamente justifica los medios.

Circenn dijo sonriendo levemente:

—Mi madre solía decir eso.

Madre.

Lisa cerró sus ojos. Dios, cómo deseaba poder mantenerlos cerrados e irse. Sin importar lo fascinante que fuera la situación o lo hermoso que fuera él, tenía que salir de allí. Mientras hablaban, en algún lugar del futuro, la enfermera del turno de noche iba a ser relevada por la enfermera del turno de día y su madre habría esperado su llegada durante horas. ¿Quién iba a verificar que sus medicamentos estuvieran en orden, que las enfermeras le hubiesen dado las dosis correctas? ¿Quién le sostendría la mano mientras dormía como para que no estuviera sola en el momento de morir? ¿Quién le cocinaría su plato favorito para tentar su apetito?

—Haz algo para poner fin al conjuro —le rogó a Circenn.

Él la miró intensamente y ella volvió a experimentar la sensación de estar siendo examinada a un nivel muy profundo. La mirada de Circenn ejercía sobre ella una presión casi tangible. Luego de un largo silencio le dijo:

—No puedo enviarte de vuelta, muchacha. En realidad, no sé cómo hacerlo.

—¿Qué quieres decir con «no sé cómo hacerlo»? —exclamó Lisa—. ¿Acaso tocar el frasco no serviría?

Circenn negó con la cabeza.

—Ése no es el poder del frasco. El viaje a través del tiempo, en el caso de que realmente lo hubieras hecho, fue una parte incidental del conjuro. No sé cómo enviarte a casa. Cuando dijiste que venías del otro lado del mar creía que podría ponerte en un barco y enviarte a tu hogar, pero faltan setecientos años para que éste exista.

—¡Entonces echa otro conjuro de manera de que yo pueda volver! —gritó ella.

—Muchacha, no es así como funciona este asunto. Los conjuros son criaturitas muy arteras y ninguna puede manejar el tiempo.

—Entonces, ¿qué vas a hacer conmigo? —preguntó.

Circenn se levantó, su cara despojada de expresión, y volvió a ser el señor de la guerra, frío y distante.

—Te lo diré cuando lo decida, muchacha.

Lisa dejó caer la cabeza entre las manos y no tuvo que volver a mirarlo para saber que salía del aposento y la volvía a dejar encerrada. La ofendía que tuviera tanto control sobre ella y sintió una urgente necesidad de tener la última palabra, sin importarle lo infantil que fuera ese impulso. Decidió que hacer una pequeña petición ahora podía reforzar su posición.

—Bueno. ¿Vas a matarme de hambre entonces? —le gritó, mientras él cerraba la puerta. Años atrás había aprendido que poder juntar toda la rebeldía que sentía servía para evitar un ulterior llanto. A veces el enfado era la única defensa que uno tenía.

No estaba segura, tal vez lo había imaginado pero le pareció haber oído un estruendo de carcajadas.

6

Lisa se levantó dolorida, con los músculos hechos un nudo y tortícolis en el cuello por haber dormido sin almohada, sensaciones bien tangibles que le gritaban «¡Bienvenida a la realidad!». Se sorprendió de haber podido dormir, pero el cansancio había finalmente triunfado por sobre la paranoia. Durmió vestida con sus tejanos puestos, que eran rígidos e incómodos. Tenía frío, la camiseta la llevaba enredada en el cuello, se le había desabrochado el sostén y le dolía la cintura debido a las protuberancias del colchón.

Suspiró y se puso boca arriba, estirándose prudentemente. Había dormido inquieta, teniendo sueños extraños y se había despertado en el mismo aposento de piedra. Eso cerraba la cuestión: no se trataba de un sueño. Si le había quedado algún vestigio de duda se había desintegrado a la pálida luz del alba, que se filtraba por los bordes de los tapices suavemente ondeantes. Ninguna pesadilla podría haber conjurado la comida nauseabunda que se había zampado la noche anterior; tampoco en sueño alguno se habría topado subconscientemente con servicios primitivos semejantes. Por más fértil que fuese su imaginación, no era sádica.

Reflexionó que, sin embargo, Circenn Brodie era indiscutiblemente materia de sueños.

La había besado. Había bajado su boca hasta la de ella y el contacto de la lengua de él, a pesar del miedo, la había acalorado. Había temblado; en realidad, cuando sus labios rozaron los de ella, se había sacudido desde la cabeza hasta los pies. Había leído que cosas así sucedían, pero nunca pensó que fuera a experimentarlas alguna vez. Antes de quedarse dormida la noche anterior, había conservado en la memoria cada detalle de ese beso, un invalorable artefacto en el yermo museo de su vida.

¿Por qué la había besado? Era tan resuelto y controlado que ella se había imaginado que, si alguna vez tocaba a una mujer, lo haría con una caricia disciplinada, no con un beso como el que le había dado a ella: un beso salvaje, ardiente y desinhibido. Un beso que bordeaba lo feroz, aunque infinitamente seductor. Que hacía que una mujer quisiera sacudir la cabeza hacia atrás y gimotear de placer, mientras él la violaba. Él era diestro, y ella sabía que Circenn Brodie estaba más allá de sus posibilidades.

Debió de haber sido una estrategia, pensó; el hombre rezumaba estrategias. Tal vez había pensado en seducirla para volverla dócil. Dado que su apariencia se asociaba a la oscura sexualidad que exudaba, tal vez había controlado de esa manera a las mujeres toda su vida.

«Que alguien por favor me ayude —deseó—. Es más de lo que puedo afrontar».

Apartando de su mente el recuerdo del beso, estiró los brazos por encima de la cabeza, buscando moretones de la escaramuza de la noche anterior. Al oír que alguien buscaba la llave del otro lado de la puerta y el sonido del cerrojo que se deslizaba, cerró los ojos, simulando estar dormida. Aún no estaba lista para enfrentarlo esa mañana.

—¡Bien, despiértate, muchacha! No podrás escaparte quedándote en la cama todo el día —dijo una voz pícara. Lisa abrió los ojos. A su lado había un muchachito, escrutándola de arriba abajo—. ¡Oh! —exclamó—. ¡Qué muchacha tan bonita!

El chico tenía cabellos castaño rojizo, una sonrisa infantil y ojos y tez inusitadamente oscuros. Tenía un mentón en punta y pómulos salientes. Pensó que era un muchachito de aspecto feérico.

—¡Vamos! ¡Sígueme! —gritó. Cuando él salió como una flecha del aposento, Lisa se destapó y corrió tras él sin pensarlo dos veces. «¡Cielos, el muchacho es rápido!» Tuvo que apretar el paso para seguirlo, mientras él recorría casi rozando las piedras en dirección a la puerta que había al final del oscuro corredor.

—Aquí, ¡deprisa! —gritaba, mientras cruzaba la puerta.

Si en lugar de un niño hubiera sido cualquier otro, jamás lo habría seguido ciegamente, pero ser despertada por una criatura inocente que le otorgaba la oportunidad de escapar obnubiló su sentido común, y se descubrió siguiéndolo hasta una torrecilla. Cuando entró, él cerró la puerta rápidamente. Estaban en un cuarto circular, con escaleras que subían y bajaban. Cuando él le cogió la mano y comenzó a arrastrarla para que bajara por las escaleras, Lisa entrecerró los ojos con recelo. ¿Quién era ese muchachito y por qué se proponía ayudarla a huir? Opuso resistencia de manera tan repentina que él tropezó cayendo hacia atrás.

—Aguarda un instante —dijo, cogiéndolo por los hombros—. ¿Quién eres?

El muchachito se encogió inocentemente de hombros, liberándose de sus manos.

—¿Yo? Sólo un niñito que sabe cómo escapar de la torre. No te inquietes, muchacha, nadie me ve. Vine a ayudarte a escapar.

—¿Por qué?

El muchachito volvió a encoger rápidamente sus hombros flacos.

—¿Acaso te importa? ¿No quieres huir?

—Pero ¿adónde iré?

Lisa respiró profundamente varias veces, tratando de espabilarse. Necesitaba pensar concentrada. ¿Para qué le serviría escapar del castillo?

—Lejos de aquí —respondió el niño, fastidiado por la actitud obtusa de la muchacha.

—¿Adónde? —repitió Lisa, mientras su mente dormida finalmente comenzaba a funcionar con algo que se parecía levemente a la inteligencia—. ¿Para volverme vasallo de Bruce? ¿Para ir a hablar con el hijo de Piernas Largas? —preguntó secamente.

—¿Eres espía? —exclamó con indignación.

—No. Pero ¿adónde iré? Escapar del castillo es sólo el principio de mis problemas.

—¿Qué? ¿No tienes una casa, muchacha? —preguntó el niño perplejo.

—No en este siglo —dijo Lisa, mientras se hundía en el suelo, con un sollozo. La adrenalina había invadido su cuerpo ante la perspectiva de la fuga. Derrotada por la lógica, ahora abandonaba sus venas tan rápido como había llegado, y su súbita ausencia la hizo sentirse sin fuerzas. A juzgar por lo álgido del muro contra el que estaba apoyada y por las ráfagas heladas que envolvían la torre, afuera hacía frío. Si se iba, ¿cómo haría para comer? ¿Adónde iría? ¿Cómo haría para escapar cuando no había lugar donde pudiera hacerlo? Miró al muchachito, quc parecía alicaído.

—No entiendo a qué te refieres, pero sólo pensaba ayudarte. Sé lo que esos hombres hacen a las muchachas. No es bonito.

—Gracias por confortarme —dijo Lisa con frialdad. Estudió al muchachito durante un momento. Tenía una mirada brillante y directa, y sus ojos parecían demasiado maduros para su rostro infantil.

Se sentó en el suelo al lado de ella.

—Entonces, ¿qué puedo hacer por ti, muchacha, si no tienes hogar y yo no puedo liberarte? —le preguntó desanimado.

Lisa advirtió de pronto que había una cosa con la que podía ayudarla, ya que ella no le había hecho esa pregunta al ilustre Circenn Brodie.

—Necesito..., eh... Es que bebí demasiada agua —le informó.

Una sonrisa metálica iluminó por completo el rostro del muchachito.

—Aguarda aquí, ¿de acuerdo? —dijo, corriendo escaleras arriba. Cuando volvió, cargaba un cuenco de cerámica que parecía idéntico al que había usado la noche pasada para golpear a Circenn en la cabeza.

Lisa lo miró con aire vacilante.

—Y después ¿qué hago?

—Lo arrojas por la ventana —contestó, como si ella fuese tonta.

—En esta torre no hay ventanas —dijo ella, avergonzada.

—Lo arrojaré por ti —dijo el niño sin vacilar, y ella se dio cuenta de que ése era el modo en que funcionaban las cosas. Probablemente él había arrojado cientos de cuencos llenos a lo largo de su corta vida—. ¡Uf!, pero ahora te daré algo de privacidad —agregó y corrió escaleras arriba.

Fiel a sus palabras, volvió al cabo de algunos instantes y subió corriendo, por tercera vez, con el cuenco.

Lisa se sentó en los escalones a esperar que regresara el chico. Sus opciones eran limitadas. Podía tontamente escapar del castillo y, probablemente, morir por ahí, o volver al aposento de Circenn y pegarse a su enemigo tanto como pudiera, con la esperanza de encontrar el frasco (al cual quería considerar billete de ida y vuelta). Era aceptar eso o que estaba condenada para siempre al siglo XIV y, con su madre muriéndose en la casa, pronto sería ella misma la que se muriese antes que aceptar ese destino.

—Háblame de Circenn Brodie —le dijo al muchachito cuando éste volvió y se sentó a su lado.

—¿Qué es lo que quieres saber?

«Si besa a todas las muchachas.»

—Será una bella persona.

—Ningún hombre es más bello que él —le aseguró el muchachito.

—Me refiero a si es íntegro, no a si es atractivo —aclaró Lisa.

—Entiendo a qué te refieres —dijo el muchachito con una sonrisa—. El amo es un hombre justo, jamás juzga apresuradamente.

—Entonces, ¿por qué estás tratando de ayudarme a escapar?

El niño se encogió de hombros.

—Anoche oí que sus hombres hablaban de matarte. Me imaginé que, si todavía respirabas esta mañana, te iba a tratar de ayudar a escapar —dijo y su rostro fino se paralizó y sus ojos se hicieron distantes—. A mi madre la mataron cuando yo tenía cinco años. No quiero ver sufrir a ninguna muchacha. Puede que algún día seas la madre de alguien —dijo y sus ojos carentes de malicia buscaron los de ella.

El muchachito huérfano conmovió a Lisa. Entendía demasiado bien lo que significaba el dolor ante la pérdida de una madre. Esperaba que la «madre» del muchachito no hubiese sufrido mucho, sino que hubiese encontrado una muerte rápida y sin dolor. Suavemente acarició la frente y el pelo revuelto del niño. Él se inclinó ante sus caricias como si las hubiese estado deseando desde hacía mucho.

—¿Cómo te llamas, niño?

—Puedes llamarme Eirren, pero, en verdad, a todos les respondo cuando me dicen «tú» —dijo con una sonrisa inquietante.

Lisa meneó la cabeza a modo de reproche burlón.

—¿Cuántos años tienes?

Él levantó una ceja y sonrió.

—Los suficientes como para saber que eres una muchacha muy guapa. Puede que todavía no sea un hombre, pero un día lo seré, así que lo mejor es ir practicando todo lo que me sea posible.

—Incorregible —murmuró ella.

—No, tengo trece —dijo el chico con soltura—. A mi modo de ver, un niño puede salirse con la suya en muchas cosas que un hombre no puede, de manera que mejor hacerlo ahora. ¿Qué otra cosa quieres saber, muchacha?

—¿Está casado?

«¿Qué clase de mujer podría manejar a un hombre como él?»

Un instante después de preguntar se arrepintió, pero luego decidió que Eirren seguramente no comprendería su interés.

—¿Quieres tumbártelo? —preguntó el muchachito con curiosidad.

«¿Tumbármelo?» Lisa caviló un instante sobre la cuestión.

—¡Oh! —exclamó cuando se dio cuenta de lo que él había querido decir—. ¡Cállate! —gritó—. ¡No puedes pensar de ese modo! Eres demasiado joven. «¡Tumbármelo!»

Eirren sonrió.

—Crecí oyéndoselo decir a los hombres. ¿Cómo no decirlo? No he tenido madre por mucho tiempo.

—Bueno, estás necesitando una —dijo Lisa con delicadeza—. Nadie debería estar sin una madre.

—¿Te besó?

—¡No! —se apuró a mentir Lisa. Agachó la cabeza, haciendo que el cabello le cayera hacia delante para esconderle su rubor al muy perspicaz muchachito.

—Entonces es un tonto —dijo Eirren, con su sonrisa aniñada—. Bueno, muchacha, mejor que vayas decidiendo lo que quieres hacer. Si no te vas, te quedas, y si te quedas, mejor que vuelvas a tu aposento antes de que te descubran. A Circenn no le gusta que se rompan las reglas, y escaparte del cuarto es romper una regla —dijo, incorporándose y sacudiéndose el polvo de las rodillas sucias.

—Necesitas un baño —dijo ella, decidiendo que, mientras estuviera allí, sería algo así como una madre.

—Sí, y hay cosas de mi madre que no echo de menos para nada —dijo Eirren alegremente—. Voy contigo. Veo que has decidido quedarte en la cueva con el oso, que no es malo del todo; una vez que consigues que se relaje, sus gruñidos son mucho peores que sus mordiscos.

Mientras lo seguía por la escalera, Lisa sonrió. El joven Eirren velaba por su comodidad, pero por esa misma razón podría resultar un aliado útil. Correteando por ahí como un ratón, el inquisitivo muchachito probablemente conocía cada rincón y hendidura del castillo. Le convenía cultivar su compañía..., subrepticiamente, claro. Como si hubiese leído sus pensamientos, Eirren hablaba, mientras la guiaba amablemente de vuelta al aposento.

—No le cuentes al amo nada sobre mí, muchacha. No le gustaría que haya hablado contigo. Tiene que ser un secreto entre tú y yo. Sé que no querrás traerme problemas, ¿verdad? —dijo, sosteniéndole la mirada.

—Será nuestro secreto —dijo Lisa.

7

Circenn golpeó el muslo de Duncan con la parte plana de su espada.

—Presta atención, Douglas —gruñó—. En una batalla la distracción puede acabar con la vida de un hombre.

Duncan sacudió la cabeza y frunció el ceño, mientras contaba hasta cinco y se enfrentaba a Circenn.

—Perdón, pero me pareció ver a un niño corriendo como una flecha hacia la casucha que está detrás del castillo.

—Probablemente se trate de la joven que sirve a Floria quien apenas me llega a la altura de las costillas —dijo Circenn—. Sabes que no se permiten niños en Dunnottar.

—Entonces era una muchachita condenadamente pequeña —dijo Duncan levantando la espada con un suave giro de su musculoso antebrazo—. Y aunque tú y Galan penséis que me gustan todas, no me apetecen tan jóvenes.

Sus espadas se encontraron en un choque de aceros que hizo saltar innumerables chispas en medio de la neblina, mientras el amanecer avanzaba sobre Dunnottar. Apenas visible, detrás de unas nubes bajas, asomó el sol en el reluciente horizonte oceánico y la niebla, que había avanzado con la marea nocturna, comenzó lentamente a disiparse.

—Ven, Douglas, pelea conmigo —lo azuzó Circenn.

Duncan se había entrenado con Circenn desde su más tierna infancia y era uno de los pocos hombres que podía enfrentarlo al menos por un momento. Luego la fortaleza física superior de Circenn y su resistencia lo eliminaban.

Rechazar y golpear, amagar y girar. Los dos ejecutaron una vieja danza guerrera alrededor del patio hasta que repentinamente Duncan logró penetrar en la posición defensiva de Circenn y la punta de su espada se depositó en la garganta de su señor.

El círculo de caballeros se estremeció, mientras Circenn se quedaba helado, con la mirada fija no en la espada de Duncan, sino en el ala este del castillo.

—Ella sólo traerá calamidades. Juro que aceptar a esa muchacha es un desatino —dijo Circenn, y a continuación soltó una sarta de insultos que hizo que incluso Duncan enarcara las cejas.

Todos los ojos se volvieron hacia el este, donde una mujer esbelta trepaba el muro de piedra. Por debajo de ella ondeaba una cuerda improvisada con ropa de cama. Era obvio lo que estaba haciendo: descendiendo hasta la ventana que había debajo de la suya, preparándose para entrar.

—¿Por qué simplemente no usa la puerta, milord? —preguntó uno de los templarios.

—Eché el cerrojo —murmuró Circenn.

Duncan bajó la espada y maldijo.

—Debería haber sabido que no te derroté en buena ley.

—¿Quién es ella? —preguntó otro caballero—. Y ¿qué clase de vestimenta lleva puesta? Es como si no llevara nada. Se puede ver cada curva de su..., esto, ¿cómo decirlo?

—Sí, ¿quién es ella, milord? —preguntó otro caballero, y todos asintieron.

Circenn no apartó ni por un instante los ojos de la delgada figura que descendía por el muro sin la menor elegancia. Enfundada en esos extraños pantalones, cuando estiraba las largas piernas para encontrar un punto de apoyo en verdad era posible apreciar la belleza de su perfecto trasero. Circenn había estado conteniendo la respiración desde el instante en que la oscilación de la ropa de cama había captado su atención. Ahora exhalaba con un sonoro suspiro.

—Se supone que no debía revelar su presencia —mintió velozmente, topándose con la mirada de Duncan, a quien advirtió en silencio. Se sintió instantáneamente consternado de lo fácil que había sido mentir. «¿Ves?», se reprendió a sí mismo, «rompes una regla y todo se va al demonio»—. Es una prima de los Bruce y se me confió su cuidado. Deberán protegerla del mismo modo en que protegerían al mismísimo Robert. Aparentemente, a ella poco le preocupa su seguridad. Supongo que tal vez tengamos que poner el castillo a su disposición.

Con esas palabras, envainó la espada y salió del patio.

En la puerta, Circenn miró por encima de su hombro a Duncan, con otra mirada admonitoria que implicaba graves repercusiones si Duncan no apoyaba su historia y protegía a la joven. La mirada en el rostro de Duncan hizo que se sintiera un poco más seguro. Su amigo y fiel consejero estaba observándolo con perplejidad, como si un extraño se hubiese apoderado del cuerpo del señor de Brodie. Duncan meneó la cabeza y su expresión decía claramente: «¿Qué demonios estás haciendo? ¿Acaso te volviste loco?»

Cuando Circenn penetró en la torre y subió las escaleras de a dos peldaños por vez, decidió que posiblemente eso es lo que le había sucedido.

Lisa se impulsó con los pies y suavemente se balanceó para entrar por la ventana, exhalando un suspiro de alivio. Ante la insistencia de su padre, había tomado clases de acrobacia extracurriculares, tanto en la escuela superior como en la preparatoria. Aunque esa subida no parecía demasiado difícil, balancearse por encima del patio rogando que los nudos no se desataran, había sido ciertamente para ponerse nerviosa. Hubiese deseado que la niebla no se disipara tan rápido, y cuando el sol comenzó a evaporar las pesadas nubes, se apresuró, consciente de que los guerreros que practicaban abajo la verían con toda claridad, en caso de mirar hacia arriba.

Pero Lisa contaba con que las personas raramente miran hacia arriba; la gran mayoría mantiene la mirada firmemente fija sobre el suelo o en algún punto inexistente del mar de gente que transita por las calles de las ciudades. Únicamente Lisa y alguno de los indigentes escrutaban el cielo, observando cómo las nubes se deshacían y desaparecían. «Soñadora —le decía su padre para tomarle el pelo—. Sólo los soñadores observan el cielo. Eres una romántica, Lisa. ¿Estás esperando que un caballo alado aparezca de entre las nubes trayendo a tu príncipe en el lomo?»

Después de que Eirren se hubo marchado, aguardó en el aposento a que volviera Circenn Brodie, y como él no apareció se sintió progresivamente intranquila. Necesitaba hallar el frasco, y con la puerta cerrada desde afuera no tenía muchas opciones. Miró por la ventana y descubrió otra a unos metros de la suya. Rápidamente decidió echar una mirada por ahí mientras le fuera posible.

¿Y si él la cogía? No le importó. El amo del castillo tenía que saber que ella no era el tipo de mujer que se sentaría a esperar sus decisiones, dejándole el control a él. Había considerado concienzudamente su situación y, sí, todo indicaba que estaba realmente en el siglo XIV. Y, sí, su madre se estaba muriendo en el siglo XXI. No podía escaparse del castillo, pero necesitaba dejar sentado que era una mujer inocente a la que se le debía un mínimo de respeto y a quien Circenn debería ayudar a regresar a su casa. No hacer nada no era una opción. A lo largo de su vida, la única manera que había encontrado para sortear las dificultades había sido enfrentarse a ellas, con los ojos bien abiertos y la mente trabajando para alcanzar sus propósitos.

Hizo a un lado el tapiz y saltó desde el alféizar. Sus botas alcanzaron el suelo con golpe sordo exactamente cuando él abría la puerta con brusquedad.

—¡Qué cosa tan idiota, insensata y estúpida!

—No ha sido estúpido —saltó Lisa, que sentía un odio especial contra esa palabra—. Ha sido algo perfectamente calculado y carente de todo riesgo. No se te ocurra empezar. Si no me hubieras encerrado no me habría visto forzada a hacerlo.

Él cruzó el cuarto rápidamente y la asió.

—¿Te das cuenta de que podrías haberte caído? —rugió.

Ella se irguió cuanto pudo y respondió:

—Claro que sí. Por eso he atado la ropa de cama como lo he hecho. Dios santo, eran apenas quince palmos.

—Y el viento podría haberte arrebatado en cualquier momento. Aun cuando hubiera quince palmos de ventana a ventana, había cinco veces más hasta el suelo. Ni siquiera mis hombres hubiesen hecho algo tan estúpido.

—No fue estúpido —repitió ella sin alterarse—. Fue un inteligente ejercicio para mis capacidades. Ya había hecho esto antes en donde vivo y, por otra parte, no tenía manera de saber si hoy tenías planeado alimentarme, o hablarme, o escuchar que necesito desesperadamente volver a casa. Y ya que estamos hablando de estupideces, ¿acaso no es más estúpido estar allí, embistiéndose uno a otro con espadas? He visto lo que estabais haciendo.

—Nos entrenamos —dijo Circenn, bajando el tono de voz con obvio esfuerzo—. Nos preparamos para la guerra —agregó, y ella pensó que si el tipo apretaba un poco más los dientes, no iba a poder abrir la mandíbula nunca más.

—Y la guerra es una empresa particularmente inteligente, ¿no? Yo apenas estoy luchando por mis derechos y tratando de volver a mi casa. Tengo una vida, ¿sabes? En casa tengo responsabilidades.

Él abrió la boca, luego la cerró de golpe y se la quedó mirando durante un instante.

—¿En qué consisten exactamente esas responsabilidades? —preguntó por fin, con suavidad.

La suavidad, en ese hombre, la ponía nerviosa, tanto como las manos de él sobre su cintura, o como sentirlo tan cerca que su respiración le diera en la cara, mientras lo miraba. Repentinamente se sintió intimidada. Maldito sea ese hombre que ejercía tal impacto. No iba a ponerse a llorar como loca delante de ese guerrero ancho como un muro.

Aspiró profundamente y deseó calmarse.

—Sé que no es la mejor situación para ti, pero para mí tampoco es fácil. ¿Cómo te sentirías si, de golpe, hubieras sido arrancado de tu época, arrojado a alguna otra parte y apresado? ¿Acaso no harías todo lo que estuviera a tu alcance para volver a tu vida anterior, para regresar a tu tierra y ganar tu batalla por la libertad?

A medida que reflexionaba en sus palabras, él se mostraba más relajado.

—Te comportas como un guerrero —le dijo a regañadientes—. Sí, haría todo lo que estuviera a mi alcance para regresar.

—Entonces no puedes culparme por intentarlo. O por estar aquí, o por complicarte la vida. A mí es a quien se me ha complicado la vida. Al menos tú todavía entiendes dónde estás. Aún tienes a tus amigos y a tu familia. Todavía estás seguro. Lo único que sé es que debo regresar a mi casa.

Circenn se quedó en silencio, mirándola a los ojos, durante lo que pareció un tiempo interminable. Lisa podía sentir la tensión que emanaba del cuerpo del hombre mientras la estudiaba, y se dio cuenta de que ese guerrero del siglo XIV estaba luchando con todas las fuerzas que ella podía imaginar contra el dilema de qué hacer o no hacer.

—Me has asustado, muchacha. Creí que caerías. No vuelvas a trepar por mis muros, ¿eh? Buscaré la manera de darte algunas libertades dentro del castillo. Confío en que no tratarás de escapar de aquí; obviamente eres lo suficientemente inteligente como para ver que no hay dónde ir. Pero no trepes mis muros —repitió. Luego se pasó la mano por la mandíbula, mostrándose repentinamente abatido—. Muchacha, soy incapaz de devolverte a tu hogar. Anoche, cuando te lo dije, decía la verdad. Hay algo más que también deberías saber. La conversación que oíste anoche, antes de atacarme, era como lo oíste. Juré matar a quienquiera que llegara con mi frasco.

Lisa tragó saliva y sintió la boca súbitamente seca. La noche anterior él había ido a matarla. ¿Acaso se habría deslizado furtivamente y la habría degollado si ella no hubiese estado despierta y si no le hubiera tendido una emboscada?

Él la miró directamente a los ojos.

—Pero he tomado la decisión de abstenerme temporalmente de cumplir mi promesa. No es algo fácil para un guerrero. Nuestros votos son sagrados.

—Oh, qué amable de tu parte —dijo ella con sequedad—. Así que no me vas a matar hoy, pero puede que decidas hacerlo mañana. ¿Y se supone que tengo que sentirme más tranquila?

—Hay razones válidas por las que hice esa promesa. Y sí, debes sentirte agradecida de que por ahora te deje vivir.

Tenía que conformarse con eso. No había demasiado espacio para discutir.

—¿Qué tipo de amenaza podría significarte yo? ¿Por qué prometerías matar a personas a las que ni siquiera conoces? —preguntó, sabiendo de antemano la respuesta a esa pregunta: fuera lo que fuese, el frasco era inmensamente valioso. Quizás era un vehículo para viajar a través del tiempo, que seguramente podría explicar por qué la gente hacía promesas en su nombre y por qué estaba dispuesta a matar por él. ¿Acaso él no se lo había arrebatado en el momento mismo en que ella había llegado?

—Mis razones no te conciernen.

—Creo que me conciernen, dado que tus razones determinan si yo vivo o muero —dijo Lisa, que sabía que, para los caballeros de antaño, las promesas eran sagradas. Matándola no tenía nada que perder. Ella era una mujer perdida en el tiempo; nadie la echaría de menos. Mantenerla viva le creaba una responsabilidad y ¿qué le impediría cambiar repentinamente de opinión y honrar su promesa? Ella no sería capaz de permanecer viva día tras día, siempre preguntándose si ése sería el día en que él la mataría. Necesitaba comprender muy bien de qué manera pensaba ese guerrero para poder planear una defensa—. ¿Por qué has decidido romper tu promesa?

—Temporalmente —la corrigió con dureza—. No he roto la promesa, simplemente no la he cumplido. Todavía.

—Temporalmente —concedió ella. Un asesino despiadado no se habría molestado en tener esa conversación, lo que significaba que él tenía sus reservas respecto de matarla. Una vez que ella supiera cuáles eran esas reservas, podría explotarlas para obtener ventaja—. Pero ¿por qué? ¿Acaso porque soy mujer? —preguntó, y resolvió que, si ése era el caso, a partir de ese momento sería todo lo femenina que le fuera posible. Rezumaría vulnerabilidad, le haría caídas de ojo e irradiaría indefensión, al tiempo que haría todo lo que estuviera en su poder para robarse el frasco y ganar la partida.

—Eso fue lo que pensé al principio. Pero no, es porque no sé si eres culpable de algo. No tengo problemas en matar a un traidor, pero todavía no he quitado la vida a ningún inocente y no voy a comenzar ahora. Pero Lisa, si llego a descubrir que eres culpable de algo, sin importar cuán insignificante sea la trasgresión...

Se detuvo, pero lo que quiso decir quedó perfectamente claro.

Lisa cerró los ojos. Su intención, entonces, era observarla, estudiarla antes de decidir si la mataría. Pero ella no tenía tiempo de ser estudiada y observada. Su madre la necesitaba ya. El tiempo era esencial y, si no encontraba la manera de regresar pronto, podía perder a Catherine para siempre sin poder decirle adiós. Y todavía había muchas cosas que necesitaba decirle. Estaba tan obsesionada con conseguir el dinero imperioso para la subsistencia y con mantener una sonrisa animada en el rostro como para darle ánimos a su madre que, de alguna forma, había dejado de hablarle. Madre e hija se habían retirado a una cautelosa cortesía porque la realidad era demasiado dolorosa. Pero Lisa pensaba en que había tiempo, unas pocas horas especiales, puede que una semana, en la cual dejaría de trabajar, se endeudaría un poco más y haría lo que más quería: quedarse en casa con Catherine, tomarle la mano y hablar con ella hasta el final.

Sacudió la cabeza, apabullada y bastante más que mortificada con la vida. ¿Podía ser su vida aún peor? Enderezó la espalda y abrió los ojos de par en par.

—Debo volver a casa —insistió.

—Eso es imposible, muchacha. No puedo hacerte regresar.

—¿Sabes de alguien que pueda hacerlo? —presionó—. Debes reconocer que ésa sería la mejor solución. Todos nuestros problemas estarían resueltos si yo pudiera volver.

—No. No conozco a nadie que tenga tal poder.

¿Acaso dudó por un instante? ¿O era que ella quería aferrarse desesperadamente a cualquier esperanza?

—¿Y el frasco? —dijo rápidamente—. ¿Qué pasaría si lo toco...?

—Olvídate del frasco —le gritó, incorporándose totalmente y mirándola con ferocidad—. Me pertenece y ya te he dicho que no puede regresarte a tu época. El frasco es mío. Harías bien en evitar todo pensamiento acerca de él y no volver a mencionarlo nunca.

—Me niego a creer que no haya manera de que yo regrese.

—Pero es lo primero que debes aceptar. Hasta que aceptes el hecho de que no puedes regresar a tu hogar no habrá esperanza de que sobrevivas aquí. Una de las primeras lecciones que se le enseña a un guerrero es que negar las circunstancias por las que atraviesa sólo da como resultado que no pueda reconocer el verdadero peligro. Y te aseguro, Lisa Stone, que estás en una situación infinitamente peligrosa.

—No me asustas —dijo desafiante.

Se acercó tanto a ella que su cuerpo la rozó, pero rehusó a retroceder siquiera una pulgada. Por lo que a ella respectaba, aunque él se le pusiese encima, ella no cedería terreno. Tenía la sensación de que nadie podía pretender que Circenn Brodie retornara el terreno perdido. Le devolvió la mirada.

—Deberías temerme, muchacha. Eres realmente tonta si no me temes.

—Entonces lo soy. Si pude viajar por el tiempo una vez, puedo hacerlo de nuevo.

—Ojalá eso ocurriera porque ciertamente me haría la vida más sencilla. Entonces no estaría atrapado en este dilema. Pero no se cómo hacer que eso suceda. Por lo menos, créeme esto.

Lisa se encontró estudiando su rostro de la misma forma en que él lo había hecho unos momentos antes, buscando alguna forma de saber si le estaba diciendo la verdad. Pero era lo suficientemente perspicaz como para darse cuenta de que estaba en una posición defensiva, ya que él era macizo e invencible. Lo sabio sería no presionarlo demasiado.

—¿Establecemos una tregua temporal? —ofreció finalmente sin realmente creerlo, resuelta a encontrar el frasco en la primera oportunidad que tuviera y resistir en la forma que pudiera.

—¿Te abstendrás de trepar por mis muros?

—¿Me prometes que no tratarás de matarme sin decírmelo primero, de forma que tenga un poco de tiempo como para aceptarlo? Unos pocos días serán suficientes —contraatacó, tratando de posponer la posibilidad de su muerte lo más que pudiera.

—¿Y tú simularás ser la prima de Bruce, como les dije a mis hombres? —dijo él gravemente.

—¿Me prometes que si hay una forma de que yo regrese a casa, me dejarás ir? ¿Viva? —agregó, enfatizando esa última palabra.

—Di que sí primero tú, muchacha —exigió.

Lisa contuvo la respiración por un momento, mirándolo. No tenía otra opción. Debía prometerle que iba a aceptar esa tregua. Si intentaba retractarse, sospechaba que nuevamente iban a volver a la pelea.

—Sí —dijo, imitando el acento de él.

El hombre la estudió, como midiendo la profundidad de su honradez y la sinceridad de sus palabras.

—Entonces sí, muchacha. Si existiera un modo de hacerte regresar, te ayudaría a que volvieses —dijo, y le tembló la comisura del labio, produciéndole una sonrisa extrañamente amarga—. Te sacaría de mi vida aunque fuera en ello mi integridad —agregó suavemente, más para él que para ella.

—Tregua —aceptó Lisa.

«Integridad», anotó mentalmente entre los hechos significativos referidos a Circenn Brodie. Era algo que le importaba. Experimentó una ola de esperanza. Las mismas características caballerescas —que incluían integridad, honor, protección de aquellos más débiles que él, y respeto y caballerosidad hacia las mujeres— que podrían llevarlo a cumplir su promesa también podían impedirle que la cumpliera. Seguramente, matar a una mujer indefensa no le resultaría nada fácil. Lisa sabía que sellar un acuerdo no era poca cosa para un caballero, de modo que extendió la mano para dársela, sin advertir del todo lo contemporáneo del presente que era el gesto.

Él le miró la mano por un instante, la cogió, luego la llevó hasta sus labios y se la besó.

Lisa le arrancó la mano con cara de pocos amigos. Sintió calor allí donde se habían posado los labios de él.

—Has sido tú quien la ha ofrecido —replicó Circenn.

—No es eso lo que... Oh, olvídalo —titubeó, y luego explicó—: En mi época, no besamos las manos...

—Pero no estamos en tu época. Ahora estás en la mía, muchacha. No puedo enfatizar lo suficiente lo importante que es para ti recordarlo en cada ocasión —dijo en voz baja, marcando cada palabra como si la reacción de ella lo hubiese irritado—. Y para que no haya nuevos malos entendidos entre nosotros, quiero dejarte claro que, en caso de que me ofrezcas alguna parte de tu cuerpo, la besaré. Eso es lo que hacen los hombres en este siglo —agregó, con una sonrisa burlona, formulando un desafío nada sutil.

Lisa escondió las manos detrás de su espalda.

—Entiendo —dijo, dirigiendo la mirada hacia el suelo, de manera falsamente sumisa.

Circenn aguardó un momento, como si confiara completamente en su conformidad, pero como ella no volvió a levantar la vista, se volvió hacia la puerta.

—Dios sabe que tenemos que hallarte ropa decente y enseñarte a comportarte como una muchacha del siglo XIV. Cuanto menos desentones, menos riesgos enfrentarás y menos problemas causará tu presencia.

—No vaciaré orinales —dijo Lisa con firmeza.

La miró como si estuviera loca.

Circenn llevó a Lisa a sus aposentos, hizo que le enviaran agua caliente para que pudiera lavarse y luego salió en busca de ropa para ella. ¡Orinales! ¿Acaso pensaba que eran tan bárbaros que no tenían servicios? Los orinales sólo se usaban para las emergencias nocturnas, fundamentalmente para los niños y los enfermos, y, en su opinión, no había razón para que no se pudiera ir al servicio, salvo que uno estuviera poseído por una extrema pereza y falta de disciplina.

Resopló, concentrándose en la tarea que tenía por delante. No la podía dejar andar por el castillo hasta que se las arreglara para esconder algunas de esas curvas y esas piernas largas detrás de la fealdad del vestido que él fuera a conseguirle. Sus hombres no necesitaban distraerse. Reunió a las doncellas y les ordenó que le consiguiesen uno, mientras rumiaba sobre qué hacer con ella.

Cuando la última noche había comenzado a interrogar a Lisa, casi había comenzado a creer que ella era inocente. Tenía un aire ingenuo, una actitud sincera. Se relajó un poco, incluso dejó asomar rasgos de humor irónico en su conversación. Fue entonces cuando ella admitió que venía del futuro y que él se había dado cuenta de que su conjuro la había traído inadvertidamente a través del tiempo.

Aunque eso lo había asombrado, tenía lógica: su extraño inglés, sus vestimentas raras, el hecho de que mencionara países de los que él nunca había oído hablar, todo se explicaba si ella venía del futuro. Incluso podía entender que su pueblo hubiera huido de Inglaterra. Pensó: ¿quién, después de todo, no querría hacer eso? No le sorprendía que, en el futuro, Inglaterra aún quisiera controlar a todos.

Se rió silenciosamente al pensar que Lisa no sabía la suerte que había tenido de materializarse ante él y no ante cualquier otro señor. Circenn podía aceptar el viaje a través del tiempo, pero era una excepción. Cualquier otro señor la hubiese quemado por considerarla bruja. Pero, pensó luego secamente, ningún otro señor tenía el poder de echarle un conjuro al frasco.

Se podía atribuir a Adam Black la familiaridad que tenía Circenn con el arte de tamizar el tiempo. Adam lo hacía con frecuencia, ya le había hablado de otros siglos y le había traído a Circenn extraños regalos en uno de sus intentos de comprar su lealtad y obediencia. Eran regalos que Circenn había rechazado, pero como Adam se había negado a llevárselos de vuelta, él los había puesto bajo candado en un cuarto privado fuera de sus aposentos, ya que no confiaba en sus poderes. Sabía que intentaba tentarlo, en la esperanza de convertirlo en algo parecido a Adam, que Circenn nunca dejaría que sucediera.

La muchacha llevaba puesto uno de esos extraños regalos abrochado a su muñeca, antes de que Circenn lo hubiera retirado de su brazo en la lucha de aquella noche. Lo había inspeccionado después: era lo que Adam había llamado «reloj». Adam lo había encontrado infinitamente divertido, diciendo que era un artefacto que les permitía contabilizar a los mortales su «patético lapso de vida». El reloj parecía confirmar la historia de Lisa.

Si creía su versión de los eventos, significaba que su cofre había sido lavado por las aguas del río y había asomado a la superficie en alguna zona remota. No había sido encontrado y, con el paso del tiempo, la naturaleza lo había enterrado. Cientos de años habrían pasado antes de que el cofre fuera encontrado y cuando ella lo tocó..., había sido depositada ante él.

¿Acaso era posible que en el futuro los hombres siguieran buscando los objetos sagrados y el secreto del frasco tan codiciosamente como lo estaban haciendo en este siglo? ¿Era posible que ella hubiera llegado hasta allí para descubrir los tesoros de los Tuatha Dé Danaan y de los templarios? Podría haber sospechado que Adam estuviera involucrado en esto, a no ser por dos razones: no tenía sentido que Adam le trajera una mujer que había renunciado a matar y tampoco manipulaba los acontecimientos, a menos que hubiera alguna ganancia específica que quisiera obtener a partir de sus intrigas perversas. Y Circenn no podía ver qué obtenía Adam de este lío. El frasco y los objetos sagrados ya pertenecían a su raza. Circenn sólo era su guardián. Adam ya había logrado que Circenn hiciera lo que él quería. No había nada más que pudiera esperar cambiar en el señor de Brodie. No, musitó Circenn, esto no era asunto de Adam. Pero era posible que la muchacha estuviera aliada a los «empleadores» que mencionó. Ella bien podía venir de un futuro peligroso que estuviera en busca de los secretos de Circenn.

Tenía que vigilarla, estudiarla, mantenerla a la vista. Pero eso requería tiempo y el tiempo era un lujo que no podía permitirse en medio de una guerra. Además se inquietó, todo momento pasado en presencia de la muchacha era una tortura. Por más que se resistiera a admitirlo era susceptible a todo lo que concerniera a ella. Deslumbrante, orgullosa, sensual e inteligente, la mujer podía ser un enemigo formidable o un aliado valioso. No habría visto una mujer como ella en siglos.

«Devuélveme a casa», le había dicho. Circenn bufó, recordando su ruego. La única persona que podía enviarla a casa era la que la matarıa instantáneamente si sabía donde estaba: Adam. Ciertamente, no podía llamar a Adam y pedirle que enviara de regreso a la mujer y tampoco podía arriesgarse a encontrarse con él para buscar claves de si él estaba involucrado en esto o no. El elfo más sombrío de todos era demasiado astuto para ser sometido a prueba, incluso por Circenn.

Actuaba contra todo aquello por lo que había vivido, todas sus cuidadosas reglas diseñadas para mantenerlo humano. Estaba rompiendo un juramento, defendiendo a una persona que podía ser un espía, mintiendo a sus hombres. Al dejarla vivir, corría un gran riesgo, pero si estaba equivocado...

Suspirando, terminó de dar sus órdenes y se dirigió a la cocina para preparar a sus hombres y presentarles a Lisa MacRobertson, prima de Robert Bruce.

Adam Black no se molestó en materializarse. Permaneció invisible, una voluta de aire seductor, levemente perfumado con jazmín y sándalo, siguiendo los pasos de Circenn, consumido por la curiosidad. Ese modelo perfecto de hombre, Circenn Brodie, que nunca rompía una regla, nunca cedía ante la tentación, ni una vez indeciso ante temas de moralidad, estaba rompiendo un juramento y engañando a sus hombres. Fascinante. Adam se maravilló. Durante mucho tiempo había pensando que el señor de Brodie no tenía fisuras y casi había desesperado por encontrar el catalítico adecuado.

Se dio cuenta de que Circenn no creía que Adam estuviera involucrado en este asunto porque no podía encontrar nada que éste pudiera querer. Adam sonrió. Circenn odiaba ser manipulado. Era mejor que el señor de Brodie permaneciera benditamente inconsciente de que Adam había orquestado cuidadosamente cada movimiento de este asunto y estaba arriesgando mucho en ese juego.

8

Lisa se puso el vestido y se volvió para enfrentar el metal bruñido apoyado contra la pared. La había sorprendido que trajeran un espejo de metal al aposento. Repasando sus estudios de historia, recordó que los espejos se remontaban a la época de los egipcios o tal vez antes. Sabía que, hacía miles de años, los romanos habían construido sofisticados sistemas de tratamiento para las aguas residuales. De modo que ¿por qué debería sorprenderla un mero espejo? Pensó que ya era malo que ella no pudiera ayudarlos a redescubrir la fontanería. Frotó el hollín del metal desportillado hasta que éste le reveló su vago reflejo.

El suave vestido se le pegaba a las caderas, tan lleno de electricidad estática que crujía. Luchó por un momento, tratando de quitárselo por los hombros, pero el vestido había sido hecho para alguien mucho más pequeño que ella. A pesar de su delgadez era alta y tenía pechos pesados; la mitad de ella no entraba en el vestido. Suspirando, se lo dejó caer por las caderas y se lo quitó. Estaba yendo hacia la cama para buscar sus tejanos, cuando la puerta se abrió.

—Te he traído... —Las palabras se interrumpieron abruptamente.

Se volvió para descubrir a Circenn, inmóvil en la puerta, con la mirada fija en ella, llevando una capa en el brazo, que se deslizó hasta el suelo sin que le prestara atención.

Luego entró en el aposento y cerró la puerta de una patada detrás de sí.

—¿Qué manera de estar vestida es ésta? —tronó. Sus ojos oscuros relampaguearon, mientras barría el cuerpo de ella con la mirada desde la cabeza hasta los pies. Aspiró profundamente.

Lisa temblaba. Justo tenía que haberla pescado así, vestida con las únicas prendas frívolas que llevaba: una braguita color lavanda y un sujetador de encaje, haciendo juego, que Ruby le había regalado para su cumpleaños. Y la piel. Y una descarga nerviosa que ella atribuyó al miedo.

Él caminó hasta su lado y deslizó un dedo debajo del delicado encaje que bordeaba una de las copas de su sujetador.

—¿Qué es esto?

—Eso..., eso... ¡Oh! —No pudo articular una frase coherente. El dedo de él estaba apoyado contra la pálida piel de ella, y había quedado como cautivada por el contraste de los colores y las texturas. Circenn tenía manos gruesas, callosas y fuertes por el uso de la espada, con dedos elegantes, de los cuales uno ahora se apoyaba contra la suave ondulación de su pecho. Lisa cerró los ojos—. Sujetador —llegó a decir. Aferrándose a la formalidad, simuló darle una lección de historia al revés, enseñándole lo que deparaba el futuro—. Es una prenda diseñada pa..., pa..., para impedir que..., ya sabes, y pa..., para que una mujer las ma..., ma..., mantenga..., bueno, ya ves...

—No, no creo saber nada —dijo con suavidad, con sus labios a punto de encontrarse con los labios de ella—. ¿Por qué no me instruyes, muchacha?

Lisa contuvo el aliento, ahogando un grito en la garganta —un sonido absolutamente femenino—, y se maldijo silenciosamente por ello. «¿Por qué no recobras el resuello?», se reprendió. Sus cuerpos estaban casi en contacto, y él arrastraba suavemente el dedo por su sujetador. Se sentía extremadamente consciente de su desnudez, de sus pezones erectos debajo de la tela fina, en peligrosa proximidad de las manos de él, y del hecho de que Circenn sólo vestía una manta de la que fácilmente podía deshacerse. Sintió que una corriente eléctrica le recorría el cuerpo cuando él la miraba. Si se arrancaba esa tela escocesa y cubría su cuerpo con el de ella, ¿tendría acaso fuerzas para protestar? ¿Acaso querría hacerlo? ¿Cómo era posible que su cuerpo fuera a traicionarla con un hombre que era su enemigo?

—El vestido era demasiado pequeño —dijo Lisa.

—Ya veo. ¿Y sagazmente llegaste a la conclusión de que esto iba a cubrirte más?

—Estaba por volverme a poner los tejanos —le dijo con la vista fija en su pecho.

—Me parece que no te dejaré. No hasta que me digas qué significa —dijo, jalando suavemente del tirante—, «para impedir que..., ya sabes».

¿Le estaba tomando el pelo? Se forzó a mirarlo a los ojos e instantáneamente deseó no haberlo hecho. Sus ojos oscuros eran intensamente sexuales y sus labios se abrían en una tenue sonrisa.

—Que se te caigan cuando envejezcas.

Las palabras salieron de su boca precipitadamente.

Él echó la cabeza hacia atrás y rió. Cuando la bajó, Lisa pudo ver la desconcertante intensidad de sus ojos y se dio cuenta de que él estaba excitado. Por ella. Saber eso la sorprendió. Había decidido que el beso de la noche anterior y las insinuaciones de hoy habían sido simplemente parte de una estrategia, pero ahora, al verlo, entendió que sentía una furibunda reacción física ante ella, posiblemente tan dolorosa como la atracción que ella misma sentía. Era a la vez un sentimiento embriagador y atemorizante. Tuvo la repentina premonición de que, si le demostraba el menor interés, Circenn descendería sobre ella con la fuerza de un siroco del Sahara, tan caliente como devastador. Deseosa de ello, ansiosa dada su inexperiencia y curiosidad, desesperadamente quiso descubrir qué cosas podía hacerle a una mujer un hombre como Circenn Brodie.

Pero no se atrevió a explorar ese deseo. Sería someterse como un cordero ante el matarife. Pensó que nunca había tenido un romance y que el señor de Brodie podía seducir hasta a una santa. Aunque quería que la viera como a una mujer, pensando que con eso lograría su protección, sentía que si él la besaba de nuevo iba a perder toda conciencia. Era demasiado. Tenía que menguar la química sexual que había entre ellos y la mejor forma de hacerlo era poniéndose la ropa.

Se lanzó de rodillas sobre el vestido que estaba a sus pies, pero él se movió con ella y Lisa terminó arrodillada junto a él, nariz contra nariz, con él sosteniendo el vestido.

Se miraron mutuamente mientras ella contaba los latidos de su corazón. Contó hasta veinte antes de que él le dedicara una sonrisa. La tensión se rompía en el escaso aire que había entre ambos.

—Eres una belleza, muchacha —dijo tomándole la mejilla con la mano y dándole un leve beso en los labios antes de que ella pudiera protestar—. Piernas largas, hermoso pelo —añadió, deslizando su mano por la cabeza de Lisa, dejando que sus dedos recorrieran los mechones sedosos—, y con fuego en los ojos. He visto muchas muchachas bonitas, pero no creo haber encontrado una como tú. Me haces pensar que puedo descubrir partes de mí que no conozco. ¿Qué voy a hacer contigo? —concluyó, esperando con sus labios a pulgadas de los de ella.

—Déjame vestirme —dijo Lisa, respirando.

Él buscó su rostro atentamente. Ella contuvo la respiración, aterrorizada de pensar que, si abría la boca, le rogaría: «Si, tócame, siénteme, ámame, maldita sea, porque quiero olvidar que me hirieron y que mi madre agoniza.»

Con frecuencia, durante la enfermedad de su madre, Lisa se había encontrado deseando tener un novio, un amante, alguien a quien ella le pudiera entregar su vapuleado corazón y acurrucarse, aunque fuera por una hora, para tener una ilusión de seguridad, de calidez y de amor. Ahora, casi aterrorizada, preocupada por su madre que se estaba muriendo en soledad, tenía el perverso impulso de buscar abrigo en los brazos del hombre que había jurado matarla.

«No trates de usar una tirita de esparadrapo en tu corazón, Lisa», le habría dicho Catherine si hubiera estado allí. Cualquier sensación de seguridad o intimidad con él era sólo una ilusión. Necesitaba mantener la mente en claro y no llenarla con fantasías románticas sobre un señor medieval de las Highlands de Escocia que podría decidir matarla mañana.

Circenn apartó la mano de su pelo y su mano, al caer, rozó la clavícula, curvando sus dedos sobre el festoneado encaje del sujetador. Estudió la tela con fascinación, su mirada acariciando las elevadas curvas de sus senos, la profunda sombra del escote.

—Mírame muchacha —susurró.

Lisa alzó la vista y se preguntó qué podía ver él en ellos. ¿Duda? ¿Curiosidad? ¿El deseo que no podía ocultar?

Fuera lo que fuese, no vio un «sí». Circenn era un hombre orgulloso.

Arrastró el dedo hasta el hueco que había entre sus senos y le sonrió con tristeza.

—Te enviaré a alguien con otro vestido, muchacha —dijo, abandonando el cuarto.

Lisa se hundió en el suelo, tomando el vestido. «Dios mío —pensó—. ¿Qué es lo que haré?»

Con el humor decaído por el momento pasado, Circenn salió del aposento de Lisa. El esfuerzo realizado por ser suave con la muchacha había hecho que le doliera desde la punta de los dedos del pie hasta la cabeza. Sentía la cara endurecida, con la mueca de una sonrisa leve. Luego de haber tocado suavemente la ondulación de sus senos, abría y cerraba apretando los dedos de la mano. Su cuerpo se rebelaba ante su cortés, honorable y suave retirada del aposento y el hombre que había dentro de sí y que había nacido hacía quinientos años rugía que, ¡por Dagda!, la mujer le pertenecía. En el siglo IX el hombre no preguntaba, tomaba. En el siglo IX una mujer debía ser dócil y sentirse agradecida de encontrar tan feroz protector y proveedor.

Circenn se rió silenciosa y amargamente. Había estado durante mucho tiempo sin mujer como para soportar ese tormento. Cuando entró en el cuarto, cargando la capa enorme que llevaba para ocultarla, su mente estaba centrada en cubrirla lo más posible, sólo para encontrarla vistiendo nada más que dos finas piezas de tela de encaje. ¡Y encima con lacitos! Por Dagda, una fina cinta de raso colgaba entre sus senos y otra en la parte anterior de la tela sedosa que le cubría la entrepierna. «Como un regalo —pensó—. Desata mis lazos y mira lo que tengo para ofrecerte...»

Entonces él trató de mirar en otra dirección. Girar sobre sus talones y dejar el dormitorio, rehusándose al placer de mirar ese cuerpo adorable. Recordó severamente la regla número cuatro: no tener intimidad física. Pero eso no le hizo ningún bien. La regla número cuatro parecía haber hecho buenas migas con la regla número uno: nunca debe romperse un juramento. Y acoplaba bien con la regla número dos: nunca mentir. Las reglas que había quebrado ya eran multitud.

Verla vestida de esa forma fue peor que verla desnuda. Si la hubiera visto desnuda sus ojos hambrientos podrían haberse dado un festín con cada hueco de su cuerpo. Pero esas piezas de tela habían sido diseñadas para torturar al hombre con la promesa de pendientes y oquedades privadas, sin garantizarle ninguna. Los secretos yacían detrás de la tela. ¿Sus pezones eran redondas monedas oscuras o arrugados brotes de coral? ¿Allí, tenía pelo dorado y cobrizo? Si él se hubiera arrojado al suelo a sus pies, si hubiera cerrado sus manos sobre sus tobillos y la hubiera besado, trepando por sus piernas, ¿habría ella gemido suavemente o permanecido en silencio mientras copulaban? No, decidió abruptamente, si él la tomaba, Lisa Stone sería como una leona apareándose. Bien. Le gustaba eso en una mujer.

Lo hacía sentir como un animal hambriento, enjaulado por sus propias reglas y mucho más peligroso. Por un momento, había aflorado su lujuria tan furiosamente que temió arrastrarla debajo de su cuerpo, sin importarle si ella lo deseaba. En cambio, apretó unas temblorosas manos detrás de su espalda, dejando caer la capa al suelo y pensando en su madre, Morganna, que lo hubiera desheredado sólo por pensar en tomar por la fuerza lo que le tenía que ser dado. Nunca se había sentido tan cercano a la violencia por el deseo. Ella había excitado en él sentimientos profundos y primitivos. Posesividad, celos de que otro hombre pudiera verla vestida así, una necesidad de oírle decir su nombre y mirarlo con aprobación y deseo.

Circenn aspiró profundamente, retuvo el aire hasta que su corazón se calmó y luego espiró. Ahora que sabía lo que había debajo de sus ropas, sin importar qué vestido vistiera, ¿cómo podría ser capaz de mirarla sin ver en su cabeza la interminable extensión de esa piel sedosa? El suave abultamiento de sus pechos, los apretados pezones asomando por la gasa, el dulce montículo entre sus muslos.

El deseo frustrado pronto se convirtió en rabia. Pisó con fuerza los escalones, bajando a la cocina, determinado a encontrar a Alesone o Floria para que una de ellas se ocupara de que la muchacha estuviera ataviada de la manera adecuada. Luego mandaría a uno de los hermanos Douglas para que la instruyera sobre los tiempos que estaban viviendo, algo que hubiera debido hacer él, pero simplemente no confiaba en sí mismo cuando estaba cerca de ella. Iría a entrenar con sus hombres y a liberar su frustración en la pura y limpia alegría de balancear una espada pesada, gruñir y maldecir. Y no tendría ningún otro pensamiento de ese tipo durante el resto del día.

Sacudiendo la cabeza, irrumpió en la cocina. Le tomó sólo un instante darse cuenta de que ninguno de sus planes para la jornada iba a resultar. De hecho el día parecía haber estado bajo el poder de un personaje diabólico, determinado a burlarse de él.

Se detuvo abruptamente, apartando de golpe su mirada del redondeado y rosáceo trasero que desnudo yacía entre las manos de Duncan.

Alesone tenía una pierna enredada alrededor de la cadera de Duncan y sus brazos le rodeaban el cuello, su falda arrollada sobre los hombros. El pie que permanecía en el suelo se apoyaba en la punta de los dedos, mientras la mano de Duncan la guiaba contra él a un ritmo intenso y sostenido. Los sonidos apagados y sensuales de la pasión llenaban el ambiente, respiraciones suaves, murmullos de placer y que lo maldijeran si Duncan no estaba emitiendo un sonido profundo de satisfacción con cada vaivén.

—¡Oh! ¡Por el amor de Cristo! —rugió Duncan, mirando el cielo raso, las paredes, el suelo, a cualquier lugar menos el trasero bien formado de Alesone—. ¡Duncan! ¡Alesone! ¡Salid de la cocina! ¡Id a los aposentos de arriba! Sabéis que tengo reglas...

—¡Ah! ¡Sí! Las legendarias reglas de Brodie —dijo Duncan secamente. Detuvo el vaivén con más placer del que Circenn pudo apreciar—. Que incluyen entre ellas: «Cuando los caballeros están en la residencia, no se folla en la cocina.»

Alesone hizo un suave sonido de protesta al ser interrumpida.

—¡Yo como aquí! —tronó Circenn.

—También Duncan —ronroneó Alesone sugestivamente. Deslizó la pierna por la cadera de Duncan lentamente, dándole a Circenn una larga mirada. Con la sonrisa tímida le puso la tapa al pote de miel que estaba en la mesa cerca de Duncan.

Circenn no quiso enterarse de qué estaban haciendo con la miel y su expresión debió haber puesto eso de manifiesto porque Duncan estalló en una carcajada.

—Perdónanos, Circenn —dijo haciendo una mueca, mientras cogía la falda de Alisone y la tomaba entre sus brazos, levantándola y sacándola de la cocina.

La imagen del trasero desnudo y redondeado, de una persona en particular, le asaltó los sentidos.

Circenn pateó una silla, dejó caer la cabeza en la mesa y reconsideró la posibilidad de matar a la muchacha para poner fin a su miseria.

9

Ruby subió la escalera hacia el apartamento de las Stone, subiendo los peldaños de dos en dos, pero redujo el paso cuando alcanzó la tercera planta y tomó el corredor débilmente iluminado. Una alfombrilla de colores vivos, uno de los toques optimistas de Lisa, daba brillo a la apariencia deprimente de la puerta, que tenía la pintura marrón descascarada y dejaba ver el metal gris que se ocultaba debajo. Un cartel torcido que pendía de un solo tornillo dejaba leer: «Departamento 3 G.» Ruby levantó la mano para golpear la puerta, pero se encontró repentinamente enderezando el cartel y luego bajó su puño a un costado. Temía esa visita. Enredando un mechón de pelo alrededor de un nervioso dedo, se recordó a sí misma que Lisa siempre afrontaba las cosas. Lo menos que podía hacer era emularla. Cuando alzó nuevamente la mano, golpeó con firmeza la puerta con los nudillos. Elizabeth, la enfermera diurna, la abrió y la dejó entrar.

—¿Lisa? ¿Eres tú, querida? —llamó Catherine, con un dejo de esperanza en la voz.

—No, señora Stone. Soy yo, Ruby —replicó, mientras cruzaba el pequeño salón y daba vuelta al estrecho pasillo, hasta alcanzar el dormitorio. Al entrar en la cálida habitación, se hundió en un sillón cercano a la cama de Catherine y se preguntó por dónde empezar. Dirigió ociosamente la mirada al acolchado, con parches a medio hacer, que estaba en el apoyabrazos del sillón. ¿Cómo le iba a dar las últimas noticias a la madre de Lisa? Catherine estaba muy enferma, su hija había desaparecido y ahora Ruby tenía noticias incluso peores.

—¿Qué dijo el hombre del museo? —preguntó Catherine ansiosamente.

Ruby acarició su pelo y se sentó en su asiento.

—¿Quiere un poco más de té, querida? —la evadió.

Los ojos verdes de Catherine se elevaron y, por una vez, tan brillantes como los de su hija, encontraron los de Ruby, recordándole fríamente que aún no estaba muerta y que tampoco era estúpida.

—¿Qué es lo que sabes, Ruby? No trates de distraerme con el té. ¿Alguien vio a mi hija?

Ruby se frotó suavemente los ojos con la punta de los dedos, de manera cuidadosa, como para no afectar su rímel. Había estado despierta toda la noche y se preguntaba por décima vez cómo se las arreglaba Lisa para sobrevivir trabajando en dos lugares por tanto tiempo. Estaba cerrando su actuación en el club cuando recibió un mensaje urgente de la señora Stone diciendo que Lisa había desaparecido la noche anterior. De inmediato, ella llamó a la policía, fue al museo para ver si Lisa había llegado al trabajo la noche anterior, lo cual no había ocurrido y después, luego de hablar con ese gilipollas de Steinmann, se marchó directamente a la comisaría de policía.

El oficial llenó un informe declarándola persona desaparecida, informe que fue enmendado unas horas más tarde con una orden de arresto para Lisa Stone.

—Nadie la ha visto desde la última noche —le informó Ruby a Catherine—. Las cámaras de seguridad la muestran en el museo. La última imagen que se ha registrado de ella la muestra fuera del despacho de Steinmann.

—Entonces, al menos sabemos que llegó al trabajo la noche en que la viste en la parada del autobús —dijo Catherine—. ¿Las cámaras la muestran saliendo del museo esa noche?

—No, y eso es lo raro. Su impermeable todavía está colgando de la puerta y ninguna de las cámaras la ha filmado saliendo del museo. No hay cámaras en el despacho de Steinmann, pero él fue rápido en señalar que hay una ventana que ella pudo haber utilizado.

Y fue rápido también en hacer acusaciones abyectas que Ruby sabía no eran verdaderas. Pero ¿cómo podía probarlo y dónde demonios estaba Lisa? No le dijo a Catherine que había ido hasta la policía por segunda vez y que luego había llamado a cada hospital en un radio de sesenta millas, rogando que no hubiera mujeres sin identificar. Afortunadamente, no las había.

—Pero el despacho de Steinmann, ¿no está en la tercera planta? —preguntó Catherine, perpleja.

—Sí. Pero dijo que, de jovencita, Lisa había hecho danza acrobática. Supongo que ella puso eso como uno de sus *hobbies* en el formulario que llenó cuando se presentó a ese puesto. Sé que estaba bastante orgullosa de esa habilidad —dijo Ruby. Acomodándose en la silla y tomando aire le lanzó—: Señora Stone, hay un artefacto del museo que desapareció...

—Acusan a mi hija de robo —dijo enseguida Catherine—. ¿Eso es lo que estás tratando de decirme?

—Su... desaparición hace que las cosas tengan mal aspecto. De acuerdo con Steinmann y con sus cintas, él y un colega entraron en su oficina varias horas después de que hubiera entrado Lisa. La puerta no estaba cerrada e inicialmente pensó que simplemente ella se había olvidado de cerrarla. Ahora piensa que ella estaba escondida en el despacho, tomó el artefacto después de que ellos se fueron y se escapó por la ventana.

—¿Dé qué se trata ese artefacto?

—No me lo dijeron. No parece que estén completamente seguros de lo que es.

—Mi hija no es una ladrona —dijo Catherine firmemente—. Hablaré con ellos.

—Catherine, déjeme que maneje esto yo. Usted no puede levantarse...

—¡Tengo una silla de ruedas! —dijo, aferrándose a las barandillas del costado de su cama de hospital con manos débiles y tratando de levantarse.

—Catherine, querida —dijo Ruby con el corazón roto—. La encontraremos. Se lo prometo. Y limpiaremos su nombre.

Posó la mano sobre la de Catherine, aflojando suavemente su presión.

—Ambas sabemos que Lisa nunca haría algo así. Encontraremos una forma de probarlo.

—Mi hija nunca robaría nada y ella ciertamente no me dejaría sola —estalló Catherine—. Podría haberme dejado, pero no lo hubiera deseado. —El repentino estallido de enfado la agotó y se quedó quieta por un momento. Tomó aliento y luego dijo débilmente—: Steinmann ha presentado cargos, ¿no es cierto? Hay una orden de arresto... para ella..., ¿no es cierto?

Ruby se estremeció.

—Sí.

Catherine inclinó la cabeza y luego se hundió entre las almohadas y cerró los ojos. Estuvo callada durante tanto tiempo que Ruby se preguntó si no se habría quedado dormida. Cuando habló de nuevo, había acero en su voz:

—Mi hija no robaría nada y debe de estar en problemas. Lisa es demasiado responsable como para no venir a casa a menos que algo terrible le hubiera sucedido. —Catherine abrió los ojos—. Ruby, lamento tener que pedirte algo más, pero Lisa...

Ruby no dudó.

—No hay necesidad de disculparse, querida, usted sabe que quiero a Lisa como si fuera una hermana. Hasta que ella vuelva a casa, porque la encontraremos y aclararemos todo, pasaré la mayor parte de mi tiempo aquí. Puede llamar o tratar de contactarla y alguien que pueda moverse rápidamente tiene que estar aquí disponible en caso de que lo haga.

—Pero tú tienes tu propia vida —dijo Catherine suavemente.

Los ojos de Ruby se llenaron de lágrimas. La salud de Catherine se había deteriorado rápidamente desde la última vez que la había visto, la noche en que salieron a celebrar el cumpleaños de Lisa. Tomó las manos de Catherine entre las suyas y dijo con firmeza:

—La encontraremos, Catherine, y estaré dando vueltas por aquí hasta que lo hagamos. No quiero escuchar discusiones respecto de esto. La encontraremos.

«Si aún está viva», pensó Ruby en una plegaria silenciosa.

10

Duncan silbaba una canción animada mientras se encaminaba hacia los aposentos de Circenn. Desde que la muchacha del futuro había llegado, las cosas se habían puesto muy interesantes. Deliberadamente, Circenn había roto una promesa y mentido, y eso, en la mente de Duncan, era motivo de celebración. Hasta Galan, esa mañana en el desayuno, había concedido que se trataba de un hecho importantísimo. A pesar de que la noche anterior Galan hubiera instado a Circenn a que cumpliera con sus votos, esa mañana le había dicho a Duncan que, en años, jamás había visto a Circenn Brodie tan perturbado. Tampoco le veía una expresión tan fascinada como la que había alcanzado a verle cuando entró de improviso en el aposento de Circenn la noche anterior. Galan tuvo que coincidir con Duncan en que la muchacha, estremeciendo las rígidas reglas de Circenn y forzándolo a cuestionarse, tal vez era lo mejor que podía haberle sucedido a su amigo.

Dieciocho generaciones de Douglas habían servido al inmortal señor de Brodie, y las últimas habían hablado mucho y mucho se habían preocupado por su progresivo retraimiento. A los Douglas les preocupaba. En un pasado no tan remoto, el señor de Brodie había presidido las cortes de sus once mansiones. Pero no lo había hecho por más de un siglo, dejando la cuestión en manos de varios caballeros a quienes designó en su lugar para fallar sobre las disputas entre personas o grupos. Antes, el señor de Brodie era quien activamente cabalgaba por los pueblos, hablaba con las gentes y se familiarizaba con ellas. Ahora Duncan no estaba seguro de que Circenn pudiese identificar a uno de sus propios aldeanos en caso de topárselo.

Durante los últimos años, Circenn había pasado la mayor parte del tiempo viajando de un país a otro, peleando las guerras de otros, sin que ninguna de ellas lo hubiese conmovido. A Escocia había regresado únicamente para unirse a la lucha de su patria, cuando Robert Bruce fue coronado rey por Isabel, condesa de Buchan, en Scone.

Thomas, el tío de Duncan, argüía que el señor de Brodie necesitaba casarse, que eso lo devolvería a las alegrías de la vida. Pero Circenn se negaba a casarse de nuevo, y no conseguirían obligarlo a hacerlo. El padre de Duncan se las había ingeniado para tratar de que intimara con una mujer, pero parecía que Circenn Brodie hizo otra de sus absurdas promesas, jurando evitar toda intimidad.

Los orígenes de Circenn se habían perdido en las nieblas del tiempo, y las pocas veces que Duncan le preguntó si se había vuelto inmortal, el señor se había puesto taciturno, negándose a hablar de ello. Pero una noche, al compartir excesivas cantidades de *usquebaugh** con Circenn, Duncan había llegado a comprender un poco por qué Circenn había decidido no verse envuelto nuevamente con otra mujer. Doscientos veintiocho años antes había muerto la segunda esposa de Circenn, a los cuarenta y ocho años y, en una confidencia inducida por el *usquebaugh*, éste había admitido, que sencillamente se negaba a ver morir a otra esposa.

—¿Y por qué no te echas un polvito de vez en cuando? —propuso Duncan.

—Porque no puedo —dijo Circenn, suspirando—. No puedo impedir que mi corazón siga a mi cuerpo adonde éste vaya. Si estoy lo suficientemente interesado en una mujer como para querer llevármela a la cama, quiero más de ella. También la quiero fuera de mi cama.

A Duncan ese comentario lo había conmocionado.

—Entonces pasa tiempo con ella hasta que se te vayan las ganas —dijo con soltura.

Circenn lo fulminó con la mirada.

—¿Te ha pasado alguna vez irte a dormir con el perfume de una mujer en la nariz, y al despertarte por la mañana desearla tan intensamente como el que se ahoga desea respirar?

* El *usquebaugh* es la bebida antecesora del whisky. (N. del T.)

—No —le aseguró Duncan—. Las muchachas son sólo muchachas. Les estás otorgando demasiada importancia. Es sólo cuestión de yacer con una.

Pero para el señor de Brodie no era sólo cuestión de yacer con una mujer, y Duncan lo sabía. De hecho, últimamente eso que llamaban «yacer» tampoco le había servido para aliviar sus ansias. Se preguntaba si la cosa no estaría relacionada con la edad; con que, en la medida que un hombre envejecía, el sexo indiscriminado empezaba a irritarlo antes que aliviarlo.

Recientemente, Duncan se había sorprendido entreteniéndose con una moza más allá del tiempo de su intimidad física, prolongando su tiempo con ella, preguntándole incluso cosas que iban más allá de: «¿Cuándo esperas que vuelva tu marido?»

Maldita sea lo que eso haya sido.

Se encogió de hombros, alejando el pensamiento de su mente con reflexiones más placenteras sobre Circenn. Le había apostado su mejor caballo a Galan a que Circenn no podría matar a la mujer del futuro, y estaba dispuesto a ganar la apuesta. El señor de Brodie tenía que volver a la vida, y tal vez la extraña muchacha pudiese ayudarlo a conseguirlo.

Lisa se sentó ante la ventana de su cuarto en los aposentos de Circenn, contemplando la tarde. Detrás de un espeso banco de nubes, el sol había alcanzado su cenit y empezaba su lento descenso hacia el océano. Instintivamente se miró la muñeca para ver qué hora era y se dio cuenta de que no tenía puesto el reloj. Trató de recordar si lo tenía puesto en el museo, pero no estaba segura. A menudo, cuando limpiaba, se lo sacaba y lo guardaba en el bolsillo de la bata, para que no se le fuera a mojar o a ensuciar. Imaginó que dos noches atrás debía de haber hecho eso y, atrapada como estaba en el presente lío, sencillamente no se había detenido a pensar en ello desde entonces.

Inhaló profundamente, disfrutando el fresco aire salobre. «Estoy en Dunnottar», pensó y su asombro no disminuyó en lo más mínimo a pesar de las veinticuatro horas consecutivas en el castillo. Había visto fotos del lugar, y una en particular se le había quedado grabada en la memoria: era en blanco y negro, y se veía el enorme risco elevándose desde el mar neblinoso. Le pareció un lugar romántico, y más de una vez Lisa había soñado ir alguna vez a Escocia para verlo. Sabía, por la foto, que tres de los lados del risco estaban rodeados por el océano, y que el cuarto estaba conectado a tierra firme por un puente de tierra que, conjeturaba, se encontraba detrás del castillo. Sabía también que Dunnottar había sido tomado por los ingleses en repetidas ocasiones y luego recuperado por los escoceses, y que Bruce había desarrollado la costumbre de quemar todos los castillos escoceses hasta sus cimientos para impedir que los ingleses volvieran a ocuparlos.

Lisa había estudiado ese período de la historia, haciéndose tiempo para leer en el autobús, y había lamentado la pérdida de tantos castillos gloriosos, pero admitía que Bruce había sido inteligente en hacer lo que había hecho. Los escoceses habían construido castillos ingeniosamente defendibles; cuando los ingleses se apoderaban de ellos, sus hombres se volvían casi invencibles. Al destruir los castillos de piedra, Bruce forzaba a los combatientes guiados por Edward II a construir sus propias fortalezas, que no eran tan inexpugnables. Mientras los ingleses perdían una enorme cantidad de tiempo y recursos construyendo sus propias fortalezas en Escocia, Bruce ganaba tiempo para recuperar fuerzas y sublevar el país.

«¡Estoy en 1314, en Escocia!», pensó Lisa, maravillada. Se libraría una batalla decisiva en Bannockburn en unos meses, y en ella Bruce derrotaría de manera contundente a Inglaterra, poniendo el resultado de la guerra a favor de Escocia.

Un golpe seco en la puerta interrumpió sus pensamientos. Al levantarse rápidamente, se tropezó con el dobladillo del vestido. Al menos éste le entraba, pensó, pero ciertamente era incómodo. Sospechaba que parte del deseo de Circenn de verla con atuendos apropiados tenía que ver con que ese vestido le impediría trepar muros.

—Adelante —dijo, tomando el montón de tela de la falda en su mano. Lo levantó del suelo, cruzó el salón y abrió la puerta.

Un hombre vestido con una tela escocesa gris y cobalto estaba parado en la puerta de entrada. Sus brazos musculosos eran de color bronce y estaban desnudos. Tenía la musculatura de un bailarín. En su cuerpo no había una sola pizca de carne que no fuera necesaria. Su cabello oscuro estaba suelto en torno a la cara y le rozaba los hombros. Tenía una trenza en cada sien y, cuando hacía una mueca, se podían ver unos dientes blancos y rectos aunque su nariz parecía que había sido rota una o dos veces. Sus ojos alertas, traviesos y oscuros la escudriñaron y su boca sensual se curvó en un gesto de aprecio.

—Soy Duncan Douglas, mujer. Circenn me pidió que te enseñara cosas de nuestra época de modo que puedas encajar. —La miró de arriba abajo—. Veo que encontraron un vestido acorde para ti. Luces preciosa, muchacha.

—Pasa —dijo Lisa casi sin aliento. Aunque Duncan no se podía comparar con Circenn Brodie, conocía por lo menos una docena de mujeres de su época que se habrían vuelto locas por él.

Duncan entró y miró la habitación.

—Por Dagda, está tan limpio como todos sus aposentos —dijo—. ¿Podrías desordenar un poco las cosas aquí? ¿Tal vez mover un poco el tapiz como para que cuelgue torcido? ¿Invitar a algunas arañas a que tejan sus telas en los rincones para juntar algo de tierra? Suponiendo, claro, que la tierra se animara a juntarse en uno de los aposentos del señor de Brodie. A veces sospecho que incluso los elementos no se atreven a cruzarse a su paso.

Se acercó a la cama, perfectamente hecha, con el edredón minuciosamente doblado. Metió los brazos debajo de las sábanas y deshizo el lecho.

—¿No te gustaría olvidarte por un rato de tu sentido del orden?

Lisa reprimió una sonrisa. El tono de Brodie resultaba tranquilizador, al menos en algún aspecto. La limpieza del aposento, de hecho, la había fastidiado bastante. La cama había sido tan firmemente extendida que había tenido que tirar de las sábanas para poder dormir allí la noche anterior. Las había dejado hechas un hato, pero cuando regresó, después de descender del muro, la cama había sido perfectamente hecha, impidiéndole dormir igual de cómoda otra vez.

—Sí —dijo, de acuerdo con Duncan.

—Muy bien —la corrigió—. En nuestra época es mejor decir «muy bien». Y también decimos «follar», que es mejor que «yacer», por si te hace falta esa expresión.

—No creo que necesite usarla —dijo avergonzada.

Él la miró de arriba abajo.

—Pues deberías. Eres una muchacha preciosa y si hay un hombre necesitado de follar, yacer o lo que sea, ése es Circenn Brodie.

Lisa intentó disimular su sorpresa. Al parecer el señor de Brodie debía de follar (o yacer) muy a menudo.

—Suena casi como si me estuvieras animando a hacerlo. ¿No deseas también matarme?

Duncan bufó y, acomodando las sábanas para formar una cómoda almohada, se acostó en la cama.

—A diferencia de Circenn y de mis hermanos, no veo conspiraciones por todas partes. A veces a las personas buenas les pasan cosas malas, y considero que todos son inocentes hasta que se pruebe lo contrario. Tu aparición con el frasco no necesariamente significa que eres culpable. Además, él me ha dicho que le entregaste el frasco cuando te lo pidió. —Añadió observándola con detenimiento—: Dice que diste con él en un lugar donde se muestran... artefactos. Debes de estar muy impresionada con todo esto.

—Gracias —exclamó Lisa—. Eres la única persona que se ha detenido a pensar sobre cómo debo de sentirme.

—Siempre considero cómo puede sentirse una mujer —replicó con suavidad.

Lisa no tenía dudas de eso, pero se dio cuenta de que iniciar una conversación insinuante con Douglas Duncan podía significar entrar en un callejón sin salida. Entonces decidió volver a Circenn.

—Soy una víctima inocente. Todo lo que quiero es volver a casa. No elegí venir aquí.

—¿Por qué? ¿Te espera un amante allí?

—No. Pero tengo responsabilidades...

—¡Uf! —la interrumpió Duncan agitando una mano—. No pronuncies esa palabra. La odio. La detesto. Es una palabra asquerosa.

—Pero muy importante —puntualizó Lisa—. En mi época estoy a cargo de ciertas cosas. Duncan, tienes que persuadirlo de que me envíe de regreso.

—Muchacha, Circenn no puede hacerte regresar. No puede pasar por el tamiz del tiempo. Tiene algunas cualidades inusuales, pero mandar gente a través del tiempo no es una de ellas.

—¿Y el frasco me enviaría de regreso? —le preguntó rápidamente, estudiando la reacción de Duncan.

—No —dijo él en tono lacónico—. Y te recomiendo que no le digas eso a Circenn. Se pone condenadamente suspicaz cuando se le habla del frasco, y si le preguntas por él, sólo lograrás despertar sus sospechas. En gran medida, tu inocencia ha quedado probada cuando se lo entregaste tan fácilmente.

Lisa suspiró para sus adentros. Bien. Entonces, si hubiera sido atrapada cuando ella fue a buscarlo se habría visto como culpable.

—¿No conoces algún modo de que pueda regresar a mi época? —insistió.

Duncan la observó con curiosidad y dijo:

—¿Por qué deseas tanto regresar? ¿Te resulta tan desagradable estar aquí? Cuando antes te vi mirando por la ventana, observabas el mar con expresión de placer. Parece que encuentras hermoso este país. ¿Me equivoco?

—No. Pero ésa no es la cuestión.

—Si no me dices por qué deseas tanto regresar, me temo que no podré simpatizar con tu causa —dijo Duncan.

Lisa soltó el aire y miró hacia otro lado. Podía ponerse a llorar si hablaba de Catherine.

—Alguien que me ama me necesita ahora mismo. Duncan, no puedo fallarle.

—¿De quién se trata?

Lisa lo miró.

—De alguien que depende de mí. ¡No puedo abandonarla!

Duncan la escudriñó, evaluándola. Finalmente, haciendo un gesto con las manos, le dijo:

—Me apena, muchacha, pero no puedo ayudarte. No conozco la forma de que puedas regresar a tu época. Te sugiero que le expliques a Circenn cuál es tu problema, sea éste el que fuere...

—Pero dijiste que no podía enviarme de vuelta —dijo Lisa rápidamente.

—No, pero sabe escuchar.

—Sí, claro. Un nabo podría escuchar mejor —dijo cerrando los ojos.

—No juzgues al hombre por lo que se ve en la superficie, muchacha. Hay profundidades y también las hay en Circenn Brodie. ¿Acaso piensas que te matará?

Lisa vio en los ojos oscuros de Duncan la seguridad de que Circenn no lo haría.

—No puede hacerlo, ¿verdad?

—¿Tú qué crees?

—Creo que detesta la idea. Pienso que la mayor parte de las veces está más irritado consigo mismo que conmigo.

—¡Muy bien, muchacha! —exclamó Duncan—. En verdad está enfadado porque está asido entre dos promesas. No creo que él piense que eres una espía, culpable, ni nada de eso. Si está enojado con alguien, en primer lugar es con él mismo por haber hecho esa promesa. Circenn nunca rompió una promesa. Le tomará tiempo aceptar lo que percibe como una falla. Una vez que lo haga, no pondrá ninguna promesa por encima de tu vida, sin importar las consecuencias de ello.

—Bueno, eso es un alivio —dijo Lisa. Se le ocurrió que tal vez Circenn y su amigo estuvieran jugando al juego del policía malo y el policía bueno, pero le pareció improbable. Miró a Duncan con curiosidad—. ¿No quieres preguntarme cosas sobre mi época? Yo en tu lugar lo haría.

Duncan se puso serio.

—Estoy contento con el lugar que me tocó en la vida. No me interesa conocer el futuro, no deseo entrometerme. Una pequeña porción de una pequeña vida es suficiente para mí. Mejor dejar esas cosas a un lado. Cuanto menos sepa de tu época, más podremos hacer para ayudarte a adaptarte a estos tiempos. Hablar de tu época sólo la mantendrá viva en ti, y, muchacha, dado que no conozco forma de que regreses, te sugiero que no te aferres a los recuerdos.

Lisa soltó un suspiro.

—Entonces, Duncan, enséñame —dijo Lisa con tristeza—. Pero seré honesta contigo. No tengo intención de rendirme. Si hay una forma de regresar a mi casa, la encontraré.

Circenn cruzó el patio, pateando con irritación las piedras sueltas del suelo. Notó que cuanto lo rodeaba necesitaba ser reparado. Estaba cansado de vivir en castillos a medio quemar, no debido a la falta de servicios, eso era algo que lo traía sin cuidado, sino por el caos generalizado y porque el estado de Dunnottar reflejaba precisamente su propia condición.

Miró la piedra angular de la torre. Durante el último asedio, la enorme piedra que sostenía la torre se había salido de su centro, lo que provocaba que la pared que estaba por encima de ella se inclinara peligrosamente. Y él se sentía así: su piedra angular estaba descentrada y su fortaleza, peligrosamente debilitada.

«Basta», pensó. Había pronunciado su última mentira, roto su última regla.

Le había prestado atención al asunto y decidido que la escapatoria que le había inventado Duncan lo protegía de romper otro juramento. Podía aceptar que sus reglas se tambalearan un poco. Si Adam aparecía algún día, simplemente le señalaría que todavía no había matado a la muchacha.

Pero mentir sobre lo que ella era y pensar en tener intimidad física... ¡Ah! Eso era inaceptable. No pronunciaría ninguna otra mentira ni permitiría que ella lo tentara.

Suspirando, se dirigió hacia el patio exterior, resuelto a montar uno de los sementales más ariscos para una cabalgata punitiva. Mientras subía la colina rocosa notó una nube de polvo que se movía en espiral más allá del puente terrestre, detrás de la torre, en el mismo momento en que el guardia daba la voz de alerta.

Con los ojos entrecerrados, escudriñó la nube de polvo que se aproximaba. Tenía el cuerpo tenso, ansioso por dar batalla. Le iba a hacer bien pelear ahora, conquistar y reafirmar su identidad como guerrero. Cuando los primeros jinetes asomaron por encima de la colina, la adrenalina que inundaba su cuerpo se transformó rápidamente en consternación y, luego, en algo parecido a la desesperación.

El estandarte de Robert Bruce era desplegado por los portadores, anunciando su arribo, para tranquilidad de los hombres de Circenn.

Y en lo que respectaba a eso de haber contado su última mentira, «¡Ja!», pensó sardónicamente. Ahí llegaba el «primo» de la muchacha en persona.

11

Circenn cabalgó como un poseso, o más exactamente obsesionado por una mujer impredecible, para interceptar a Bruce antes de que éste llegara a la fortaleza. Mientras cabalgaba frenéticamente se maravilló de cómo aquella mínima decisión de no matar a esa mujer le había creado toda una sucesión de imprevistos problemas. Cada vez que intentaba enfrentarse a uno de ellos, solamente lograba crear un nuevo conjunto de imprevistas dificultades. Pero con el grado de compromiso que ya había adquirido no podía retroceder. No podía dejar de perpetuar esas mentiras sin arriesgar la vida de esa mujer.

Robert levantó la mano a modo de saludo y rápidamente se separó unos metros de la tropa, llevando su guardia personal unos pocos pasos atrás, pero sin abandonar sus flancos. Dirigiendo el grueso de sus hombres hacia la fortaleza, taconeó a su caballo para seguir al galope.

La mirada de Circenn barrió a la guardia del rey. Instintivamente bajó la barbilla, mirando por encima de las cejas. Ni el más leve rastro de sonrisa apareció en su cara. En el lenguaje de los guerreros, esa clase de mirada, con la cabeza baja y los ojos fijos, era una clarísima señal de desafío. Circenn asumió esa postura de manera totalmente inconsciente. Su sangre estaba respondiendo a la actitud de los dos hombres que flanqueaban al rey. Se trataba del simple y eterno instinto del lobo que surge cuando otro lobo acecha su territorio. No se trataba de nada personal, sólo de la necesidad de reafirmar su masculinidad y superioridad, recordó Circenn sonriendo para sí.

La última vez que Circenn había visto a Robert no iba acompañado por esos dos caballeros. Su presencia significaba que los dos clanes más importantes de las Highlands estaban al frente de la guerra. Circenn se sentía complacido al ver que su rey merecía la protección de dos de los más legendarios guerreros. Eran hombres macizos, con ojos de un azul sobrenatural que los identificaban como lo que eran: berserkers.

—Circenn —le dijo Robert con una sonrisa—, ha pasado mucho tiempo desde nuestro último encuentro. Veo que Dunnottar sigue siendo la ruina que dejé el último otoño.

—Bienvenido, milord. Espero que haya venido a decirnos que es hora de juntar nuestras fuerzas con vuestros hombres —dijo Circenn—. Desde que Jacques de Molay fue quemado hace dos semanas, mis templarios bullen con la idea de dar batalla. No sé por cuánto tiempo más puedo aplacarlos con misiones menores.

Robert sacudió la cabeza y esbozó una sonrisa.

—Tan impaciente como siempre, Circenn. Estoy seguro de que lograrás dominar el temperamento de esos hombres, como siempre lo has hecho. Por ahora tus templarios me sirven mejor en sus misiones sigilosas y furtivas que en el frente. La docena de ellos que llevé con mis tropas ha hecho cosas notables. Confío en que mantendrás al resto listo para obedecer mis órdenes.

Hizo un gesto señalando a sus guardias.

—Creo que conoces a Niall y Lulach McIllioch.

Circenn inclinó la cabeza. Mientras su mirada se dirigía a los hermanos McIllioch, sonrió premonitoriamente. Apenas se moviera alguno de ellos, saltaría desde su montura hasta sus gargantas. En realidad, hay que reconocer que la reyerta terminaría en risas, pero cada vez que veía a esos dos hombres reaccionaba de la misma manera. Eran los guerreros más fuertes con los que jamás hubiera entrenado, y pelear con ellos era tan excitante como fútil. Él no podía hacerle más daño a un berserker de lo que un berseker le podía hacer a él. Sus peleas terminaban empatadas siempre. Por supuesto, eso era sólo si peleaban de uno en uno. Circenn no tenía duda de que si ambos hermanos combinaban sus fuerzas lo derrotarían con poco esfuerzo, a menos que él utilizara magia para defenderse.

—Brodie —dijo Lulach, saludándolo con la cabeza.

—Tal vez tengamos tiempo para cruzar espadas antes de regresar —ofreció Niall—. Creo que puedes tener otra lección gratuita —añadió en tono desafiante.

—¿Y piensas que eres tú quien va a dármela? —contestó, también desafiante. Le hubiera encantado aliviar su frustración con un desafío, pero su mente se consumía con el problema que tenía entre manos, por lo que agregó—: Tal vez más tarde. —Apartó a los hermanos de sus pensamientos y se dirigió a Robert—: ¿Podemos hablar en privado, mi señor?

Bruce les hizo un leve gesto con la cabeza a Niall y Lulach y les dijo:

—Seguid. Yo estoy protegido con Brodie. Me uniré a vosotros en un momento.

Circenn volvió grupas y en compañía de Robert cabalgó en silencio hasta el borde del acantilado. Robert miró el mar, aspirando profundamente el aire frío y salino. Las olas rompían contra las rocas que estaban debajo, enviando un penacho de espuma plateada contra el acantilado.

—Amo este lugar. Es salvaje y está lleno de poder. Cada vez que visito Dunnottar siento que se filtra en mis venas y me deja renovado.

—Sí, este acantilado produce ese efecto —concordó Circenn.

—Pero tal vez lo que siento no sea otra cosa que el fantasma del valor de tantos hombres que murieron defendiendo este codiciado risco.

Robert se quedó callado por un instante y Circenn supo que estaba rumiando en torno del número de escoceses que habían caído y que continuarían cayendo antes de que su país fuera libre.

Circenn esperó hasta que Robert salió por sí mismo de sus pensamientos.

—Claro, no se compara con el castillo Brodie, ¿no es cierto? Debes de estar ansioso por retornar.

—Estoy más ansioso por entrar en batalla —dijo Circenn rápidamente. Cansado de cuidar los lugares críticos y de proteger y enviar mensajes, necesitaba enterrar su frustración en el calor de la batalla, que todo lo consume.

—Sabes muy bien que te necesito en otros lugares, Circenn. También sabes que buscan a los templarios y que han puesto precio a sus cabezas. Aunque les he dado protección, ponerlos entre mis fuerzas invitaría a que me atacaran antes de que yo esté listo. A los míos les he afeitado las barbas y les he quitado las túnicas, haciéndolos pasar por escoceses. ¿Los tuyos siguen conservando sus costumbres?

—Sí, pasan por momentos difíciles cuando deben quebrantar alguna de sus reglas. Pero soy capaz de persuadirlos, si hago que piensen que eso les permitiría entrar en guerra. Podemos colaborar para recuperar algunos de los castillos —señaló Circenn con irritación.

—Me ayudas más donde estás. Llamaré a tus fuerzas a la batalla cuando esté listo y no antes. Pero no quiero discutir, Circenn. Dime lo que te está apesadumbrando de tal manera que sales a cabalgar para saludarme, con ese semblante adusto, inusual en ti.

—Necesito pedirte un favor, mi señor.

Robert enarcó una ceja y dijo:

—¿Formalidad entre nosotros en privado, Circenn? ¿Con el pasado que tenemos juntos?

Circenn esbozó una sonrisa.

—Robert, necesito pedirte un favor, y que no me cuestiones, sino que te limites a hacérmelo.

Robert acercó su caballo al de Circenn y le colocó una mano en el hombro.

—¿Quieres decir que confíe en ti como tú confiaste en mí hace tantos años, cuando luché con Piernas Largas contra mi propia patria? ¿Quieres decir que confíe en ti de una manera tan inquebrantable como confiaste tú en mí cuando no tenías razón para creer que no cruzaría las líneas y volvería nuevamente a Inglaterra? —La boca de Robert se curvó en una sonrisa amarga—. Circenn, no hace mucho me diste una razón para creer en mí mismo. Cuando acudiste a mi llamada, nada sabía de ti, salvo que se decía que eras el guerrero más feroz y temible de todo el país. Creí que, contigo a mi lado, podría recuperar la libertad de Escocia. Viniste a mí y me ofreciste tu fidelidad cuando yo no la merecía. No tenías razón de confiar en mí..., sin embargo, lo hiciste y en la fortaleza de tu fe redescubrí la mía. Desde ese día llegué a creer que nuevamente me había ganado un lugar en esta tierra. Pide. Pide y se te concederá.

Las palabras de Robert tuvieron en Circenn el impacto de un puñetazo en el estómago. Su rey le entregaba su fe y su confianza, y a cambio él le iba a pedir que lo ayudara a romper una promesa para perpetuar una mentira. ¿Qué diría Robert si se enterara de la verdad?

Circenn respiró hondo y dijo:

—Se trata de una mujer. Necesito que digas que es tu prima y que, cuando te la encuentres, simules que renuevas una vieja relación. Prima hermana..., Lisa MacRobertson.

Robert se rió. Le brillaron los ojos y silbó.

—Con gusto. Ya iba siendo hora de que te casaras y tuvieras hijos que perpetúen tu linaje. Esta tierra precisa de tu sangre para luchar por su libertad.

—No es ese tipo de...

—¡Vamos! —exclamó Robert alzando las manos—. Veo en tus ojos de qué tipo de situación se trata. Veo pasión que sólo he visto en la batalla. También advierto incomodidad, lo cual me dice que este asunto te plantea sentimientos profundos. Y dado que no he visto sentimiento alguno en ti desde hace mucho tiempo, estoy complacido. Es un hecho. Ardo en deseos de volver a relacionarme con mi «prima».

«Sentimientos profundos —pensó Circenn con aire taciturno—. Profundo disgusto conmigo mismo.» Pero si para reconocerla Robert quería creer que había una intención de matrimonio, que así fuera. Lo que importabaen realidad era el resultado final. En unas horas, él, sus hombres y Lisa estarían camino a Brodie, y Robert ya no se vería envuelto en la cuestión. Ella no debía enterarse jamás de que él había solicitado la cooperación del rey, haciéndole creer que ella le importaba. Circenn se quedó en silencio, regodeándose en su culpa, avergonzado de que su rey confiara en él con tanta facilidad.

—¿Te acuerdas de cuando estábamos en las cuevas, en el valle de North Esk? —preguntó Robert, con la mirada perdida en el horizonte.

—Sí.

—Fue el momento más negro de mi vida. Había luchado contra mi propia patria por riquezas, tierras y la promesa de Piernas Largas de perdonar a mi clan. Ya sea por haber compartido demasiado *usquebaugh* contigo, o por haber sido inspirado por un instante de divina claridad, me vi a mí mismo tal como era: un traidor para con mi propio pueblo. ¿Recuerdas la araña?

Circenn sonrió. ¿Que si se acordaba de la araña? Él la había convencido de entrar y de ejecutar sus actos ante los ojos de Robert, mientras éste estaba curándose de las heridas que había recibido en la batalla, y, al mirar la araña que trataba de tejer su red en un momento de calma, Robert había recordado su propia fortaleza y determinación. Cuando al séptimo intento la araña logró su objetivo, Robert Bruce emergió del suelo pantanoso de la caverna su cuerpo y alma entumecidos elevando el puño, y la batalla para liberar Escocia empezó en serio.

Robert lo miró intensamente.

—Nunca había visto una araña de ese tipo ni antes ni después de esa situación. Uno simplemente se pregunta si sólo fue un hecho natural. No cuestiono ciertas cosas, Circenn. Llévame ante esa mujer.

Luego de que Duncan dejara sus aposentos, Lisa esperó unos instantes, golpeteando impaciente con el pie sobre el suelo y se aventuró en el salón, determinada a encontrar el frasco. Había terminado de cruzar la mitad del largo corredor cuando Duncan volvió, cual tempestad, por la escalera.

—¡Creía que te habías ido! —exclamó Lisa.

—Me había ido. Pero entonces miré por la ventana. Tenemos un problema y te sugiero que prepares tus cosas.

—¿Mis cosas? ¡Si no tengo nada!

—Quiero decir las cosas de Circenn. Ponlas en los arcones y los hombres las llevarán. Estaremos de viaje dentro de muy poco. Tan pronto como podamos partir. Tan pronto como pueda sacarte del castillo —murmuró mirando nervioso a su alrededor.

—¿Adónde? —exclamó—. ¿Qué está pasando?

Duncan se acercó a ella, la cogió del brazo con brusquedad y la arrastró por el salón hasta el dormitorio de Circenn.

—No te preguntaré qué estabas haciendo fuera de tu dormitorio. Me hace sentir mejor no saberlo. Pero, muchacha, al asomarme por la ventana vi llegar a tu «primo», posiblemente para relevarnos de nuestro puesto en Dunnottar. A menos que quieras encontrártelo y tener que recordar con él viejos tiempos que nunca existieron, te sugiero que te mantengas fuera de su vista y hagas lo que te digo. ¿Podrías darme el gusto y acatar ciegamente lo que te ordeno? Eso puede mantenerte viva.

—¿Realmente alguien trataría de hacerme daño si supiera que vengo del futuro?

—Los templarios no confían en las mujeres —dijo Duncan con expresión sombría—, no les preocupa la magia de los druidas y consideran que nunca hay una razón valedera para romper una promesa. Si ellos llegaran a descubrir que Circenn mintió sobre ti perderían la fe que le tienen y, si eso sucediera, él no estaría en una posición apropiada para defenderte. Sin mencionar el hecho de que también Bruce se puede preguntar quién eres. Entonces saldrá a la luz eso de que eres del futuro y, ¡uf!, no quiero saber qué pasaría entonces. Debemos esconderte cuanto antes.

—Lo dispondré todo de inmediato —dijo Lisa.

—Bien hecho, muchacha. —Duncan dio la vuelta y se lanzó a través del corredor.

Lisa metió sus pertenencias en uno de los pesados arcones que había en el lugar. Luego se paseó entre la puerta y la ventana durante otros diez minutos, tratando de convencerse de que no debía dejar el aposento bajo ninguna circunstancia.

Pero eso no estaba funcionando. En la torre, detrás de su dormitorio había hombres legendarios que estaban caminando, hablando y planeando. Incapaz de resistir el atractivo de las voces de la historia, salió del dormitorio y siguió los ruidos hasta la galería que rodeaba el gran salón. Sin techo, éste estaba helado, pero los hombres no parecían advertirlo. Ninguno de ellos miró hacia arriba, pues todos estaban absortos en su plan de batalla. Lisa miró subrepticiamente por encima de la balaustrada, preparada para acurrucarse y cubrirse en cualquier momento. Sabía que Duncan la estrangularía si llegaba a presentir el riesgo que estaba corriendo, pero la atracción era irresistible. ¿Cuántas mujeres del siglo XXI podían decir que habían visto a Robert Bruce planeando la derrota de Inglaterra, batalla por batalla?

Aunque nadie lo hubiera creído, ahí estaba, de pie, debajo de ella, caminando, doblándose sobre mapas y gesticulando con irritación, respirando, inspirando. Su voz, rica y fuerte, era persuasiva y estaba llena de pasión. ¡Dios del cielo, estaba mirando a Robert Bruce planeando cómo derrotar a Inglaterra! Un escalofrío le recorrió la espalda.

—Milady, ¿le gustaría reencontrarse con su primo? —dijo un hombre detrás de ella.

Lisa hizo una mueca. No había considerado la posibilidad de que alguien se hubiera podido aventurar escaleras arriba o que hubiera estado allí antes que ella. Había estado tan preocupada por que alguien que estuviera abajo mirara hacia arriba que no le había dedicado ninguna atención a las escaleras. Ese hombre debió de haber subido mientras su mirada fascinada se centraba en el rey. Con el corazón latiendo desbocado, se giró lentamente para ver quién la había descubierto, deseando que, quienquiera que fuese, pudiera ser persuadido de no decirle nada a Duncan o a cualquier otro.

Era uno de los caballeros que ella había visto antes en el patio, entrenándose. El hombre puso una rodilla en el suelo y murmuró:

—Milady, soy Armand Berard, un caballero al servicio de vuestro protector. ¿La escolto escaleras abajo?

El caballero se levantó y Lisa observó que, aunque tenía su misma estatura, su cuello y sus hombros eran robustos como los de un jugador de fútbol americano. Su cabello castaño era corto y sus ojos grises estaban serios y albergaban una mirada inteligente. Una gruesa barba cubría su mandíbula y vio el fulgor de una cruz carmesí debajo de sus múltiples túnicas.

—No..., no, estoy segura de que debe de estar muy atareado como para ocuparse de mí.

—Robert Bruce nunca está demasiado atareado para su clan —le contestó—. Es una de las tantas cosas que admiro de él. Venga —dijo extendiéndole la mano—, la llevaré hasta él.

—No —exclamó, y luego agregó con más gentileza—: Circenn me dijo que debía permanecer en mi cuarto y se molestará si descubre que lo he desobedecido. Dijo que iba a ver si mi primo tenía tiempo de verme más tarde.

—Él no se molestará con usted. No tema, milady, venga. Bruce estará contento de verla nuevamente y, complacido por la satisfacción del rey, el señor de Brodie perdonará vuestra desobediencia. Es natural que usted esté rebosante de ganas de ver nuevamente a su primo. Venga.

Puso la mano sobre la muñeca de Lisa y la soltó de la balaustrada.

—¡Señor! —llamó hacia abajo—. Le llevo a su prima.

Robert Bruce miró hacia arriba con una expresión curiosa en la cara.

12

Lisa se quedó helada. Conque así era, se lamentó. Circenn Brodie le había permitido vivir, pero su curiosidad le había dado el golpe mortal. Primero, su anhelo la había llevado a intentar obtener un trabajo en el museo, como para poder aprender. Luego, la había compelido a abrir la caja y tocar el frasco. Finalmente, su curiosidad la había llevado desde su dormitorio al centro de una situación mortal. Estaba condenada.

Cuando Armand Berard le cogió la mano y se la colocó sobre el antebrazo, Lisa se estremeció. Sus hombros se desplomaron, derrotados. Su barbilla se desencajó. «Nunca dejes que nadie se lleve tu dignidad, Lisa —le susurró Catherine, en sus pensamientos—. A veces es todo lo que tienes.»

Levantó el mentón. Si iba a morir, por Dios, lo haría de manera majestuosa. Durante todo el sufrimiento, su madre nunca había renunciado a su dignidad y Lisa no sería menos. Inclinando la cabeza, se alisó el vestido y enderezó la espalda.

El descenso de la escalera le pareció que llevaba una eternidad. El salón estaba repleto de templarios y de los agotados hombres de Bruce. Casi un centenar de guerreros la miraron con curiosidad, incluyendo la furiosa mirada de un caballero que definitivamente parecía quererla muerta, y la inquisitiva mirada del rey de Escocia.

Instaló una sonrisa desafiante en sus labios. Mientras llegaban al final de la escalera, el rey de cabellos oscuros se apartó de la multitud, dirigiéndose hacia ella con los brazos extendidos.

—¡Lisa! —exclamó—. ¡Qué alegría verte de nuevo! Has florecido bajo el cuidado de Circenn, pero sospechaba que así sería.

La cogió en un fuerte abrazo y encontró que su rostro se hundía en la barba del rey, que olía al humo de la leña de los campamentos a cielo abierto. Se apretó fuerte contra él para ocultar su expresión asombrada. Se dio cuenta de que Circenn lo debió haber alcanzado primero. Él la apretaba tan fuerte que casi podía chillar. Cuando el rey orgullosamente le palmeó las caderas, gritó y trató de apartarse. Él le estaba sonriendo.

Cerca de su oído le susurró:

—No te enfades, muchachita. Circenn me contó todo. Estoy muy complacido de que él te haya elegido como esposa.

«¿Esposa? —se repitió ella con un graznido, al tiempo que sus rodillas se le aflojaban—. ¿Acaso ese bárbaro descomunal y ceñudo pensó que me casaría con él para seguir viva?» Echó un vistazo por sobre los hombros de Robert Bruce y vio a cinco pasos de él a Circenn que la miraba con una fijeza que sin palabras le decía: «Obedece. Compórtate.»

Pensándolo mejor...

—¿Fue él quien te lo dijo? Me prometió que no te lo anunciaría todavía —mintió locuazmente. Si eso era lo que Circenn le había dicho al rey, y si eso la mantenía viva, seguiría con ello por el momento. Más tarde ya habría tiempo de sobra para enmendar las cosas.

—No, muchacha, no lo dijo. Fueron sus ojos.

«¿A qué ojos habría estado mirando Robert Bruce?», se preguntó, porque los únicos ojos que ella había visto tenían una mirada asesina.

Robert Bruce sonrió abiertamente.

—Ojalá seas tan fértil como una coneja. Precisamos docenas de hijos de Circenn para esta tierra —dijo riéndose y palmeando el abdomen de Lisa.

Lisa se ruborizó, preocupada de que el rey pudiera palmearle los pechos y preguntarle por sus capacidades para alimentar niños. Acababa de ser palmeada más familiarmente por el rey de Escocia que por cualquier otro hombre que la hubiese tocado, salvo Circenn.

—¿Tu clan es prolífico?

—Uh... Sí —dijo ella con ligereza, volviendo a enrojecer.

Bruce estiró el brazo y atrajo a Circenn apretando a ambos en un abrazo. Por un momento el pómulo de Lisa golpeó contra el pecho del hombre. Después del abrazo grupal más incómodo al que había sido obligada, Bruce echó hacia atrás la cabeza y gritó:

—¡Te entrego a mi prima, Lisa MacRobertson!

Bruce retrocedió, empujándolos para que estuvieran más juntos. Tomó la mano de Lisa y dobló los dedos de ella contra la palma, cerrándolos en un puño. Ignorando su mirada de confusión, colocó el puño de Lisa en la mano de Circenn. La mirada de Lisa se dirigió a la cara de Circenn y vio la furia, aunque el rey parecía ajeno a esa expresión.

—Es con gran placer que te entrego a esta muchacha, mi amada prima, colocando su puño en tu mano, a ti, mi señor y caballero favorito en esta causa bendita, Circenn Brodie, junto con cuatro propiedades adicionales en la periferia de tus dominios. La boda tendrá lugar en Brodie cuando nos encontremos allí dentro de tres meses. ¡Viva la futura señora de Brodie! —rugió Robert, sonriéndoles a ambos.

La mano de Circenn apretaba con fuerza su puño. Mientras todo el salón daba hurras, la mirada que él le dirigió estaba cargada de veneno.

—No te atrevas a mirarme así, yo no le he dicho eso —bufó Lisa—. ¡Tú eres quien lo ha dicho!

Circenn se aprovechó del momentáneo caos y la tomó entre sus brazos. Con la boca hundida entre los cabellos de Lisa, gruñó:

—No le he dicho eso. El rey tomó una decisión, independientemente de mi deseo, así que, muchacha, si realmente quieres dejar este siglo te sugiero que antes de la tercera luna decidas cómo hacerlo. O te encontrarás casada conmigo y te prometo que eso no será bueno para ti.

—¡Un beso para sellar el acuerdo, Brodie! —gritó Bruce.

Sólo Lisa vio su mirada de furia antes de que él la besara salvajemente.

Galan halló a Duncan sobre el suelo de la cocina, apretándose los costados. Resollaba, tartamudeaba y reía a carcajadas.

Galan lo observó repetir la ridícula secuencia varias veces antes de empujarlo con la punta de la bota.

—¿Podrías terminar con eso? —dijo con disgusto.

Duncan ahogó un grito, golpeándose el pecho con el puño, para luego volver a colapsar en risotadas.

—¿Has... has visto, ja ja ja, la c... cara que ja ja que... que puso? —rugió Duncan, cogiéndose el estómago.

Los labios de Galan temblaron y mordió un botón para seguir estando serio.

—Es una vergüenza, Duncan —protestó Galan—. Ahora casi se lo entregaron de pies y manos a la chica.

La única respuesta de Duncan fue otro estallido de carcajadas.

—¿Casi? Yo diría que está listo.

—No sé qué es lo que encuentras tan divertido. Circenn se pondrá furioso.

—¡Está atado de pies y manos! —exclamó Duncan, con una carcajada.

Luego se levantó, respiró profundamente varias veces y finalmente se las ingenió para dominar la risa por un instante, aunque las comisuras de la boca le temblaban constantemente con el esfuerzo.

—¿No comprendes lo que debió de haber pasado, Galan? Circenn debe de haberle pedido a Bruce que fingiera reconocerla y el rey, sabiendo que Circenn desciende de los Brude, supuso que él quería que pareciera una alianza real para poder casarse con ella. De modo que Robert llevó las cosas un poco más lejos, pensando generosamente que de esa manera despejaba el camino para que la mujer fuese aceptada como esposa de Circenn. Pensó que le estaba dando a Circenn exactamente lo que él quería.

—¿De veras? —dijo una voz helada.

Duncan y Galan se pusieron inmediatamente serios.

—Milord —dijeron, bajando las cabezas respetuosamente.

—Me subestimáis —dijo suavemente Robert Bruce.

—¿Dónde está Circenn? —preguntó Galan, mirando receloso detrás del rey.

—He dejado a Circenn en el gran salón, recibiendo las felicitaciones del caso, del brazo de su nueva dama —dijo Robert con petulancia—. ¿Creéis que no sé que el hombre ha hecho otra de sus ridículas promesas para no casarse?

Duncan se quedó mirando al rey con admiración y le dijo:

—¡Qué cabrón que sois!

—¡Duncan! —rugió Galan—. ¡No se le habla al rey de esa manera!

Robert levantó la mano y sonrió.

—Tu hermano, lleno de *usquebaugh* y rodeado de mozas, me ha llamado peores cosas. Él y yo nos entendemos bien, Galan. De hecho, fue mientras putañeábamos con tu hermano en Edimburgo cuando discutimos sobre este problema. Que ya no es un problema, ¿no? He solucionado lo que la mayor parte de los miembros de vuestro clan no ha sido capaz de solucionar en años —dijo Robert Bruce, enormemente contento de sí mismo.

Galan miró a Duncan.

—¿Fue eso lo que hiciste cuando dijiste que estabas buscando provisiones? ¿Fuiste a putañear y a beber con el rey? ¿No tienes sentido de la responsabilidad?

Duncan sonrió inocentemente.

—Robert necesitaba calmar ciertas tensiones y yo no conozco mejor manera de hacerlo. Y mientras estábamos pasándola en grande con unas cuantas muchachas, hablamos sobre el hecho que Circenn estaba lejos de darle hijos a Escocia. Así como lo expresó Robert, él se las arregló para solucionar lo que ninguno de nosotros pudo. Yo, sin ir más lejos, le estoy agradecido.

Galan meneó la cabeza.

—Si sospechara que esto no es un gran malentendido, Circenn nos mataría a todos.

—Pero nunca lo sabrá, ¿o sí? —dijo Robert con calma.

Duncan volvió a estallar de risa y, luego de echarle una breve y temerosa mirada, Galan se le unió.

—No voy a casarme contigo —dijo Circenn sordamente, ocultándose en una sonrisa perfecta.

—No te he pedido que lo hicieras —le respondió Lisa entre dientes, con una sonrisa arqueándole los labios.

En una crispada exhibición de dientes, se miraban mutuamente, mientras aceptaban las felicitaciones de los distintos hombres que había en el salón. En cada ocasión en que tenían unos instantes de privacidad, o en los momentos en que sus bocas y oídos se encontraban, uno de los dos le mascullaba algo al otro. Para el salón, se veían como una pareja que se hablaba llena de felicidad y buenos presagios.

—No te pienses que esto cambia algo —le soltó él, apretando los labios.

—No soy yo la que le ha dicho una mentira al rey —le replicó Lisa, segura de que se la veía gruñir, a lo cual sonrió con esfuerzo.

—Felicitaciones, milord —dijo Armand Berard, palmeando a Circenn en el hombro.

—Gracias —contestó Circenn, sonriendo mientras le devolvía la palmada en el hombro a Armand.

Éste arqueó las cejas y preguntó:

—¿Por qué no nos lo has dicho por la mañana, Circenn, cuando nos contaste quién era ella?

Circenn ni siquiera se detuvo a pensar antes de soltar otra mentira. Uf, le salían una detrás de otra, con asombrosa facilidad. Se las apañó para sonreír y dijo:

—No estaba seguro de que el rey deseara que lo anunciase, pero parece que tenía ganas.

—Milady —dijo Armand, inclinándose para besar la mano de Lisa—, estamos contentos de que Circenn haya decidido establecerse y comenzar una familia. A pesar de que los de nuestra orden no nos casamos, creemos que, si un hombre no realiza un juramento de celibato, debe tener una esposa. Eso lo vuelve humilde y lo inclina a la sensatez.

Lisa le sonrió a Armand. «¿Así que humilde?», pensó. No había ni un solo hueso humilde en el cuerpo de Circenn Brodie. A pesar de que, sin que él le agradase, no le importaría buscar alguno.

—¿Adónde fue? —gruñó Circenn en el instante en que Armand se mezcló con la multitud.

—¿Armand? —preguntó ingenuamente Lisa—. Allí está —dijo, señalando a su espalda.

—¡Rrroberrrt! Ese bastardo traidor —dijo Circenn. Su manera de pronunciar fue tan fuerte que las erres sonaron como un bramido, con una «t» final.*

* Alusión al modo escocés de pronunciar las consonantes. (N. del T)

—¿Por qué tendría que saber yo dónde fue el rey? —dijo Lisa—. Soy la última en enterarme de lo que está pasando aquí.

—¡Todo este fiasco es culpa tuya, por haber abandonado tu cuarto! ¿No te dije acaso que te quedaras allá? ¿Cuántas veces te lo dije? ¿No te dije acaso, al menos una docena de veces a lo largo de los últimos dos días, que no abandonaras el cuarto?

—Repetir la misma pregunta tres veces, con ligeras variaciones, no hace que me den más ganas de responderte. No me hables como si fuera una niña. Y ni siquiera pienses en culparme por esta situación —dijo Lisa desdeñosamente y apartando su rostro—. Por cierto, nunca le habría dicho a nadie que iba a casarme contigo. Que haya abandonado el cuarto no hace que estemos comprometidos. Fuiste tú solito el que nos ha metido en esto.

Circenn la examinó con los ojos entrecerrados y luego bajó la cabeza, amenazante, cerca de la de ella.

—Tal vez me case contigo, muchacha. ¿Acaso no sabes que una mujer debe obedecer a su marido en todo? —ronroneó en sus oídos. Se detuvo frunciendo el ceño abruptamente.

—¡Renaud! —Le palmeó el hombro a otro templario y sonrió dolorosamente.

—Estamos complacidos, milord —dijo Renaud de Vichiers con formalidad.

—Gracias —replicó Circenn—. Si me excusas, Renaud, mi prometida se siente algo mareada. Está un poco agobiada.

Con un gesto de la cabeza dirigido a Renaud, apartó a Lisa de la multitud y la empujó a un rincón del salón, sin preocuparse por lo que estuvieran pensando los otros. De momento estaban tan solos como podían estarlo en el salón colmado.

—No estoy agobiada. Soy la imagen de la calma, considerando todo lo que estuve pasando. Y no me casaré contigo —dijo Lisa desafiante.

La respuesta de Circenn le heló la sangre:

—En tres meses, muchacha, ninguno de nosotros tendrá opción. Te escoltaré a tu aposento y esta vez te quedarás allí.

Informando al resto de la gente de que su futura esposa se sentía conmocionada —una mentirijilla que afectó a Lisa porque la hacía parecer frágil—, Circenn la guió escaleras arriba, su mano sujetando firmemente el brazo de la mujer. Se detuvo ante la puerta y le informó que si dejaba el cuarto se aseguraría de que lo lamentara.

Lisa abrió la puerta y había comenzado a entrar cuando repentinamente Circenn la retuvo entre sus brazos.

Sin decir palabra puso su boca sobre la de ella brutalmente.

Demasiado sorprendida como para resistir, Lisa se quedó quieta, sus labios abriéndose ante la insistencia de la lengua de Circenn. Él entró como una flecha entre sus labios, en una descarada mímica del juego sexual, penetrándola firmemente y retrocediendo sólo para volver a atacar. Ella tiró la cabeza hacia atrás y su cuerpo estalló a la vida. Estaba enfadado, ella podía sentirlo en el choque de sus labios y él le transmitió su enfado.

Entonces se le ocurrió que el beso era una forma útil y fascinante de expresar cólera, por lo que se dispuso a manifestar en ese beso toda la irritación acumulada y el desagrado que sentía. Lo mordió, mordisqueó y peleó con su lengua. Cuando la lengua de Circenn se retiró, lo siguió con la suya y la succionó dentro de su boca, enorgulleciéndose de cuán limpiamente había ganado esa batalla. Cuando él la besó, de una manera tan profunda que apenas podía respirar, dejó caer sus manos hasta la cintura de Circenn y luego prosiguió hacia abajo, demostrándole que ella estaba controlando la situación en todo momento. «Trasero musculoso». El pensamiento fue acompañado de excitación, mientras imaginaba sus caderas poderosas tensándose en un ritmo eterno.

Cuando los dientes de Circenn empujaron suavemente los suyos, un gemido surgió de su garganta. Levantó las manos y las puso en el pelo de Circenn deslizando sus dedos a través de la seda negra. Sus dedos fueron desde la nuca hasta el cuello y luego lo envolvió con sus brazos y le devolvió el beso con tanta naturalidad que Circenn se irguió abruptamente, retrocedió y la miró con una expresión asombrada.

Primero parecía complacido y luego sus ojos se entrecerraron rápidamente.

—No me gustas y no toleraré que compliques mi vida.

—Ídem —dijo Lisa con los labios hinchados.

—Entonces nos estamos entendiendo —dijo Circenn.

—Perfectamente —contestó ella.

—Bien.

Se miraron mutuamente. Notó que los labios de Circenn estaban algo hinchados. Ella le había provocado eso. Sentía sus propios labios calientes y cosquilleantes, y seguramente no había terminado de manifestar su ira.

—No te olvides de quién está al mando del castillo, muchacha —le dijo antes de salir por el corredor.

Si así era como Circenn aseguraba estar bajo control, debía desafiar su autoridad con más frecuencia.

Elevándose

¿Cuál es tu sustancia, de qué estás hecho,
que millones de sombras extrañas se tienden sobre ti?

WILLIAM SHAKESPEARE,
Soneto 53

13

El viaje desde Dunnottar a Inverness y, desde allí, al castillo Brodie perduraría por mucho tiempo en la memoria de Lisa. Con consternación, llevaba la cuenta de cada jornada de viaje, sabiendo que era un día más que perdía en el futuro, su propio tiempo, su tiempo natural, y pensarlo de ese modo la hacía sentirse muy mal. Temía que, cuanto más se alejaran de Dunnottar, las probabilidades de retornar a su hogar se hicieran más lejanas. Sabía que probablemente eso no era cierto, porque si había algo que tuviera el poder de hacerla volver era el frasco, y sospechaba que Circenn no permitiría que éste saliera de su órbita. Sin embargo, cada paso que daba en esa tierra salvaje y exuberante le hacía sentir que se alejaba más de su propia vida, introduciéndose en un dominio sobre el cual ella no tenía ningún control y en el que podía perderse por completo.

Poco después de que Circenn la depositara en su dormitorio, o más precisamente que la dejara tambaleándose en el vestíbulo, éste mandó a Duncan y a Galan para que la arrastraran fuera de la fortaleza y salieran cabalgando, adelantándose al resto. Circenn y su entorno se les habían unido unas horas más tarde. Ella era consciente de que los caballeros la estudiaban con demasiada intensidad como para permitirle sentirse cómoda. No eran hombres con los que pudiera cometer errores, por lo que hablaba lo menos posible, eligiendo las palabras con gran cuidado.

La primera noche que viajaron a través de Escocia una luna casi llena colgaba por encima de los riscos sombríos, y los valles y el tronar de más de un centenar de caballos cargados con paquetes y hombres musculosos era ensordecedor. El suelo temblaba mientras galopaban por las colinas. Con frío a pesar de la gruesa capa que le cubría el vestido, se sintió sobrecogida por las millas de campo salvaje. Aunque le dolía el cuerpo, después de viajar unas pocas horas, habría cabalgado toda la noche para saborear ese paisaje sin domesticar.

Pero a la mañana siguiente ya pensaba distinto. Se le dejó elegir si quería seguir cabalgando. Arrogantemente pensó que estaba en buenas condiciones, pero cabalgar era algo bastante diferente a hacer acrobacias o a dar volteretas, y rápidamente se dio cuenta de que sus habilidades atléticas la habían entrenado mejor para caerse del caballo apropiadamente que para permanecer en él con algún grado de elegancia.

La segunda cosa que daba vueltas en su cabeza era Circenn Brodie, quien cabalgó a su lado todo el camino sin hablarle, pero vigilando cada movimiento que hacía, cada expresión. Ella escondía bien su incomodidad, decidida a no revelar ninguna debilidad ante el infatigable guerrero. Desde que habían dejado Dunnottar, el hombre había murmurado escasamente dos palabras y no la había tocado, excepto para ayudarla a desmontar. Ella sabía que estaba bullendo. A veces se apartaba de ella para hablar con sus hombres en voz baja.

En cada aldea que pasaban notaba que la gente acompañaba a Circenn como si se tratara de un rey y él se comportaba con majestuosa reserva. Si se veía un tanto ausente, a ninguno de los aldeanos le preocupaba. Los niños lo miraban con sobrecogimiento, los ancianos lo golpeaban en el hombro y sonreían orgullosamente, los jóvenes guerreros lo seguían admirativamente con la vista. Era claro que el hombre era una leyenda en su propio tiempo. Con cada mirada admirativa y seductora de las mujeres, por debajo de sus párpados caídos, Lisa sentía surgir la irritación. En más de una villa las mujeres encontraban una razón para aproximársele y trataban de tentarlo para «discutir asuntos en privado, milord». Se sintió aliviada de ver que ninguna de ellas tenía éxito. Sin embargo, no estaba segura de si era porque realmente él no estaba interesado o porque tenían que cabalgar a paso tendido. Raramente dormían más de unas pocas horas cada noche, pero ella estaba acostumbrada a dormir mal, dado que tenía dos trabajos.

La tercera cosa que le pesaba era el frasco que ahora sabía que Circenn llevaba consigo, porque lo había llegado a ver una noche en que él buscaba algo en su morral. Desafortunadamente Circenn tenía un sueño muy liviano, de modo que tratar de apoderarse del frasco mientras estaba dormido sería una aventura estúpida. Mejor aguardar el momento oportuno.

Sin embargo, la última noche de su cabalgata fue la que perduraría por más tiempo en su memoria. La noche que se aproximaban al castillo Brodie. A lo largo del viaje, físicamente tan doloroso, Lisa se había preocupado por Catherine, preguntándose quién la estaría cuidando y llorando silenciosamente, amparada por la oscuridad. Al mismo tiempo, Escocia sutilmente invadía sus venas y, a pesar de su miedo y sentimiento de desamparo, sabía que se estaba enamorando.

De un país.

Era muy temprano para la primavera en las Highlands, pero podía sentir la grava adormecida esperando florecer. Si bien sabía que encontraría un camino de regreso a casa, parte de ella deseaba permanecer en el pasado lo suficiente como para ver los valles de brezos, las águilas doradas volando por encima de las montañas, ver cómo la alfombra de helechos y arbustos se volvía lozana y florecía con la primavera.

La última noche de su viaje, el clima mejoró levemente. Debido al cansancio, sus emociones bulleron peligrosamente y salieron a la superficie, y durante las últimas horas pasó de la euforia por la belleza de la noche en las Highlands al total terror de lo que el futuro fuera a depararle. Lisa no estaba segura de lo que esperaba del castillo Brodie, pero no era la elegante estructura de piedra a la que había alcanzado a vislumbrar desde la cima de colinas distantes, cuando se erguía sobre la silla para ver todo lo que pudiera.

Descendieron a un valle, y el castillo aún no estaba a la vista. El silencio sólo se rompía por el golpe de los cascos contra el suelo y los ocasionales suspiros de los hombres, alegres de volver al hogar. El cielo se veía de un azul profundo, instantes antes de volverse negro; era el ocaso, palabra que usaban para el atardecer. El camino por el que viajaban trepaba hasta una cresta que se extendía allende el horizonte, y más allá estaba el hogar de Circenn. Cuando llegaron a lo más alto de la cresta, la visión del lugar que los recibía dejó a Lisa sin aliento.

El castillo Brodie era tan magnífico como el propietario de esa estructura digna de un palacio real. Iluminado brillantemente con antorchas, parecía salido de un sueño. Más allá de un portón con forma de arco que brillaba pálidamente bajo la luz de la luna, se erguía una estructura con torres y torreones de forma cuadrada, altos chapiteles y puentes bajos que conectaban las distintas alas. La propiedad estaba rodeada por una gran muralla que, con el portón cerrado, resultaba una fortaleza inexpugnable. Había guardias acechando en los parapetos y recorriendo el perímetro. Lisa apenas podía imaginarse las decenas de sirvientes con sus familias que vivían en el interior, correteando de un lado al otro, y las risas de sus hijos llenando el aire. A salvo. Calientes y protegidos por el clan, gobernados por un señor de la guerra que consagraba su vida a defenderlos.

Lisa sintió una punzada de imposible nostalgia. Qué vida. Alguna vez él se casaría realmente y llevaría a su mujer a ese lugar mágico. Ése era su mundo... Ese castillo magnífico que brillaba en su gris palidez debajo de la luna, esos hombres que lo rodeaban y que luchaban bajo sus órdenes, capaces de dar la vida por él. «Un mundo increíble al que pertenecer», pensó.

Se sintió desgarrada. Su necesidad de volver a su casa luchaba contra el sofocante deseo de pertenecer a un lugar como ése, de estar rodeada por una familia.

Exhausta más allá de la posibilidad de seguir engañándose, Lisa se enfrentó a una verdad que había estado tratando desesperadamente de evitar.

Supo que no había lugar ni ningún tiempo en los cuales pudiera esperar un futuro real.

Circenn arrinconó a Duncan y a Galan en los establos del castillo Brodie. Los hizo retroceder contra la pared con la pura fuerza de su mirada.

—Te oí reírte, Duncan —acusó Circenn, mientras le temblaba un músculo de la mandíbula. Circenn había estado acumulando su ira a lo largo de la pasada semana, viendo la expresión divertida que había en los ojos de Duncan, oyéndolo reírse y sintiéndose incapaz de reprenderlo delante de los templarios. Éstos ya habían dirigido curiosas miradas en su dirección, intrigados por el extraño humor que había tenido durante el viaje.

Duncan era el vivo retrato de la inocencia.

—Si te refieres al viaje, Galan y yo estuvimos simplemente recitando poemas procaces, nada más.

—¿Galan? —bramó Circenn incrédulo—. Galan sería incapaz de recitar nada grosero, aunque el resultado de una batalla dependiera de ello.

—Podría hacerlo —protestó Galan—. No soy tan malo como supones.

—¿Os dais cuenta de que estoy absolutamente comprometido? ¿Os dais cuenta de que a Adam le prometí matarla y a Robert, casarme con ella? —preguntó Circenn irritado.

La situación seguía divirtiendo a Duncan.

—Considerando que a Adam no se le permite visitarte sin que lo invites —lo cual era parte del trato, como recordarás—, me parece que lo mejor es que te cases con la muchacha. Es posible que, para cuando Adam vuelva a importunarte, ella ya se haya muerto hace tiempo. Dijiste que, a veces, pasan hasta cincuenta años sin que te moleste.

Circenn se puso rígido. «Es posible que ella ya se haya muerto...» No le gustó pensar que ella fuera a morir, por su mano o por causas naturales. Aun cuando Circenn nunca fuera a cumplir su promesa, ella moriría mucho antes que él. Como todo lo demás, se extinguiría ante sus ojos. Del mismo modo en que alguna vez a él le tocaría enterrar a Duncan, cuyo cabello encanecería, cuyos huesos se quebrarían y cuyos ojos serían cegados por el tiempo. A él le tocaría llorar la pérdida de tanta irreverencia y entusiasmo por la vida, a un corazón tan lleno de alegría. Y a él le tocaría enterrar a Galan y a Robert y sus sirvientes y doncellas. Y a sus caballos y a todas las mascotas de las que fuera a cometer la locura de encariñarse.

Por esa razón, habían pasado siglos desde que se había permitido dormir con su perro lobo favorito, acostado a los pies de su cama.

A diferencia del lapso mortal que vivía la mayoría de los hombres, a Circenn la muerte no lo alcanzaría una docena de veces, sino en cientos de ocasiones, de modo que sería un gran tonto si se preocupara por algo. Tal vez era por eso por lo que Adam Black se preocupaba tan poco de todo: al cabo de mil muertes, sencillamente dejó de preocuparse por los demás.

Circenn se volvió sin decir más, dejando boquiabiertos a sus fieles consejeros.

Lisa permanecía en medio del patio, comiéndose todo con los ojos. Luego de un «no te muevas», Circenn había ido tras Duncan y Galan en el instante mismo en que traspusieron el portón. Ella estaba perfectamente contenta sin moverse, porque eso significaba que podría dirigir toda su sobrecogida atención al castillo. Los caballeros surgían a su alrededor en oleadas, ocupándose de sus caballos y de sus avíos, mientras ella escrutaba las elegantes líneas del castillo medieval.

La edificación rectangular estaba encerrada dentro de una poderosa muralla de piedra. En el extremo noreste, había una capilla situada entre un pequeño grupo de árboles. En el extremo noroeste, cerca de la muralla principal, donde se ubicaba el portón, había una serie de construcciones bajas que supuso albergaban a los soldados. No podía ver más allá del castillo, porque éste se extendía casi a lo largo de toda la propiedad. El perímetro de la muralla se elevaba sobre cuestas y valles, extendiéndose hasta donde alcanzaba la vista, y disponía de torres para la guardia cada cincuenta metros, aproximadamente.

Cuando unos momentos más tarde Circenn la cogió del codo, ella se sobresaltó.

—Ven —le dijo calmosamente.

Ella lo miró con expresión cortante. En lugar de mostrarse enfadado, como había estado durante toda la semana de la cabalgata, ahora se lo veía triste. Y a ella le molestó que se mostrara afligido. Con la ira podía arreglárselas, pero la tristeza despertaba en ella el deseo de proteger y se vio tentada a llevarlo a un costado, cogerle amablemente el rostro y preguntarle qué era lo que le pasaba. Conocerlo. Aliviarlo.

Su propia estupidez la hizo menear la cabeza. Ése era un hombre que claramente no necesitaba su ternura ni su protección.

Entraron por la puerta principal del castillo y él se apartó de ella, dirigiéndose a donde estaban los sirvientes, a quienes silenciosamente les dio órdenes. Lisa se quedó en el gran salón, girando sobre sus talones, con la boca abierta. «Oh». A lo largo de la última semana había estado asimilando algunas de sus arcaicas expresiones, pero bajo ciertas circunstancias sólo servía un eterno e intemporal «oh». Dunnottar había sido una ruina; pero el castillo Brodie era medieval en todo su esplendor. El gran salón era vasto, tenía techo alto y cinco hogares de leña: dos en la pared este y dos en la pared oeste, y una chimenea central que se veía como si hubiera estado inactiva desde hacía tiempo. De las paredes colgaban enormes tapices y había una larga mesa labrada, con docenas de sillas, ubicada cerca de uno de los hogares.

Miró hacia abajo, ansiosa por ver de primera mano un pavimento hecho de juncos, pero se sintió desilusionada al descubrir que el suelo era de piedra pulida color gris pálido. En el lugar había una gran abundancia de luz, y reconoció los «juncos luminosos», velas de cera y sebo pinchadas sobre picas verticales, dispuestas en un candelabro de hierro, con base en forma de trípode. En el Museo de Cincinnati tenían dos «juncos luminosos» auténticos. Aquí, muchos estaban empotrados en soportes en las paredes, mientras que otros estaban apoyados sobre mesas distribuidas por todo el salón. Algunos, en cambio, se veían puestos en espirales de hierro, que cargaban los sirvientes.

—Estás con la boca abierta —le dijo Circenn al oído.

Lisa parpadeó.

—La tuya también lo estaría, sin duda, si de repente aparecieras en mi casa.

Seguramente se quedaría boquiabierto ante la televisión, la radio e internet.

—¿Es de tu agrado? —preguntó él con severidad.

—Es precioso —respondió en un murmullo.

Circenn se permitió una tímida sonrisa.

—Ven. Han preparado un cuarto para ti.

—¿En el poco rato que ha pasado? —preguntó. Qué eficiente era su personal.

—Envié a un grupo de exploradores a que se nos adelantaran, muchacha, y dado que esperan que seas mi esposa —dijo con una sonrisa— tal vez se alborotaron por ello. No confundas eso con mis actos. Difícilmente pueda negarles a mis sirvientes su... entusiasmo. Es probable que estén contentos de que me haya comprometido —murmuró secamente.

Sin pensarlo, apoyó la mano en el antebrazo de Circenn, acosada por la curiosidad, con su animosidad temporalmente olvidada.

—¿Por qué no te casaste antes?

Miró la mano de ella sobre su brazo. Su mirada se entretuvo en los dedos de Lisa.

—¿Qué? ¿Acaso de repente te interesas en mí? —preguntó, levantando burlonamente una ceja oscura.

—Supongo que cuando te vi en Dunnottar sólo vi en ti un guerrero, pero aquí te veo como...

—¿Como hombre? —concluyó por ella, con una voz peligrosa—. ¡Qué enigmático! —murmuró—. Tonto, pero enigmático.

—¿Por qué eso es tonto? Eres un hombre. Éste es tu hogar —dijo Lisa—. Tus hombres te brindan su confianza y lealtad, a tus sirvientes les complace verte de regreso. Éste es un castillo espacioso y tú debes de tener, por lo menos, treinta o treinta y cinco años. ¿Cuántos años tienes? —preguntó, frunciendo el ceño, al darse cuenta de lo poco que sabía sobre ese hombre.

Circenn la miró sin inmutarse.

Ella prosiguió:

—¿Alguna vez te casaste? Seguramente alguna vez te querrás casar, ¿no? ¿No quieres tener hijos? ¿Tienes hermanos y hermanas, o eres tan solitario como pretendes que se crea?

Circenn entrecerró los ojos.

—Muchacha, estoy cansado por el viaje. Invéntate tus propias respuestas como mejor te convenga. Por el momento, quiero verte en tus aposentos, así podré dedicarme a mis otras ocupaciones. Si quieres resolver enigmas, encuentra la forma de escaparte de un casamiento formal en menos de tres lunas.

—Supongo que eso significa que no puedes matarme, ¿no? —dijo medio en broma.

Él frunció el ceño y contestó:

—Correcto. —Y luego le dijo al oído, para que nadie más los pudiera oír—: ¿Cómo podría matar a una prima de la realeza? ¿Cómo podría disponer de ti después de que Bruce te entregara en matrimonio? Ahora estamos atados de pies y manos. Y es como si estuviéramos casados. Matarte ahora me causaría más problemas que desobedecer la promesa que hice.

—Entonces tu promesa...

—Está bien rota —dijo con amargura.

—¿Era ésa la razón por la que se te veía tan enfadado?

—¡No hagas más preguntas! —bramó.

—Perdón —dijo Lisa a la defensiva.

La empujó escaleras arriba, tomándola del codo y la depositó a la entrada de su aposento en el ala este.

—Te haré llegar agua caliente para que puedas lavarte. Quédate en el dormitorio toda la noche, muchacha, o finalmente te mataré.

Lisa asintió con la cabeza y se volvió hacia la puerta.

—Dame tus manos, muchacha.

Lisa se dio vuelta y preguntó:

—¿Qué?

Circenn le extendió sus manos.

—Pon tus manos en las mías.

No sonaba a pedido.

Lisa le extendió sus manos con cautela.

Circenn las tomó y la miró fijamente. Usó su cuerpo como solía hacerlo, una inclinación sutil, un cambio suave, una dominación sin palabras para ponerla contra la pared de piedra sosteniéndole la mirada. Fascinada, ella no podía despegar sus ojos de los de él.

Cuando él estiró las manos por encima de la cabeza de Lisa, ella apenas pudo respirar.

Él se movía con tal lentitud que, adormecida por un falso sentido de seguridad, Lisa no pronunció una sola palabra. Con suavidad frotó los labios contra los de ella. Ser besada así, tan lenta y suavemente, era algo increíblemente íntimo. Si la hubiera besado con pasión, no habría sido tan devastador.

Con placer casi insoportable, la besó tan suavemente que Lisa podía oír una docena de latidos de su propio corazón entre cada delicada alteración de la caricia de sus labios. Tiró la cabeza atrás, contra la pared, y cerró los ojos perdida en la ficción sutil de los labios de Circenn que tocaba los suyos como si tuviera todo el tiempo del mundo. El castillo de pronto parecía extrañamente silencioso; la respiración de Lisa, ruidosa. No podía saber si la había besado de esa forma durante cinco o quince minutos. Podía haber estado así desde siempre.

Circenn capturó sus muñecas con una mano y con la otra trazó el contorno de su pómulo. El corazón de Lisa se alteró al darse cuenta de cuán cerca estaba de ser totalmente seducida por esas tentadoras y suaves caricias.

Los dedos de Circenn presionaron el ángulo de su boca y sus labios se abrieron en un suspiro de placer. Continuó besándola, pero no le ofreció la lengua y eso la volvía loca. Suave, lentamente. Con una intimidad tan prolongada que le hizo tomar conciencia de cada matiz de lo que hacía. Circenn apartó la cabeza, la miró con sus ojos oscuros e hizo correr sus dedos por el labio inferior. Instintivamente, ella tocó sus dedos con la lengua.

Con un gemido ronco, Circenn puso la cabeza de Lisa entre sus manos, cerró su boca sobre la de ella y deslizó la caricia aterciopelada de su lengua contra la de la muchacha. En el momento en que se fundió con él, Circenn se retiró, giró sobre sus talones y se alejó.

Los labios de Lisa estaban hinchados. Llevó la punta de sus dedos hasta la boca, mientras él se alejaba por el corredor. Al final del pasillo miró por encima de sus hombros y cuando la vio parada allí, con los dedos sobre la boca, mostró una sonrisa de masculina satisfacción. Sabía que había logrado ese efecto en ella.

Ella entró en sus aposentos y dio un portazo.

Lisa se dio cuenta de que algo había cambiado entre ellos durante el viaje desde Dunnottar hasta Brodie. O tal vez poco después de que llegaran, cuando Circenn abandonó su flanco, pareciendo muy enfadado, y regresó triste. Parecía más... humano y menos el salvaje despiadado que representaba. ¿O es que había comenzado a confiar en él, dado que se había dado cuenta de que no tenía nadie más en quien confiar?

Bostezando y ansiosa de estirarse sobre algo que no fuera el duro suelo, miró el dormitorio. Era hermoso: colgando de las paredes había paños de seda y tapices que parecían haber sido robados de Inglaterra. Ese pensamiento le hizo gracia: que Circenn hubiera decorado su castillo con bienes robados a Inglaterra. Su cama, con dosel y cortinas de un blanco marfil brillante y cubierta con docenas de almohadas, era tan ancha que podía acostarse cruzada sobre ella sin que sus piernas asomaran.

La cabecera era una maravilla de cajones y escondrijos, y las criadas habían cubierto los rincones y ranuras del mueble con hierbas y flores disecadas.

Por supuesto, se habían aplicado a todo ese trabajo para hacer su recámara acogedora y brillante, porque pensaban que ella sería la dama del castillo. Pero ella sabía bien que no sería así.

No había forma de que permaneciera en el siglo XIV tres meses. Simplemente no era una opción. Al llegar el nuevo día, resolvió, adormecida, arrullada por el vino que había bebido y el suave fuego del hogar, que encontraría el frasco y retornaría a su época. Se dejó llevar por el sueño.

Lisa estaba corriendo tan rápido como podía, intentando atrapar a su madre en los pasillos del hospital. Habría sido capaz de asirla si los doctores dejaran de empujar su cama tan rápido. ¿No entendían que Catherine la necesitaba?

Pero si lo entendían, no les importaba. Pasarían un pasillo y después otro, doblarían a la derecha y darían vueltas en círculos, casi como si estuvieran tratando de evitarla. Todo el tiempo que ella había estado intentando atraparlos, su madre había estado peleando por sentarse, sacar una mano e implorarle. Muchas veces había llegado a estar a pulgadas de alcanzar esa frágil mano, sólo para perderla cuando los doctores volvían a acelerar de nuevo.

Finalmente, se aproximó a ellos cerca de la recepción. Estaba situada en un rincón, con un pasillo alrededor del escritorio, pero había sólo un salón que se abría a la izquierda. No había forma de que ellos pudieran escapársele ahora. Cortaría su huida dando una vuelta a la izquierda y cogería a Catherine (¡pesaba tan poco ahora!) y la llevaría a su casa, donde ella quería estar.

Pero mientras corría y bloqueaba la salida al salón, allí donde había una sólida pared, apareció la puerta de un ascensor y los doctores se apresuraron a introducir en el ascensor a su madre mientras miraban a Lisa con reprobación.

—¡Lisa! —gritó Catherine mientras las puertas se cerraban.

Lisa empujó hacia delante tratando de mover el ahora repentinamente denso aire que le impedía correr. Miró con horror mientras las puertas del ascensor se cerraban y su madre se perdía para siempre.

14

Armand cabalgó rápidamente por el bosque mientras amanecía sobre las Highlands. A veces miraba por encima de sus hombros para asegurarse de que no lo estaban siguiendo. Renaud se había sentido picado por la curiosidad respecto de esa necesidad repentina de ir a cabalgar en soledad más allá de las defensas del castillo, pero Armand le había dicho que necesitaba meditar, que su fe se renovaba con el amanecer del nuevo día y que encontraba que podía decir más fácilmente sus plegarias ante el esplendor natural de Dios.

Armand puso los ojos en blanco y maldijo. El templo natural de Dios no era, ni sería nunca, suficiente para él. Y menos ahora, viviendo en la pobreza más abyecta y en la humillación que había soportado desde que habían echado a su orden. Deseaba un buen techo sobre su cabeza, alrededores lujosos, riqueza y respeto. Había perdido todas esas cosas cuando tuvieron que salir de Francia, derrotados por el rey Felipe, quien anhelaba las riquezas de los templarios.

Muchos habían codiciado esa riqueza y habían temido el creciente poder de los templarios pero sólo Felipe había sido lo suficientemente inteligente y codicioso, y tenía suficientes favores políticos adeudados como para colocar a la poderosa orden de rodillas. Y estar de rodillas no era una posición que Armand iba a aceptar. Su vida había sido precisamente como él quería y cada día se acercaba más a los verdaderos secretos de la orden, ya que confiaban cada vez más en él y se le hacían cada vez más confidencias. Como comandante de caballeros casi había sido capaz de saborear el privilegio y poder de quebrar el tentador círculo por el cual había trabajado tanto. Entonces se habían hecho esos falsos arrestos y los caballeros fueron echados de su patria. Sólo un rey bárbaro y excomulgado había tenido la voluntad de darles clemencia. Cuando la orden de los templarios fue disuelta por la bula papal de 1307, no se emitió ningún mandato de supresión en Escocia. Y bajo el gobierno de Robert Bruce los templarios buscaron refugio y se convirtieron en los *Militi Templi Scotia*.

«Ja», pensó pausadamente, casi como la *Minutiae Puppets Scotia*, marionetas que ahora danzaban siguiendo la música de un nuevo rey, un rey que, aunque no les había intentado quitar nada, no tenía riqueza para darles, ni respeto ni tierras. Eran fugitivos, perseguidos y vilipendiados.

Pero Armand Berard no lo sería por mucho tiempo más. Los años de correr, ocultarse y de pretender mantener la fe cuando la orden era destruida habían afirmado su resolución. Sus hermanos caballeros podían sujetarse a la absurda esperanza de que fueran capaces de reconstruir la orden en Escocia y eventualmente recuperar su preeminencia. Pero Armand tenía planes mejores. La brillante hora de los Caballeros del Templo había terminado.

Sentía piedad por sus piadosos hermanos que creían que su poder nunca debía usarse para obtener una ganancia personal. Pero ¿por qué otra razón uno debía usarlo?

Maldijo y escupió con furia. Había estado tan cerca de conocer el verdadero poder de los templarios...

Armand sujetó las riendas de su caballo, agachándose debajo de una rama baja y reduciendo la velocidad de la marcha a un trote suave, al entrar en un claro. Saludó con la cabeza a un jinete encapotado que allí lo esperaba.

—¿Qué tienes para nosotros, Berard?

Armand sonrió. Había sido imposible entrar en contacto con James Comyn, conspirador como él, mientras estuvo apostado en Dunnottar, pero nada tenía para decirle en ese momento. No obstante, la semana pasada había obtenido una importante información y sabía que era un buen augurio de lo que estaba por llegar. Armand Berard vendería sus servicios a Inglaterra por riquezas y títulos, y recuperaría el tiempo perdido con vino, mujeres y abriéndose paso en el círculo íntimo de la corte de Edward cuando se presentara la ocasión. Era un hombre atractivo y musculoso, y según se decía Edward sentía una especial debilidad por los servicios personales que pudieran ofrecerle los hombres bien dotados. Armand sonrió, considerando cómo doblegaría al rey inglés a su voluntad.

—¿Has podido averiguar algo más sobre Brodie? —quiso saber con impaciencia Comyn.

Armand contempló la delgada y sádica cara de su compañero. Cejas entrecanas, arqueadas sobre ojos de color celeste pálido, que eran mucho más fríos que el lago más helado.

—Poco. Es un hombre discreto y sus íntimos no hablan de él abiertamente.

Armand sujetó las riendas, calmando a su montura para que se estuviese quieta.

—Edward está propugnando poner su castillo bajo sitio. Quiere los objetos consagrados, Berard, y se pone impaciente. ¿Has podido confirmar que estén allí?

—Sigue siendo un rumor apenas. Pero ahora que finalmente estoy en el castillo me será posible buscar a fondo. Eso es lo que Edward deseaba, ¿no? Un espía dentro de esos muros. Dile que se contente con que finalmente alguien se las haya arreglado para entrar en el castillo Brodie y que me dé tiempo para buscar. Es mejor que encuentre yo la lanza y la espada a tener que marchar contra esos muros para intentar conseguirlas —advirtió Armand.

Si había algo que quería era encontrarlas y luego venderlas al mejor postor. Los cuatro objetos sagrados habían estado bajo la protección de la orden de los templarios hasta el momento en que cayó en desgracia. Si ahora lograba poner sus manos sobre la «Lanza que Ruge por Sangre», la alabarda que supuestamente había herido a Cristo, no habría límite a la riqueza y al poder que podría obtener. Si además encontraba la «Espada de Luz», de la que se rumoreaba que ardía con fuego sagrado cuando era empuñada, su futuro estaba asegurado. Supuestamente el caldero y la «Piedra del Destino» también estaban bajo la guarda de Brodie. Ahora que él estaba alojado en su fortaleza, Armand no fracasaría y explotaría esa oportunidad.

Para disuadir a los hombres de Edward de atacar el castillo Brodie antes de que los localizara le advirtió:

—Brodie tiene cincuenta templarios en la residencia, además de sus tropas. Si además posee los objetos sagrados, puede aplastaros antes de que logréis abrir una brecha en sus defensas.

Comyn dijo irritado:

—Sabemos eso. Precisamente fue eso lo que detuvo a Edward.

—Además —agregó Armand con amabilidad—, me pregunto si realmente los tiene, porque si los tuviera se podría pensar que los debió haber puesto a disposición de la causa de Escocia hace tiempo.

—Tal vez es tan interesado como tú y los tiene únicamente por el poder que le confieren. O tal vez es devoto y cree que sólo pueden ser usados para cumplir los deseos de Dios.

—Poco importa, porque ahora tengo los medios para tenderle una trampa —replicó Armand.

Comyn se enderezó de golpe e hizo chasquear sus dedos.

—La información. Ya.

—Te va a costar mucho —dijo Armand fríamente—. Caro.

—Edward lo pagará si nos entregas el castillo de Brodie y a su notable amo. Supongo que tienes un precio en mente...

—No menos que mi peso en oro puro.

—¿Y qué nos ofreces a cambio de esa extravagancia?

—Circenn se ha comprometido recientemente con Lisa MacRobertson, que es la prima de sangre de Robert Bruce —dijo Armand—. Os entregaré a la muchacha. La manera en que destruyáis a Brodie ya no es mi problema.

La excitación de James Comyn era palpable y se trasladó a su cabalgadura, la cual comenzó a agitarse y caminar nerviosa en círculos. Calmándola con suavidad, Comyn acercó su caballo al de Armand.

—¿Es bonita? —preguntó con ojos centelleantes.

—Extraordinariamente —le aseguró Armand a sabiendas de que la mujer rogaría por estar muerta si se encontraba en las manos de este hombre, mucho antes de que eso efectivamente sucediera—. Tiene muy buenas curvas y es exuberante. Una mujer fogosa, demasiado orgullosa para que eso le favorezca.

Comyn se frotó las manos:

—Una vez que la tengamos, Brodie la seguirá. Edward estará encantado de encarcelar y descuartizar a otro miembro de la parentela de Bruce.

—Te la traeré a cambio del oro, un título y tierras en Inglaterra.

—Eres ambicioso, parece...

—Si traigo la espada y la lanza, puedo llegar a pedir la corona —dijo Armand con una sonrisa fría.

—Por la espada y la lanza, puedo intentar ayudarte a obtenerla —ronroneó su interlocutor.

Armand levantó la mano remedando un saludo.

—¡Por Inglaterra!

Comyn sonrió:

—¡Por Inglaterra!

Armand cabalgó de regreso al castillo Brodie, complacido. Sólo necesitaba atraer a la mujer fuera de los muros del castillo y comenzaría su nueva vida.

Lisa suspiró, mientras rebuscaba en el arcón. Habían pasado cuatro días desde su llegada al castillo Brodie y la búsqueda del frasco no había tenido éxito. Comenzaba a desesperar. El hombre podía tener miles de lugares para esconderlo en un castillo tan grande. Por lo que ella sabía, podría haberlo enterrado en la mazmorra, uno de los lugares que ella no se apresuraría a ver. Ahora entendía la expresión «buscar una aguja en un pajar». El castillo Brodie tenía dos plantas, con docenas de otras plantas en las torretas y torres que asomaban a intervalos irregulares y con alas que encerraban no uno sino cuatro patios internos. Simplemente el castillo era tan grande que le podía llevar un año buscar cuidadosamente en cada aposento. Trataba de pensar como Circenn, de ponerse en su lugar, pero era imposible: ese hombre era un enigma para ella.

Desde su llegada, Circenn la había evitado cuidadosamente y le había enviado la comida a su dormitorio. Lo había visto dando zancadas en el patio externo con sus hombres. Una vez, él levantó la vista mientras ella lo miraba a través de la ventana, como si la hubiera sentido. La sonrisa que le dirigió era puro dientes y nada más. Sus ojos estaban distantes, preocupados. De modo desafiante, ella le envió un beso en el aire para provocarlo. Funcionó. Circenn hizo girar su capa, colocándosela, y se fue.

Lisa se frotó las sienes y dirigió su atención al arcón en el cual había comenzado a buscar. Mejor no pensar en él.

—Aquí estás, muchacha. Me preguntaba en qué rincón de este viejo y agujereado castillo estarías.

Lisa detuvo su búsqueda abruptamente y se dio la vuelta. Sus ojos estaban irritados y pesados. Por la mañana se despertó con la almohada completamente empapada por las lágrimas. Apenas recordaba el sueño que había tenido. Desde su llegada había soñado cosas horribles durante varios días y sentía que la habían dejado magullada. Pero sus pesadillas la llevaron a la acción. Tenía que encontrar el frasco.

Lisa dejó caer los brazos a los costados. Eirren permanecía a algunos pasos, apoyado contra una silla y observándola, con los ojos brillantes y divertidos.

—¿Has encontrado lo que estás buscando? —preguntó.

—No estaba buscando nada —mintió Lisa a toda prisa—. Simplemente estaba admirando el arcón y preguntándome qué tesoros podría esconder. No puedo evitarlo, soy una chica curiosa —agregó jovialmente.

—Mi madre solía decirme que la curiosidad era uno de los ocho pecados capitales.

—Los pecados capitales son sólo siete —dijo Lisa a la defensiva—, y la curiosidad puede ser buena. Nos alienta a aprender.

—Yo nunca quise aprender demasiado de nada —dijo Eirren encogiéndose de hombros—. Hacer es mucho más divertido que aprender.

—Hablas como un verdadero macho —dijo Lisa con sequedad—. Necesitas desesperadamente una madre. Dicho lo cual, esta tarde tú y yo tenemos una cita con el agua caliente y el jabón.

Eirren se rió y se lanzó sobre la silla. Sus piernas delgadas sobresalían desde debajo de su sucia falda y colgaban de un costado, balanceándose con los pies descalzos.

—No es un mal castillo, ¿no, muchacha? ¿Has visto la cocina? El amo tiene una hermosa despensa y en ella guarda manjares para sus invitados... Eso es cuando no está planeando guerras y batallas. Ya hace años que no hay grandes fiestas en este castillo. Triste —añadió con desánimo—. Un muchacho puede morirse de hambre deseando ciruelas con especias y jamones dulces.

Lisa tenía la sensación de que Eirren no quería muchas de las cosas de las que su inteligente cabecita pudiera deducir un método que le permitiera obtenerlas.

—¿Cómo llegaste al castillo de Brodie, Eirren? No recuerdo haberte visto con los hombres cuando cabalgamos desde Dunnottar.

—Yo y mi padre no salimos hasta tarde esa noche. No viajamos con las tropas. Mi padre es uno de los sirvientes; no conviene que se mezcle con los guerreros.

—¿Quién es tu padre? —preguntó Lisa.

—Nadie a quien conozcas —replicó el muchachito, saltando de la silla—. Oí que el amo le dijo a sus hombres que eres prima de Bruce —dijo Eirren, cambiando rápidamente de tema—. ¿Es verdad?

—No —dijo Lisa, preguntándose por qué confiaba tanto en él como para compartir confidencias. Posiblemente porque no tenía nadie más en quien confiar, y si no podía confiar en un niño ¿en quién?—. Te dije que no soy de esta época.

—¿Tienes algo que ver con los duendes y las hadas?

—¿Qué?

—Los duendes... Sabes que aquí en Escocia existen. Son gente pequeñita que anda haciendo líos con el tiempo y a la que es mejor dejar tranquila.

—En realidad, el responsable de que esté aquí es el amo mismo. Echó un conjuro sobre algo y me trajo cuando toqué la cosa.

Eirren meneó la cabeza desdeñosamente.

—Ese hombre jamás hizo bien ningún conjuro. Debería dejar de hacerlo.

—¿Hizo conjuros antes? —preguntó Lisa.

Eirren meneó la cabeza.

—No me preguntes a mí, muchachita. Esas preguntas debes formulárselas a él. Yo sólo sé unas pocas cosas que oí, y no siempre son verdad. Oí decir que te comprometiste con el amo.

—No realmente. ¿Qué significa eso?

—Que estás de acuerdo en casarte y que si dentro de un año y un día, tienes un hijo de él, estarás casada sin necesidad de boda. ¿Tienes un hijo de él adentro?

—¡No! —exclamó Lisa y se sintió segura de verse tan consternada como se sentía. Luego consideró brevemente a qué se parecería un hijo de Circenn y cómo se sentiría ella teniéndolo. Expulsó el intrigante pensamiento de su mente.

Eirren sonrió animosamente.

—Puedes perdonar la curiosidad, ¿no? También eres culpable de eso. ¿Quieres explorar? Puedo hacerte una breve visita guiada antes de que mi padre me necesite.

—Gracias, Eirren, pero estoy contenta aquí —dijo, sabiendo que tenía que volver a su búsqueda y, para ello, necesitaba privacidad—. Creo que voy a echarle una ojeada a estos manuscritos y a pasar la tarde lluviosa en el..., este..., estudio.

¿Cómo podría denominarse un cuarto como aquél? Era una versión medieval de un estudio moderno. Una pieza circular de madera hacía las veces de escritorio, a falta de palabra mejor. Parecía haber sido cortada de un tronco macizo y tenía casi un metro y medio de diámetro. Centrado ante el hogar, tenía cajones suavemente redondeados cuya creación, seguramente, había sido la pesadilla del ebanista.

A ambos lados de la chimenea había huecos que hacían las veces de bibliotecas en los que había manuscritos encuadernados en cuero y pergaminos enrollados, cuidadosamente dispuestos sobre anaqueles. Desparramadas de manera acogedora había sillas con brazos acolchados y almohadones (alguien en el castillo era una excelente costurera). Coloridos tapices adornaban las paredes y el suelo estaba cubierto por alfombras tejidas. Obviamente era el cuarto en que Circenn hacía sus cuentas, se ocupaba de la correspondencia y trazaba mapas y planos de las batallas. La pared este tenía altas ventanas, que lucían vidrios brillantes y verdosos, a través de los cuales era visible el prado verde. Circenn Brodie era rico, eso era seguro, porque en algunos de los cuartos del castillo ella había visto ventanas traslúcidas.

—Que te diviertas, muchacha. Te veré luego. De eso estoy seguro.

Eirren le dirigió una resuelta sonrisa y se fue tan rápida y silenciosamente como había llegado.

—¡Aguarda..., Eirren! —gritó, deseosa de ponerse de acuerdo en un momento para encontrarse más tarde. El muchacho necesitaba un baño y ella tenía una docena de preguntas que hacerle. Sospechaba que su comportamiento animado tenía que ver con lo que le pasaba a ella: era una fachada que ocultaba un corazón solitario. Por eso creía que, una vez que se acostumbrara a ello, el muchacho aceptaría que lo tratara como si fuera su madre.

Decidió que lo buscaría en unas horas, pero que por ahora se iba a ocupar de lo que estaba indagando: ¿dónde habría ocultado Circenn el frasco? No tenía duda de que, tan pronto llegaron, lo había escondido. Había intentado ver lo que hacía con sus cosas al entrar en el castillo y había visto su paquete por última vez al lado de la puerta, pero a la mañana siguiente, cuando había intentado espiar para empezar su búsqueda, no estaba allí. Sea lo que fuera que estuviera guardado en el envase plateado debía de ser algo extraordinariamente valioso para que Circenn se ocupara de mantenerlo consigo con tal interés. ¿Acaso era una poción que le permitiría manipular el tiempo? ¿Mentía alevosamente sobre si la podía retornar al pasado? Podía pensar en beberse lo que contuviera una vez que lo encontrara. Tal vez ese contenido era mágico.

Rebuscó por todo el arcón, sorteando libros de contabilidad antiguos. Unos pocos almohadones deteriorados, chales y ovillos de hilo habían sido arrojados allí y mezclados. Cerca del fondo descubrió un fajo de papeles llenos de garabatos inclinados. Las palabras parecían furiosas, como aquéllas grabadas arriba de la caja que estaba en el museo.

—¿Has encontrado lo que estás buscando, Lisa? —preguntó Circenn Brodie calmadamente.

Lisa dejó caer los papeles en el arcón, cerró los ojos y suspiró. Con cerca de un millón de cuartos en el castillo, todos parecían empeñados en encontrarla en éste.

—Estaba sacando una manta del arcón —mintió de manera espléndida, tomando una tela que estaba doblada cerca de la tapa— cuando uno de mis pendientes se cayó adentro.

—No llevas pen... dientes, muchacha —dijo dividiendo las sílabas—. En ninguna de tus orejas —añadió impasible.

Lisa se llevó las manos a las orejas y luego volvió a asaltar el cajón en una búsqueda frenética diciendo:

—Dios, ambos se cayeron, ¿será posible?

Se estremeció cuando las dos manos de Circenn la sujetaron por la cintura, mientras estaba inclinada sobre el arcón.

—No —dijo en voz baja—, no es posible. ¿Por qué simplemente no me dices qué estás buscando, muchacha? Tal vez pueda ayudarte. Conozco muy bien el castillo. Es mío, al fin y al cabo.

Lisa se enderezó lentamente. No lo había engañado ni por un instante. Era terriblemente consciente de su presencia tras de sí, podía sentir el roce del pecho del hombre contra su espalda. Las manos de Circenn le transmitían calor a través de la tela del vestido. Lisa miró hacia abajo, y al ver los elegantes dedos curvados alrededor de su talle, su respiración se aceleró.

—No necesitas tocarme para hablarme —dijo suavemente. No dominaba del todo sus facultades mentales cuando Circenn la tocaba, y necesitaba toda su inteligencia para lidiar con él.

Él retiró las manos y ella exhaló un suspiro de alivio que le sirvió igualmente para calmar los erráticos latidos de su corazón, pero entonces él la cogió de los hombros y la obligó a girarse para enfrentarlo. Ella inclinó la cabeza hacia atrás para mirarlo. Él la contempló en silencio hasta que ella se puso demasiado nerviosa como para seguir conteniendo la lengua.

—Simplemente estaba curioseando. Este lugar me inspira curiosidad. Es mi historia...

—Si te hubieras estado paseando por el castillo, estudiando retratos, examinando las armas o mirando el mobiliario, habrías podido convencerme, pero que hurgaras en mi arcón es algo extraño. Mis sirvientes me dicen que te han visto en cada ala de mi castillo.

Lisa tragó saliva, intimidada por la fría expresión del rostro de Circenn. A él le tembló un músculo en la mandíbula y ella se dio cuenta de que lo había molestado más de lo que él demostraba. «Peligro —la previno su mente—. Lisa, este hombre es un guerrero».

—¿Buscabas acaso planes de batalla, muchacha? —preguntó con dureza.

—¡No! —se apresuró a responderle—. No estoy interesada en esas cosas.

Circenn se dirigió hasta el arcón, se inclinó sobre éste y se puso a mirar. Aparentemente pocas cosas justificaban preocuparse, pero removió el fajo de papeles que ella había descubierto, los dobló y se los puso en el morral. Detrás de ella, giró sobre sus talones y dispuso su cuerpo de manera tal que su pecho rozaba el hombro de Lisa.

Ella pudo sentir su olor, el aroma algo picante que la atraía, aturdía y seducía. Estaba demasiado cerca como para sentirse cómoda. Imperturbablemente se negó a moverse; no se volvería para toparse de nuevo con su mirada. «Que le hable a mi mejilla», pensó desafiante. No iba a dejarle usar su cuerpo para intimidarla, aunque no tenía duda de que lo había usado efectivamente con ese propósito la mayor parte de su vida.

Con el aliento en su oído, Circenn dijo:

—Vine para decirte que Duncan te espera en el mirador, que es el cuarto que está encima del gran salón. Haréis un recorrido y tiene más sitios para enseñarte antes de que te vincules con mi gente. Te espero esta noche para cenar...

—No hemos cenado juntos antes. No veo razón para comenzar ahora —se apresuró a interrumpirlo.

Circenn continuó como si ella no hubiera hablado:

—E hice que enviaran algunos vestidos a tu cuarto. Te sugiero que pases las últimas horas de la tarde con Gillendria, quien se ocupará de tu baño y de peinarte...

—No necesito que se ocupen de mí —protestó rápidamente, con los ojos fijos en la pared.

—Mi futura esposa se ocupará de su apariencia según corresponde a su condición.

Circenn dejó caer su mano de donde estaba suspendida, a la altura del cuello de Lisa, y la apretó para no caer en la tentación de acariciarle el pelo o de colocar un dedo por debajo de su barbilla y hacerle girar la cara para mirarla a los ojos. En los últimos días, al saber que ella yacía en una cama en su castillo, se había sentido profundamente intrigado por el pensamiento de estar atado a ella. El deseo por ella no había menguado a pesar de sus esfuerzos por disciplinarse. Más bien parecía crecer desafiante, en proporción inversa a sus intentos de contenerlo. El estar atado a ella comenzaba a ser una nueva regla torcida para el nuevo y decididamente no mejorado Circenn Brodie.

Si ella se hubiera dado vuelta a mirarlo, habría notado claramente el deseo que Circenn sentía por ella. Y él quería que ella lo viera. Sentía un volcán dentro de sí: caliente, lejos de estar adormecido y acercándose al peligro. Circenn quería ver cómo reaccionaría Lisa ante eso: si sus ojos se abrirían, sus pupilas se dilatarían, sus labios se separarían.

La miró por un momento deseando hacerla girar y enfrentarla, pero ella seguía en su postura.

Circenn entró en sus aposentos, deslizándose silencioso por el suelo. Respiró profundamente y sintió esa energía que surgía en sus venas. «¿Por qué pelear contra esto ahora?», pensó con acritud. Los cuatro últimos días habían sido un infierno. Desde su regreso al castillo había tratado de mantenerse ocupado entrenando, intentando agotarse físicamente para poder dormir por las noches, pero no le había servido de mucho. En todo momento fue consciente de la mujer que estaba en el castillo.

Y se sintió exquisitamente tentado.

Habría roto todas las malditas reglas de su lista, menos dos, y ahora llegaba a su recámara para romper una más. Iba a leer su porvenir.

Se detuvo ante el fuego. Tal vez si hubiera husmeado en su futuro, en el momento en que ella apareció, podría haber visto los desastres que se avecinaban y ser capaz de evitarlos. Tal vez si hubiera roto esa regla en primer lugar. O tal vez si hubiera practicado la adivinación hace muchos años y hubiera predicho la llegada de la mujer. Pero no lo había hecho, por dos razones: no le gustaba usar la magia y la adivinación no era un arte exacto. A veces podía ver claramente y, en otras ocasiones, sus visiones eran imposibles de descifrar, más confusas que útiles.

Circenn contempló las llamas durante unos largos segundos, discutiendo consigo mismo acerca de la fe y el libre albedrío. Nunca había podido llegar a una firme conclusión sobre el destino. La primera vez que Adam le enseñó sobre el arte de la adivinación del futuro, Circenn se había burlado de él, arguyendo que creer que uno podía ver su porvenir significaba que éste no se podía cambiar, lo que aniquilaba totalmente la idea de control personal, algo que él no podía aceptar. Adam simplemente se rió y lo incitó a que, si renunciaba a aprender ese arte, no podía esperar entender lo poco que sabía. «El ojo del pájaro ve todo el terreno sobre el que vuela, el del ratón sólo ve polvo. ¿Quieres ser libre o quieres ser ratón?», le había preguntado Adam, con sus labios curvados en una eterna sonrisa burlona.

Suspirando, Circenn se arrodilló frente al fuego y pasó la mano por debajo de una hendidura que había en el espacio donde el hogar encontraba el suelo. Una porción de la pared que contenía el hogar se movió silenciosamente noventa grados, revelando una estancia negra como el azabache. Tomó una antorcha y se sumergió con paso decidido en la cámara oculta. Con un suave movimiento del pie, bajó la palanca que hacía girar la trampilla, manteniéndola cerrada. Le tomó un tiempo acostumbrar los ojos a la oscuridad. Era un sitio incómodo para él, un lugar que sólo buscaba en sus horas más oscuras. Pasó por unas pequeñas mesas, jugando ociosamente con los varios «regalos» que el oscuro elfo le había traído. Comprendía qué eran algunos. Pero otros, prefería no entender de qué se trataban. Adam les había dado nombres extraños: baterías, rifles automáticos, encendedores, tampones. Circenn había explorado algunos de ellos, especialmente uno por el cual se había sentido particularmente atraído con el correr del tiempo. Adam lo llamaba «Reproductor de CD portátil». Su CD favorito era algo llamado *Réquiem* de Mozart, pero hoy se sentía más inclinado por una pieza llamada *Cabalgata de las Walkirias* de Richard Wagner. Colocándose el artefacto en los oídos, lo puso a todo volumen y se hundió en la silla del rincón mirando la llama de la antorcha. Unos papeles crujían en el morral, colgado a la cintura, y los sacó de allí con una sonrisa tímida. Había olvidado, hacía mucho tiempo, que había acomodado esos fajos de papel en el arcón de su estudio y había escapado por poco a una situación desastrosa al recuperarlos. Lisa no debía enterarse de sus pensamientos sensibleros.

Habría pensado que él era un desquiciado.

Conocía la primera hoja de memoria:

4 de diciembre de...

He vivido cuarenta y un años, y hoy he descubierto que, gracias a Adam Black, voy a vivir para siempre. Apenas puedo sumergir la pluma en la tinta; la mano me tiembla de rabia. No me da alternativa, pero ¿qué importan los deseos de meros mortales ante una raza inmortal que ha perdido la capacidad de perder?

No me lo ha dicho hasta hoy, después de mi boda, e incluso entonces no me lo dijo en absoluto; simplemente, reconoció que había deslizado la poción en mi vino en algún momento de los últimos diez años. Ahora deberé observar cómo envejece mi esposa y perderla con la muerte, mientras yo persista, solitario.

¿Me convertiré en un monstruo como Adam? ¿Irá debilitando el tiempo mi capacidad de sentir? ¿Mil años terminarán por hartarme más allá de lo tolerable y teñirán mi mente con esa malvada locura que se deleita con la manipulación maliciosa? ¿Dos mil años harán que me convierta en uno de ellos y estar prendado de las batallas de los mortales que ya no pueden sentir? No le deseo esta maldición a mi amor, mejor que viva y muera como quiere la naturaleza.

Ah... ¿no fue sólo este último verano cuando soñé con mis hijos, jugando alrededor del estanque? Ahora me detengo y pienso: ¿qué, darle más pasto a ese tonto? ¿Qué atrocidades podría cometer contra mis hijos e hijas? Oh, Naya, perdóname, amor. Me encontrarás tan sin semillas como la uva en el vino.

Y la segunda, que había signado el curso de su vida:

31 de diciembre de 858

Esta inmortalidad consume mi mente. Las únicas preguntas que he considerado durante la luna creciente han sido éstas, y ahora, en esta víspera antes de que despunte el año nuevo —el primero, de ahora y para siempre—, he alcanzado esta resolución. No permitiré que la locura inmortal se apodere de mí y la conquistaré de este modo: he ideado una serie de reglas.

Yo, Circenn Brodie, amo y señor de Brodie, hago votos por seguir fielmente estos principios que nunca romperé, porque si lo hiciera podría caer de cabeza en la irreverencia destructiva de Adam y convertirme en una criatura que nada considera sagrado.

No mentiré.
No derramaré sangre inocente.
No romperé una promesa hecha.
No usaré la magia para beneficio o gloria personal.
No traicionaré jamás mi honor.

Y la tercera, cuando finalmente llegó la brutal comprensión y degustó el amargo paso oculto en la copa de la vida inmortal, camuflado por el dulce néctar de la salud perfecta y la longevidad:

1 de abril de 947

Hoy he sepultado a Jamie, mi hijo adoptivo, sabiendo que era apenas una de una sucesión eterna de inhumaciones. La hora avanza y mi mente se vuelve, como suele hacerlo a menudo, a Naya. Ya hace muchos años que no yazgo con mujer alguna. ¿Me atreveré a amar de nuevo? ¿A cuánta gente ayudaré a bajar a sus sepulturas? ¿Es con tan lúgubres quehaceres que comienza la locura? Ah, vergüenza. Qué vida solitaria.

De hecho, muy solitaria.

Con la música salvaje martilleándole en los oídos, contempló con fijación la llama y abrió la parte de su mente que casi siempre mantenía cerrada por completo. A diferencia de la ciencia de los druidas, que era un arte ritual que incluía conjuros vinculantes y encantamientos, la verdadera magia no requería ni ceremonias ni ritmos. El tipo de hechizo de Adam era un proceso de apertura de la propia mente y, una vez convocada, la utilización de un foco de poder. Circenn había descubierto que la vítrea superficie de la charca situada en los jardines traseros, o un disco de metal pulido, eran a menudo los mejores focos.

Penetró en su propia mente, contemplando fijamente el escudo apoyado sobre la pared. Lo había hecho él hacía más de cien años, y aunque estaba demasiado abollado para llevarlo a la batalla, le servía perfectamente como punto focal. La última vez que había intentado descifrar su vida, trató de verse quinientos años adelante, para determinar en qué iba a convertirse. La visión que titiló dentro de ese mismo espejo fue realmente amarga. Su visión le había dicho que, en el siglo XVII, estaría poseído por una locura depravada.

«¿Destino? ¿Predestinación?»

Sus visiones le habían informado verdaderamente cuándo y cómo moriría Naya; sin embargo, fue incapaz de salvarla. Causas naturales, edad avanzada: eran cosas contra las cuales no poseía arma alguna. Impotente en todo su poder, la perdió. Y ella bramaba contra él mientras moría, maldiciéndolo como a un demonio, porque su cabello jamás había encanecido y su rostro nunca se había arrugado.

Se quitó de encima el recuerdo e intensificó la concentración. Las imágenes aparecieron borrosas y lentamente se fueron uniendo. Al principio, sólo pudo definir manchas de color: rosadas, color bronce, rosa oscuro y un fondo marfil. Redujo el lapso de control, concentrándose en lo que le traerían los próximos meses.

Cuando las imágenes se hicieron claras, sus manos se cerraron como zarpas sobre los brazos del sillón.

Se quedó mirando fijo, primero en estado de shock, luego con fascinación y, finalmente, con aquiescencia y una pálida sonrisa jugando entre sus labios.

¿Quién era él para discutir con el destino? Si eso era lo que su tiempo traía consigo, ¿quién era él para ser tan arrogante de pensar que podría cambiarlo? Había jurado que eso no ocurriría, sin embargo todos los acontecimientos se habían abierto coherentemente camino hasta llegar a eso, desde el día en que ella había llegado.

Habría sido un mentiroso de la peor clase si hubiese tratado de convencerse de que había deseado ver algo diferente.

Aspiró profundamente, mientras contemplaba a la mujer desnuda que se reflejaba en el escudo, montada a horcajadas sobre su propio cuerpo desnudo. El abdomen de él se endurecía y su polla se le ponía dolorosamente rígida, mientras ella lo montaba y le bajaba el coño, mojado y caliente, para que la envainase lentamente. En el escudo, tuvo una clara visión de ella, como si estuviese boca arriba, mirándola mientras cabalgaba encima de él. Sus pesados pechos se balanceaban tentadores, con los pezones tiesos. Con las manos, los palmeaba violentamente, para provocar sus arrugadas puntas. Ella arqueaba la espalda, lanzando la cabeza hacia atrás y tensando las cervicales. Los músculos de su cuello estaban tirantes de pasión, mientras ella se tensaba para obtener placer, lo cual lo excitaba inmensamente. Su mirada caliente barría los pechos de la mujer y seguía por las depresiones y partes planas de su estómago hasta llegar a los suaves bucles que tenía entre las piernas, y la miraba fascinado, mientras ella se hacía atravesar por su saeta, observada, mientras la gruesa columna de su miembro se le revelaba, volviéndose luego a enterrar en su montículo. En la parte interna de su muslo izquierdo ella tenía un minúsculo lunar oscuro, y en su visión Circenn vio que sus dedos apartaban la pierna. Sufría tratando de besarlo, de pasarle la lengua por encima.

Casi podía sentir el cuerpo de ella aferrado al suyo: apretado, caliente y resbaladizo, con esa humedad femenina que hace que un hombre se sienta invencible; medida que denota su destreza: cuanto más mojada la mujer, más deseado es el hombre.

Cuando finalmente el escudo se oscureció, volvió en sí con la mano sobre la polla. La tenía hinchada y pedía soltar lo que llevaba adentro.

—Así que eso es lo que tiene que pasar —reflexionó en voz alta—. Destino.

No podía negar que lo deseaba desde el día en que la vio por primera vez; en varias ocasiones, tuvo que retenerse a la fuerza para no hacerla suya. La visión acababa de confirmarle que de hecho la haría suya, y que ella estaría verdaderamente dispuesta.

«¿Por qué luchas contra eso? —le había preguntado Adam airadamente en más de una ocasión—. ¿Por qué no te vanaglorias de lo que eres y disfrutas el poder de ser Circenn Brodie? Posees la capacidad de dar y tomar más placer del que la mayoría de los mortales conocerán alguna vez. Yérguete, Circenn. Bebe de la vida de mi estirpe. Te lo ofrezco, libremente.»

«Libremente no —burló Circenn—. Hay un precio.» Apretó los ojos mientras la música tronaba en sus oídos.

Estaba en su destino que ella cabalgaría sobre su cuerpo como una poderosa y exigente valkiria.

Ya le cantaba a su corazón como una sirena, esa mujer desafiante y temerosa, curiosa y contradictoria. Naya había sido suave y pasiva con él hasta que, al final, se volvió amarga. Nunca antes él había conocido a una mujer como Lisa, una mujer con necesidades, deseos y una mente propia. En su pecho bullían profundas emociones, en sus ojos había una inteligencia aguda y en sus venas alentaba una ferocidad que competía con la de las valkirias.

Malditas las reglas. ¿Cómo podía discutir con el porvenir? Estaba escrito. Solamente podía asumirlo, disfrutarlo y sacar el máximo partido de él, rogando poder sobrevivir al entregarle el corazón a esa mujer para luego inevitablemente perderla en unos años. Si se iba a volver loco en el futuro, podía por lo menos disfrutar del presente.

Circenn Brodie se levantó de la silla, se sacó la máquina del futuro de la cabeza e hizo lo que nunca antes se había animado a hacer: aflojó un poco su control y animó a la magia a vibrar dentro de él.

«Ángel negro —lo había persuadido Adam—, vuela a mi mundo y no temas.»

Echó la cabeza hacia atrás y sintió el poder que corría por su formidable cuerpo.

Fue una criatura muy diferente la que dejó el oscuro aposento para encontrar a su mujer.

Adam Black sonrió, mientras Circenn removía el cepillo del tubo del rifle. Aunque Circenn se había rehusado a usar las armas que Adam le había traído, el guerrero que había dentro de él no podía permitir que el tiempo la desgastara. Bufó, dejando que el cepillo oscilara en su cuerda. Sólo un tipo molesto como Circenn Brodie podía decidir usar cepillos para la limpieza de las armas.

Mirando el rifle, Adam hizo una mueca. Eran del tamaño perfecto como para deslizarse dentro del cañón, casi parecía sensato. Pero no había traído cepillos del futuro a la Escocia del medioevo para que Circenn jugara con ellos. Cada regalo que había elegido se lo había traído por otra razón. Aunque, si lograba lo que había planeado, habría muchos períodos de nueve meses de duración durante los cuales ella no podría usarlos.

15

—Eres una belleza, muchacha —dijo Gillendria aplaudiendo—. Creía que podría reformarlo, pero es la mujer la que hace a su vestido.

Lisa se hallaba de pie frente al espejo, mirándose con asombro. Gillendria le había ajustado un vestido que decía había pertenecido a Morganna, la madre de Circenn. Se lo había deslizado por encima de los hombros y pudo sentir el lino más suave. Una seda azul oscura colgaba por encima de sus pechos y el escote se deslizaba sobre sus hombros acentuándole la piel translúcida y las finas clavículas. Un susurro de azul bordado con oro le abrazaba las caderas y caía al suelo. En la cintura, Gillendria le había colocado un cinturón dorado que se ataba abajo y del cual colgaban cientos de pequeñas lunas y estrellas de oro. Zapatillas haciendo juego en sus pies y un encantador collar, anterior a los tiempos medievales, rodeándole el cuello. Se había atado por debajo de los senos una túnica bordada. Gillendria le había rizado los cabellos, tomando cuidadosamente las mechas más claras y rizando éstas de manera un poco más ajustada, como para que permanecieran por encima de la masa ondulada, y luego despeinó suavemente su cabello. Un toque de una combinación de raíces, hierbas y flores puso en sus labios un color rubí.

«¿Quién es la mujer del espejo que luce sin pecado? —se preguntó—. Y para Cin», agregó divertida, ya que incluso ella tenía que admitir que la mujer del espejo parecía una compañera apropiada para el señor del castillo. Por una vez no se maldijo de ser alta porque, con ese vestido, la estatura aportaba un inconfundible toque de elegancia.

—Eres increíble, Gillendria —dijo Lisa respirando.

—Lo soy —convino Gillendria sin la menor vanidad—. Aunque hace tiempo que no tengo que vestir a una mujer con vuestra figura, no he olvidado cómo hacerlo. El amo estará complacido.

Lisa estaba satisfecha. No sabía que podía verse así. A los diecisiete años esperaba un día poder verse como Catherine, una belleza dorada e impactante, pero el trabajo la había consumido mientras luchaba para satisfacer las necesidades de su madre y Lisa no había vuelto a pensar en su apariencia en cinco largos años. A su madre le hubiera encantado. «¡Oh, madre!»

Se estremeció. ¿Cómo podía haberse olvidado de su madre, siquiera por un instante?

—¿Tienes frío, milady? —preguntó Gillendria—. Puedo ponerte un chal.

—No —dijo Lisa suavemente—, fue sólo un estremecimiento momentáneo, nada más. Sigue con tus cosas, Gillendria, puedo volver sola al salón.

Una vez que Gillendria se fue, Lisa se hundió en la cama. El castillo Brodie era el lugar más encantador en el que ella hubiera estado y allí estaba, sentada con un vestido hecho para una princesa, a punto de cenar con un hombre que era la materia de todo sueño romántico. Por unos instantes se había olvidado de Catherine. Estaba muy ocupada experimentando la anticipación y la excitación de una mujer que se preparaba para una cita especial.

Pero ésta no era una cita y no habría un final feliz. Su madre la necesitaba desesperadamente y Lisa estaba haciendo algo que nunca antes se había permitido: estaba fallando en sus responsabilidades para con Catherine. Y no estaba acostumbrada a eso. Siempre había sido capaz de trabajar duro y muchas horas para asegurarse, si no el éxito, por lo menos seguridad, comida y un techo sobre sus cabezas. No tenía derecho a sentirse feliz ni por un breve instante, se amonestó, hasta que encontrara el frasco y lograra regresar a su hogar.

«¿Y entonces serás feliz, Lisa? —le preguntó su corazón—. ¿Cuando regreses a tu hogar para sentarte al lado de tu madre? ¿Cuando ella muera y te quedes sola en el siglo XXI? ¿Estarás entonces feliz?»

Su resolución de no sentir placer duró una hora. Lisa terminó el postre y suspiró satisfecha. Si no había aprendido nada hasta entonces, al menos sí había podido apreciar las cosas buenas que estaban mezcladas con las malas y la cena había sido de lo mejor. El comedor era hermoso, alumbrado por una docena de velas. Estaba abrigada, limpia y llena. Por primera vez desde su llegada al siglo XIV había comido una colación espléndida. Tenía que admitir que sus comidas en su propio siglo nunca habían consistido en siete platos paradisíacos, pero incluso las hamburguesas del Castillo Blanco eran buenas en comparación con la carne y el pan duro que le habían dado hasta entonces. Durante las últimas semanas desesperaba por tener una comida decente.

Los separaban seis metros de mesa «como en las viejas películas», pensó Lisa. Necesitaba seis metros entre ella y el señor del castillo Brodie. Cenaron en silencio y Circenn fue el epítome de un gentil anfitrión. Él no le frunció el ceño ni una sola vez. De hecho, en varias ocasiones, lo pescó observándola con una mirada de admiración. Su mal carácter previo parecía haberse disuelto sin dejar huella, y se lo veía tan cerca de estar relajado como nunca antes lo había visto. Lisa se preguntaba qué era lo que le había hecho cambiar de humor; tal vez pronto iría a guerrear, supuso, lo cual a ambos les convendría. Él se iría por ahí haciendo sentir su peso de macho excesivamente dominante y ella se vería libre de poner el castillo patas arriba, buscando el frasco, sin temor a su mirada vigilante. Seguramente no se llevaría tan valiosa reliquia a la batalla. Tendría que dejarla en algún lugar del castillo. La idea la hizo sentirse positiva y magnánima.

Lo miró, sintiéndose segura por la distancia que mediaba entre ellos, y le sonrió.

—Gracias —murmuró.

—¿Por qué, muchacha? —preguntó, lamiendo despreocupadamente una cucharada de nata espumosa.

—Por darme de comer —respondió, asegurándose que el solo vistazo de su lengua lamiendo la cuchara no era causa suficiente como para que le subiera la presión sanguínea.

—Te he alimentado todos los días desde que llegaste y nunca antes me lo habías agradecido —observó en tono burlón.

—Eso es porque nunca antes me diste algo que valiera la pena —dijo, mientras lo miraba lamer un poco de la nata que había quedado en la cuchara—. Creo que tienes todo —añadió inquieta. Repentinamente el salón cavernoso pareció encogerse y se sintió como si estuviera sentada muy cerca de él y no a la distancia que los separaba. ¿Y quién había atizado el fuego? Se abanicó la cara con la mano para que no revelara el temor que estaba sintiendo.

—¿Qué es todo lo que tengo? —preguntó ausente, llenando la cuchara con un monte de bayas y nata.

—¿Cómo está hecha esa cobertura? —preguntó cambiando rápidamente de tema.

—Se hace igual que la mantequilla. La bates con una paleta o la agitas en una jarra. Es la nata de la leche mezclada con azúcar y un toque de canela. Apenas la bates, se espesa, y entonces le agregas el azúcar. De niño solía observar cuando la hacían, adulando a la cocinera y a cualquier otra persona que hubiera en la cocina para poder echarle mano.

«Nata batida en el siglo XIV», se maravilló Lisa. Se preguntó cuántas cosas tenían estos «bárbaros» sobre las que los estudiosos modernos nunca hablaban. Pero ¿por qué no tendrían tales aliños? En los pocos días que había permanecido en el castillo Brodie, había advertido muchas cosas que la habían sorprendido. Todo parecía demasiado civilizado.

Fijó la mirada en el plato, tratando de no levantarse de la silla, como para que él no dejara su cuchara y tuviera algo más que lamer. Su dedo. Su labio inferior. El hueco de su espalda.

A pesar de que tenía poca experiencia con los hombres, era sensual por naturaleza y a menudo fantaseaba. Quizá más que otras chicas, ya que había hecho tan poco uso de su sexualidad. Esa noche, con ese magnífico guerrero cenando a lo grande del otro lado de la mesa, su imaginación se desplegó.

En su fantasía, él caminaba hacia el otro extremo de la mesa donde estaba ella, captando y sosteniéndole la mirada con ese magnetismo sutil que él poseía. Los ojos le planteaban un desafío: «¿Te conviertes en mujer, Lisa?» La cogía de la mano, hacía que se pusiera de pie y la besaba, un suave roce de sus labios, el rápido choque aterciopelado de su lengua, prometiéndole mucho más, deslizándose profundamente en su boca, cuando los labios de ella se abrían en un suspiro. Su fantasía cobró velocidad, avanzando abruptamente a que él la pusiera de espaldas contra la mesa, bajándole el vestido y dejando caer nata batida sobre los pechos, para lamerla de su piel húmeda y caliente con la misma cuidadosa deliberación con que se había aplicado a la cuchara. Tal vez una gota de nata, caliente y rica, inadvertidamente cayera donde antes se había tocado, y él con sus labios...

Tragó saliva, lo miró.

Él alzó la vista del mejunje espumoso que había en su cuchara en el preciso instante en que ella lo miraba, y sus miradas se encontraron sobre la mesa de madera bruñida. «¿En qué parte de él dejarías caer nata batida, Lisa?» La respuesta vino con alarmante rapidez y convicción. «En todas partes, por supuesto.» Ella quería explorar su cuerpo, sus duras ondulaciones, la piel suave. El candelabro bañaba la piel olivácea de Circenn con un color dorado y sus ojos oscuros se destacaban perfectamente por la camisa de hilo y por la mancha negra y carmesí dispuesta sobre su pecho. Era fascinante.

—¿Tienes hambre, muchacha? —preguntó, al tiempo que lamía la cuchara lánguidamente.

No podía apartar su mirada.

—No, ya he comido bastante —logró decir.

—Pareces estar observando mi postre con interés. ¿Estás segura de que no hay algo más que desees para saciar tu apetito?

«¿Quieres decir fuera de que te saque la ropa, te eche sobre la mesa y te pase el dedo con nata batida?»

—No —dijo con indiferencia—. Nada.

Lo miró por un instante. Todavía le quedaba bastante postre en el plato. ¿Cómo iba a salir de esa situación?

—En realidad —dijo poniéndose de pie— estoy exhausta y me gustaría retirarme.

Dejó la cuchara y se acercó rápidamente a ella.

—Te acompañaré hasta tus aposentos —murmuró, tomándola del brazo. Lisa se estremeció. El hombre estaba más caliente que una fragua. Su perfume la envolvió, débil pero picante. Era una fragancia que no terminaba de reconocer. Estaba segura de que la había olido antes, pero no podía recordar dónde. Definitivamente era un aroma único, uno por el que los modernos fabricantes de perfumes llegarían a cometer un crimen.

—Puedo caminar perfectamente sola —dijo, retirando su brazo del de Circenn.

—Como quieras, Lisa —replicó.

Circenn entornó los ojos.

—¿Por qué de pronto estás siendo tan amable conmigo? Creía que estabas enfadado, que no querías convertirme en tu esposa, que pensabas que era una espía.

Él se encogió de hombros y respondió:

—Primero, siempre fui razonablemente agradable contigo. Segundo, no tengo otra opción más que casarme contigo y, tercero, casarme contigo hace que no pueda desconfiar de ti. Soy un hombre lógico, muchacha. Cuando un guerrero se da cuenta de que sólo tiene un curso de acción, trata de seguirlo de la mejor forma posible. Cualquier otra cosa sería una tontería. Eso no significa que no tenga todavía muchas preguntas que hacerte. Planeo aprender todo sobre ti, muchacha —dijo de manera significativa—. Pero ya no voy a pelear contra la situación en que me encuentro.

«Nada —pensó—. Ni por mi magia, ni por mi lado oscuro, ni por mi adhesión a las reglas. Soy un hombre nuevo, Lisa Stone.» Y se sintió bien. Nunca antes había aceptado un ápice de lo que consideraba su lado oscuro, pero tampoco nunca antes se había sentido tan tentado por una mujer a hacerlo. Tenía la sensación de que un hombre necesitaba un poco de magia para cortejar y conquistar a Lisa Stone.

Subieron las escaleras en silencio. Circenn sonrió pensando que finalmente lograría calmar la lengua mordaz de Lisa simplemente siendo tan gentil con ella como realmente lo había querido ser desde un principio, pero a lo cual, constreñido por su juramento y sus reglas, se había resistido. No encontraría más resistencia de su parte.

En la puerta de su recámara ella se detuvo y lo miró. A él le gustó ese gesto porque le hacía pensar que Lisa estaba esperando que la besara.

Y planeó darle mucho más que un beso antes de que la noche terminara.

16

Lisa esperó, maldiciéndose en silencio. Durante el camino hacia su aposento pensó en una docena de excusas para escapar de él y huir sola a su cuarto, pero una sola cosa se lo había impedido. Quería un buen beso de buenas noches. La cena había sido perfecta y quería terminarla como si fuera una verdadera cita. Con un verdadero beso.

Por eso se volvió y lo miró expectante.

Pero él no la besó, sino que se acercó a la puerta, la abrió y suavemente la acompañó hasta su recámara.

—¿Qué estás haciendo? —le preguntó ella con inquietud.

—He pensado en hacerte una breve visita, muchacha.

—No creo que sea una buena idea —repuso ella—. Puedes desearme las buenas noches ahora. —Sólo quería un simple beso para soñar con él.

—¿Por qué? ¿Te hago sentir incómoda, muchacha? —preguntó él entrando más en el aposento y cerrando la puerta a sus espaldas.

—Por supuesto que no —le mintió apartándose rápidamente—. Aunque sí me haces enfurecer con frecuencia —dijo dándose cuenta repentinamente de que estaba obligando a sus pies a quedarse donde estaban—. Simplemente no veo ninguna razón como para que te quedes en mi recámara. Vete —dijo saludándolo con la mano a modo de despedida.

—Me parece que estar en un cuarto conmigo y una cama te resulta perturbador —dijo él entre risas.

Lisa se desplazó rápidamente hacia donde estaban los mullidos cojines y se dejó caer sobre ellos desafiante.

—No, no me siento perturbada en absoluto. Sencillamente estoy cansada y me gustaría dormir —dijo, y bostezó.

—Vaya, qué lengua rosada más adorable. ¿Recuerdas qué se siente cuando juguetea con la mía? No lo he olvidado. Quiero más.

A pesar de su resolución de no hacerlo, lo miró fascinada.

—Quiero tu lengua en mi boca —exigió él.

Lisa apartó con esfuerzo la mirada.

—Quiero mi lengua sobre todo tu cuerpo.

Lisa tragó saliva con dificultad.

—No me interesa —dijo débilmente.

—No te engañes, Lisa. No me mientas. Me deseas. Lo siento. Lo huelo.

Lisa no se atrevía a respirar. Albergaba la absurda esperanza de que él se limitara a partir, luego de declarar esa verdad sin forzarla a comprobar la enormidad de su significado. Ella lo deseaba. Con desesperación. Las fantasías chocaban en su mente, desafiándola a renunciar a su inocencia, haciéndose cargo de su condición de mujer.

Él fue hacia ella lentamente y se sentó en el borde de su cama. Ella se hizo a un lado a toda prisa y se apoyó en la cabecera, abrazándose a una almohada.

—Disfrutas mirándome, ¿verdad, Lisa?

Ella disfrutaba haciendo más que mirarlo. Le gustaba reñir con él a besos. Saborear la sal y la dulzura de su piel.

Con dedos diestros, Circenn desató uno tras otro los cordones de su camisa de hilo y se la quitó, pasándosela por encima de la cabeza. Se le marcaban los músculos del abdomen, sus bíceps parecían de hierro.

—Entonces, mírame —dijo con su voz áspera—. Mira hasta saciarte. ¿Crees que no recuerdo cómo me miraste cuando me bañaba?

Cuando le reveló sus amplios hombros, ella sacudió la cabeza y respiró hondo.

—¡Basta, basta! ¿Qué pretendes? —gritó Lisa.

Era moreno y seductor, un guerrero en todo el sentido de la palabra. Tenía el poderoso pecho y los gruesos antebrazos cubiertos de un vello negro y fino. Una huella de vello le corría abdomen abajo y entraba debajo del tartán rojo y negro que llevaba anudado a la cintura. Circenn Brodie era el hombre más deseable que Lisa hubiera visto jamás.

—Vamos, Lisa —la animó suavemente—, toma lo que quieras de mí.

Como ella no respondió, añadió:

—Nunca habías estado con un hombre hasta ahora, ¿verdad, Lisa?

Lisa alisó el cobertor, nerviosa. Sentía la boca seca. No tenía la menor intención de discutir con él. Se humedeció los labios con la lengua y se sintió horrorizada cuando se abrieron para decir:

—¿Tanto se nota?

—Tal vez no lo noten otros hombres. Pero yo sí. ¿A qué se debe? Eres lo suficientemente adulta como para haber estado con varios hombres. Y lo bastante bella para pensar que muchos deben de haberlo intentado. ¿No encontraste ninguno que te gustara?

Lisa se abrazó más fuerte a la almohada. En el instituto había tenido muchos novios, pero siempre le habían parecido inmaduros. Catherine decía que eso le pasaba porque era hija única y estaba acostumbrada a estar entre adultos. Sospechaba que su madre tenía razón.

—¿Tenías a alguien cuando te traje hasta aquí? ¿Un amante, tal vez? —preguntó Circenn.

—No. No hay nadie.

—Eso es imposible de creer.

—Créeme —dijo Lisa con una risa de autodesprecio—. Los hombres no están precisamente golpeando a mi puerta.

Si lo hubieran hecho, huirían pronto, luego de entrar y descubrir las estrecheces financieras y el papel de enfermera de Lisa allí dentro.

—¡Ah! ¿Tal vez te temen porque eres mucha mujer?

—Soy de buen ver —admitió Lisa—, y... saludable —añadió a la defensiva.

Circenn sonrió.

—Lo eres, pero no era eso lo que quería decir.

—No soy tan alta, comparada contigo. —Con su metro setenta de estatura había sido más alta que muchos de sus compañeros de instituto.

—Tampoco era eso lo que quería decir.

—Entonces, ¿qué querías decir?

—Eres inteligente...

—No, no lo soy —replicó. «Cualquier cosa menos inteligente», pensó.

—Sí, lo eres. Fuiste lo suficientemente inteligente para darte cuenta de que hubiera sido tonto escaparte de mí en Dunnottar y lo suficientemente astuta para deducir una forma de salir de mis aposentos. Sí, incluso lo suficientemente arriesgada para atreverte a hacerlo. Dime, ¿sabes leer y escribir?

—Sí. —Lisa resplandeció. Era inteligente para el siglo XIV.

—Eres persistente. Tenaz. Determinada. Fuerte. No necesitas a nadie, ¿no es cierto?

—No tuve la ocasión de necesitar a nadie. En cambio, todo el mundo siempre estuvo muy ocupado necesitándome a mí —murmuró sintiéndose culpable, al expresar en voz alta su resentimiento más secreto.

—Necesítame entonces, Lisa.

Estudió su rostro. ¿Qué lo había hecho cambiar? ¿Por qué se comportaba de esa manera? Era como si realmente estuviera preocupado y la deseara sinceramente.

—Necesítame —repitió con firmeza—. Úsame para descubrir a la mujer que nunca tuviste ocasión de ser. Tómame, necesítame y satisface toda tu curiosidad. Siento el fuego dentro de ti. Y por Dagda, deshazte de la virginidad. ¿Deseas vivir y morir sin haber yacido con un hombre, sin haber probado lo que tengo para darte? Atrévete. Tómame —agregó en un tono bajo y viril.

«Tómame.» La palabra flotaba en la mente de Lisa. Era como si se hubiera desenrollado de la lengua de Circenn, imbuida de algún tipo de magia. ¿Cómo sería consumirse totalmente y sin culpa o miedo? Tomarlo, porque su sangre lo demandaba, porque su cuerpo lo necesitaba. Lisa abrió los labios mientras reflexionaba en las palabras de Circenn. De pronto deseó acariciar el pecho de éste, abrazarlo, seguir la curva de su poderoso cuello y arrastrarlo en un beso que la hiciera olvidar dónde empezaba uno y terminaba el otro.

—Creía que vosotros, los hombres de tu época, apreciabais la virginidad. ¿No crees incorrecto que una mujer tenga sus propios deseos y actue según ellos?

—Tu virginidad es un pedazo de piel, una membrana, Lisa. La primera vez que estuve con una mujer fue hace mucho tiempo y no cambió en nada quien soy. Atención, no te estoy diciendo que debes ofrecerte y hacerlo con cualquiera. Pero una obsesión con la virginidad es absurda y no sirve para otra cosa que para hacer que una mujer se aleje de una parte sana de su naturaleza. Mujeres y hombres tenemos los mismos deseos, al menos hasta que los curas convencieron a las mujeres de que los suyos eran vergonzosos. Lo que los curas deberían decir es: «elige bien».

—¿Con cuántas mujeres has estado?—dijo de repente. «Qué estúpida pregunta», pensó. Sonaba infantil, como una adolescente posesiva. Pero quería saberlo. Ese dato decía algo sobre el hombre. Un hombre que había estado con cientos de mujeres tenía un verdadero problema en lo que a ella concernía.

—Siete —dijo mientras sus dientes brillaban, blancos, en medio de su rostro.

—Eso no es demasiado. Digo, para un hombre, tú sabes... —agregó de prisa.

«¿Qué hubieras pensado si supieras que sólo fueron siete en quinientos años? Miles de veces con esas siete, lo suficiente como para saber cómo complacer a una mujer, pero igualmente sólo siete», pensó Circenn.

—Cada mujer es un país, rico y lozano como Escocia. Y las he amado con la misma dedicación y atención total que le doy a mi patria. He de confesar que las primeras fueron olvidables, pero el hombre que hay en mí igualmente celebraba la vida cuando conseguía una victoria en muchos años. Sin embargo, las últimas dos fueron mujeres maravillosas, en tanto amigas y amantes.

—¿Y entonces por qué las dejaste?

Una sombra cruzó su hermosa cara:

—Ellas me dejaron —dijo suavemente. «Muertas. Demasiado jóvenes en una tierra muy dura», pensó.

—¿Por qué?

—Lisa, tócame. —Se le acercó lo suficiente como para que ella pudiera oler su piel. Lo suficiente como para que ella pudiera sentir el calor que irradiaba su cuerpo mezclándose con el calor del suyo. Lo suficiente como para que sus labios estuvieran a un respiro y un «sí» de los suyos. Tentador, más atrayente que su necesidad básica de supervivencia. Con los dedos extendidos lo alcanzó, pero a último momento dejó caer la mano, haciéndola un puño sobre su falda.

Él se quedó callado durante un momento.

—No estás lista todavía. Muy bien. Puedo esperar —se incorporó con fluidez.

Mientras deshacía el nudo de su tartán, éste se deslizó hacia abajo y la tela cayó un poco más sobre sus caderas, proporcionándole a Lisa una pecaminosa visión de lo que se estaba negando. Posó la mirada fija en el rastro negro de vello que se le arremolinaba en el ombligo y luego bajó hacia la espesa pelambre que asomaba por encima del tartán. Esa visión le provocó una pesada sensación en la boca del estómago y una horrible impresión de vacío. Después, no podría decir si él se movió o si la tela se deslizó, pero repentinamente el tartán bajó aún más revelando la gruesa base de su miembro situado entre un sedoso vello negro. No podía ver su longitud pero no fue eso lo que le hizo saltar el corazón. Era su grosor. Ella nunca hubiera sido capaz de envolver su mano alrededor de aquello. ¿Cómo se sentiría teniéndolo dentro? Su boca se secó.

Los ojos de Circenn brillaron apreciativamente mientras la mirada de Lisa se quedaba allí.

—Puedo levantarte y envolver esas hermosas piernas largas tuyas alrededor de mi cintura. Deslizarme dentro de ti, sacudirte contra mí y amarte hasta que desfallezcas en mis brazos y duermas como un bebé. Puedo pasar cada noche estirándome a tu lado, enseñándote lo que quieras que te enseñe. Puedo sentir que quieres eso. Pero será a tu ritmo, cuando tú lo elijas. Esperaré tanto como deba. Pero debes saber esto, Lisa: cuando estés conmigo en la mesa, durante la cena, en mi mente te estaré llevando a la cama. En mi fantasía —se rió de su desparpajo— te estás descubriendo a ti misma con mi cuerpo. Quién sabe, incluso hasta asediando el corazón que late dentro de este pecho —dijo golpeándose el pecho con el puño, y silenciosamente admitió que ella ya había empezado a hacerlo porque de otra forma no se le hubiera ofrecido. Pero ella no necesitaba saberlo.

Se ató el tartán lentamente, sin sacarle los ojos de encima.

—Buenas noches, Lisa. Que sueñes con ángeles.

Sus ojos le ardían por las lágrimas. Era la bendición que siempre le había dado su madre: «Que sueñes con los ángeles.» Pero entonces Circenn agregó unas palabras que su madre jamás le había dicho:

—Y luego, vuelve a la Tierra y duerme con tu diablo que se quemará en el infierno por una noche en tus brazos.

«¡Ah!», fue todo lo que su mente pudo pensar mientras él se iba de la recámara.

17

Tres días habían pasado desde su primera cena en el comedor. Unas setenta y dos horas. Cuatro mil trescientos veinte minutos y Lisa había sentido que cada uno de esos fragmentos de tiempo había pasado zumbando..., y para siempre.

Nueve turnos de enfermeras habían transcurrido en su casa. Nueve comidas le habían sido ofrecidas a su madre. Comida desabrida, estaba segura. Ciruelas y albaricoques sin madurar cuidadosamente seleccionados del mercado a la hora del almuerzo. La enfermedad había cambiado el apetito de Catherine y le había desarrollado el gusto por las frutas.

Lisa había pasado los días fisgoneando tan furtivamente como había podido, pero había comenzado a sospechar que era inútil. No tenía ni la menor idea de por dónde buscar el frasco. Había intentado meterse en los aposentos de Circenn a lo largo de varias ocasiones durante el día, pero la puerta estaba invariablemente cerrada. Incluso había ido hasta la torrecilla que estaba a la izquierda de esos aposentos a ver si había algún modo de ingeniárselas para escalar el muro exterior y llegar allí, pero no había forma. Las habitaciones de Circenn estaban en la segunda planta del ala este, y en todo momento había guardias en las almenas de la parte superior.

Las noches las pasaba permitiéndose comidas ofensivamente suntuosas. En la última de ellas, el primer plato había consistido en una mezcla de ciruelas, membrillos, manzanas y peras con romero, albahaca y ruda, servida en una masa de tarta. El segundo plato había sido una tarta de carne picada; el tercero, una tortilla con almendras, pasas de Corinto, miel y azafrán; el cuarto, salmón a las brasas con cebolla y salsa de vino; el quinto, alcachofas rellenas de arroz. Para cuando vino el pollo glaceado a la mostaza, con romero y nueces de pino, ya se regodeaba de culpa. Al llegar las tartas de bayas con nata batida, se despreciaba abiertamente.

Y cada noche, él saboreaba su postre con la misma sensualidad perezosa que a ella le hacía desear ser una baya o una cobertura espumosa. No podía culparlo por su comportamiento porque había sido un impecable compañero de cena y anfitrión. Hablaban poco y escogiendo lo que decían. Él le habló de los templarios y de su difícil situación, le habló de su entrenamiento y elogió las fuerzas de sus fortalezas de las Highlands. Ella le preguntó por los aldeanos, de los cuales él parecía saber sorprendentemente poco. Circenn le preguntó a ella sobre su siglo y ella, a su vez, quiso saber del de él. Cuando Lisa lo interrogó sobre su familia, él dio vuelta a la pregunta y quiso saber sobre la de ella. Al cabo de algunos instantes de tensas evasivas, ambos acordaron no importunar al otro con ese argumento.

Circenn parecía estar actuando de un modo distinto del habitual, para ser siempre gentil, paciente y complaciente. Ella, en cambio, estaba siendo reservada, encontrando cada noche, luego del último plato, una excusa para salir corriendo de la mesa y refugiarse en su alcoba.

Circenn le permitía escapar todas las noches a cambio de un beso tentador en la puerta del dormitorio. No intentó entrar de nuevo en sus aposentos: ella ya sabía que estaba esperando que lo invitara. Lisa también sabía que estaba peligrosamente cerca de lograrlo. Cada noche se le hacía más difícil encontrar una razón para no tomar lo que deseaba desesperadamente. Después de todo, dejarlo pasar una noche con ella no tenía por qué tener el mismo efecto que el conseguido por Perséfone al comer seis semillas en el Hades.

El problema de Lisa era doble: no sólo perdía un tiempo precioso y seguía sin acercarse al frasco, sino que, de una manera insidiosa, se estaba empezando a adaptar. La inmediatez de su presencia en el siglo XIV escocés parecía minar su capacidad de resolución. Nunca había tenido en su vida un momento tan pacífico, tan lleno de tiempo ocioso, tan seguro. Nadie dependía de ella, nadie corría peligro de muerte si se resfriaba o si era incapaz de trabajar por unos días. No había cuentas que la presionaran, ninguna sombra de melancolía la acompañaba.

Se sentía una traidora.

Porque las cuentas efectivamente estaban presionando a alguien y ese alguien dependía de ella. Y ella no podía hacer nada al respecto hasta que encontrara el frasco.

Suspiró, deseando fervientemente tener algo que hacer. El trabajo sería catártico. Sumergirse en deberes físicos era la única forma en que podía lograr mantener sus demonios a raya. Tal vez podía ayudar a algunas criadas, lograr que le hicieran confidencias y enterarse de más cosas sobre el señor y sus costumbres, como por ejemplo cuáles eran sus aposentos favoritos y dónde almacenaba sus tesoros.

Saltando del asiento de la ventana del estudio, salió, determinada a encontrar una ocupación.

—¡Gillendria, espera! —llamó Lisa, mientras la criada se apresuraba por el pasillo.

—¿Milady? —se detuvo Gillendria y se giró, sosteniendo con los brazos una montaña de sábanas.

—¿Adónde vas? —le preguntó Lisa alcanzándola. Le extendió las manos para tomar una parte de las sábanas—. Déjame ayudarte a cargar algo de esto.

La cara de la criada estaba parcialmente oculta bajo la montaña de sábanas, pero lo que Lisa pudo ver de ella fue algo que se transformó rápidamente en una expresión de horror: sus ojos azules se agrandaron, sus cejas se alzaron y de su boca partió un grito ahogado mientras decía:

—¡Milady! ¡Están sucias!

—Está bien. Es día de lavado hoy. Te puedo ayudar —le contestó animosamente.

Gillendria retrocedió rápidamente.

—¡No! ¡El señor me desterraría!

Se volvió y salió corriendo por el pasillo tan rápido como la pila de sábanas se lo permitía.

«Cielos —pensó Lisa—. Sólo estaba tratando de ayudar.»

Después de buscar durante media hora, Lisa encontró la cocina. Era tan espléndida como el resto del castillo: impoluta, diseñada con eficiencia y, en ese momento, ocupada por una docena de criadas, que preparaban la comida de la tarde. Animada con la conversación, cálida por las melodiosas risas, el recinto era aún más acogedor gracias al fuego brillante y chisporroteante sobre el cual hervían las salsas a fuego lento y las carnes se asaban. Las llamas silbaban y oscilaban, mientras los jugos salpicaban los troncos.

Sonrió y saludó alegremente. Todas las manos se detuvieron: los cuchillos cesaron de cortar, los cepillos dejaron de salpicar, los dedos terminaron de amasar, hasta el perro arrellanado en el suelo al lado del hogar dejó caer su cabeza sobre las patas y gimió. Como si fueran una, todas las criadas agacharon la cabeza en deferencia a su rango.

—Milady —murmuraron nerviosamente.

Lisa estudió por un instante la escena congelada, asombrada por lo absurdo de la situación. ¿Por qué no había pensado antes que eso podía acontecer? Conocía la historia. Nadie en el castillo permitiría que ella trabajara; ni el personal de cocina, ni las lavanderas, ni siquiera las doncellas que sacaban el polvo a los tapices. Ella era una dama, y las damas estaban para ser mantenidas, no para el mantenimiento.

Pero ella no sabía cómo dejarse mantener. Deprimida, murmuró un amable adiós y huyó de la cocina.

Lisa se hundió en un sillón cercano al hogar de leña del gran salón y se permitió ponerse a reflexionar. Tenía dos cosas con las que ocupar su mente: su madre y Circenn. Ambas eran peligrosas, aunque por razones extraordinariamente diferentes. Estaba considerando limpiar el hogar y fregar las piedras, cuando entró Circenn.

Él le echó una mirada.

—Muchacha —la saludó—. ¿Has tomado el desayuno?

—Sí —replicó, con un suspiro de desaliento.

—¿Cuál es el problema? —preguntó—. Quiero decir, el problema fuera de lo usual, ese que siempre te está perturbando. Tal vez deba comenzar cada conversación que tengamos asegurándote que sigo sin poder devolverte a tu época. Ahora ¿qué es lo que te tiene apesadumbrada tan temprano en esta bonita mañana de las Highlands?

—El sarcasmo no te va —murmuró Lisa.

Circenn descubrió sus dientes en una sonrisa y, a pesar de que Lisa mantuvo un rostro inescrutable, interiormente suspiró de placer. Alto, poderoso y extremadamente guapo, él era una visión a la que mujer alguna podía acostumbrarse como primera cosa para ver en la mañana. Vestía su tartán y una camisa de hilo blanco. Llevaba anudado el morral, que acentuaba su cintura estilizada y sus piernas musculosas. Acababa de afeitarse, y una gota de agua le brillaba en la mandíbula. Y era inmenso; a ella le gustaba eso, una montaña de masculinidad.

—¿Qué es lo que esperas que haga de mí, Circenn Brodie? —le preguntó irritada.

Él hizo silencio por un instante.

—¿Cómo me llamaste? —preguntó.

Lisa dudó, preguntándose si ese hombre arrogante esperaba realmente que ella le dijera «milord», incluso luego de habérsele ofrecido noches atrás. Bien. Eso mantendría las cosas impersonales. Se levantó e hizo aparatosamente una inclinación.

—Milord —susurró.

—El sarcasmo no te va. Es la primera vez que oigo mi nombre en tus labios. Puesto que vamos a casarnos, en lo sucesivo debes usarlo. Puedes llamarme Circenn.

Lisa lo miró parpadeando desde su posición servil. «Sin "Pecado".» Eso es lo que es. Y ésa es la mayor parte de su problema. Si él no fuera tan irresistible, ella no se sentiría tan viva a su alrededor, ergo no se sentiría constantemente tan culpable por su madre. Si él hubiese carecido de atractivo, si hubiera sido un hombre débil de carácter y estúpido, ella se habría sentido miserable cada instante del día... y eso habría sido aceptable. Ella tenía que ser miserable. Por Dios, había abandonado a su propia madre. Endureció la posición y se puso de pie.

—Tal vez también deba comenzar cada conversación que tengamos recordándote que no me casaré contigo. Mi amo.

Circenn frunció la comisura de los labios.

—¿Estás verdaderamente poseída por una racha de rebeldía, no? ¿Qué les parece eso a los hombres de tu época?

Antes de que pudiera responder, Duncan entró en el salón a grandes zancadas, seguido por Galan.

—Buenos días a todos. Bonita mañana, ¿no? —dijo alegremente.

Lisa resopló. ¿Acaso el apuesto guerrero no podía ser pesimista alguna vez para variar?

—Circenn, esta mañana temprano, Galan bajó al pueblo y oyó algunos de los litigios que han sido presentados en los tribunales del feudo...

—¿No es el señor el que debe fallar en esos casos? —preguntó Lisa mordazmente.

La mirada de Circenn la fulminó.

—¿Cómo es que sabes eso? Y ¿por qué te metes donde no te llaman?

—Debí de oírlo por ahí —dijo parpadeando con expresión de inocente—. Y era por curiosidad, nada más.

—Viendo adónde te trajo, parece que deberías aprender a dominar esa curiosidad.

—Y mientras Galan estaba en el pueblo —prosiguió Duncan—, se dio cuenta de que los aldeanos están esperando una celebración.

—No entiendo por qué, siendo el amo, no te ocupas de oír los pleitos —aguijoneó Lisa—. ¿O es que estás demasiado ocupado creando problemas en la vida de los demás y perturbando todo el tiempo? —agregó con dulzura. Su inactividad le estaba afectando los nervios y, si ella no empezaba a ser mala con él, terminaría siendo entera y absolutamente buena. Resolvió que tal vez no compartiría otro postre con él.

Duncan soltó una carcajada.

—No es de tu incumbencia por qué no voy a escucharlos —bramó Circenn.

—Bien. Nada es de mi incumbencia, ¿no? ¿Qué esperas que haga? ¿Quedarme sentada, sin preguntar nada, sin deseos y convertirme en un pedazo de feminidad sin carácter?

—Si trataras, podrías tener carácter —murmuró Circenn, con un profundo suspiro.

—Una celebración —dijo Duncan—. Los aldeanos están planeando un festín...

—¿De qué estáis parloteando vosotros? —dijo Circenn, quien, de mala gana, desvió la atención hacia Duncan.

—Si me permites completar la frase, lograrías saberlo —dijo Duncan.

—¿Y bien? —lo animó Circenn—. Tienes toda mi atención.

—Los aldeanos quieren celebrar tu regreso y la próxima boda.

—No habrá ninguna celebración —intervino Lisa.

—La idea es atractiva —contraatacó Circenn.

Lisa lo miró como si hubiera perdido la razón.

—No me voy a casar contigo —dijo—. ¿Lo recuerdas? No voy a estar aquí. Los tres guerreros la miraron como si les hubiera informado que echaría alas y volaría hasta su época.

—¡No voy a formar parte de esto! —añadió, furiosa.

—Una celebración puede ser justamente lo que necesitas, muchacha —dijo Duncan—. Y tendrás la oportunidad de encontrarte con tu gente.

—Mi gente no existe y nunca existirá —dijo Lisa rígidamente—. No estaré aquí.

Una vez que dijo eso se volvió y salió corriendo escaleras arriba.

Pero se dio cuenta de que no podría alejarse por mucho tiempo. A hurtadillas volvió hacia la escalera, fascinada por los eventos que tenían lugar abajo.

Estaban planeando su boda y eso era suficiente como para dejarla atónita.

Ahí estaban, distribuidos alrededor de la mesa, en el gran salón y el autoritario pero irresistiblemente sexy y apuesto señor de las Highlands tenía las manos metidas dentro de una tela.

—No, no es lo suficientemente suave. Gillendria, ve a buscar las sedas que están almacenadas en el salón de los tapices. Adam me dio algo que puede quedar bien. Tráeme el rollo de seda dorada.

Duncan se echó hacia atrás en su silla, con las manos cruzadas detrás de la cabeza y los pies encima de la mesa. Las patas delanteras de su silla se balancearon precariamente por encima del suelo y luego golpearon éste con estruendo cuando Galan le pateó la silla por detrás.

—¿Qué pasa contigo, Galan? —se quejó Duncan.

—Quita los pies de la mesa —lo reprendió—. Están sucios.

—Déjalo hacer, Galan. La mesa puede limpiarse —dijo Circenn ausente, señalando la lana azul pálida y descartándola, negando con la cabeza.

Duncan y Galan miraron a Circenn como si se hubiera vuelto loco.

—¿A qué estamos llegando? ¿Barro en la mesa? ¿Tú, ordenando telas? ¿Esto significa que follar en la cocina es ahora aceptable? —preguntó Duncan, incrédulamente.

—Lejos de mí está el decidir dónde follas —dijo Circenn con calma, levantando un retazo de terciopelo carmesí.

Galan mantuvo cerrada la boca de Duncan colocándole un dedo debajo de la barbilla.

—Creía que odiabas los regalos que te traía Adam, Circenn —le recordó Galan a su señor.

Circenn arrojó a un lado un tejido rosa pálido.

—Sólo colores audaces para la muchacha —dijo a las criadas—. Excepto tal vez el lavanda.

Miró a la costurera que estaba de pie cerca de su silla.

—¿Tienes alguna tela color lavanda?

En la cima de la escalera, Lisa se sonrojaba. Obviamente él estaba recordando el color de su sujetador y de sus bragas. Ese pensamiento hizo que la recorriera una corriente de calor por las venas. Pero entonces frunció el entrecejo: «¿Quién es Adam, por qué le trae regalos y por qué Circenn los odia?». Sacudió la cabeza, mirándolo tomar los rollos que estaban dispersos por la mesa. Media docena de mujeres estaba alrededor de Circenn, recogiendo las telas que él aprobaba.

—Haced una capa con el terciopelo —dijo— con piel negra en el borde de la caperuza y en el puño. Mis colores. —Agregó con petulancia.

Lisa se congeló y perdió equilibrio a partir de la nota posesiva de esa voz. «Mis colores», había dicho, pero ella había oído claramente «Mi mujer».

Y eso la había estremecido.

Retrocedió rápidamente y se escondió en un rincón, contra la pared, con el corazón latiéndole con fuerza.

¿Qué estaba haciendo?

¡Estaba en la escalera, en el siglo XIV, mirándolo seleccionar telas para su vestido de bodas!

Dios santo, estaba completamente perdida. La inmediatez del presente era tan atractiva, tan rica y excitante que estaba erosionando sus lazos con la vida real, minando su determinación para retornar junto a su madre.

Se hundió en el suelo y cerró los ojos, forzándose a pensar en Catherine, a imaginar lo que estaría haciendo, cuán enferma de preocupación estaría, qué sola. Lisa permaneció agachada, forzándose de manera brutal a regresar a la realidad hasta sentir que las lágrimas saltaban de sus ojos.

Y entonces se incorporó, decidida a tomar el control de las cosas, de una vez por todas.

18

Lisa se apresuró a pasar por el profundo arco de piedra de la puerta de entrada, atreviéndose apenas a respirar. Tenía los pies entumecidos y los sentía torpes después de haber caminado de puntillas sobre la superficie helada. Apretó los dedos alrededor del mango del cuchillo que había cogido de la cocina. Era un arma letal, con una hoja tremendamente afilada, tan ancha como la palma de su mano y de por lo menos un palmo de largo. Serviría bien para demostrar lo que quería dejar en claro. Iba a intentar volver a su época y trataría pacientemente de encontrar el frasco. Iba a regresar al futuro. Ahora.

Verlos diseñar su vestido de boda había sido el golpe final: Circenn había aceptado por fin que ella se iba a quedar aquí para siempre. O peor aún, ella también había comenzado a aceptarlo. Escondió el cuchillo entre los pliegues de su vestido y se deslizó hasta la segunda planta, amparada en las sombras de la puerta que estaba en diagonal a la recámara de Circenn, a esperar que éste llegara para cambiarse para la cena, como lo hacía todas las noches. Concedió que si no hubiera tenido una madre enferma bien podía embarcarse en esta aventura, que sería una experiencia única. En su siglo, no había hombres que se compararan con el espléndido Circenn Brodie. Pero Catherine la necesitaba y ella siempre estaría primero.

La escalera crujió y Lisa se puso tensa. Espiando detrás del rincón donde se encontraba, en dirección a la puerta, vio a Circenn deslizándose en silencio por el pasillo. No obstante ser un hombre tan inmenso, se movía bastante silenciosamente. Un momento después Circenn le dio la espalda. Insertó la llave en la puerta y Lisa se dio cuenta de que era el momento de actuar. Conseguiría el frasco, sin importar lo que tuviera que hacer para eso. Se había acabado la Lisa pasiva, perpleja y susceptible a la seducción.

Emergió de su escondite y puso la punta del cuchillo sobre la espalda de Circenn, directamente en línea con el corazón y le ordenó:

—Muévete. La puerta. Ahora.

Colocó su otra mano sobre la espalda de Circenn y lo empujó.

Circenn su puso rígido bajo la palma de la mano de Lisa.

—Ahora, he dicho. Entra a la recámara.

Circenn abrió la puerta de una patada y entró.

—Detente. No te des la vuelta —le ordenó.

—Te vi espiando en el gran salón, muchacha —dijo—. Si no te gusta la seda dorada no tienes que ponerte tan quisquillosa. Puedes elegir tu propio vestido. No era mi intención ofenderte con mi elección.

—No seas obtuso. Sabes que no es eso lo que me molesta —bufó—. El frasco, Brodie. Ahora. Dámelo.

Presionó la punta del cuchillo contra la espalda del hombre para ilustrar su decisión y se mordió el labio cuando una gota de sangre surgió por debajo del hombro de Circenn, expandiéndose sobre el lino blanco de la camisa. Deseó desesperadamente poder verle la cara. ¿Estaba furioso? ¿Se divertía con su tenacidad o subestimaba tontamente su determinación?

Circenn suspiró pesadamente.

—¿Para qué quieres mi frasco? ¿Eres en verdad la traidora que temíamos?

—¡No! Quiero irme a casa. No quiero tu frasco. Quiero que me lleve a casa, nada más.

—¿Todavía crees que el frasco te regresará?

—Me ha traído aquí...

—Te he explicado que...

—Todo lo que has dicho fue que no era ése el poder del frasco, pero no me dijiste qué poder lo hizo. ¿Esperas que crea en tu palabra? ¿Por qué debería hacerlo?

—No te mentiría, muchacha. Pero veo que no vas a creerme. Si hubiera sabido que todavía abrigabas esa tonta esperanza, te habría complacido antes.

Giró tan rápidamente que ella casi dejó caer el cuchillo, pero lo recuperó y le pinchó el pecho con la punta. Asomó más sangre, mientras la hoja, letalmente afilada, se deslizaba a lo largo de su camisa como si fuera mantequilla.

—Ten cuidado con esa cosa, muchacha. A menos que sientas placer en estropear mis camisas.

—No te muevas y no te cortaré —estalló Lisa.

Circenn dejó caer las manos a los lados.

—Debo moverme para coger el frasco.

—Te seguiré.

—No, no puedes. No te llevaré a mi guarida.

—Yo soy la que tiene el cuchillo —le recordó—. Y ahora está encima de tu corazón.

Si él se movió, ella no pudo verlo. Todo lo que supo es que en un momento tenía el cuchillo puesto sobre el pecho de Circenn y luego el cuchillo no estaba allí.

Lisa pestañeó tratando de enfocar el dormitorio.

La hoja estaba contra su garganta.

Sus ojos brillaron y exclamó:

—¿Cómo has hecho eso?

—No puedes controlarme, muchacha. Nadie puede —dijo cansinamente—. Si te lo doy, es porque opto por hacerlo. Y Lisa, escojo darte todo, si me permites hacerlo.

—Entonces dame el frasco —le demandó, ignorando el metal sobre su garganta.

—¿Por qué lo buscas? ¿A qué quieres retornar? Te dije que me casaré contigo y cuidaré de ti. Te estoy ofreciendo mi hogar.

Se le escapó un quejido de frustración. Nada estaba saliendo como lo había planeado. La había desarmado tan fácilmente, le había quitado todo el control... «Te estoy ofreciendo mi hogar», había dicho y una traicionera parte de ella estaba profundamente interesada por esa oferta. Lo estaba haciendo de nuevo. Vacilaba. Lo miró y un brillo de lágrimas nubló sus ojos.

Al mirar sus lágrimas, Circenn tiró el cuchillo sobre la cama. Tomándola en sus brazos acarició su cabello con ternura.

—Dime, muchacha: ¿qué es? ¿Qué hace que llores así?

Lisa se zafó de su abrazo. La frustración le repiqueteaba por dentro y comenzó a caminar entre Circenn y la puerta.

—¿Dónde está mi gorra de béisbol? ¿Tuviste que quitarme eso también?

Sacudió la cabeza.

—¿Tu gorra de béisbol? —repitió con dificultad.

—Mi... —«¿Cómo lo había llamado?», pensó Lisa— bonete.

Se dirigió hacia un arcón que estaba debajo de la ventana, levantó la tapa y recuperó la ropa de Lisa. Sus tejanos y la camisa estaban cuidadosamente doblados y encima de ellos estaba la gorra.

Saltó hacia él y tomó las cosas con avidez, apretándolas contra su pecho. Parecía que había pasado una eternidad desde que ella y su padre se habían sentado en la tercera fila, en los asientos azules, directamente detrás de la base. Rieron y gritaron junto con los jugadores de béisbol, bebieron refrescos y comieron salchichas con mostaza. Ese mismo día ella decidió que se casaría con un hombre como su padre. Encantador, inteligente, con un fabuloso sentido del humor, tierno y siempre deseoso de tomarse tiempo para su familia.

Y entonces ella descubrió a este guerrero capaz y poderoso, y a su sombra, el verdadero Jack Stone. Como también sus sentimientos respecto de él.

Estaba enfadada con su padre. Disgustada por su irresponsabilidad, porque no le hubiera hecho la revisión a su automóvil, por no haber contratado un seguro de vida, por no haber hecho una apropiada cobertura para su coche, por no haber planeado un futuro que se extendiera más allá de su presente. De muchas formas su padre había sido un niño, sin importar cuán encantador fuera. Pero Circenn Brodie siempre planearía todo para su familia y el futuro. Si se casaba, mantendría a su esposa e hijos a salvo, sin importarle el costo que eso tuviera para él. Circenn Brodie tomó precauciones, controló su ambiente y construyó para los suyos una fortaleza impenetrable.

—Habla conmigo, muchacha.

Lisa salió de sus amargos pensamientos.

—Si me dices por qué buscas con tanta desesperación retornar, te traeré el frasco. ¿Es un hombre? —le preguntó cautelosamente—. Creía que me habías dicho que no había ninguno.

La tensión que había acumulado en sus venas mientras esperaba sentada en el umbral, tomando su cuchillo y aguardando por él, se disipó de repente. Se censuró a sí misma por su necedad: debería haberse dado cuenta de que la fuerza no funcionaría con este hombre poderoso.

La razón principal por lo que ella rehusaba discutir sobre Catherine con él era que no quería parecer tonta, comenzar a hablar y terminar llorando ante el impasible guerrero. Pero sus emociones no estaban ya bajo su control y la necesidad de hablar la consumía, la necesidad de tener alguien en quien confiar, a quien hacerle confidencias. Sus defensas bajaron aún más, dejándola sin energía. Se hundió en el embaldosado.

—No. No es nada de eso. Es mi madre —susurró.

—¿Qué pasa con tu madre? —dijo él, sentándose junto a ella.

—Ella se está mu... muriendo —dijo, dejando caer su cabeza hacia delante, creando una cortina con su cabello.

—¿Muriendo?

—Sí. —Tomó aliento y prosiguió—: Soy todo lo que tiene, Circenn. Está enferma y no va a vivir mucho tiempo más. Yo la estaba cuidando, alimentándola y trabajaba para mantenernos. Ahora está completamente sola.

Una vez que las primeras palabras empezaron a salir, las otras lo hicieron más fácilmente. Tal vez a él sí le importaba como para ayudarla. Tal vez, si le contaba todo, encontraría una forma de hacerla regresar.

—Hace cinco años tuvimos un accidente de coche. Mi padre murió en él —dijo, acariciando la gorra de béisbol—. Me compró esta gorra una semana antes. —El recuerdo hizo que una sonrisa amarga surgiera en su rostro—. Ese día ganaron los Reds y después fuimos los dos a cenar con nuestra madre. Por lo que recuerdo, fue la última vez que estuvimos los tres juntos, salvo por el día del accidente. Es mi último buen recuerdo. Después de eso, lo único que veo son los pedazos aplastados de un Mercedes azul, cubierto con sangre y...

Circenn se estremeció. Puso un dedo sobre la barbilla de Lisa y la forzó a mirarlo.

—¡Ay, muchacha! —susurró y siguió el recorrido de sus lágrimas con el pulgar, reflejando en sus propios ojos el dolor de Lisa.

Su compasión la calmó. Nunca había hablado de eso, ni siquiera con Ruby, a pesar de que su mejor amiga había intentado muchas veces que lo hiciera. Ahora descubría que confiar en él no era tan difícil como había temido.

—Mi madre quedó inválida en ese accidente de coche...

—¿Accidente de coche? —preguntó con suavidad.

—Son unas máquinas que usamos para movernos de un sitio a otro —puntualizó Lisa—. El Mercedes era un coche. En mi época no vamos a caballo. Tenemos... —Buscó una palabra que le sirviera para trazar la relación—. Carruajes que nos transportan. Rápidos, a veces demasiado rápidos. El neumático, quiero decir la rueda del carruaje, se salió y nos estrellamos contra otras máquinas. Mi padre se incrustó contra el volante y murió instantáneamente. —Sollozó y, tras una breve pausa, continuó—: Cuando salí del hospital, busqué un trabajo tan pronto como pude y un segundo empleo para hacerme cargo de mí y de mi madre, y para poder pagar las cuentas. Lo perdimos todo —susurró—. Fue horrible. No pudimos pagar los juicios, así que se quedaron con nuestra casa y con todo lo que teníamos. Y lo acepté... Tuve que hacerlo... Acepté que así era como iba a ser mi vida, hasta que tú me sacaste de ahí, haciendo que dejara a medias cosas que no he concluido. Mi madre tiene un cáncer y le queda muy poco tiempo de vida. No hay nadie para darle de comer, para pagar las cuentas o para sostenerle la mano.

Circenn tragó saliva. No podía entender buena parte de lo que Lisa le había dicho, pero comprendía que la madre de ella se estaba muriendo y que la muchacha había estado intentando hacerse cargo de todo desde hacía ya un tiempo.

—¿Está completamente sola? ¿Ninguna otra persona de tu clan está viva?

Lisa meneó la cabeza.

—En mi época, las familias no son como en la tuya. Los padres de mi padre murieron hace ya mucho tiempo, y mi madre es adoptada. Ahora sólo quedamos ella y yo, que estoy atascada aquí.

—Ay, muchacha —dijo, atrayéndola con sus brazos contra sí.

—No trates de consolarme —gritó, empujando contra su pecho—. Es mi culpa. Soy yo la que tenía que trabajar en el museo. Soy yo la que tenía que andar tocando el condenado frasco. Soy yo la egoísta.

Circenn dejó caer las manos y suspiró frustrado. No había ni un solo hueso egoísta en el todo el cuerpo de ella, y sin embargo se las tomaba contra sí misma, cargando con la culpa de todo.

La contempló impotente, mientras ella se balanceaba de atrás hacia delante, con los brazos alrededor del pecho —posición que denotaba un profundo dolor y que había visto muchas veces a lo largo de su vida.

—¿Nunca has tenido a nadie para consolarte? —preguntó con gravedad—. Has cargado con el peso de todo eso sola. Es insostenible. Para eso están los maridos —murmuró.

—No tengo marido.

—Bueno, ahora sí —dijo—. Déjame a mí ser fuerte por los dos. Yo puedo hacerlo, ¿sabes?

Se enjugó airadamente las lágrimas con el dorso de la mano y dijo:

—Yo no. ¿Ves ahora por qué tengo que regresar? Por Dios santo, ¿me darías por favor el frasco? Me prometiste cuando estábamos en Dunnottar que, si había algún modo de que yo regresara, me ayudarías. ¿O lo dijiste sólo para calmarme? ¿Tengo que rogártelo? ¿Es eso lo que quieres?

—No, muchacha —dijo con violencia—. Nunca te pediría eso. Te daré el frasco, pero debo buscarlo. Está en un lugar seguro. ¿Confiarás en mí? ¿Irás a tu habitación y me esperarás allí?

Lisa lo miró con desesperación.

—¿De veras me lo traerás? —susurró.

—Sí, Lisa. Te traería las estrellas, si eso hiciera que dejaras de llorar. No lo sabía. No sabía nada de esto. No me lo habías dicho.

—Nunca me has preguntado nada.

Circenn frunció el ceño y mentalmente se dio de patadas. Ella tenía razón. No le había preguntado nada. No le había dicho ni una vez «Discúlpame, muchacha, pero ¿estabas haciendo algo cuando te saqué de tu época con mi conjuro? ¿Estabas casada? ¿Tenías hijos? ¿Una madre agonizante que tal vez dependa de ti?». La ayudó a incorporarse, pero apenas recuperó el equilibrio, retiró el brazo de su mano.

—¿Cuánto tiempo te tomará buscar el frasco?

—Poco.

—Si no vienes a buscarme, regresaré con un cuchillo más grande.

—No necesitarás el cuchillo, muchacha —le aseguró Circenn—. Te traeré el frasco.

Lisa salió en silencio, llevándose con ella parte del corazón de Circenn.

Circenn abrió su cámara secreta y resueltamente recuperó el frasco escondido en un compartimiento oculto en el suelo de piedra. Nunca se le había ocurrido que ella tenía una vida propia en la época de la que venía; había sido tan egoísta que ni siquiera le había preguntado una vez de qué cosas la había apartado. Sólo la había visto como la orgullosa, tenaz y sensual Lisa, como si ella no hubiese tenido una vida antes de llegar a él, pero ahora lo entendía claramente. Había sacrificado la mayor parte de sus años de adulta preocupándose por su madre, haciéndose cargo de tareas ante las cuales habría tambaleado un señor feudal, alimentando al único miembro que le quedaba del clan. Eso explicaba muchas cosas: su resistencia a adaptarse, sus continuos intentos de registrar el castillo, su ilógica falta de disposición para resignarse a que el frasco no fuera un modo de regresar a su hogar. Sabía que Lisa era una mujer muy inteligente, y sospechaba que muy en su interior ella sabía que el frasco no la haría regresar, pero si formalmente abandonara esa idea ya no le quedarían esperanzas. A menudo la gente se aferra a ilusiones irracionales como único modo para evitar la desesperación.

Su corazón estaba triste por ella, porque sabía que el único hombre que podía hacerla volver preferiría verla muerta. Por primera vez en su vida estaba furioso consigo mismo por haber rehusado aprender esas cosas que Adam tan frecuentemente se ofrecía a enseñarle.

—Ven a entrenarte con los míos —había intentado Adam en numerosas ocasiones—. Déjame enseñarte las artes mágicas. Déjame mostrarte los mundos que puedes explorar.

—Nunca —había respondido Circenn con desdén—. No me convertiré en alguien como tú.

—Pero la magia está dentro de ti...

—Nunca la aceptaré.

Sin embargo, habría dado cualquier cosa en ese momento por haber sabido el arte de viajar en el tiempo. Cualquier cosa que hubiera deseado Adam. Enderezó los hombros, cerró la recámara escondida y salió por la puerta. ¿Cómo podía haber estado tan ciego como para no darse cuenta de que ella tenía una vida y la había perdido? ¿Cómo había podido pensar que era una embustera? La imagen de sus inmensos ojos verdes brillando con lágrimas mientras lo miraba, rechazando su consuelo debido a que obviamente nunca nadie la había consolado y no sabía cómo aceptarlo, le quemaría para siempre en la cabeza.

Ahora se veía obligado a recorrer un camino muy difícil con ella. Mantuvo los ojos cerrados por un instante, tratando de reunir fuerzas para afrontar el momento en que ella descubriera que estaba verdaderamente atrapada. Dejó la recámara con un suspiro profundo.

—Muchacha —dijo suavemente.

Lisa levantó la vista, mientras Circenn entraba a su dormitorio. Estaba acurrucada en el centro de la cama. Su rostro pálido estaba cubierto de lágrimas. Circenn buscó en su morral y se dirigió despacio a su lado, terminando al fin el trayecto que era tan renuente a completar.

—Levántate, muchacha —dijo con calma.

Lisa se levantó rápidamente.

Circenn sostuvo el frasco.

—Lo has traído —susurró Lisa.

—Te he dicho que lo haría. Debería haberlo hecho antes. Sabía que lo querías. En el viaje desde Dunnottar, vi el fulgor en tu mirada cuando lo viste entre mis cosas.

—¿Puedes leer tan fácilmente lo que pienso?

—No siempre. A veces no puedo saber qué estás pensando, pero esa noche sí pude. Habías estado llorando...

—No. Casi nunca lloro. Ahora estoy llorando porque me siento muy frustrada.

—Mis disculpas..., es verdad, había estado lloviendo —se corrigió rápidamente, protegiendo el orgullo de Lisa. Su corazón se mostraba sensible: ella se sentía avergonzada por haber llorado. No es una vergüenza llorar. Varias veces, durante ese viaje, había visto sus mejillas húmedas por las lágrimas. Pero habían sido lágrimas calmas y había supuesto que era parte del proceso de conformidad de su transición, sin sospechar que estaba sufriendo por su madre. Estaba asombrado de que ella no hubiera llorado abiertamente antes. Pero era decidida y fuerte, y eso le dio esperanzas de que se recuperaría con el paso del tiempo.

—Sí, esa noche llovía —concedió Lisa—. Sigue.

—Miraste el frasco mientras arrancaba un trozo de tela de la falda. Era para protegerte de la lluvia —bromeó, esperando que así su humor mejorara.

Ella arqueó una ceja, pero sus ojos seguían tristes y llenos de lágrimas que todavía quedaban sin derramar.

Suspiró y continuó:

—Y vi la esperanza en tus ojos. Una esperanza que se concentraba en mi frasco. Yo sabía que el frasco no puede retornarte, por lo que no le di importancia a ese pensamiento, pero debería haberme dado cuenta de que necesitabas comprobarlo por ti misma —dijo suavemente.

—Dámelo —exigió Lisa.

Temía eso, temía el momento en que vería en sus encantadores ojos verdes la certeza de que nunca iba a regresar. Le ofreció el frasco plateado y brillante en silencio.

Ella lo cogió.

—¿Cómo funciona? —susurró.

—No funciona —le respondió Circenn—. Solamente tú piensas que sirve.

Los dedos de Lisa se cerraron sobre el frasco. Él la miraba, mientras la mano de la muchacha cubría el frasco con reverencia. Puso ambas manos a su alrededor, hizo algo raro con el pie y cerró los ojos. Murmuró suavemente:

—¿Qué estas diciendo?

—No hay ningún sitio que pueda compararse al propio hogar. —Las palabras salieron de su boca casi como un murmullo, pero dolorosamente claras para el oído de Circenn. Él hizo una mueca. «Vale, no hay lugar como el hogar», acordó en silencio y pensó que haría todo lo posible para hacerla sentir en su hogar, ya que él era el único culpable de su desarraigo, gracias a su desconsiderado conjuro.

—Lo lamento, muchacha —dijo suavemente, con un acento todavía más fuerte, debido a la emoción.

Lisa no abrió los ojos y se negó a moverse. Finalmente se fue hacia la cama y se arrojó sobre ella, con el frasco todavía en la mano. Parecía como si estuviera recitando mentalmente cada plegaria o verso que hubiera aprendido. Luego de un largo rato, se levantó y se dirigió hacia el fuego.

Se quedó allí, como congelada, sosteniendo el frasco por tanto tiempo que Circenn finalmente se sentó en la silla que estaba al lado. No tenía idea de cuánto tiempo pasarían así, pero no se iba a mover hasta que ella aceptara lo que estaba pasando, y entonces estaría allí para abrigarla y protegerla con su cuerpo.

Era plena noche cuando finalmente Lisa se movió. La hora de la cena había pasado hacía rato. Su cabello brillaba a la luz del fuego. Tenía el semblante lívido y sus pestañas eran como oscuros abanicos contra su piel pálida. Circenn maldijo cuando una lágrima se le deslizó por la mejilla.

Cuando finalmente Lisa abrió los ojos, Circenn vio el dolor en las profundidades verdes de su mirada. Negación y aceptación peleaban en sus expresivos rasgos. La aceptación fue la brutal vencedora. Ella tenía el frasco, había ejecutado todos los rituales en los que creía y había experimentado una derrota incontestable.

—No funciona —dijo apenas.

—Así es, muchacha —confirmó Circenn con un suspiro, incapaz de mitigar su sufrimiento.

Comenzó a jugar con el tapón del frasco.

—¿Qué estás haciendo? —tronó Circenn levantándose de la silla y listo para arrancarle el frasco de las manos.

—Tal vez si bebo lo que hay dentro... —dijo Lisa vacilante.

—Nunca, muchacha —dijo Circenn con su complexión oliva palideciendo—. Créeme, no querrías hacer algo tan tonto.

—¿Qué hay dentro? —dijo ella, claramente perturbada por su reacción.

—Lisa, lo que hay en el frasco no sólo no te regresará a tu hogar, sino que podría ser la más pura percepción del infierno para ti. No te mentiré. Es un veneno del peor origen.

No necesitaba decir más para convencerla. Pudo ver la aceptación de que no sólo no la llevaría a su hogar, sino que podría matarla o hacerle desear la muerte. Entendió que Lisa, tan sensata como era, había reconocido que estaba aferrándose a una esperanza vana y que no lo intentaría de nuevo. Si él decía que no funcionaba, con eso era suficiente. Al confiar en ella había ganado su confianza.

Lisa sollozó y, para su aparente disgusto, otra lágrima se deslizó de sus ojos. Tiró la cabeza hacia delante para esconderse detrás de su cabellera, lo que, como Circenn ya sabía, hacía cuando se sentía incómoda o avergonzada.

Circenn se movió rápidamente para limpiarle las lágrimas, primero con sus dedos, luego con un beso y finalmente a fuerza de besos para poder contrarrestar el dolor y el miedo, y asegurarle que no permitiría que nada la hiriera y que pasaría su vida haciendo que las cosas funcionaran. Pero ella dejó el frasco sobre la mesa y se dio la vuelta rápidamente.

—Por favor, déjame sola —dijo y se alejó de él.

—Déjame consolarte, Lisa —le suplicó.

—Déjame sola.

Por primera vez en su vida, Circenn se sintió totalmente inútil. «Déjala hacer su duelo», le dijo su corazón. Necesitaba hacer ese duelo. Descubrir que el frasco no servía era equivalente a bajar a su madre hasta su solitaria sepultura. Sufriría por su madre como si ese día realmente hubiese muerto. «Ojalá Dios pueda perdonarme —rezó Circenn—. No sabía lo que estaba haciendo cuando le eché ese conjuro al frasco.» Cogió el frasco de la mesa, lo puso en su morral y abandonó el dormitorio.

Y eso fue todo, admitió Lisa, acurrucándose en la cama y corriendo la cortina. En su cálido nido todo lo que le faltaba era su tigre de peluche y los hombros de su madre para poder llorar, pero ya nunca más tendría esos consuelos. Como antes no había hecho la prueba con el frasco, había anudado todas sus esperanzas a él. Se había sorprendido por la reacción de Circenn ante su confesión: había advertido humedad en sus ojos.

«Estás enloqueciendo, Lisa —le dijo suavemente su corazón—, por algo más que un país.»

«Está bien —le contestó mordazmente a su corazón—, porque parece que es todo lo que tengo, desde ahora y para siempre.»

Miró alrededor y se acurrucó aún más debajo de las mantas. El fuego hacía que la habitación estuviera caldeada y había un odre de vino de manzana en un recoveco de la cabecera. Mientras bebía un gran trago, saboreando el gusto frutal y picante, cedió a la pena. Su madre moriría sola y no había nada que Lisa pudiera hacer para evitarlo. Bebió y lloró hasta que estuvo exhausta para hacer otra cosa que no fuera volverse y entrar en un sueño inducido por esa sidra.

«Todo lo que quería era sostener su mano cuando muriera», fue su último pensamiento antes de entrar en el mundo de los sueños.

Circenn Brodie se paró al lado de la cama y miró a Lisa dormir. Abrió las cortinas del lecho y se acercó, dejando que su mano acariciara los cabellos de la muchacha. Acurrucada de costado, tenía ambas manos debajo de una de sus mejillas, como una niña. La visera de color rojo apagado de su bonete (gorra de béisbol había dicho ella, según recordó Circenn) estaba apretada entre sus manos y una tela que había transformado en una especie de almohada. Claramente, había llorado hasta dormirse y parecía como si hubiera peleado una batalla con sus mantas. Con suavidad, retiró la tela de su cuello como para que no se ahorcara en sueños y luego estiró las telas que estaban arrugadas entre sus piernas. Ella suspiró y se acurrucó aún más en el mullido colchón. Circenn removió el odre, que estaba a su lado, e hizo una mueca cuando descubrió que estaba vacío, aunque comprendía qué la había llevado a beber.

Había estado buscando olvido, una búsqueda en la cual él también se había embarcado una vez.

Se sentía perdida. Arrancada de su hogar. Varada en medio de un siglo que no podía entender.

Y era culpa de Circenn.

Se casaría con ella, la ayudaría a adaptarse, la protegería de que Adam Black la descubriera y, sobre todo, de él. De una forma u otra, se prometió firmemente, haría que volviera a sonreír y se ganaría su corazón. Ella era Brude y algo más. Su madre habría adorado a esta mujer.

—Duerme con los ángeles, mi querida reina —dijo suavemente. «Pero regresa. Este diablo te necesita como nunca antes necesitó a nadie.»

Al retirarse, le echó una última mirada por encima del hombro. Una sonrisa curvó sus labios al recordar la fascinación de ella con la nata batida. Tuvo la esperanza de que algún día confiara en él y lo deseara lo suficiente como para permitirle tomar una cucharada de nata batida, ponerla en su adorable cuerpo y remover la golosina con su lengua.

La curaría. Con su amor.

Y nunca moriría delante de ella. Eso podía prometerlo.

—¿Qué pasa? —preguntó Galan al ver la sombría expresión de Circenn al entrar en el gran salón.

Circenn se arrojó pesadamente en una butaca y cogió un odre de vino de manzana, haciéndolo girar ausente entre sus manos.

—¿Es Lisa? —preguntó Duncan rápidamente—. ¿Qué ha pasado? He pensado que ambos estabais... congeniando.

—Le he dado el frasco —gruñó Circenn, de manera apenas inteligible.

—¿Qué? —rugió Galan saltando del sillón—. ¿La has hecho como tú?

—No —dijo Circenn haciendo un gesto desdeñoso con la mano—. Jamás haría algo así. Se lo di para que pudiera ver que no podía hacerla regresar. —Se detuvo y alzó los ojos del suelo—. Me enteré de las razones por las que quería regresar —dijo. Entonces les contó lo que Lisa le había dicho.

—¡Cristo! —exclamó Duncan cuando Circenn terminó—. Es un lío. ¿No puedes hacerla regresar? Se trata de su madre.

Galan hizo un gesto de aprobación.

Circenn se encogió de hombros e hizo un gesto de impotencia con las manos.

—No sé cómo. La única criatura que lo sabe es Adam...

—Y Adam la mataría —finalizó amargamente Duncan.

—Sí.

Duncan sacudió la cabeza y dijo:

—No lo sabía. Me había dicho que una mujer dependía de ella, pero no me dijo más.

—¿Te contó eso? —estalló Circenn.

—Sí.

Los labios de Circenn se torcieron con amargura:

—Bueno, yo le ofrecí ser su marido y no me contó nada de eso.

—¿Se lo preguntaste? —inquirió suavemente Galan.

Circenn murmuró una maldición, destapó el vino y comenzó a beber.

19

Armand apretó los dientes y permitió que James Comyn ventilara su enojo, asegurándose a sí mismo que pronto estaría en otra posición y podría revelarse contra el traidor escocés. Entendía muy bien la motivación de Comyn. Hacía diez años, cuando Robert Bruce había matado a Red John Comyn en Greyfriars Kirk, en Dumfries, eliminando así al único contendiente real que tenía por la corona escocesa, el clan Comyn se había aliado con los ingleses. Estaban ávidos de asesinar a cualquier pariente de Bruce que pudieran tener entre manos.

—¡Han pasado semanas, Berard! Y no me has traído nada. Ni la mujer ni los objetos sagrados.

Armand se encogió de hombros.

—He hecho cuanto he podido. La mujer no ha dejado sus aposentos en semanas. Permanece allí, aunque no consigo saber por qué.

—Entonces ve y sácala —exigió Comyn—. La guerra se vuelve cada vez más sangrienta y Edward, el hermano de Bruce, hizo una apuesta estúpida.

—¿Qué has dicho? —Armand no había oído nada de eso.

—Anoche hizo una apuesta que puede hacerle ganar o perder la guerra. El rey Edward está muy disgustado.

—¿Qué apuesta? —presionó Armand.

—No debo hablar de eso. Incluso Bruce todavía no está enterado de la cuestión y se pondrá furioso cuando se entere de lo que ha hecho su hermano. Es imperativo que capturemos a esa mujer. Al menos así tendremos algo con que aplacarlo. Tienes que conseguirla —ordenó Comyn.

—Hay guardias fuera de su aposento, día y noche, James. Debo esperar hasta que ella salga. —Levantó una mano cuando Comyn comenzó a discutir—. Igualmente pronto tendrá que salir.

Y agregó que, mientras esperaba, podía continuar buscando los objetos sagrados en el castillo. Hasta el momento sólo había logrado buscar en el ala norte. De alguna forma conseguiría entrar tanto en la recámara de la dama como en la del señor de Brodie.

—Te doy quince días, Berard. No puedo asegurarte que pueda detener al rey Edward por más tiempo e impedir el ataque al castillo.

—Estará hecho antes de quince días.

Lisa rodó, estirándose con cautela. Sabía que finalmente tendría que dejar la cama, pero todavía no era capaz de afrontarlo. Se sentó lentamente, sorprendida de descubrir que el doloroso nudo que sentía en el pecho parecía haberse aflojado. Miró la habitación como si la viera por primera vez.

Había estado durmiendo más de dieciséis horas diarias y se preguntaba si los últimos cinco años finalmente se habían cobrado su precio. Dormía y se lamentaba por todo, no sólo por su madre, sino por el accidente de coche, la muerte de su padre y la pérdida de su juventud. No se había permitido sentir nada de eso durante los últimos cinco años y, cuando finalmente se concedió una fina tajada de dolor, se le presentó todo el que tenía acumulado y se encontró perdida durante un tiempo. No se había dado cuenta de cuánta angustia mantenía oculta dentro de sí. Sospechaba que sólo una parte de ella había sido liberada.

Pero ahora tenía que afrontar los hechos: el frasco no la iba a regresar a su hogar. Circenn no podía echar un contraconjuro y ésta iba a ser su vida. Por el resto de su existencia.

Se levantó de la cama, frotándose el cuello para aliviar la tortícolis. No tenía idea de cuánto tiempo había pasado desde que se había dado un baño. Disgustada con su prolongada inercia, se dirigió hacia la puerta. Mientras estuvo encerrada en el dormitorio, apenas se había dado cuenta de que dos hombres se hallaban apostados frente a él, vigilando, en el corredor. No les había hablado nunca y sólo había aceptado la comida que le pasaban por la puerta y que tomaba con apatía.

A tientas, buscó el picaporte y abrió la puerta. Circenn entró de golpe y dio contra el suelo. Rodó suavemente sobre su espalda y se incorporó como impulsado por un resorte, con una mano en la espada, mirando perplejo. Lisa se dio cuenta de que él debía de haber estado sentado en el suelo, apoyado contra la puerta, y cuando ella la abrió lo tomó por sorpresa. Circenn parpadeó varias veces como si hubiera estado dormido en esa posición y se hubiera despertado abruptamente. Ella se sintió sorprendida y conmovida: ¿había acaso estado fuera de su habitación todo ese tiempo?

La miró en silencio. Tenía círculos oscuros debajo de los ojos. Su rostro estaba cruzado por la preocupación y la fatiga, y la mirada que le dirigió fue tan tierna y modesta que le hizo contener el aliento.

—Un baño —dijo Lisa—. ¿Puedo darme un baño?

La sonrisa de Circenn se formó lentamente, y fue deslumbrante.

—Pues claro, muchacha. Espera aquí. No te muevas. Yo mismo vigilaré para que te lo preparen bien.

Salió corriendo para cumplir con su pedido.

—Quiere un baño —bramó Circenn disparado como un bólido por el gran salón. Había estado esperando durante semanas alguna chispa de vida. Que Lisa tomara de nuevo conciencia de su cuerpo significaba que se estaba recuperando y volvía lentamente del lugar oscuro donde había estado y en el cual había languidecido durante tanto tiempo. Rugió reclamando a las criadas, que acudieron corriendo.

—Traed agua caliente inmediatamente. Y comida. Mandadle la comida más tentadora que se pueda encontrar. Y vino. ¡Ropa! Debe tener ropa limpia también. Ved a mi dama. ¡Quiere un baño!

Sonrió. Por Dagda, el día ya parecía brillar más.

La última persona que Lisa esperaba ver dentro de su dormitorio mientras se bañaba era Eirren. Se permitió la fantasía de pensar que Circenn entraría sin invitación y pleno de armas seductoras, pero eso duró dos segundos. Aplastó ese pensamiento, obviamente, como un resto de las novelas históricas que devoraba, en vez de tener vida social. Cosas como ésas no pasaban en la realidad. Lo que realmente pasaba era que niños pequeños y traviesos invadían el lugar.

—¿Qué estás haciendo aquí, Eirren?

Agitó el agua con las manos como para producir más burbujas que ocultaran sus pechos. Cuando eso falló se los cubrió con la manopla.

El bribonzuelo hizo una amplia mueca, moviendo las cejas en una expresión libidinosa muy cómica.

—Ni siquiera te oí abrir la puerta —dijo hundiéndose más en la bañera.

—Estabas muy concentrada en tu baño, muchachita. Incluso golpeé a la puerta. —Se dirigió rápidamente hacia el hogar de leña, cerca de Lisa.

—No creo que esto sea apropiado —dijo ella. Y luego lo miró concienzudamente y agregó—: Aunque, pensándolo bien, es perfectamente apropiado. Puedes usar mi baño cuando termine y finalmente podré verte limpio.

Eirren compuso una mueca picarona.

—Para hacer eso, primero debes salir. Y por ver a una mujer desnuda por primera vez, consentiría en bañarme. Por mirarte a ti, me bañaría dos veces. Incluso me limpiaría detrás de las orejas.

Su mueca se esfumó mientras se sentaba en la piedra que estaba en la base del hogar.

—¿Te sientes mejor, muchachita? Estuviste un largo tiempo aquí. No pude evitar oír un cotorreo nefasto.

Lisa estaba emocionada:

—Te preocupaste por mí, ¿no es cierto? ¿Por eso has venido?

—Sí —murmuró Eirren—. Y no me gustó nada. Oí a los hombres decir que vienes de otra época y que descubriste que no puedes volver —dijo, mirándola interrogativamente.

—Es así —dijo Lisa tristemente.

—¿Te vas a dar por vencida, muchacha?

Lisa lo miró con detenimiento.

—A veces pareces mayor de trece años, Eirren.

Él encogió los huesudos hombros.

—Así es en este mundo. Los niños no permanecen niños por mucho tiempo. Vemos demasiadas cosas.

Lisa quiso poner un escudo sobre sus ojos como para asegurarse de que un niño no viera cosas que no debe ver. Luego lo pescó tratando de verla debajo de la línea del agua.

—¡Detente! —le dijo arrojándole agua.

Él se rió y se limpió la cara, travieso.

—Es natural. Soy un muchacho. Pero miraré por la ventana si eso te hace sentir mejor. —Ella sonrió, mirándolo levantar la barbilla y volviendo la cara hacia la ventana, haciendo todo un montaje escénico. Era un muchacho muy melodramático—. ¿Te casarás con el señor? —le preguntó al cabo de un momento.

Las cejas de Lisa se levantaron mientras ella lo ponderaba. Un estremecimiento le subió por toda la espalda. No podía volver a su hogar. Ésa era su vida. ¿Qué hubiera querido Catherine que hiciera? Lisa conocía la respuesta: Catherine se hubiera puesto nerviosa, la hubiese mimado y la vestido con el más fino vestido de boda. La habría empujado a la cama con el musculoso highlander y hubiera revoloteado detrás de la puerta para asegurarse de que Lisa produjera sonidos de luna de miel apropiadamente satisfactorios.

—Creo que lo haré —dijo lentamente, tratando de acostumbrarse a ese pensamiento.

Eirren aplaudió y le espetó:

—No lo lamentarás.

Los ojos de Lisa se entrecerraron astutamente.

—¿Tienes algún interés especial en esto, Eirren?

—Solamente quiero verte feliz.

—Eso no es todo —dijo Lisa—. Confiesa. Te gusta el señor, ¿no es cierto? Lo admiras y piensas que necesita casarse, ¿no?

Eirren asintió con sus ojos brillantes.

—Supongo que le tengo cariño.

Probablemente porque su propio padre no tenía mucho tiempo para él, pensó ella. Era fácil que un muchacho admirara a Circenn Brodie.

—Pásame la toalla, Eirren —le pidió Lisa.

Pondría al sucio muchacho a bañarse, aunque tuviera que desfilar desnuda para lograrlo. Alguien tenía que responsabilizarse de él, tratarlo con cariño y una disciplina que transmitiera amor.

Con una mirada maliciosa, cogió la toalla y con un exagerado movimiento de su brazo la arrojó lejos. La toalla aterrizó en la cama.

—Cógela tú misma.

Lo miró como diciendo: «Me obedecerás muchachito o morirás.» Pelearon una batalla de miradas: la de él, desafiante, y la de ella, prometiendo divina retribución, hasta que, con una mueca pícara, el muchacho se levantó, se deslizó detrás de ella y se marchó. Lisa ni siquiera oyó la puerta cuando salió.

Suspiró y tiró la cabeza hacia atrás, contra la bañera, admitiendo que de todas formas no quería dejar el agua caliente.

—Te atraparé, Eirren —gritó—. Te bañarás antes de que termine la semana.

No estaba segura, pero le pareció oír una carcajada detrás de la puerta.

Lisa advirtió con placer que el sol estaba brillando. Tras bañarse se había puesto un vestido limpio, pero había renunciado a las zapatillas. Cuando las criadas sacaban el agua usada, abrió totalmente la ventana y se dio cuenta de que, mientras ella había estado encerrada, había llegado la primavera. Sintió una fuerte necesidad de salir al exterior para sentir el sol, saborear las canciones de los pájaros, conectarse con lo que era ahora su mundo. Dios, necesitaba salir de la habitación. Después de tanto tiempo encerrada era sofocante.

Paseó por el patio con paso lento, apretando los dedos de sus pies descalzos en el verde césped. Siguiendo el perímetro del castillo, sintió las miradas curiosas de los guardias de las torres altas. La miraban con atención y sospechaba que Circenn les había ordenado que no la perdieran de vista. Más que sentirse custodiada o atrapada, eso le resultó reconfortante.

Mientras terminaba de bañarse se dio cuenta de que había tenido suerte, las cosas podían haber sido peores. Al viajar en el tiempo podía haber caído en las manos de un verdadero bárbaro que habría abusado de ella o simplemente la habría matado.

Bordeó un pequeño bosquecillo de árboles y se detuvo cautivada por un lago cristalino rodeado por rocas blancas. En cada rincón había una roca maciza con inscripciones en picto. Atraída por la historia, pasó los dedos por las inscripciones. Se trataba de una hermosa piedra puesta en un bosquecillo, ante un inusual túmulo, de veinte pies de largo y una docena de pies de ancho. Era tan alto como ella y el césped que lo rodeaba era de un verde brillante, más grueso y lozano que el del resto del prado. Sus dedos ansiaban tocarlo. Se detuvo, mirando, preguntándose qué era. ¿Un túmulo medieval?

—Es un túmulo de los duendes y de las hadas. Un *shian* —dijo Circenn moviéndose hacia su lado. Colocó la mano en la cintura de Lisa e inhaló la limpia fragancia de su pelo apenas acabado de lavar.

Lisa inclinó la cabeza hacia atrás y sonrió.

—Se dice que si das la vuelta al túmulo siete veces y derramas tu sangre en la cima, la reina de las hadas puede aparecer y concederte un deseo. Son incontables la cantidad de muchachos y muchachas que se pincharon los dedos aquí. Viejos cuentos. Esta tierra está llena de ellos. Lo más probable es que se trate de un túmulo formado por los habitantes anteriores de este lugar. Aquí deben de haber vaciado sus orinales. Eso explicaría por qué el césped es más grueso y verde.

Le dio un beso en la cabeza, envolviéndola con los brazos desde atrás.

—Te vi desde la ventana y pensé en venir y hablar contigo. ¿Cómo te sientes? —preguntó gentilmente.

—Mejor—dijo Lisa con calma—. Perdóname. No planeé quedarme tanto allí. Necesitaba tiempo para pensar. Hasta el momento en que me diste el frasco había pensado que iba a poder retornar. Necesitaba tiempo para ajustarme a la nueva situación.

—No necesitas pedirme perdón. Soy yo quién debería pedírtelo.

La hizo girarse como para que lo mirara y dijo:

—Lisa, siento mucho que mi conjuro te haya atrapado. Me gustaría poder decirte lo mucho que lamento que hayas venido hasta aquí, pero debo confesarte que...

Lisa lo miró estudiándolo.

Circenn tomó aliento y siguió:

—... que dedicaré mi vida a compensarte. Que quiero casarme contigo y me encargaré de que estés bien.

Lisa desvió su mirada, mortificada por las lágrimas que la amenazaban.

Él retrocedió, sintiendo que ella peleaba por mantener el control.

—Era todo lo que quería decirte, muchacha. Te dejo para que camines sola ahora. Únicamente quería estar seguro de que supieras cómo me siento.

—Gracias —dijo ella. Mientras lo miraba irse, una parte de ella ansiaba llamarlo para conversar con él ociosamente y contemplar el atardecer soleado, pero las lágrimas le seguían brotando con facilidad.

Después de que él se retirara, continuó paseando para explorar su nuevo hogar. Se hundió en los rayos cálidos del sol, deteniéndose periódicamente para examinar pequeños brotes y el follaje poco común. Pensó que si iba a estar allí, podía finalmente hacer algo que había deseado por años: tener un perro. Siempre había querido un perro, pero su apartamento era muy pequeño. Cuando volviera al castillo, le preguntaría a Circenn si sabía de alguna reciente camada en la aldea.

Mientras se aproximaba a la choza del castillo, se dio cuenta de que iba a sobrevivir. Estaban retornando sus sensaciones normales, su acostumbrado optimismo, su deseo de involucrarse con el mundo y de explorarlo. Se preguntó qué era exactamente la «choza». ¿Un almacén? ¿Un taller? Abrió la puerta empuñando el picaporte y entró silenciosamente.

Duncan Douglas estaba de pie allí, desnudo y dándole la espalda. «Dios mío», pensó Lisa. No era como Circenn, pero ciertamente tenía un cuerpo notable. Con la curiosidad por todas las cosas sensuales que la caracterizaba, fue incapaz de mirar hacia otro lado. Una mujer, igualmente desnuda, estaba entre el cuerpo de Duncan y la pared. La mejilla de la criada lucía roja contra la pared de madera y sus palmas estaban por arriba de su cabeza, contra la pared también sostenidas por las fuertes manos de Duncan que las cubrían. Las caderas de Duncan chocaban contra las de ella. Lisa se humedeció los labios y respiró suavemente. Sabía que debía irse antes de que se dieran cuenta de que estaban siendo observados.

«En un minuto», se dijo a sí misma con las mejillas ruborizadas. Su mirada bajaba desde los amplios hombros de Duncan, pasando por su cintura, hasta llegar al trasero musculoso que se flexionaba cuando entraba en la mujer. Lisa no se podía mover, asaltada por imágenes voluptuosas de Circenn haciéndole lo mismo a ella.

—¡Oh, cielos! —dijo tan fascinada que no pudo impedir que las palabras se le salieran de la boca.

Ambos se dieron la vuelta para mirarla al mismo tiempo. La criada chilló. El avergonzado Duncan simplemente hizo una mueca y dijo «¡Oh!», con toda tranquilidad. Lisa se escabulló de la choza. Al menos ahora sabía para qué usaban esa construcción.

Privacidad.

Los días se sucedieron rápidamente en una bruma de mañanas y tardes cálidas y soleadas pasadas con Duncan, quien la llevaba a recorrer el castillo y la propiedad, y noches tranquilas ante cenas espléndidas, en compañía de Circenn.

Circenn había estado notoriamente ausente durante las tardes. No se le veía entrenando con sus hombres ni en el castillo y, al terminar el postre, esa noche, ella le preguntó por sus ausencias.

—Ven —dijo Circenn, levantándose de la mesa y haciéndole señas para que lo siguiera—. Tengo algo para ti, Lisa. Espero que te complazca.

Del brazo, por un corredor que todavía no había explorado, dejó que la guiara. Llevaba al final del ala este, atravesando pasillos sinuosos y estrechos de piedra, y a través de puertas en arco y subiendo una escalera de caracol de piedra. Se detuvo afuera de la puerta en una torre y sacó una llave del morral.

—Espero que no pienses que tengo... —dijo suspirando y pareciendo incómodo—. Muchacha, esto parecía una buena idea cuando se me ocurrió, pero ahora me preocupa...

—¿Qué? —preguntó ella perpleja.

—¿Alguna vez se te ha ocurrido una idea creyendo que hará feliz a alguien y luego, cuando llega el momento de ofrecer lo que se te ocurrió, te preocupa que quizá pudieras haberte equivocado?

—¿Has hecho algo para mí? —preguntó Lisa, recordando las salpicaduras de serrín que había visto el día anterior cuando él se limpiaba el tartán.

—Sí —murmuró, pasándole una mano por el cabello—. Pero, de golpe, se me ocurrió que, si no te conozco tan bien como creo conocerte, quizá te ponga triste.

—Bueno, sólo tengo que ver qué es —dijo la muchacha, quitándole la llave de la mano.

Fuera lo que fuese, a ella le agradó que hubiera tenido la iniciativa y que hubiera pensado en ella, sin mencionar el tiempo invertido en el trabajo, con la intención de que a ella le gustara. Excepto por sus padres y por Ruby, había recibido muy pocos regalos a lo largo de su vida, y ninguno de ellos había sido hecho a mano.

Curiosa, insertó la llave en la puerta, la abrió y entró. Docenas de velas titilaban, llenando el cuarto con un cálido resplandor. El techo se elevaba y concluía en un alto arco de madera y, diseminados, había banquitos. En el frente del cuarto, delante de cuatro ventanas bellamente pintadas, había una losa montada sobre una gruesa base de piedra: un altar. Se dio cuenta entonces de que la había llevado hasta su lugar de culto privado.

—Mira hacia abajo, muchacha —le dijo tranquilamente.

La mirada de ella descendió hasta el suelo.

—¡Cielos! ¿Has sido tú? ¿Has hecho esto? —preguntó mirando a Circenn, desconcertada.

—Hace algunos años tuve mucho tiempo ocioso —dijo, encogiéndose de hombros. «Treinta años atrás», pensó sin decirlo. Años en los que había pensado que se volvería loco de soledad y en los que, por lo tanto, enterró su angustia creando.

La mirada de Lisa volvió al suelo. Allí había un mosaico exquisito tallado a mano sobre madera, que se extendía como una estrella desde el centro de la capilla. Pino claro, nogal oscuro y un cereza intenso se entrelazaban para crear formas. Algunas de las piezas circulares de madera no tenían más de un centímetro de diámetro. «Debe de haberlo años», pensó Lisa, sorprendida. Un hombre, diseñando este suelo, tallando y lijando cuidadosamente las piezas, y disponiéndolas según un modelo geométrico fabuloso que hubiese despertado la envidia de M. C. Escher.

—Ve arriba, cerca del altar —la animó él—. Allí es donde lo cambié.

Lisa caminó despacio atravesando el suelo, renuente a estropearlo con sus pisadas. Frente al altar, él había sacado el antiguo diseño y puesto uno nuevo. El área que había frente a la losa había sido dividida en dos secciones: a la derecha, minuciosamente incrustado en el diseño, estaba escrito en un caoba intenso MORGANNA, AMADA MADRE DE CIRCENN. A su izquierda, con la misma madera oscura decía CATHERINE, AMADA MADRE

DE LISA. No había fechas, omisión que ella entendió, porque, por cierto, ellos no querrían que nadie viera fechas del siglo XXI en una capilla de su época. Podía imaginarse el festín que los eruditos modernos se darían con eso. Los nombres estaban rodeados por una elaborada incrustación de nudos celtas.

De rodillas, pasó los dedos sobre la madera acabada de poner, con el corazón henchido de emoción. Él había puesto a su madre al lado de la suya, mostrándole a ella que era la mitad de su vida. Ahora, cuando echara de menos a su madre, podría ir hasta allí y sentir que había un lugar donde podría estar cerca de ella.

La entusiasta idea que él había tenido la asombró. Cuando a Catherine le habían diagnosticado cáncer, Lisa había devorado libros que hablaban sobre cómo enfrentarse a la pérdida de los seres queridos, esperando encontrar algún medio mágico para arreglárselas ante la inminente pérdida de su madre. Cada libro refería que la clausura era una parte crítica del proceso del duelo. Al hacer esa inscripción para su madre, Circenn había creado un símbolo tangible y, por una antigua costumbre social, naturalmente reconfortante, de manera que su ausencia se convirtiera en una presencia tranquilizadora.

Lisa tragó el nudo que se le había hecho en la garganta y alzó la vista. Circenn la estaba mirando, como si ella fuese la cosa más infinitamente preciosa que hubiera en el mundo.

—¿He sido un tonto? —se preocupó.

—No, Circenn, jamás pensé que pudieras ser tonto —dijo con calma—. Gracias. También en mi época hacemos esto. Y vendré aquí a menudo para... para...

Se quedó callada, conmovida por la profundidad de la emoción que sentía. Cuando él le dijo «Ven», se dirigió prestamente a sus brazos.

20

Circenn se contempló en el espejo y se estudió una vez más. Se puso de perfil y se miró de reojo. Pasó pensativo la mano por su barba incipiente. La piel de Lisa era muy sensible: tal vez debería afeitarse con mayor frecuencia.

Pero pensó que ése no era el problema. A pesar de que en los últimos días ella se había abierto considerablemente, mantenía una distancia entre ellos. Estaba mejorando y ya era hora de completar el proceso. Necesitaba llevarla a una mayor intimidad, ayudarla a aceptar por completo su posición como futura esposa.

¿A quién trataba de engañar? Necesitaba acostarse con ella antes de convertirse en una bestia voraz. Ni por un instante se había olvidado de lo que había visto en el escudo. Y él lo deseaba, estaba ansioso por abrazar su futuro. Con ella había estado horriblemente lento, otorgándole tiempo para que sanara. Pero ahora ella estaba volviendo a cambiar, estaba volviéndose más fuerte.

Resopló, pensando que no sólo ella había sufrido cambios desde su llegada. Algunos meses atrás, él había sido un hombre de rígida disciplina, que despreciaba muchas cosas a su alrededor. Ahora él era un hombre profundamente apasionado, que recibía alborozado aquello en lo que podría llegar a convertirse, al lado de ella. Unos pocos meses antes había esquivado la intimidad física, reuniendo una docena de razones a propósito de por qué era lógico renunciar a ella. Ahora añoraba esa misma intimidad y estaba armado con una docena de razones para justificar por qué era lógico, e inclusive necesario, tenerla.

Después de ofrecerle la capilla, la acompañó a su dormitorio esperando poder limpiarla de su pasado con un buen beso de buenas noches, pero ella se mostró reticente. Su beso fue tormentoso y sintió plenamente el deseo en su cuerpo, pero Lisa detuvo el beso, deseándole las buenas noches antes de dejarlo en la puerta. Sospechó que, si bien se permitiría ser algo feliz, no estaba lista para creer que no debía continuar sufriendo por los pecados que no había cometido.

Por su bien, necesitaba no tenerle piedad. Necesitaba penetrar su escudo y facilitarle la entrada en su vida. Quería a esa mujer fascinante, con sus profundas emociones, su corazón apasionado, su mente curiosa y astuta. Quería su gracioso sentido del humor, que últimamente había estado ausente. Necesitaba que ella aceptara ese lazo físico más profundo con él, porque sabía que una vez que lo hiciera no le prohibiría entrar en ningún lugar de su corazón. Y quería explorar cada rincón privado y cada ranura de su alma.

Un seductor despiadado, eso tenía que ser.

Juntó su pelo en una coleta y consideró afeitarse, pero estaba muy impaciente por reunirse con ella. Se habían retirado de la cena hacía una media hora y ella ya podía estar acurrucada en su cama.

Y él se le uniría. Ya era hora.

Esa noche la iba a hacer suya.

Después de terminar una deliciosa comida en grata compañía y de haber recibido el encantador presente en la capilla, Lisa paladeó el vino y miró el fuego, sintiéndose notoriamente insatisfecha. Su cuerpo rumiaba la frustración y había tenido una discusión perfectamente viciosa con ella misma.

Desde que, después de la racha de dolor, había emergido de sus habitaciones, Circenn le había hecho saber repetidas veces que deseaba mantener relaciones sexuales con ella, pero algo la detenía y no tenía la más leve idea de qué era. Lo estudió desde todo ángulo posible, pero no llegaba siquiera a acercarse y entender qué la retenía cada vez que intentaba darle algo más que un beso. Tenía idea de preguntarle a él si sabía por qué ella se comportaba de ese modo, pero no lograba ser tan brutalmente honesta.

Una parte de ella deseaba que él intentara derrumbar esas paredes y así saber qué significaban. Pensó que había decidido ser feliz aquí, pero entonces ¿por qué esa reacción a la seducción de Circenn?

Un golpe en la puerta puso su corazón a latir.

—Adelante —dijo suavemente, deseando desesperadamente que no fuera Gillendria la que entrara trayendo otro vestido o túnica recién arreglado.

—Muchacha —murmuró Circenn, mientras cerraba la puerta tras de sí.

Lisa se enderezó y colocó su vaso de vino en la mesa. «No digas nada, sólo bésame —pensó—. Dame un buen y rápido beso, y no me des tiempo para pensar.»

—Hay algo que quisiera discutir contigo, muchacha —dijo cruzando el dormitorio y haciéndola levantar de la silla.

—¿Sí?

Se detuvo y la miró por un largo rato.

—¡Ah! A veces me armo un lío con las palabras —dijo finalmente—. Fui guerrero toda mi vida, no un bardo charlatán.

Tomando la cabeza de Lisa entre las dos manos, le dio un beso.

Enterró los dedos en el cabello de Lisa, deslizando su lengua entre sus labios, con un suave movimiento aterciopelado, besándola lenta y totalmente. Le dio un largo, delicioso y romántico beso que la dejó ansiándolo sin resuello. Mordisqueó su labio inferior, succionando y jalando, y luego volvió a introducirse, poseyendo su boca. Las manos de Circenn se deslizaron por debajo del cuerpo de Lisa, sobre su trasero y gimió. La necesitaba desesperadamente, pero también necesitaba que ella lo buscara. Retiró la lengua y se detuvo esperando que ella le pidiera que siguiera.

Pero ella no lo hizo.

Suspiró y retrocedió para mirarla mejor.

—Al menos pelea conmigo, muchacha, como cuando Bruce nos declaró oficialmente prometidos. ¿Piensas que me he olvidado de eso? Cuando te besé con la lengua, en ese momento, la rechazaste.

Lisa retiró la vista.

«Despiadado... —se recordó Circenn— o ella se escapará. No puedes dejarla atrapada en el dolor y la culpa.»

Lisa fue a sentarse en la cama y Circenn exhaló un suspiro de alivio. El hecho de que se sintiera cómoda siendo objeto de su seducción le decía que no estaba enteramente contra él.

—¿Qué estás esperando, Lisa? —dijo, sentándose cerca de ella.

Se sintió alentado por el hecho de que ella no se alejara. Se sentaron juntos, hombro contra hombro.

—¿Recuerdas lo que me dijiste la noche que llegaste aquí, cuando temiste que yo te matara?

Lo miró con cautela, indicándole que lo estaba escuchando.

—«¡Todavía no he comenzado a vivir!» Ésas fueron las palabras que me dijiste y había muchas cosas que entender en esa afirmación. Entendí que estabas frustrada y arrepentida, que tenías curiosidad y ansias de experiencias, y un terrible miedo de nunca llegar a disfrutarlas. «No puedo morir. ¡Todavía no he comenzado a vivir!», me dijiste. Creía que lo decías en serio. Eso te daba la oportunidad de vivir audazmente.

Lisa se estremeció. Podía sentir el eco que afloraba dentro de ella. Era verdad, pensó desafiantemente, no había vivido aún. Sintió una repentina furia. Había pasado años negándose el lujo de los sentimientos y, con unas pocas palabras, Circenn los había dejado desnudos ante ella. La enojó que él la «psicoanalizara». La ponía furiosa que se atreviera a intimar tanto con sus sentimientos. Sus ojos se entrecerraron.

Los labios de Circenn se curvaron en una leve y comprensiva sonrisa y dijo:

—Vamos, enfurécete conmigo, muchacha, por darle voz a las cosas que tratas de no sentir. Enfádate conmigo por decir en voz alta lo que escasamente te permites decirte, que parte de ti se resiente por el hecho de que tu madre esté enferma, porque no te puedes dar permiso para vivir mientras ella se muere. Enójate conmigo por decir que eso te destruye y que sientes que debes sufrir, porque ¿cómo podrías sentirte de otra forma cuando tu madre está muriendo? Enfádate conmigo por ordenarte que vivas ahora. Vive conmigo. Completamente.

Las manos de Lisa se aferraban a la manta. No podía negar nada de lo que él le decía. Ciertamente, sentía que debía sufrir porque su madre estaba sufriendo. Sentía que cada pequeña sonrisa que se permitía era, de alguna forma, una traición a Catherine. ¿Cómo se atrevería Lisa a sonreír cuando su madre se estaba muriendo? ¿Qué clase de monstruo se sentiría feliz, siquiera por un instante? Ella sonreía ocasionalmente, incluso se reía, y después se odiaba por hacerlo. Tenía razón, eso era lo que la había estado reteniendo: la insidiosa creencia de que no tenía derecho a ser feliz.

—¿Continuarás castigándote por pecados que no has cometido? ¿Cuánto más tendrás que sufrir antes de que sientas que pagaste todos tus pecados? ¿Tu vida entera será suficiente? —En ese momento Lisa bajó los párpados, ocultando sus ojos. Circenn concluyó—. ¿Es un error tan grande zambullirse de lleno en el amor que te ofrezco? Toma algo de vida, aspírala dentro de tu cuerpo, saboréala con venganza.

—¡Maldito seas! —le susurró.

—¿Por decir lo que piensas? Muchacha, soy el único al que le puedes hablar. Te aseguro que entenderé. No me importa cuán innoble creas que son tus pensamientos o sentimientos. Los sentimientos, las emociones no son ni correctos ni incorrectos. No se les puede asignar un valor. Son y nada más. Al etiquetar un sentimiento como incorrecto te fuerzas a ignorarlo. Y lo que más precisas en este momento es sentirlo: déjalo que te queme por dentro y luego sigue con tu vida. No eres responsable de nada que le haya pasado a tus padres. Pero castigarte por tener sentimientos, ¡ah, muchacha!, eso está mal. Tienes resentimientos y no hay que avergonzarse por ello. Eres joven y plena de vida. No hay vergüenza en ello. —Lisa lo miró como si deseara creerle desesperadamente—. No fue tu culpa ni el choque, ni la enfermedad de tu madre, ni que vinieras aquí. Deja eso ya, Lisa. Ponte de pie. Toma lo que quieras de mí. Vive.

—Maldito seas —repitió ella, sacudiendo la cabeza. Los sentimientos a los que se había negado desde hacía tiempo ahora la inundaban.

Se quedó sentada con las palabras de Circenn rebotándole aún en la cabeza. Entonces otra voz que la sorprendió, por su parecido con la de Catherine, resonó en su cabeza: «Basta de castigo. Tiene razón, lo sabes. ¿Piensas que no he visto lo que has hecho? Vive, Lisa.»

Le temblaban las manos. ¿Podría hacerlo? ¿Sabría cómo? Después de años de negarse a creer que nada bueno podía pasarle, ¿podía reclamar los sueños que había tenido, los que la presentaban como una mujer sin temor al amor?

Su mirada se posó en él, el highlander magnífico, medio salvaje y, sin embargo, más civilizado que muchos hombres modernos. Tierno pero cuidadoso como para penetrar su coraza, en un valiente esfuerzo por sacarla de allí. Nunca encontraría un hombre mejor.

«Vive», se dijo.

Sin decir una palabra, se levantó, teniendo la sensación de que se estaba dividiendo en dos personas diferentes. Como si en el acto de incorporarse se hubiera separado de su cuerpo del siglo XXI, dejando a la antigua Lisa acurrucada en la cama, los brazos alrededor de una almohada, negándose vehementemente a sus propias necesidades. La nueva Lisa se puso de pie, alta y compuesta, esperando, o más bien invitando, la próxima orden de Circenn. Y lista para dar sus propias órdenes.

—Quítate el vestido, Lisa. —La respiración se quedó truncada en los pulmones de Lisa—. He dicho que te quitaras el vestido.

—¿Y qué hay de ti?

—Esto no tiene nada que ver conmigo. Esto tiene que ver contigo. Déjame amarte, muchacha. Te prometo que no lo lamentarás.

Lisa respiró suavemente. Circenn la vio tal como estaba, plena de emociones complejas y menos que nobles, y sin embargo la deseaba. Al quitarse el vestido, Lisa estaba bajando las barreras y extendiendo los brazos para darle la bienvenida. Dando la bienvenida a lo que podían hacer juntos.

Los dedos de Lisa estaban rígidos y torpes mientras se movían sobre su ropa, pero fueron poniéndose más ágiles a medida que se sentía más honesta consigo misma.

—Te quiero. Estoy aquí por ti. Te adoro.

«Te adoro»... Esas palabras se quedaron con ella. Y reconoció que quería que fuera exactamente así. Desnudarse para este hombre, ofrecerle su cuerpo, encontrar la aprobación y el deseo que, sabía, sentía por ella. Alcanzar y saborear lo que se le ofrecía, entregarle su cuerpo para ser enseñado, iniciado, saboreado.

Vivir.

Su vestido se deslizó hacia el suelo.

—¡Detente!

Continuó sentado sin moverse, mirándola mientras ella estaba de pie, pálida a la luz de las velas, con su sujetador y sus bragas color lavanda. Hizo un sonido bajo que salió de lo profundo de su garganta. Lisa no había oído nunca a un hombre emitir ese sonido, pero se dio cuenta de que quería oírlo de nuevo, muchas veces, cuando él la mirara como lo estaba haciendo en ese momento.

—Continúa —dijo finalmente— muy lentamente, muchacha. Mátame. Sabes que te deseo. Usa eso. Es uno de tus muchos poderes.

Lisa parpadeó, asustada al darse cuenta de que, como mujer, tenía ese poder. La falda de Circenn comenzó a levantarse, su pecho a bajar y subir rápidamente, y sus ojos se oscurecieron de deseo. La estaba invitando a usar su firmeza femenina y ella quería hacerlo. En sus fantasías había soñado con esto: estar con un hombre que se sintiera tan claramente atraído por ella que pudiera burlarse de él, ser rebelde en su feminidad, provocarlo e invitarlo a intentarlo todo, sin medir las consecuencias.

Lentamente comenzó a quitarse la ropa interior, deslizando los tirantes del sujetador fuera de sus hombros, tirando juguetona, provocadora, con el lazo que estaba entre sus senos. Cuando los ojos de Circenn brillaron, se quitó una de sus zapatillas y se la arrojó. Ese movimiento hizo que sus pechos se bambolearan con suavidad. Cuando la zapatilla lo golpeó en el pecho, Circenn tragó saliva y se puso de pie.

—No. Me gusta así. Me animaste a hacerlo. Déjame descubrir quién soy.

Circenn volvió a sentarse, pero parecía presto a lanzarse sobre ella en cualquier momento. Un trozo de encaje alcanzó el suelo, después otro y Lisa quedó detenida ante él, conteniendo la respiración. Se vio reflejada en el espejo pulido que había detrás de él y se movió un poco hacia al derecha. «Perfecto», pensó. Ahora podía verlo completamente vestido, con sus amplios hombros y espalda musculosa, podía ver la cama y verse de pie, desnuda ante él. Era en extremo excitante, erótico y el deseo de Lisa se vio aumentado por el hecho de que él estuviera completamente vestido.

—Vuélvete.

—¿Qué? —dijo Lisa, con un grito ahogado, perdiendo la compostura.

La risa de Circenn fue como un ronroneo bajo.

—Eres la perfección, muchacha. Pero date la vuelta y muéstrame todo tu adorable cuerpo. He estado soñando contigo durante semanas.

Lisa tragó saliva, sin estar segura de poder hacerlo. No podría verlo. ¿Y si él pensaba que su trasero era demasiado gordo? «Los hombres nunca piensan que un trasero es gordo —le había dicho Ruby una vez—. ¡Están tan felices de verlo!»

—Ven, muchacha. Muéstrame si tu espalda puede arquearse como pienso que puede hacerlo. Imagino una fría curva de marfil con la melena cayendo encima. Muéstrame ese hermoso culo. Hazme ver esas encantadoras piernas largas. Descúbreme lo que voy a besar y disfrutar, no ocultes nada.

Sus palabras eran más que adecuadamente persuasivas. ¿Qué mujer podía renunciar a esa promesa? Lisa tomó aliento y se giró. Después de unos momentos de silencio, miró nerviosamente por sobre el hombro, buscando su eco en el espejo. Circenn se había puesto de rodillas ante la cama y estaba acuclillado detrás de ella, mirando hacia arriba y hacia abajo.

Sus ojos negros encontraron la mirada de Lisa. La expresión de la cara de Circenn era salvaje, posesiva. Le hizo sentir que era la mujer más hermosa que nunca se hubiese paseado por el mundo del siglo XIV. Se paró repentinamente y la atrajo hacia sí, de manera brusca. La tela rústica de su falda se sentía excitante contra la piel sensible y ella se fundió contra ese cuerpo. Con un tirón puso el trasero desnudo de Lisa contra sus caderas y ella disfrutó con la sensación de la tela y la longitud de su masculinidad, que yacía justo debajo. Empujó, sintiendo su risco presionando en la grieta del trasero. Se sacudió contra ella y Lisa gritó expectante.

Las manos de Circenn se deslizaron por su cintura, por sus costillas y sostuvo sus senos, al principio de manera reverente y luego con brusca excitación. Los pezones estaban ya duros y ansiosos debido al aire frío de la habitación, y cuando los dedos del hombre los rozaron casi gritó. Sus caderas se echaron hacia atrás y un destello de placer la atravesó desde los botones hasta donde ella lo iba a llevar, dentro de su cuerpo. Apretó los pezones y Lisa sintió que su mundo giraba, estrechándose hasta abarcar nada más que a ellos dos y el deseo de hacer con él todo lo que fuera posible entre un hombre y una mujer.

—Eso es. Empuja contra mí. Muéstrame cómo me deseas —dijo, balanceándose, imitando el vaivén que se hace al hacer el amor.

Ella sintió que había humedad entre sus piernas. Sus movimientos comenzaron a ser crispados ya que, sin palabras, pedía el cuerpo de Circenn.

Él puso un brazo alrededor de su cintura y le mordió el cuello, sosteniéndolo entre sus dientes. Se sentían tan... dominantes. Su otra mano le buscó los labios y deslizó un dedo entre ellos. Ella lo golpeteó con la lengua, cerrando los labios y succionándolo.

Suavemente, él la llevó hacia el arcón, al pie de la cama.

—Siéntate.

Se sentó sin aliento, tan excitada que incluso el arcón se sentía adecuado a su deseoso trasero. Duro, y eso era lo que ella quería, algo duro y sólido y... a él.

Estaba de pie ante ella, con las piernas abiertas, los ojos oscuros fijos en su cuerpo. Le rozó los pezones con las palmas. Sus callos eran deliciosamente abrasivos contra esos sensibles picos. Ella los vio endurecerse, fascinada con las respuestas del cuerpo. Con su rodilla, Circenn le apartó las piernas y pareció transfigurado por el pequeño lunar que había en la parte interna de su muslo izquierdo. Se humedeció los labios y ella supo que la besaría allí muchas veces.

Sosteniéndole la mirada, se desvistió para ella, con placer atroz, sin quitarle los ojos de encima. Ningún nudista de la actualidad podría competir con esa interpretación. Le pareció divertido el hecho de que, aunque ella estuviera desnuda y él la pudiera tomar rápidamente, en realidad estaba haciendo lo que le había prometido. Estaba haciendo todo para ella. Progresaba lentamente, alimentando sus fantasías. Estaba tratando de cortejarla, más allá del hecho de que ya la hubiera conquistado.

Cuando se irguió desnudo frente a ella, Lisa cerró los ojos sobrecogida ante su presencia. Tomó aliento y los abrió, sólo para descubrirlo meneándose ante ella. «Es hermoso», pensó. No se había dado cuenta de que un hombre podía ser tan hermoso. Los duros bultos de su abdomen se unían a finos músculos que se tensaban en sus muslos, creando una «V» de apretadas protuberancias que dirigían la atención hacia la cruda masculinidad que le colgaba pesadamente entre las piernas. El solo hecho de ver su miembro le hacía sentir un vacío en el estómago. Era grueso y largo y se elevaba con orgullo. Era de color rosa oliváceo, suave, de apariencia aterciopelada, con capucha y una marcada vena que le corría todo a lo largo. Debía sentirse cálido; no, más bien caliente y sedoso, en la mano.

Inclinándose para observarlo mejor, se sorprendió cuando él se contoneó de nuevo y le rozó la mejilla. Riéndose, lo miró a los ojos y se quedó sin aliento. La estaba mirando transfigurado con una expresión tan posesiva que Lisa ahogó un grito. Nunca volvería a ser la misma después de esa noche. «Sé audaz —se dijo a sí misma—. Sé valiente y todo lo que alguna vez fantaseaste ser. Toma la vida, Lisa.»

Cogió el miembro entre sus manos y, como sospechaba, se dio cuenta de que no podía cerrar la mano en torno de él. Un escalofrío la recorrió imaginando su cuerpo recibiendo tanto. Ante la presión que ella ejerció, él corcoveó. Lisa se sonrió. Podía hacerle eso, hacerlo sacudir ansiosamente en respuesta a su caricia. Lo apretó deslizando su mano hacia arriba y hacia abajo.

Esa parte de su cuerpo era contradictoria: tan dura y, sin embargo, con una piel suave y sensible, tan fuerte y tan débil ante una mujer, tan fácilmente empuñado por un hombre como arma y tan fácilmente usado como arma contra él. Lisa se humedeció los labios, preguntándose qué gusto tendría. ¿Salado? ¿Dulce? ¿Dónde estaba la nata batida? Dejó caer la cabeza y rozó con sus labios sobre el extremo. Sólo una vez, una firme succión con sus labios, el rápido rozar de la lengua, lo suficiente como para saborearlo y satisfacer su curiosidad.

«Un poco salado y con olor picante», pensó, analizando el sabor en su lengua, con la mano momentáneamente quieta. El olor picante que la había obnubilado era prevalente aquí, cerca del centro de su masculinidad. La alarmó, relajándola y a la vez estimulándola. Lo miró a los ojos preguntándose por qué se había quedado quieto y se quedó asombrada por la mirada salvaje que había en su semblante.

La tomó entre sus brazos, la puso de espaldas en la cama y se puso encima de ella.

—Muchacha, voy a amarte hasta que no puedas salir de mi cama —le susurró antes de besarla. Ella respondió ansiosa, modelando su boca con la de él—. Primero lentamente —dijo echándose un poco hacia atrás. Con atroz gentileza, rozó sus labios contra los de ella, una, dos, una docena de veces. Ella abrió los labios ante esa suave fricción, dándole a entender que deseaba más. El rió suavemente e hizo correr la punta de su lengua en círculos juguetones sobre los labios de Lisa. Jugueteó hasta que ella comenzó a moverse frenéticamente tratando de atrapar esa lengua—. Pon las manos sobre la cabeza, muchacha, y, si tienes problemas en mantenerlas allí, estaré feliz de usar una tela para atarlas —murmuró.

—¿Qué? ¿Quieres atarme? —exclamó sorprendida. Vio que los labios de Circenn sonreían. Su reacción lo había hecho reír.

—No estoy contra esa idea —su risa era ronca y oscuramente erótica—, pero por ahora deseo alejar tus manos de mi cuerpo. No tienes que dar nada, no hagas nada. Te aseguro que disfrutaré al darte.

«Tiéndete y déjame complacerte», le estaba diciendo. «¿Me he muerto y he llegado al cielo? —se preguntó Lisa—. Prefiere hacer esto.» Sus amantes de fantasía habían sido siempre dominantes y exigían ilusiones que los agotaban en la cama, dándole placer a la mujer. Obedientemente levantó las manos por encima de la cabeza. El movimiento le levantó los senos y él atrapó uno rudamente con la boca.

Entonces ella comenzó a arder, con sus pezones abrasados. El succionó y lamió y tiró hasta que los pechos se sintieron hinchados y calientes. Entonces los levantó e hizo correr su lengua por la suave grieta, y luego besó cada pezón. Mordisqueó su vientre y besó sus caderas, la parte más sensible de ella, donde la pierna se encuentra con el cuerpo, a unas pulgadas apenas del suave vello que está entre las piernas. La piel es allí más fina, más delicada. Le dio besos cálidos al pequeño lunar de su muslo y pasó su lengua por encima. Ella se arqueó contra él, instintivamente, guiándolo hacia su centro.

La lengua giró para saborearla y las manos de Lisa sujetaron la cabeza de Circenn entre sus piernas, mientras se arqueaba. Él la saboreó con golpes largos y suaves contra el sensible meollo, alternando rapidez y luego languidez y a continuación rapidez.

—¡Oh, Dios! —dijo ella embarcándose en el placer. Voló, hizo espirales y se estremeció, y cuando cayó, él estaba allí para atraparla, con los ojos llenos de promesas.

Deslizó un dedo dentro de ella y se contrajo alrededor de él. Se dio cuenta de que era una sensación totalmente diferente, que no había experimentado nunca. Había oído que los orgasmos podían ser muy diferentes cuando un hombre estaba dentro de una mujer, como opuesto al orgasmo como sensación externa. Podía sentir la insinuación, la promesa de plenitud que le ofrecía.

—Demasiado apretado, muchacha. Necesitas relajarte más y sólo conozco una forma de lograrlo.

Sus labios se quemaron contra la piel de ella, mientras le besaba el lunar y lo lamía; luego le dio besos aterciopelados hasta los tobillos, los dedos de los pies y volvió luego hacia arriba con deliciosa lentitud. Y cuando retomó, bajó la cabeza y se aseguró de que estaba totalmente relajada enviándola de nuevo cerca del abismo.

Dos dedos.

¡La plenitud!

Tres.

—Relájate, no quiero dañarte, estoy...

—Ya sé —jadeó—. Eres tú. Te he visto —dijo sobrecogida y algo temerosa.

Las manos de Circenn eran mágicas; el cuerpo de ella se abría con facilidad, sólo para contraerse rápidamente cuando él sacaba los dedos. «El dolor..., oh, es un dolor insoportable.»

—Por favor —gimió.

Circenn se incorporó sobre Lisa y se ubicó entre sus piernas. Pero no entró; no, cogió los labios de ella con los suyos y la besó: con suavidad y excitándola, la besó más profundamente, la besó tan fuerte que sus dientes golpearon contra los de ella..., algo que Lisa siempre había pensado que podía parecer torpe, pero no lo era, y eso la enloqueció. Arqueó la parte inferior de su cuerpo, apretándose contra la parte masculina y caliente de él, y Circenn devolvió la presión contra ella, más fuerte.

—Adentro —gritó Lisa.

Él se sonrió contra los labios de ella.

—Muchacha impaciente.

—Sí, soy impaciente. ¡Entra!

—Sí, sí, señora —le susurró él.

Fue penetrándola lentamente. El primer centímetro le produjo una sensación extraña, y dudó que pudiera recibirla entera. El segundo centímetro anunciaba dolor. El tercero y cuarto fueron dolorosos, pero para cuando tuvo dentro el séptimo y el octavo, creyó encontrarse en el cielo. Lisa cerró los ojos y concentró toda su atención en aquel miembro duro que tenía dentro. Jamás había sentido semejante presión, nunca en su vida había experimentado una sensación tan intensa. Podría haberse quedado así para siempre.

Y entonces él empezó a moverse con lentitud dentro de ella.

—Apriétame —le susurró Circenn.

—¿Qué?

—Con tus músculos.

Ella se lo quedó mirando sin comprender y él, repentinamente, le hizo cosquillas, haciéndola reír. Los músculos de su interior se contrajeron y entonces entendió lo que él pedía.

—¿Quieres decir que te apriete así?

Él se quedó completamente quieto.

—Aprieta.

Era una sensación más increíble. Podía usar sus músculos femeninos para contraerse sobre él y luego liberarlo, y cada vez que se contraía a su alrededor, eso la acercaba peligrosamente al abismo. Él yacía inmóvil sobre ella, dejando que lo sintiera, que se acostumbrara a él, que desarrollara un apetito insaciable por el placer que él le había enterrado en su cuerpo.

—¿Te gusta? —preguntó Circenn.

—Oh, sí... —murmuró Lisa.

Él se retiró lentamente, saboreando cada dulce contracción de los músculos de ella, y luego arremetió con fuerza hasta tocar su útero.

La noche era joven y, en su transcurso, Circenn fue cumpliendo con algunos puntos de la interminable lista de cosas que deseaba hacerle a Lisa. La curiosidad insaciable de ésta se extendía ahora al dormitorio, tal como él había deseado que sucediera. Ella fue la cómplice más voluntariosa durante la prolongada noche de los cuerpos húmedos de pasión y de los generosos corazones.

Cuando Circenn se levantó, afirmándose con las manos abiertas sobre la cama y con ella debajo de sí, echó hacia atrás la cabeza y perdió una parte de él muy profundamente dentro de ella, experimentando un placer casi mayor que el que ella había sentido. Los músculos de su abdomen estaban tirantes hasta el desgarro, su corazón bombeaba de manera alarmante y la cabeza parecía que iba a partírsele. Nunca en su vida se había permitido derramar su semilla dentro de mujer alguna, por su repulsa a tener hijos. En primer lugar, porque no estaba preparado; luego, por lo que Adam le había hecho.

Pero dejó sus miedos de lado, y esta vez se dejó ir. Y en el preciso momento en que se derramó en ella, sintió que se estrechaba un vínculo entre ambos, como si se hubiese abierto un canal entre sus almas, permitiendo que algo de ella se filtrase en él y algo de él, en ella. Le quemaba en el cuerpo, abriéndose paso hasta la parte de su mente donde estaba contenida la magia. Era como un intenso calor cegador que rugía en su interior y que explotaba en un relámpago de conciencia agudizada.

Era la sensación más increíble que Circenn había experimentado.

De golpe pudo sentir el placer de ella, incluso sentir que le estaba agradecida por ayudarla a olvidar su dolor y hacer de esa primera vez una experiencia tan increíble.

«Humm —pensó él, degustando ese nuevo vínculo—. Ha superado las expectativas que tenía sobre hacer el amor.» Su mirada fue hacia la de Lisa y vio que para ella había sido igual. Pero ella no lo sabía, porque ésa había sido su primera y única vez de intimidad física, y no podía saber que la conciencia del otro no era el resultado normal al que se llegaba cuando se hacía el amor. Sus ojos eran enormes y estaban llenos de asombro.

Él no entendía lo que había sucedido en la creación de su extraño vínculo, y se preguntaba qué efectos duraderos podría tener sobre Lisa. Se preguntaba si quizá no había cambiado la poción de la inmortalidad, de manera tal que, al sembrar su semilla en el cuerpo de una mujer, eso los uniera. Había muchas, muchísimas cosas que él no comprendía de sí mismo.

Y luego, ya no se preguntó nada más, sino que la retuvo entre sus brazos y, por primera vez en siglos, sintió paz.

Más tarde, Lisa yacía con la mejilla apoyada contra el pecho de Circenn, que rodeaba su talle con su robusto brazo, asombrándose del Dios que tanto le había quitado y que, sin embargo, le había dado a ese hombre increíble. No sabía que el haber hecho el amor podía hacerla más consciente de los sentimientos de Circenn. Era como si alguien hubiera encendido una llave dentro de ella: un calor blanco la colmó y repentinamente fue capaz de sentir las emociones de Circenn. Incluso ahora, él seguía preocupado por ella, preguntándose si la había satisfecho. Era una conciencia extraña, una presión que le indicaba que él estaba allí, rodeándola. Nunca se había sentido tan ligada a un ser humano, ni siquiera con su madre, que la había llevado dentro de su cuerpo.

Se juró zambullirse de cabeza en el placer que podía encontrar en Circenn, porque nunca se sabe cuánto pueden durar las cosas. Circenn, al construir una extensión del castillo, podía ser aplastado por una piedra. O podía ser lastimado en muchas formas. Lo podían herir en una batalla. ¡Oh! Se dio cuenta de que era junio y faltaban apenas unas semanas para que tuviera lugar la intensa batalla de Bannockburn.

No podía ir. No lo dejaría ir a la guerra. De la forma en que transcurría su suerte, tendría apenas unas benditas semanas con él y luego lo matarían en la batalla y allí estaría ella, sola en el siglo XIV. Sus dedos le aferraron la mano.

—No me voy a morir, muchacha —le dijo él en un murmullo.

—¿Además de echar conjuros, también puedes leer la mente?

—No. Pero estabas sintiendo eso, evidentemente. Sé que temes esa posibilidad. Tienes miedo de ser abandonada. Cuando me has apretado la mano me he dado cuenta de adónde se habían dirigido tus miedos. Piensas que puedo morir joven, como tu padre —dijo, actuando como si su nuevo vínculo no fuera nada fuera de lo normal. Para Lisa era más fácil de aceptar, porque, al no haberlo experimentado antes, no se daba cuenta de que ése no era el resultado acostumbrado después de follar y haber disfrutado tanto.

—Pero puedes morir —dijo ella—. Hay una guerra...

—Shh —dijo atrayéndola hacia sí y poniéndose de lado como para que pudieran verse las caras, con las cabezas compartiendo una almohada y sus narices tocándose—. Te juro que no voy a morir ¿Confías en mí, muchacha?

—Sí, pero no entiendo. ¿Cómo alguien puede jurar que no se va a morir? Incluso tú no puedes controlar eso.

—Confía en mí. No temas, Lisa. Sería un temor desperdiciado. Déjame decirte que una de mis habilidades incluye saber cuándo voy a morir, y eso no sucederá por un largo tiempo.

Se quedó callada y sintió un escalofrío que la recorría.

Él sabía que ella estaba oyendo algo más que sus palabras, que estaba sintiendo las intenciones que había detrás de ellas. Tenían una nueva conciencia mutua que trascendía los comentarios, como si sus almas se hubieran enlazado. Y a través de ese vínculo, Lisa se consoló, sintiendo la verdad de sus aseveraciones, aunque no entendiera el cómo ni el porqué. Él la sostenía, revelando su extraña conexión.

Circenn sintió el momento en el cual ella renunció a sus miedos y se relajó, y no fue meramente porque humedeció sus labios y lo miró provocativamente.

Y lo que sintió después no necesitó palabras.

21

Adam navegó a través de las semillas del tiempo y apuntó a la isla de Morar. Se relajaría allí por un día o dos, ponderaría el desarrollo de las cosas, estudiaría sus potencialidades y determinaría cuándo requerirían un suave empujón de su parte. Las cosas progresaban bien y no tenía intención de perder lo que ya había ganado. Había experimentado un poco de preocupación durante el tiempo en que ella había permanecido en sus aposentos lamentándose, pero la muchacha había sido tan fuerte como él había sospechado, y había emergido lista para el amor.

Y cuán encantadora había sido durante su baño, reflexionó con una sonrisa.

Cuando sus pies tocaron la playa, se despojó de la ropa y se paseó lánguidamente, enterrando los dedos en la arena húmeda, sedosa y cálida. Una vez había caminado por una playa de California, desnudo, en la gloria total de su verdadera forma. Miles de californianos fueron golpeados inmediatamente por una alta fiebre que les provocó una exhibición pública de erotismo.

Le encantaba ser Adam.

El sol bañaba su pecho musculoso y la brisa tropical jugueteaba con su melena negra. Era un dios pagano, saboreando su mundo. No había un lugar mejor donde estar.

La mayor parte del tiempo.

Una embarcación pasó por la bahía. Adam saludó, con una sonrisa burlona. Los lastimosos ocupantes del barco no podían ver la isla de la misma forma en que no podían volar hasta las estrellas. La isla exótica simplemente no existía, al menos en el sentido usual de la palabra. Pero las islas de las hadas y los duendes eran así: estaban en el mundo mortal, a la vez que no eran parte del mundo de los mortales. Ocasionalmente, nacía un humano perecedero que podía vislumbrar ambos mundos, pero esas criaturas eran raras y usualmente los Tuatha Dé Danaan las robaban a poco de nacer para minimizar el riesgo. Incluso desde que Manannán le había dado de beber a su gente la inmortalidad y había sido negociado el Compacto, los Tuatha Dé Danaan habían sido excesivamente cautelosos al pasearse por el mundo del hombre.

Sin embargo, pensó Adam, había veces que, incluso un semidiós como él, no podía resistir su atracción por el mundo del hombre. Había algo allí que lo fascinaba, haciéndole pensar que tal vez él, alguna vez, había sido parecido a ellos, más de lo que podía recordar, dado que sus memorias habían sido oscurecidas por el paso del tiempo.

—¿Qué diversión te estás permitiendo? —le preguntó Aoibheal, la reina de las hadas, que estaba detrás de él.

Se le unió, con sus largas y hermosas piernas, manteniendo su ritmo regular, y lo guió hacia un sofá carmesí que apareció convenientemente delante de los dos. Se hundió en él y golpeó los almohadones como para indicarle que se sentara junto a ella. Refulgió, bañada en polvo de oro, como era su costumbre. Si le hubiera pasado el dedo por encima, habría salido brillante debido al fino polvillo dorado. Había sospechado durante mucho tiempo que ese polvillo contenía algún afrodisíaco que penetraba en la piel de aquellos que la tocaban, volviéndolos totalmente incapaces de rechazarla.

Cuando ella le hizo señas para que se le acercara, trató de ocultar su sorpresa. Había pasado una eternidad desde que su reina lo había invitado a compartir su refugio acolchado. ¿Qué buscaba? Mientras se hundía a su lado, ella acomodó el cuerpo contra él. Adam exhaló aire, el equivalente humano de un estremecimiento. Ella era la reina de los Tuatha Dé Danaan por una razón: su poder era enorme, su atracción inmensa. Era erótica y muchos la encontraban atemorizante. Un simple mortal podía perder la vida en sus brazos, agotado por sus apetitos. Incluso entre la gente de Adam, había machos que habían salido de su tocador totalmente cambiados.

—Nada para preocuparse, mi reina. Estuve pasando algún tiempo de ocio con Circenn.

Incapaz de resistirse, le besó el pezón dorado, pasándole la lengua.

Aoibheal lo miró, con sus ojos inusuales que brillaban y la cabeza sostenida por un delicado puño. Puso su otra mano en el cabello de Adam y le hizo levantar la cabeza de sus pechos. Sus ojos, extrañamente almendrados, parecían viejos en su cara sin tiempo.

—¿Piensas que no me he enterado de la mujer? —dijo—. Lo has hecho de nuevo. ¿Cuán lejos piensas que puedes empujar nuestros límites?

—No la he traído a través del tiempo. Eso yo no lo hice. Circenn le echó un conjuro a una cosa y, como resultado, la mujer viajó hasta su siglo.

—Ya veo —dijo ella estirando su largo y delgado cuerpo lánguidamente, fregando la curva de sus senos contra él—. Por favor, recuérdame algo que, creo, he olvidado: ¿quién enseñó a Circenn Brodie a lanzar conjuros?

Adam reconoció su culpa callándose.

—Asegúrame, tonto mío, que tú no tienes nada que ver con el cuándo y el dónde se encontró ese objeto encantado. ¿Tal vez diste algunos empujoncitos en esa dirección?

—No acomodé el objeto más que en la batalla en la que se perdió.

Ella se rió suavemente.

—Otro adamismo: no confiesas nada, mientras arrogantemente no ocultas nada. He visto a la mujer. Fui al castillo Brodie y la inspeccioné. La encontré bastante... interesante.

—Déjala tranquila —estalló Adam.

—Entonces, tienes un interés en todo esto, aunque convenientemente culpas a ese señor escocés —dijo, sacudiendo la cabeza y mirándolo con frialdad—. No debes interferir de nuevo. Sé que la has estado visitando disfrazado. Eirren no debe cortejarla más. No —añadió levantando una mano antes de que Adam protestara—. Amadan Dubh, de este modo te ordeno: no debes alejarte de mí ni de la isla de Morar a menos que yo te lo autorice.

Adam resopló.

—¿Cómo te atreves?

—No me atrevo a nada. Soy tu reina, aunque a veces pareces olvidarlo. Pagas inteligente tributo a mi supremacía con tus labios, pero me desafías una y otra vez. Has ido demasiado lejos. Has roto uno de los pactos más serios con Circenn Brodie y ahora te atreves a componerlo. No lo voy a tolerar.

—Estás celosa —dijo Adam con crueldad—. Te resientes de mi relación con...

—¡Es antinatural! —gruñó Aoibheal—. No debes tener esa relación. No es nuestra forma de hacer las cosas.

—Fue hecho hace mucho tiempo y no puede deshacerse. No pienses que puedes constreñirme. Yo encontraré alguna solución.

Aoibheal arqueó una ceja dorada.

—No lo creo, Amadan, porque estarás a mi lado hasta que yo te libere. Mi orden fue clara. Sopésala. No hay puntos débiles que puedas explotar.

Adam ordenaba mentalmente esas palabras. Su orden había sido simple, directa y sin fallas. Sus ojos se agrandaron al comprender cuán completamente lo había atrapado con tan pocas palabras. La mayoría de los que habían intentado darle órdenes componían largas frases escritas, como el aburrido Sidheach Douglas en Dalkeith-Upon-the-Sea, que había escrito un libro sobre eso. Pero a veces, menos era verdaderamente más, y ella había elegido bien sus palabras. No podía apartarse ni de ella ni de la isla a menos que ella lo dispusiera.

—Pero ellos van a mancillar mi creación.

—No me importa. A partir de este momento, nada puedes hacer con sus vidas. Amadan Dubh: te quito el don de pasar el tiempo por la criba.

—¡Alto!

—Obedéceme y cesa con tus penosas protestas.

—¡Perra!

—Por eso, te quito la capacidad de entrelazar mundos.

Adam guardó silencio, con el rostro lívido. Si así lo deseaba, la reina podría arrebatarle todo.

—¿Ya has terminado? —le preguntó ella con suavidad. Adam asintió, no atreviéndose a hablar. Entonces ella continuó—: Bien. Cuando haya pasado, te liberaré. Será cuando hayan acabado de decidir. Ahora ven, adorable estúpido. Muéstrame que todavía sabes cómo complacer a la reina y pon lo mejor de ti, porque me has ofendido de la manera más atroz y será necesario que hagas... hummm.

Robert Bruce estaba que echaba chispas. El cansado mensajero que tenía delante de él, sucio por el viaje, se movía miserablemente de un lado a otro, esperando el golpe fatal. Miraba la espada de Bruce, sabiendo que en el instante en que el rey la desenvainara probablemente perdería su valor y dignidad e imploraría o, peor aún, correría como un conejo.

—¿En qué estaba pensando mi hermano?

—No sé —replicó el desanimado mensajero—. Estaban perdidamente borrachos de *usquebaugh*.

—¿Qué? ¿Estuvo bebiendo nuevamente con los ingleses? —preguntó Robert, curvando los labios con desprecio.

El mensajero asintió, temeroso de hablar.

—¿Cómo se atreve a determinar el momento y el lugar de mis batallas? —tronó Robert. No podía creer lo que el mensajero le había comunicado. Su hermano Edward, quien estaba a cargo del sitio contra el castillo Stirling, en poder de los ingleses, le había hecho una «apuesta» al inglés que allí se había instalado. ¡Una apuesta! Un desafío inducido por el alcohol y el premio era un botín mucho más valioso que el mismo castillo.

El premio consistía en admitir la derrota, una completa retirada de la batalla por la corona. Robert casi podía sentir que su reino se le escurría por entre las manos. Sus hombres todavía no estaban listos para esa batalla. Necesitaba más tiempo.

—Quizá subestimas a tus hombres —dijo Niall McIllioch—. Sé que a menudo parece que el momento presente no es el adecuado, pero tal vez lo sea.

Robert le lanzó una mirada furiosa.

—¿Cuáles fueron las palabras exactas que se dijeron? —le preguntó al lívido mensajero.

El mensajero hizo una mueca de espanto y echó una mirada alrededor del oscuro interior de la carpa de Bruce, buscando ayuda. Nadie acudió en su auxilio. Dos berserkers de ojos celestes observaron cómo se movía entre las sombras... ¡Y eso ya era bastante para hacer que un hombre se orinara de miedo! Sollozó, resignado a enfurecer aún más al rey.

—Sir Philip de Mowbray, el actual comandante de las fuerzas inglesas en Stirling, le apostó esto a vuestro hermano: si un ejército inglés de relevo no se acerca a una legua del castillo Stirling para el solsticio de verano, él os rendirá el castillo a vos y a vuestro hermano, y abandonará Escocia para no volver jamás. Pero si la fuerza del relevo alcanza Stirling, abandonaréis vuestra lucha por la independencia de Escocia.

—¿Y el imbécil de mi hermano Edward aceptó eso? —rugió Robert.

—Sí.

Robert meneó la cabeza.

—¿No se da cuenta de lo que eso significa? ¿No ve que el rey Edward reunirá cuantas tropas tenga —ingleses, galeses, irlandeses, franceses, apoyados por todos los mercenarios a los que pueda pagar— y las conducirá hasta mis tierras en menos de dos semanas?

En la tienda nadie respiraba.

—¿Acaso el idiota de mi hermano no advierte que Inglaterra tiene el triple de hombres a caballo que nosotros y el cuádruple de lanceros y arqueros?

—Pero éstas son nuestras colinas y valles —le recordó Niall suavemente—. Conocemos esta tierra. Sabemos qué ventajas explotar y no olvidéis que tenemos a Brodie y a sus templarios. Nuestras son las brumas y nuestros los pantanos. Podemos hacerlo, milord. Hemos estado peleando durante años por nuestra libertad y aún no hemos logrado ninguna victoria decisiva. Ya es tiempo. No subestiméis a los hombres que os siguen. Tenemos dos semanas para reunir nuestras fuerzas. Creed en nosotros de la misma manera en que nosotros hemos creído en vos.

Robert respiró profundamente y pensó en las palabras de Niall. ¿Acaso había sido demasiado cauto? ¿Acaso había deseado pelear solamente en batallas pequeñas porque si perdía, el fracaso no habría sido terrible? ¿Acaso imprudentemente les había impedido a sus hombres participar en una guerra más importante porque temía la posibilidad de una derrota? Circenn se había mostrado impaciente por guerrear. Sí, también sus bersekers lo estaban..., y su propio hermano había apostado su futuro. Tal vez todos estaban inquietos porque había llegado el momento.

—Convocad a Brodie. Ésta es la ocasión que estabais esperando —dijo Niall con firmeza.

—Sí, milord —dijo Lulach, el hermano de Niall—. Si le impedimos al ejército de Edward llegar a Stirling, habremos inclinado la balanza. Seremos imparables, y si alguna vez tenía que llegar el momento, es ahora. El rey Plantagenet se vuelve débil en su propio país; muchos de sus propios nobles no lo seguirán a nuestra tierra. Digo que sostengamos esa apuesta con audacia, como un don del destino.

Finalmente, Robert asintió. Y le dijo al mensajero:

—Ve al castillo Brodie a toda prisa. Dile a Circenn que traiga a sus hombres para unírsenos en la iglesia de San Ninian, en la ruta romana. Dile que el tiempo es fundamental y que traiga consigo todas las armas que tenga.

El mensajero lanzó un suspiro de alivio y salió de la tienda en dirección a Inverness.

Lisa y Circenn se exploraban mutuamente con desinhibida alegría, completamente retirados a un mundo propio. Circenn se reía más de lo que había hecho en siglos. Lisa hablaba más, expresando pensamientos y sentimientos que ni siquiera sospechaba que estuvieran en su interior. De ese modo se redescubrieron a sí mismos, abriendo compartimientos cerrados que necesitaban ver la luz del día.

Ambos deambulaban por los alrededores del castillo, haciendo picnic al fresco aire libre de la primavera, escapándose a la choza para tener un momento de privacidad. Fue allí donde Lisa le contó a Circenn que había visto a Duncan haciéndolo con Alesone.

—¿Miraste? —preguntó, frunciendo el ceño posesivo—. ¿Lo viste enteramente desnudo?

—Sí —dijo Lisa, ruborizándose.

—No quiero tener que preocuparme por eso. No verás a ningún otro hombre sin ropa por el resto de tu vida.

Lisa se rió. Circenn resultaba tan completamente medieval...

—Pero él no parecía tan guapo como tú.

—No me importa. Hace que me enfade con Duncan por el simple hecho de que sea un hombre.

Luego borró el recuerdo del joven y viril Douglas en la choza, contra la pared.

Dos veces.

Pasaron largas noches en la cama de él, en el lecho de ella, en las escaleras, una noche en que el gran salón estaba vacío. Ella le contaba su vida y, lentamente, titubeando, él empezó a contarle la suya. Pero entonces Lisa sintió que había algo que él no decía. Por esa curiosa conexión que había entre ambos, podía sentir algo oscuro en él que iba y venía sin explicación. A veces, cuando Circenn observaba jugar a los niños en el patio del castillo, se volvía silencioso y ella podía sentir esa mezcla peculiar de angustia e ira que, sencillamente, no podía comprender.

Los sirvientes del castillo estaban encantados con la recuperada risa del amo, y Duncan y Galan lo pasaban de maravilla cuando cenaban juntos. Ya habían finalizado las cenas privadas para seducirla; Circenn se guardaba eso para cuando estaban en la privacidad de sus aposentos. Las comidas ya no se servían en el comedor formal, sino en el gran salón, con varios caballeros y el ocasional templario.

Paulatina e inexorablemente, Lisa se estaba convirtiendo en una mujer del siglo XIV. Aprendió a que le gustaran la caída de los vestidos y los tartanes, e inclusive a sentarse con algunas de las mujeres, a verlas teñir las fibras para darle forma a los colores de Brodie.

Le gustaba el hecho que la gente, por la noche, se sentara alrededor del hogar y hablara, en lugar de que se retirase a sus mundos electrónicos individuales de la televisión, los teléfonos y los juegos de ordenador. Sus historias orales eran ricas y estaban ansiosos por compartirlas. Duncan y Galan conocían siglos de la historia de su clan y narraban magníficos relatos sobre los muchos héroes de los Douglas. Lisa oía y repasaba su propia genealogía, buscando algún Stone del cual hablar, pero ¿a quién podía importarle que uno de sus tíos fuera abogado? ¿Acaso podía cortar madera y acarrear agua?

Los días y las noches transcurrían felices y Lisa se dio cuenta entonces de que ahora entendía por qué su madre había perdido la voluntad de vivir cuando Jack murió. Si su madre había sentido por su marido la décima parte de lo que Lisa sentía por Circenn, su pérdida debió de ser devastadora. Y su madre había perdido muchas cosas en un día: su marido, la capacidad de caminar y su modo de vida. Lisa comenzó a concebir un nuevo respeto por la fortaleza de su madre. Sólo ahora podía entender la dimensión de la pérdida que ella había sufrido y el dolor que debió de causarle continuar su vida sin Jack.

Tenía siempre a su lado, como una capa protectora, la fortaleza de Circenn y su amor. No se podía imaginar cómo vivir sin él. El vínculo que tenían la mantenía constantemente consciente de la existencia de Circenn, sin importar donde éste estuviera. Ese vínculo nunca era invasivo, pero, al sentir necesidad de completa privacidad cuando debió usar el orinal, Lisa descubrió que podía atenuarse si ella quería. Nunca estaría sola de nuevo. A veces, cuando él estaba lejos, cabalgando con sus hombres, algo que le divertía y le hacía reír, le provocaba a ella la sensación de tener su risa dentro de sí, aun cuando no tuviera idea de qué era lo que le había hecho reírse.

Otras veces, mientras él estaba fuera con sus caballeros, lo sentía frustrado sin saber qué era lo que lo afligía; entonces se sentía inundada por su cruda masculinidad, que rugía empuñando un hacha de combate, mientras protegía activamente su patria. A través del vínculo que tenían ella podía experimentar emociones y atracciones masculinas que nunca antes había entendido. Se sentía igualmente fascinada al saber que él estaba adquiriendo sentimientos más tiernos, femeninos incluso.

No fue sino hasta que le preguntó si sabía de algún cachorrito que pudiera adoptar, que se atoró con el profundo y amargo trago de la oscuridad que había en él.

Estaban sentados en un banco de piedra, cerca de la charca, que se había convertido en uno de sus lugares favoritos, mirando a unos niños que jugaban en el patio con una pelota hecha de vejiga. Un chucho diminuto se había zambullido en el tumulto y cogido la pelota entre sus dientes afilados, y cuando la pelota explotó entre sus bigotes el perro saltó hacia arriba, moviéndose frenéticamente, tratando de sacarse los restos de la piel de la pelota del hocico. Mientras los niños reían sin remedio, Lisa lanzó carcajadas hasta alcanzar las lágrimas.

—Quiero un cachorrito —dijo cuando dejó de reírse—. Siempre he querido tener uno, pero nuestro apartamento era tan pequeño y...

—No.

Perpleja, su sonrisa se esfumó. Una ola de pena, que procedía de él, la invadió. La cubrió en una profunda sensación de futilidad.

—¿Por qué?

Circenn murmuró mirando al chucho que ladraba:

—¿Por qué quieres un cachorro? No viven mucho, ya lo sabes.

—Pueden llegar a vivir entre diez y quince años, según la raza.

—Diez a quince años. Después se mueren.

—Sí —acordó Lisa, incapaz de vislumbrar la razón de esa resistencia. Otra ola de oscuridad y enojo surgió a su alrededor—. ¿Alguna vez tuviste un cachorrito? —le preguntó.

—No. Vamos. Caminemos —dijo Circenn, levantándose y extendiéndole la mano. Guiándola lejos de los niños que jugaban, la llevó hacia un bosquecillo cerrado.

—Pero Circenn, no me importa que una mascota pueda morir. Al menos puedo amarla mientras la tenga conmigo.

La empujó contra un árbol y le tapó la boca con un beso salvaje.

Al ser aplastada entre el cuerpo de Circenn y el árbol, Lisa emitió un débil «humpf». Se sintió ahogada por las emociones del hombre: dolor, desesperanza e ira, teñidas por una salvaje necesidad de poseerla completamente, de etiquetarla con su cuerpo. Y algo más. Algo que bailaba tentadoramente, fuera de su alcance.

—Mía —susurró él contra sus labios.

—Decir eso es algo totalmente bárbaro —dijo Lisa, tratando de respirar—, medieval, arrogante y propio de un señor de la guerra.

—Pero es verdad. Eres mía —dijo, arrastrando su lengua a lo largo del labio inferior de Lisa, saboreando, succionando. «¿Medieval?»... Sus dedos se hundieron en la suave carne de las caderas de Lisa. La presionó contra el árbol. Su oscuridad cargaba el aire entre ellos y la infiltraba con su tensión. Le levantó la falda y deslizó una mano sobre su muslo, enterrando abruptamente un dedo en ella.

—Estás húmeda, muchacha —dijo toscamente—, empapada por mí y, sin embargo, apenas te he besado. Me gusta que estés así, lista para mí.

Le dio vuelta contra el árbol. Se abrió el tartán y apartó los pliegues del vestido de Lisa, atrapando la tela entre ella y el árbol. Tomó sus curvas expuestas, abriéndola para él. Su respiración era fuerte y ella ahogó un grito cuando lo sintió pesado e hinchado entre sus nalgas. Repentinamente la penetró.

Era demasiado grande. Lisa trató de expulsarlo con sus caderas pero él insistió.

Ella se aferró al árbol, confundida por la intensidad de las emociones de Circenn y doblemente confundida porque se encontró atrapada en el torbellino de su furia. La imbuía de una rabia no identificable, que no tenía un objeto que ella pudiera discernir, y se traducía en una intensa necesidad de poseerla, dominarla, de tomar lo que, en otras circunstancias, ella habría ofrecido gustosa. La única liberación para esa ira era tomarla.

Su rabia la consumía y ella lo empujó y se giró. Le clavó la base de las palmas de las manos contra el pecho.

—No te entiendo —estalló con los ojos brillantes. Y aun así su intensa oscuridad se filtraba en ella, la maniobraba y la aguijoneaba para liberarse de algún modo.

Los ojos de Circenn eran oscuros, lagunas insondables que irradiaban peligro. Volvió a empujarla contra el árbol.

Ella le quitó las manos de los hombros con un rápido movimiento hacia afuera de ambos brazos.

—¡Oh, no!. Dijiste que yo también tenía que tener el control. No pienses que lo olvidé. Esta vez harás lo que yo quiera.

—¿Y qué quieres, Lisa? —preguntó con voz peligrosamente suave.

Ella tomó la falda de Circenn y se la quitó. La dejó en el suelo y la acomodó con su zapatilla.

—Acuéstate —le ordenó, con la extraña oscuridad de Circenn alimentándola.

Él aceptó, con los ojos brillando. Aunque le hacía caso, no por ello estaba dominado. Era peligroso y mortal, pero a ella no le importó porque las emociones de Circenn la hacían sentirse tan letal como él.

Se colocó encima y lo besó con toda su rabia. Se convirtió en una cosa salvaje, sin prestar atención a los apasionados sonidos que emitía, con los que llenaba el aire. Le tomó la cara y lo besó profundamente, succionando sus labios, cambiando de lugar sus caderas como para estar sentada a horcajadas. El movimiento con el cual le reclamó que la penetrara no fue suave. Sus ojos se encontraron y, a partir del calor que emitían, imaginó que salían chispas.

Se sentía como una walkiria, demandando satisfacción a su compañero. Las manos de Circenn le cogieron los pechos, con la vista fija en el lunar de su muslo izquierdo. Ella se meció, levantando y bajando la cadera contra él, una y otra vez, las palmas apoyadas en su pecho, vigorizándola al mirar el área donde sus cuerpos se unían, gracias al grueso miembro. Circenn se irguió, succionándole los pezones, mientras sus senos se movían sobre él, y las caderas golpeaban. Cuando explotó dentro de ella, una salvaje satisfacción la inundó y casi se desvaneció por la intensidad de sus emociones. Era incontenible y la llevó rápidamente hacia el abismo. Arqueó el cuello y gritó.

Después se quedó sobre el pecho de Circenn, preguntándose qué era lo que había pasado. ¿Lo había hecho suyo gracias al deseo de Circenn o él la había hecho suya debido al deseo de ella? Su extraño vínculo resultaba confuso y paralizante. Cuando su pasión estaba en lo alto y sus cuerpos sudaban uno contra el otro, no podía darse cuenta de dónde comenzaban uno y otro debido a que sentía el todo. Aumentó su placer un centenar de veces.

—¿Qué pasó? —susurró Lisa.

—Creo que demostramos la verdadera dimensión de nuestra necesidad mutua, muchacha —dijo suavemente, acariciándole el pelo—. A veces, la necesidad puede ser algo violenta.

—Pero ¿qué era toda esa oscuridad que venía de ti?

—¿Cómo se sentía, muchacha? —preguntó él cuidadosamente.

—Como si estuvieras furioso con algo o alguien y como si pensaras que no estaré aquí mañana.

Suspiró contra su pelo. La apretó con sus brazos y Lisa pudo notar que su garganta tragaba saliva.

—El tiempo es muy corto, amor. Eso ha sido lo que sentiste. Que sin importar cuánto tiempo pueda tenerte, nunca será suficiente.

—Tenemos toda una vida, Circenn —le aseguró ella, besándolo—. Tienes toda mi vida.

—Lo sé —dijo con tristeza—. Lo sé. Toda.

—Hay algo que no me estás diciendo, Circenn.

—Aún no es suficiente —replicó—, empiezo a temer que sólo estaré satisfecho si fuera para siempre.

—Entonces, soy tuya para siempre.

—Ten cuidado con lo que prometes, muchacha —dijo con sus ojos que se iban oscureciendo—. Puedo tomarte la palabra.

Lisa presionó su mejilla contra el pecho de él, cansada por el estallido de emociones y confundida por sus extrañas palabras. Sentía que había alguna oscura amenaza allí que no estaba segura de querer entender

—Cuéntame todo sobre tu vida, muchacha —le ordenó después, mientras estaban en la cama. Se dio vuelta. La penetró y se balanceó.

—¿Todo? —dijo, con respiración rápida y suave. «Dios, sabe cómo tocarme.» Nunca había entendido cómo se sentía ser tocada hasta que este highlander había puesto sus manos sobre ella.

—Todo. ¿Alguna vez experimentaste el placer femenino antes de que te hiciera mía?

—¿Quieres decir si tuve un orgasmo? Así lo llamamos en mi época. Un clímax u orgasmo.

—Vale. ¿Lo has tenido?

Lisa se sonrojó.

—Sí —dijo suavemente.

Los dedos de Circenn se tensaron sobre las caderas de Lisa y enterró su cara contra sus muslos, lamiéndoselos suavemente.

—¿Cuándo? —gruñó. La vibración era exquisita.

—Esto es algo bastante personal —protestó débilmente, arqueándose contra él.

—Sí. «Esto es algo bastante personal» —se burló—. ¿Y tú piensas retener tus palabras mientras te hago esto?

—Sentía curiosidad. Me toqué..., una o dos veces.

—¿Y?

—Y encontré una sensación inusual. Entonces compré un libro donde explicaban todo.

—¿Y?

—¿Y qué? —dijo, sintiéndose avergonzada.

—¿Se sentía como esto? —dijo deslizando un dedo dentro de ella.

—Nada se siente como tú lo haces —susurró, arqueándose contra su mano.

—¿Te tocabas así? —dijo retirándose, como para que ella pudiera verlo. Con una mano acariciaba su monte, con la palma ejerciendo una suave presión y con la otra se ocupaba de él.

Ella se quedó sin resuello, cautivada al ver su mano sosteniendo esé pesado miembro. Se sintió celosa de esa mano que estaba donde la de ella quería estar. Lo alcanzó y le aparto su mano y él se rió.

—Mío —dijo ella toscamente.

—Ah, sí.

Seguidamente comenzó de nuevo.

—Cuéntame todo sobre tu vida. Cuéntame sobre el choque y qué pasó con tu madre y qué echas de menos —dijo, tratando de enmascarar rápidamente sus sentimientos, avergonzado de lo que estaba pensando. Tuvo éxito en el ocultamiento, porque ella comenzó a hablarle, enseñándole muchas palabras nuevas mientras hablaban.

Un pensamiento peligroso se había formado en la mente de Circenn y él se esforzaba tratando de hacerlo desaparecer.

Pero conocía muy bien el peligro de las semillas sembradas.

22

—Galan, lo hemos hecho —dijo Duncan con aires de suficiencia. Los dos hermanos estaban apoyados contra una columna de piedra cerca de la entrada del gran salón, observando el jolgorio. Circenn le estaba enseñando a Lisa una de sus danzas de las Highlands menos complicadas. Absorta en sus propios pies, a cada rato echaba la cabeza hacia atrás y se reía de él. Duncan decidió que ella era adorable.

Los aldeanos finalmente tenían su fiesta, gracias a Galan, a Duncan y a los entusiastas sirvientes del castillo, quienes lo planearon sin esperar órdenes o permiso. Mientras Circenn y Lisa deambulaban por ahí, ajenos y enamorados, los residentes del castillo Brodie habían finalizado su plan, limitándose a informar a la pareja el día que tendría lugar la celebración. El floreciente romance del señor con su dama le había infundido al feudo un aire de genuino buen humor.

Duncan estuvo de acuerdo en que los sirvientes habían hecho un trabajo asombroso: habían puesto un devoto cuidado para transformar el castillo Brodie para las festividades. Brillantemente iluminado por cientos de antorchas de junco, el salón estaba cálido y la atmósfera, propicia para el romance. Las paredes estaban engalanadas con estandartes serpentinos, hechos con el tartán de Brodie, carmesí y negro. Treinta largas mesas formaban un rectángulo alrededor del salón, cada una de las cuales estaba cargada de manjares. Los músicos se ubicaron detrás de la mesa del señor, a la cabeza del salón, mientras que en el centro del rectángulo, sobre el pavimento despejado para el baile, parejas, niños e incluso algún ocasional perro lobo satisfacían el fiero apego de los escoceses por la celebración. En esa tierra desgarrada por la guerra, cualquier causa era razón de festejo como si no fuera a haber un mañana, porque quizá no lo hubiera. Los músicos estaban tocando una canción enérgica y gallarda, y los bailarines se enfrentaban con gusto a ese desafío. A medida que los pies entraban en calor, el ritmo se aceleraba y pronto estallaron oleadas de risas, mientras trataban de mantener el compás con frenético ardor.

—Míralos —dijo Galan suavemente.

Duncan no tuvo que preguntarle a quiénes se refería: los ojos de Galan estaban fijos en Lisa y Circenn como también lo estaban los de los demás. El señor y su dama estaban claramente en su propio universo, absortos el uno en el otro.

Duncan había oído una nota extraña en la voz de Galan y ahora lo miraba con atención, viendo a su hermano mayor bajo una nueva luz.

—Están tan enamorados...

Galan parecía cansado y la nostalgia inundaba su voz.

Duncan frunció el ceño, perplejo ante una sensación nueva e incómoda, como si fuera el hermano mayor y debiera cuidar de Galan. Se le ocurrió que Galan tenía treinta años y, sin pensarlo, le había dedicado a su país, peleando por la independencia de Escocia, los últimos diez de su vida. Eso no le dejaba mucho tiempo a un guerrero disciplinado para saborear la comodidad de una familia y la vida de hogar. ¿Cómo fue que no se dio cuenta de que Galan, en medio de todos los guerreros, la pelea y el putañeo, se sentía solo?

—¿No había una muchacha en Edimburgo a la que visitaste la última vez que estuvimos allí? —le preguntó Duncan.

Galan frunció el ceño.

—No trates de encontrarme mujer, hermanito. Yo estoy bien así como estoy.

Duncan levantó una ceja. ¿Con cuánta frecuencia Galan le había asegurado que estaba bien y Duncan había seguido con sus modos alegres, dejándolo solo? Apabullado por su nuevo descubrimiento, con inquietud, dejó pasar el tema para que fuera retomado en el futuro. Su hermano necesitaba una mujer, pero no en la misma forma que él. Galan necesitaba una esposa.

—¿Piensas que tendrán hijos? —Duncan cambió de tema, notando que Galan se relajaba visiblemente.

—¡Bah! Si no concibieron uno ya. Oí que tomaron uno de tus sitios favoritos para follar.

—¿Mi choza? —exclamó Duncan indignado—. ¡Un hombre no puede tener privacidad!

Ninguno de los dos hermanos habló por un rato, cada uno absorto en sus propios pensamientos. Los músicos comenzaron una lenta y evocadora balada y los bailarines cambiaron su ritmo y pasaron a abrazarse.

Repentinamente Galan dijo:

—¡Uy! ¡Por Dagda! Mira, joven Duncan. ¿Quién será esa asombrosa muchacha? —dijo apuntando con el dedo a un extremo del salón—. Demasiado encantadora para mí, por cierto.

Duncan miró rápidamente al lugar donde apuntaba Galan, su cuerpo tenso. «Demasiado encantadora para mí» era un reto de irresistible atractivo para Duncan. Adoraba esas palabras. Su masculinidad innata se erguía desafiante ante ellas. Por mucho tiempo había sido infatigable y estaba listo para cosas diferentes.

—¿Dónde? No veo a nadie que se destaque —dijo Duncan, estirando el cuello para espiar entre la multitud. Cuando los bailarines se apartaron por un momento, vio una sombra de brillante cabellera roja. Tomó aliento.

—¿La pelirroja? ¿Es esa de la que hablas? Sabes lo que dicen: fuego arriba, ardiente abajo.

Galan le pegó en el brazo.

—¿Eso es lo único en que piensas siempre? Ahí está de nuevo.

Los bailarines se apartaron y esta vez la mujer se volvió en dirección a ellos.

Duncan levantó las cejas, mientras el calor le abrasaba la entrepierna. Era exquisita. Masas de pelo rojo, salpicado de rubio y miel, se desplegaban sobre sus hombros. Su cara era delicada, la barbilla en punta con destacados pómulos y ojos oscuros. Sus labios eran carnosos. Ridículamente carnosos. «Ven a sorberme», pensó. Ninguna mujer debería tener labios tan sensuales. Su piel era casi traslúcida; sus labios, una boca perfecta.

Serena y graciosa, exudaba la confianza de que él pronto irrumpiría con su encanto. Tal vez debía tener marcado en la frente «Intocable» y ése habría sido un modo más sutil de presentarse. Pero Duncan era lo suficientemente hombre para un desafío semejante;

penetraría su reserva, lograría entrar donde, sospechaba, pocos hombres habían llegado y sólo se sentiría satisfecho cuando ella se convirtiera en su cama en un animal licencioso. La recorrió entera con la mirada. Vestida con una túnica sencilla debajo de un abrigo verde, su cuerpo era el único adorno necesario.

—¿Y bien? —preguntó Galan—. ¿Qué estás esperando? ¿Necesitas follar para conquistar?

—Oh, sí —dijo Duncan, internándose en la multitud.

Galan meneó la cabeza y esbozó, a su pesar, una sonrisa melancólica.

Duncan emergió detrás de ella. Mientras su mirada jugaba admirativa sobre la melena sensual de la muchacha, contuvo el aliento. Suave, sedosa y de una docena de tonos flamígeros, deseaba envolverse los puños con ella. Guardaba una pasión especial por las pelirrojas. Anhelaba hacerle llevar la cabeza hacia atrás y asaltarle el cuello con los labios. Deseaba ver cómo su pelo se esparcía sobre la almohada. La requeriría en la cama. Su fino cuerpo precisaría colchones suaves para poder vérselas con la intensidad de Duncan.

—¿Bailamos? —le murmuró al oído.

Ella giró tan rápido sobre sus talones que lo sobresaltó y tuvo que retroceder un paso. Sus labios eran de cerca todavía más seductores, y cuando se los humedeció con la lengua Duncan casi lanzó un gemido.

Ella entrecerró los ojos y sus labios se abrieron en una risa cómplice.

—Oh. Eres tú.

—¿Perdón? —dijo desconcertado—. ¿Acaso nos conocemos, muchacha?

Estaba muy seguro de que no: jamás podría haberse olvidado de esa mujer. La excitante manera en que ahora fruncía los labios se le habría quedado marcada en la memoria.

—La respuesta es no. No te conozco. Pero todas las otras mujeres del salón, sí. Duncan Douglas, ¿no? —dijo secamente.

Duncan le estudió el rostro. A pesar de que era joven —tal vez de no más de veinte—, había algo majestuoso en sus ojos.

—Tengo cierta reputación entre las muchachas —concedió Duncan, minimizando sus proezas sexuales, seguro de que se desmayaría de manera inminente cual virgen.

La mirada que ella le echó estaba lejos de ser admirativa.

El golpe fue doble cuando advirtió que la mirada era total y absolutamente desdeñosa.

—No es algo de lo que me preocupe demasiado en un hombre —dijo la mujer con frialdad—. Gracias por tu ofrecimiento, pero preferiría bailar con las antorchas de paja de la semana pasada. Estarían menos usadas. ¿Quién quiere lo que todo el mundo ya ha tenido?

Las palabras fueron dichas con una voz fría y modulada, teñida con un extraño acento que Duncan no supo situar. Habiendo terminado con él, le dio la espalda y prosiguió hablando con su acompañante.

Duncan quedó paralizado por el impacto.

«¿Quién quiere lo que todo el mundo ya ha tenido?» Ella había pronunciado esas palabras como si él estuviese completamente agotado. ¿Qué? Por cierto, él tenía mucho más que dar, y ella pronto se enteraría. Cerró la mano sobre los finos huesos de su hombro y la hizo volverse.

—Eso significa que tengo más experiencia para complacerte. Y he de hacerlo —le prometió. Esperó que ella se ablandara. Las mujeres a quienes había seducido en el pasado se habían estremecido ante sus promesas posesivas. Había aprendido a hacerlas con una nota ronca en la voz. Sabía puntualmente qué decir para inquietar más a las muchachas.

—Eso significa —lo corrigió ella con una sonrisa burlona— que eres un calavera. Eso significa que eres incapaz de mantener el tartán sobre las rodillas. Eso significa que no soy distinta de cualquier otra, y que no tienes una consideración especial por el preciado acto íntimo. No estoy intrigada ni curiosa. Las sobras no me importan en lo más mínimo.

La irritada mujer volvió a darle la espalda.

Él miró el fino arco de la espalda de la pelirroja, las adorables caderas, las largas piernas que se movían incansables con la música, debajo de la suave túnica blanca. Llevó la cabeza hacia atrás y se rió de algo que su pareja le había dicho.

Avergonzado, estudió al acompañante. Unos treinta centímetros más alto que ella, el hombre era delgado y musculoso. Obviamente ambos compartían una relación cercana, inclinando las cabezas hacia el otro y riéndose. Duncan apoyó sus puños a ambos lados del cuerpo.

¿Qué es lo que un hombre contestaba a eso? «¿Sí, pero ahora que te he visto, ya no me interesa ninguna otra? ¿Todo lo anterior fue mera práctica para prepararme para ti?» Dudó que eso fuera a ser efectivo con esa mujer. Ella sólo se volvería a reír de él.

Furioso, golpeó al acompañante en el hombro y le dijo:

—Perdóname, pero ¿eres su amante?

—¿Quién demonios eres tú?

La muchacha puso una mano sobre el brazo de su amigo, ignorando la mirada de furia de Duncan, dirigida a sus dedos.

—Éste es Duncan Douglas, Tally.

—Ah —se sonrió con suficiencia el hombre—. Y así como todo canalla que se precie de serlo, confrontado con el insuperable desafío de tu belleza, tiene que conquistarte, ¿eh, Beth?

Ambos compartieron una mirada de carácter privado.

—Eso me temo —dijo ella.

—Pero ¿quiénes sois vosotros? —quiso saber Duncan. Nunca se habían reído tanto de él, nunca se había sentido tan... tan... insignificante. Tan carente de importancia.

—Somos amigos de Renaud de Vichiers, uno de vuestros templarios —respondió la mujer—. Estábamos camino a Edimburgo cuando nos enteramos de que Renaud estaba en el castillo Brodie. Soy Elizabeth..., Elizabeth MacBreide —dijo, e indicó con un gesto de su mano elegante y delgada—: Y éste es mi hermano Tally.

—¿MacBreide de Shallotan?

—Cerca de ahí —respondió Tally de manera evasiva.

—Tu hermano —observó Duncan en voz alta, mientras la significación de la relación que había entre ambos perdía interés. No era su amante. No tendría que matarlo.

—Y protector —agregó Tally—. Que no se te ocurra seducir a mi hermana, Duncan Douglas. Antes de venir oímos hablar de tus hazañas, y Beth dijo que te vio coqueteando con una de las criadas.

Duncan sintió vergüenza. De hecho, esa mañana había estado follando no muy en privado. Así que ella lo había visto... ¿Y durante cuánto tiempo había estado viéndolo?

—Persiguiéndola por el patio interior y luego en el parapeto —añadió Elizabeth, sin el menor rubor—. Las criadas, aquí, tienen mucho que decir sobre ti. Incluso en las lejanas tabernas de Inverness oímos hablar del salvaje e irreverente hermano Douglas. Dicen que no debe de haber muchacha bonita con la que no te hayas acostado.

Aquellas palabras, que en la boca de cualquier otra habrían hecho que se pavoneara con masculino orgullo, viniendo de esos labios lo estremecían. Era obvio lo que ella pensaba de él. No había nada que él pudiera decir en su propia defensa; a ella, el sexo casual directamente no le interesaba y él nunca había ocultado el hecho de que era una actividad que lo entusiasmaba. Había ciertas habitaciones en las que había entrado a lo largo de su vida, que habían albergado a una docena de mujeres distintas, a quienes se había follado sin dilación. Nunca antes esa cuestión le había preocupado.

«Retirada y vuelta a formar para un nuevo ataque —se aconsejó a sí mismo—. Luego, cargar nuevamente cuando ella menos lo espere.» Por Dios, era una batalla, y si no podía abrir una brecha en la primera línea ya encontraría la manera de burlar a los guardias que la rodeaban y penetrar por su flanco. Que hubiese perdido el primer ataque no significaba que la guerra estuviera perdida.

Le cogió la mano a Elizabeth y besó en el aire.

—Elizabeth, Tally, bienvenidos a Brodie —dijo fríamente, antes de volverse e irse.

Al perderse entre la multitud, se mantuvo erguido, ocultando la incómoda sensación de escabullirse de un rotundo desplante. Mientras se mezclaba con los danzantes, Duncan murmuró para sí: «¿Cómo es que se atreve a criticarme por ser un buen amante, un hombre apasionado?» Era considerado con las muchachas, era paciente, siempre les garantizaba el placer. ¿Cómo se había atrevido a menospreciarlo por su... frecuencia? ¡Sobras! ¡Sí, claro!

Con el ceño fruncido, se encaminó hacia el patio, con la noche gloriosa ahora rota por el desdén de esa mujer.

Armand observaba al señor y a su dama con creciente frustración. Impaciente, la había estado siguiendo durante varios días y ni una vez había sido capaz de atraparla sola. El señor estaba a su lado constantemente.

Tenía que capturarla esa noche o nunca llegaría a tiempo al lugar previamente acordado con James Comyn. Había terminado de buscar por todo el castillo, salvo en los aposentos de Circenn, a los cuales no se podía entrar sin llave. Incluso había trepado al tejado, sólo para toparse con una docena de intimidantes guardias, simulando en ese momento haber estado buscando el ocaso para meditar más cerca de Dios. No podría escalar el muro del cuarto del amo, ya que el castillo estaba cuidadosamente vigilado. Pero seguramente ella tenía una llave y, una vez que la atrapara, tendría tiempo de sobra para buscar en sus aposentos privados antes de irse. Necesitaba esas armas.

Apretó los dientes, mientras observaba a Circenn beber más vino. El hombre había consumido tal cantidad que ningún otro habría podido seguirlo. Armand entrecerró los ojos y observó a Lisa susurrarle algo a Circenn en el oído. Notó que se tocaba con la mano el abdomen por unos segundos.

Ah, a pesar de que él tenía una portentosa resistencia al alcohol, ella no. Armand se deslizó entre la multitud, manteniendo una distancia inofensiva, listo para saltar al lado de la muchacha en el mismo momento en que abandonara los brazos protectores del intimidante señor de Brodie.

Lisa estaba deslumbrada por su primera fiesta medieval. Jamás olvidaría la noche que llegó por primera vez al castillo Brodie y contempló las torres, pensando lo increíble que sería pertenecer a esos muros, ser parte de un alegre y cálido clan. Pertenecer.

Y ahora ella formaba parte de ese mundo.

Circenn la había presentado con orgullo a su gente, y aunque notó que titubeaba con los nombres ella no se sintió molesta por ello. Lisa lo ayudaría a volver a restablecer vínculos con su clan y acercarlo a los motivos que alegraban su vida.

—¿Por qué sonríes, muchacha?

Lisa inclinó la cabeza hacia atrás. Circenn irradiaba felicidad y eso incrementó la suya propia. Vestido con todas las galas de su clan, lucía como un indómito señor de la guerra escocés, pero ella sabía el tipo de hombre que realmente era. Intenso y profundamente emotivo. Sexualmente implacable. Se vio colmada por una sensación vertiginosa que creció y se extendió en su interior.

—De modo que es así como se siente —murmuró.

Alzó la vista y lo miró, con los ojos bien abiertos por el descubrimiento.

—¿Qué cosa se siente así?

—Circenn —dijo, y pronunció su nombre con gran emoción y él la observó, sin parpadear—. Te amo.

Circenn suspiró profundamente. Había sucedido. No había sido tímida, no había habido juegos, ni intento por esconder la verdad o manipularlo para que fuera él quien hiciera primero esa declaración. Con audacia, le había entregado su corazón. ¿Por qué esperar menos que eso en ella?

La atrajo a sus brazos y cerró los ojos, absorbiendo las sensaciones que fluían y refluían entre ambos.

—¿Esto significa que no te opones al hecho de que haya perdido mi corazón por ti? —bromeó Lisa.

—¿Podría un hombre oponerse al rayo de sol que le calienta la piel? ¿A la lluvia primaveral que sacia su sed o una noche como ésta, en la que todo prodigio parece posible? Gracias —dijo con una sonrisa demoledora—. Empezaba a temer que nunca me dijeras esas palabras.

—¿Y entonces? —lo alentó ella. Él nada dijo, pero repentinamente un escalofrío de placer recorrió la piel de Lisa, penetrándola por todas partes y dejándola sin aliento—. ¿Qué fue eso?

—Estuve practicando para tratar de decirlo sin palabras. ¿Ha funcionado?

Lisa suspiró pausadamente.

—Oh, sí —dijo—. Quiero que lo hagas de nuevo esta noche cuando estemos..., bueno, tú ya lo sabes.

—Sí, sí, mi señora —bromeó él—. ¿Y qué tal esto?

Los pezones de Lisa se endurecieron, al tiempo que una ola de oscuro erotismo la recorrió.

—Oh, Dios. Eso fue realmente sorprendente.

—Este vínculo nuestro puede ser maravilloso, ¿no?

Sonriendo para manifestar su acuerdo, Lisa se puso de puntillas y lo besó. Cuando él se movió para profundizar el beso, ella se separó. Él la miró asustado, así que se apresuró a tranquilizarlo.

—He bebido demasiado vino, Circenn. Me temo que tengo que utilizarr uno de esos malditos orinales —dijo, suspirando con morosidad—. Hay algunas cosas de mi siglo que realmente echo en falta.

—¿Un orinal? ¿Por qué no usas el excusado?

—¿El qué?

—El excusado.

—¿Aquí hay excusados? —preguntó ella fríamente.

La miró como si estuviese loca.

—No es que me interese curiosear, muchacha, pero ¿dónde estuviste haciendo tus necesidades?

—En orinales —mascculló entre dientes.

—¿Y qué es lo que has estado haciendo con..., eh...?

—Tirándolo por la ventana —dijo, quisquillosa como un puerco espín. Tanto mejor para el recato y la privacidad. Si había excusados, ¿por qué diablos Eirren le había dicho que usara el orinal? Entonces se dio cuenta de lo pícaro que podía ser el muchachito. Eirren era un bromista—. ¿También había excusado en Dunnottar?

—¿Eras tú la que andaba tirándolo por las ventanas? Estuve culpando a mis hombres, obligándolos a que lavaran las piedras. Sí, en Dunnottar había excusado. Hice poner excusados en todos los castillos que poseo o visito.

—Nunca me lo has dicho.

—Nunca me lo preguntaste. ¿Cómo iba a saberlo? Cuando llegaste aquí, no iba a discutir contigo sobre esos temas privados. Supuse que habías encontrado nuestro excusado por tus propios medios.

Lisa resopló. Eirren realmente la había engatusado, y su orgullo la había mantenido completamente atrapada en su tomadura de pelo.

—No puedo creer que durante todo este tiempo... ¡Oh! ¿Dónde está el famoso excusado?

Circenn le indicó, mordiéndose el labio para no reírse.

Cuando subía las escaleras, vio el suave balanceo de sus caderas en el vestido verde esmeralda. Había dicho que lo amaba.

Eso era prometedor.

Tal vez ya iba siendo hora de hablarle sobre amarlo para siempre.

23

Lisa meneó la cabeza cuando salió del retrete. Muy civilizado. Ahora que sabía dónde estaba, le resultaba difícil creer que lo había pasado por alto mientras buscaba el frasco por el castillo, pero la puerta daba la impresión de ser la del cuarto de los sirvientes, de modo que no le había prestado atención. Los servicios no eran lo que ella había esperado; eran más amplios que la mayoría de sus equivalentes modernos y estaban inmaculados. Era obvio que el señor de Brodie estaba orgulloso de la limpieza de sus excusados. Sobre el heno que había esparcido dentro del cuarto, que hacía las veces de papel higiénico medieval, había hierbas frescas y pétalos secos.

Decidió que en la próxima oportunidad que viera a Eirren no sólo lo bañaría, sino que también lo hundiría en el agua una o dos veces para hacerle pagar por todos esos momentos miserables que había pasado con el orinal.

Al salir del excusado, la sorprendió encontrarse con Armand Berard merodeando por el corredor.

—Milady, ¿os complacen los festejos?

—Sí —dijo, mientras su pie todavía marcaba el ritmo de la alegre música y se mostraba ansiosa de volver para perfeccionar sus pasos. Pero desde hacía más de un mes que no había visto a Armand y no quería perder la oportunidad de llegar a conocer a un verdadero caballero templario. Frunció el ceño, viendo su sombrío atuendo. Circenn le había contado que los templarios permanecerían en su guarnición, sin participar del jolgorio—. Creía que vuestra orden no participaba en festejos como éste.

Armand se encogió de hombros.

—Algunos de mis hermanos son más rígidos que otros. Un puñado de nosotros ha aceptado que la orden fue destruida; pensamiento más amargo aún es admitir que uno ha comprometido su vida a algo que ya no existe.

—Lo lamento —dijo Lisa, sintiéndose torpe. Ante ella estaba uno de los legendarios Caballeros Templarios y no podía pensar en nada que decirle para reconfortarlo—. ¿Vuestros hombres son perseguidos incluso aquí en Escocia? —preguntó precipitadamente. Se sentía intensamente curiosa a propósito de los templarios, de sus legendarios poderes y mitos.

—Depende con quién vayamos a encontrarnos. Si se tratase de un inglés, puede que intentara llevarnos al otro lado de la frontera. El escocés es mucho menos proclive a hacerlo. A la mayoría de los escoceses poco les importa los edictos de Francia, Inglaterra e incluso las bulas papales —dijo Armand con áspera risa—. Vuestro propio rey fue excomulgado por el Papa por el asesinato de Red Comy en la iglesia de Dumfries. Ésta es una tierra salvaje. Cuando un país lucha simplemente por su derecho a sobrevivir, está menos inclinado a erigirse en juez. Venid.

Armand le ofreció el brazo y ella lo cogió con el suyo. En unos pocos instantes se vio tan enfrascada en la conversación que no prestó atención al lugar hacia donde la iba conduciendo.

Escuchaba fascinada, mientras él le hablaba de la orden, de su residencia en las afueras de París, del compromiso asumido con sus votos de toda la vida. Su expresión se hizo amarga cuando le contó cómo la bula papal *Pastoralis praeminentiae*, lanzada el 22 de noviembre de 1307, había ordenado a todos los monarcas de la cristiandad arrestar a los templarios y confiscarles las tierras en nombre del papado. Apenas se refirió al tema de la persecución, los interrogatorios y la tortura, poco dispuesto a ofrecer tales detalles a una mujer, lo cual ella agradecía. Inclusive su curiosidad tenía sus límites.

Armand le explicó cómo, en 1310, seiscientos de sus hermanos habían acordado defenderse contra la injusta persecución y cómo el papa Clemente, finalmente, había accedido a posponer el Concilio de Viena por un año, mientras ellos se preparaban. Luego, Felipe, desesperado por aplastar a la orden y llenar sus cofres antes de que fuese demasiado tarde, esquivó al Papa, reabrió el proceso episcopal e hizo quemar en la hoguera, en las afueras de París, a cincuenta y cuatro templarios, silenciando las protestas de los templarios restantes. En 1312 fue lanzada la bula papal *Vox in excelso*, suspendiendo a la orden para siempre.

Había muchas cosas que ella deseaba preguntarle y ésa era una rara oportunidad de explorar la historia desde la perspectiva de un templario, pero su primera pregunta correspondió clarísimamente a una preocupación del siglo XXI, y fue algo romántica.

—Armand, ¿cuál es el secreto de los templarios? —preguntó.

Había tantos rumores: que ellos habían protegido el Santo Grial, que el Grial era realmente el linaje genético de Cristo, que los templarios habían revelado una alquimia personal para la transformación del alma, que tal alquimia podía manipular el tiempo y el espacio. No esperaba que él le fuera a contestar, pero, dado que la estaba llevando del brazo, nada perdía con preguntarle.

La sonrisa de Armand la hizo estremecerse.

—¿Queréis decir qué es lo que tal vez hubiéramos podido poseer para hacer que un rey y el Papa nos temieran tanto como para emplear cada arma que tuviesen para destruirnos? ¿Eres religiosa, Lisa MacRobertson?

—Algo —concedió ella.

—¿Qué es lo que el rey y el Papa podrían llegar a querer de nosotros?

—¿Oro? —adivinó—. ¿Reliquias religiosas?

La risa de Armand la hizo estremecerse.

—Considerad esto: ¿qué habría pasado si los templarios hubiésemos descubierto algo que fuera a destruir las creencias que durante siglos tuvo prácticamente cada lugar del mundo?

A Lisa la había picado la curiosidad.

—Debes decírmelo —exigió.

—No estoy diciendo que hayamos descubierto nada —observó evasivamente—. Simplemente planteo la posibilidad.

—Y entonces, ¿es verdad o no? —preguntó fascinada—. ¿Acaso tu orden posee tal conocimiento?

No le respondió. Ocultó el rostro, de modo que no pudo ver cómo se crispó de rabia, así que estaba completamente desprevenida cuando le cogió el brazo y se lo dobló detrás de la espalda, llevándoselo hasta los omóplatos, forzándola a agacharse en un esfuerzo para ahuyentar el dolor.

Armand la empujó contra la pared y le apoyó un cuchillo en el costado.

Lisa se sorprendió tanto que no hizo el menor ruido. Caminaba con un templario perfectamente sociable, que satisfacía su curiosidad incesante, llegando al borde de revelarle cosas deslumbrantes, y luego, repentinamente, su vida estaba en peligro. Todo había pasado demasiado rápido como para que ella hubiera podido reaccionar y, conmocionada, había desperdiciado segundos preciosos durante los cuales podría haberse resistido.

—Dame la llave —le gruñó Armand al oído—. Y si tan sólo llegas a lloriquear, te mato.

—¿Qué llave?

—La llave del dormitorio de Circenn.

—No tengo ninguna llave.

—¡Pequeña mentirosa! —le dijo, apretándole el cuello con el antebrazo y palpando su cuerpo en busca de la llave—. Entonces está en tu dormitorio —concluyó.

—Nunca me dio la llave.

Armand apretó su antebrazo contra la tráquea de Lisa. Su brazo era como una implacable banda de acero y Lisa sintió que no podía respirar. Su mejilla se apretaba contra la pared de piedra y se sintió peligrosamente mareada.

—Podemos jugar tan rudo como quieras, muchacha —murmuró Armand entre sus cabellos—. ¿Dónde está la llave?

Lisa cerró los ojos y pensó en Circenn.

Circenn apretó su vaso de metal, vaciando el vino que contenía sobre una docena de aldeanos. Observó a la concurrencia con una mirada salvaje.

Lisa.

Peligro. Asustada. No puedo respirar.

Pero ¿dónde?

Subió rápidamente las escaleras hacia el excusado, con el corazón en la boca, asegurándole que estaba llegando.

Dolor.

Maldijo el vínculo emocional por el cual podían compartir sus sentimientos, pero sin obtener palabras o pistas que permitieran su localización. ¿Adónde había ido? ¿Cómo podía estar en peligro? ¿Quién podía estar haciéndole daño?

Rastreó los corredores como una bestia enloquecida, luchando contra la necesidad de llamarla, ya que sabía que eso sólo alertaría a quien la estuviese amenazando. Cruzó el corredor sur y luego volvió por él. Cada fragmento de su intelecto absorbía el miedo de Lisa y eso lo trastornaba. Se zambulló en un salón y se detuvo abruptamente.

La furia desbocada no servía. Debía usar la lógica. Primero tenía que revisar su dormitorio y el de ella, y luego otras áreas que Lisa pudiera haber visitado. Tal vez la capilla. Giró rápidamente sobre sus pasos y volvió por el salón. Voló por el castillo y se dirigió hacia el ala este.

Al acercarse a su dormitorio detuvo su andar, alertado por un suave murmullo y un sonido estrangulado. Se detuvo y se deslizó silenciosamente, dando la vuelta a la esquina a hurtadillas.

Armand tenía a Lisa apretada contra la pared, en la parte de fuera de su dormitorio y con su grueso antebrazo la ahogaba hasta el límite de la respiración. Circenn trató de inspirar lenta y silenciosamente, mientras sus labios imploraban por rugir. Lisa se movía con dificultad entre los brazos del templario, casi rendida al no poder respirar.

Un brillo plateado iluminaba la penumbra, procedente de las antorchas que colgaban de la pared. El templario tenía un cuchillo. Circenn no esperó para ver más. Aprovechó su habilidad sobrenatural y se movió como el viento, deteniéndose detrás de Armand, que no advirtió la presencia de Circenn.

—¡La llave, perra estúpida! —murmuró Armand—. No me tomes por idiota —dijo sacudiéndola—. ¿Dónde guarda los objetos sagrados?

La boca de Circenn se torció. Así que era por eso. Un pícaro templario que se volvía contra su orden. Armand no era el único caballero que había perdido la fe. Circenn había oído de otros que, creyendo que Dios los había abandonado, se habían vuelto traidores o mercenarios.

En un instante, Circenn desarmó al caballero y lo arrojó por el corredor, donde su cabeza pegó contra la pared de piedra con un fuerte sonido. Cayó al empedrado. Circenn no lamentó haber usado sus habilidades especiales. En el pasado había sentido culpa por ello, pero ahora sentía satisfacción. Se asomó por encima del caballero caído y levantó la espada para el golpe final.

—¡Detente! —gritó Lisa.

La mandíbula de Circenn se trabó, su cara transfigurada por la furia. Su brazo, suspendido a nivel de los ojos, con la punta de la espada hacia abajo, listo para descargar un golpe en el corazón de Armand. Al hundirla, lo haría con tal rabia que la fuerza haría que su espada se incrustara contra la piedra, bajo la espalda del caballero. Le dirigió una mirada a Lisa y se dio cuenta, por la expresión horrorizada de su cara, de que ella estaba al tanto de sus emociones: un paisaje interno estéril, sombrío y asesino. Y calor. Infernal. Nunca entendería, ni aun viviendo cinco mil años, por qué las mujeres constantemente protegían a los malvados. En la mente de un hombre era simple: «Mata al hombre que trata de dañar a los tuyos.» Pero las mujeres lo hacían más complicado. Guardaban la esperanza de que el malvado pudiera ser redimido. Una tonta esperanza, según Circenn.

—No lo mates, Circenn. No me ha hecho daño. —Se tocó la garganta con la punta de los dedos—. Voy a estar bien. Unas pocas magulladuras, eso ha sido todo. Nos has encontrado a tiempo.

—Te tocó —estalló Circenn—. Quería lastimarte.

—Pero no lo consiguió —dijo, y apelando a su lógica agregó—: Interrógalo, tienes que averiguar qué estaba buscando y luego castígalo, pero por favor...

Se arrastró y él la miro. «Maldita sea», pensó Circenn. Estaba inundándolo con piedad, perdón y el frío viento de la lógica. Todas esas cosas femeninas que enfriaban el ardor masculino.

Apagándolo.

Aunque, por más que se resistiera, tenía que admitir que ella tenía razón. Si hubiera matado a Armand rápidamente nunca se habría enterado de sus motivos. Necesitaba descubrir el propósito del templario, determinar a quién se enfrentaba y si había otros caballeros corruptos bajo su mando. Primero necesitaba información. Luego podría matarlo. Bajó la espada con un gruñido de rabia insatisfecha.

Lisa bajó los escalones. Trató de esperar a Circenn en la cama pero fue incapaz de quedarse allí más tiempo. Habían pasado varias horas desde el ataque de Armand y, aunque Circenn le había prometido no matar al templario, jurando enojosamente que lo dejaría en manos de sus propios hermanos, Lisa aún seguía sintiendo su furia mortal. El vínculo que los unía le estaba poniendo los nervios de punta. No tenía idea de por qué el caballero la había atacado. Tal vez no debería haberlo interrogado. Tal vez resultaba demasiado molesto para él hablar de las atrocidades que había soportado.

La fiesta seguía en el gran salón. Los aldeanos, ignorantes de los amargos acontecimientos de la noche. Circenn trataría de calmar la situación, resolverla sin que nadie sufriera por eso. Lisa admiraba sus métodos. No molestaba a su clan con cosas que podía resolver por sí solo.

Moviéndose a hurtadillas se deslizó por el corredor hacia el estudio. La puerta estaba entreabierta y espió con cautela. Circenn estaba ahí, como sospechaba, con Duncan y Galan.

Una docena de templarios, de caras adustas, estaban ante él y, por las señales de la lluvia en sus ropas, dedujo que se había perdido su entrada por apenas unos instantes.

—Ya está, milord. Terminamos el interrogatorio —dijo cansadamente Renaud de Vichiers.

—¿Y? —gruñó Circenn.

—Es peor de lo que temíamos. Es sin duda un traidor, tanto a sus hermanos como a Escocia. Su plan era secuestrar a la señora y venderla al rey inglés a cambio de su peso en oro, títulos y tierras en Inglaterra. —Renaud sacudió su cabeza añadiendo—: No se qué decir. Me apena sobremanera. Armand era comandante de caballeros en nuestra orden y muy apreciado. No tenemos idea de qué fue lo que pasó. Le juro por nuestra orden que actuó enteramente solo.

Renaud miró el suelo y agregó:

—Esperamos vuestra decisión respecto de nosotros. Le entenderemos si decide que debe echarnos.

Circenn negó con la cabeza.

—No os haré responsables de las acciones de Armand. Vosotros me fuisteis leales durante años.

Los templarios estallaron en susurros de gratitud y repetidos votos de lealtad.

—Habéis sido bueno con nosotros, milord —dijo Renaud. Tomó aliento y cuando siguió hablando lo hizo con tal efervescencia que sus palabras sonaron afectadas—: No queremos poner en peligro vuestra buena voluntad. Queremos un futuro en Escocia. ¿Qué podemos hacer para recuperar vuestra confianza en nosotros?

—Nunca la he perdido —dijo Circenn frotándose la mandíbula—. Si Armand no hubiera actuado solo probablemente habría tenido éxito. No subestimo el poder de vuestra orden, Renaud. Conozco lo que podéis hacer cuando las voluntades de los templarios se unen ante un problema. Un ataque de múltiples hermanos podría haberla atraído a donde vosotros hubierais querido llevarla. Sé que no usáis la violencia. Usáis la... poderosa persuasión.

Renaud parecía avergonzado.

—No he considerado eso, pero es verdad. Podríamos haberla secuestrado entre todos. Olvidé todo lo que vos conocéis sobre nosotros —dijo inclinándose en una servil postura apologética—. Milord, nunca dañaremos a vuestra dama. La protegeremos como una de las nuestras.

Circenn inclinó la cabeza.

—¿Y qué hay de Armand?

—Como muestra de nuestra alianza, hemos resuelto ese problema. No lo molestará más.

Lisa se inclinó un poco más hacia la puerta. ¿Qué le habían hecho? ¿Lo habían desterrado? ¿Lo habían llevado hasta la frontera para que lo atraparan los ingleses?

—Explícate —ordenó Circenn.

—Hemos determinado su crimen y le hemos dispensado un castigo apropiado.

—¿Lo habéis matado? —preguntó Circenn.

—Murió recibiendo el precio que había pedido por su corrupción. Le dimos su peso en oro.

Lisa emitió un sonido ahogado que fue afortunadamente enmascarado por el que el propio Circenn produjo. Lo miró, pero todavía no se había percatado de su presencia. Parecía conmocionado.

—No creáis que hemos actuado dispendiosamente —dijo Renaud—. Necesitaremos ese oro para reconstruir tanto nuestra orden como Escocia, cuando la guerra termine. Lo recuperaremos.

A Lisa le dieron arcadas y fue incapaz de contenerlas. Una docena de ojos se dirigieron hacia la puerta donde estaba de pie, sosteniéndose el vientre.

—¡Lisa! —exclamó Circenn levantándose. Sus ojos estaban abiertos—. Te he pedido que esperaras en tu dormitorio.

—Sabes que nunca lo hago —contestó irritada—. ¿Por qué creías que lo haría esta vez?

Miró directamente a los ojos de Renaud:

—¿Qué quieren decir con que le dieron su peso en oro y que lo recuperarán?

Sabía que no debía preguntar, pero sus sospechas eran tan atroces que no pudo contenerse. Si no se lo decían se imaginaría atrocidades. Y había descubierto hacía mucho tiempo que era mejor tratar con la realidad que con miedos imaginarios.

Renaud no respondió, claramente renuente a discutir ese asunto con una mujer.

—Dime —repitió con los dientes apretados. Miró a Circenn que la observaba, apenado y comprensivo. Apreció que no tratara de protegerla. Entendía que necesitaba sus propias respuestas a las cosas.

Renaud se aclaró la garganta, incómodo y dijo:

—Lo fundimos. Se lo introdujimos en la garganta. Se enfriará y se lo quitaremos sin dificultad.

—¡Lisa! —gritó Circenn levantándose del escritorio, pero era demasiado tarde. Ella ya estaba corriendo por el salón.

24

Pasaron varios días hasta que Lisa retornó a la normalidad. Circenn pasó ese lapso ocupándose de sus propiedades, esperando pacientemente, mientras ella trataba de acomodar sus sentimientos. Nunca estuvo solo, siempre fue acompañado por la presión del corazón de Lisa. Un día, casi pudo jurar que oyó la voz de ella cerca de su oído murmurando «testarudos primates sedientos de sangre», pero la frase no tenía sentido para él. Significara lo que significase, ella debía de estar sintiendo eso de manera muy intensa como para que él pudiera oírlo. Se preguntaba si el vínculo que tenían continuaría fortaleciéndose con el tiempo, permitiéndoles una comunicación más profunda.

Respetaba su retiro, aceptando que era una parte necesaria de la adaptación a su modo de vida actual. Esos tiempos debían parecerle extraños y los modos de los templarios sin duda debían parecer extremos en cualquier siglo. Estaba profundamente apenado de que ella hubiera sabido lo que pasó con Armand, pero si algo había aprendido sobre Lisa Stone era que tenía una gran curiosidad. No deseaba que la protegiesen de nada. Quería que la respetaran y le brindaran toda la información disponible para tomar sus propias decisiones.

Si bien no le habría deseado la horrorosa muerte de Armand a nadie, había que dejar bien claro que los templarios tenían sus propias normas de justicia y la dispensaban con la misma inquebrantable disciplina con la que ejecutaban todos sus deberes. En lo profundo de su ser reconocía que no lamentaba que el hombre estuviese muerto. Armand casi había matado a su mujer, casi había tronchado su vida frágil, diminuta y delicada.

Y eso le causaba horror.

La brutalidad de Armand lo había llevado a que la condición mortal de Lisa se convirtiese en una obsesión para él, cosa que aborrecía, que le ofendía: esa condición mortal se había vuelto su archienemiga.

¿Se estaba convirtiendo en algo semejante a Adam? ¿De esa manera se había fabricado el monstruo? ¿Haber roto una regla le había permitido romper otra y luego una más, hasta que, finalmente, pudo justificar apoderarse de todo aquello que quisiera? ¿Dónde estaba la línea que no tenía que atravesar antes de que fuera demasiado tarde?

«Puedes hacerla inmortal. Sabes que eso es lo que quieres. Ni siquiera tendrías que decírselo.»

Sí, eso es lo que quería. Y eso mismo lo desconcertaba. Había estado casado dos veces y ni por un instante había considerado intentar que su esposa se volviera inmortal.

Pero ninguna otra mujer era como Lisa.

Por otra parte, hasta ese momento, él había considerado que lo que Adam le había hecho era como una maldición, una corrupción vil del orden natural de las cosas. Pero ahora que había conocido a Lisa, las cosas ya no resultaban tan claras. Desde el instante en que había llegado a su vida, había estado reconsiderando sus creencias, sus objeciones y sus prejuicios. Deseaba irrumpir en su castillo, sacar el frasco del compartimiento de piedra donde estaba y hacérselo beber, pero nunca podría justificar arrebatarle la posibilidad de que ella decidiera. De algún modo, tenía que poder decírselo.

«Ahhh. ¿Cómo?» Pensó cerrando los ojos.

A pesar de que había aceptado de mala gana su inmortalidad, al cabo de quinientos años había todavía muchas cosas en él que despreciaba. ¡Por Dagda, había nacido en el siglo IX! Había una parte de él que era totalmente anticuada. Aunque el paso del tiempo lo había llevado fuera del siglo IX, nada podía eliminar la sensibilidad de dicho siglo de su corazón. Una parte de él se correspondía con un mero guerrero y un hombre supersticioso que seguía creyendo que la magia provenía del mal; de ahí que fuera una abominación que se tambaleaba al borde de la corrupción.

Sospechaba que, al aferrarse a las costumbres del siglo en que había nacido, era un poco bárbaro, pero eso era preferible a aquello en lo que podría haberse convertido.

No obstante, tenía que llegar a una decisión, y pronto. Tenía que decirle a Lisa lo que él era y ofrecerle ser lo mismo, antes de que su condición mortal acabara con ella.

En vano, empezó a obsesionarse con todo lo que la rodeaba. Repentinamente parecía tan vulnerable... Comenzó a apagar las antorchas compulsivamente, temeroso de que una chispa pudiese alcanzar los tapices y de que ella fuera a morir en algo tan sin sentido como un incendio en el castillo. Empezó a estudiar a cada hombre con que se topaba, buscando indicios de alguna posible amenaza a la existencia de Lisa. La tentativa de secuestro de Armand había disparado sus miedos. Era delicada, y un deslizamiento del cuchillo habría podido hurtársela para siempre. En alguna ocasión, había pensado que «siempre» era una palabra amarga, pero ahora, habiéndola amado, si la perdía, esa palabra se convertiría en un infierno lóbrego y frío.

Tal vez, a través de su vínculo especial, ella entendería y aceptaría. Tal vez el pensar en vivir para siempre le resultara atractivo. Nunca lo sabría hasta que lo intentara. Lo peor que podría pasar es que ella se sintiera horrorizada, que lo rechazase y que tratara de escaparse. Si eso ocurriera, le preocupaba que él mismo pudiera retroceder realmente hasta su yo del siglo IX y que la encerrara hasta que ella aceptase beber del frasco. O peor: hacerle a ella lo que Adam le había hecho a él.

Cuando Circenn entró en el estudio, Lisa estaba acurrucada en un sillón ante el fuego. Ella le sonrió cálidamente. Compartieron una mirada de bienvenida sin necesidad de palabras, seguidamente ella le indicó que se sentara palmeando el sillón que estaba a su lado. Él se acercó, descansó una parte de su peso sobre el brazo del sillón y se inclinó para besarla. Dios, no podía soportar pensar en que alguna vez podía perderla.

Cuando finalmente se forzó a interrumpir el beso —era eso o follarla allí mismo en el sillón, con la puerta del estudio abierta—, lo miró con curiosidad y dijo:

—Hoy te has sentido frustrado. Muchas veces. ¿Qué es lo que te está preocupando, Circenn?

Él suspiró. A veces el vínculo que había entre ellos era algo problemático; no había mucho que le pudiera ocultar, y el esfuerzo de no revelar sus emociones le resultaba muy fatigoso.

—Parecías aburrida —replicó él, sin estar aún preparado para iniciar la difícil conversación. Mejor saborear unos pocos instantes de paz e intimidad—. Pero es lo que parece ocurrirte muy a menudo cuando no estás en mi cama —bromeó. Allí, en la cama, era donde la quería precisamente en ese momento. Quizá, sosegada por la satisfacción sexual sería más receptiva. Una táctica mercenaria, pero empleada con amor. Le acarició el cabello, saboreando la sensación sedosa que experimentaron sus dedos.

Lisa se rió con un sonido grave e invitante.

—Circenn, necesito hacer algo conmigo misma, necesito sentirme... implicada.

Él había estado pensando exactamente lo mismo, ya que la frustración de ella se le había hecho patente desde hacía algún tiempo, incluso desde el mismo momento en que el vínculo que existía entre ellos había alcanzado su plenitud. Sabía que en su propio siglo Lisa había trabajado constantemente y que era una mujer que necesitaba sentir que, al final del día, había hecho algo que valiera la pena.

—Haré que Duncan te traiga la lista de pleitos pendientes en la corte de Ballyhook. ¿Te gustaría? Galan se ha hecho cargo de los casos en los últimos años y mucho le agradaría no tener que ocuparse más de esos asuntos.

—¿De veras? —preguntó Lisa, encantada. Le fascinaría meterse de lleno en las vidas de los aldeanos, incluso tal vez hacer algunas amigas entre las jóvenes. Algún día tendría hijos con Circenn y desearía tener una amiga. Le gustaría que sus hijos tuvieran compañeros de juegos. No comprendía por qué, en el pasado, Circenn se había mantenido tan distante de su gente, pero entre sus planes estaba el de volverlo a acercar. Enterándose de los casos y mezclándose con los miembros del clan era una manera perfecta de poner en marcha sus planes.

—Claro. Les encantará.

—¿Estás seguro de que aceptarán que una simple muchacha falle sus pleitos? —preguntó con preocupación.

—Tú no eres una simple muchacha. Y cuando te conocieron en los festejos te adoraron. Por otra parte, soy un Brude, Lisa.

—Debí de perderme esa parte de la historia en la escuela. ¿Quiénes eran los Brude?

—Pues los guerreros más valientes que hayan existido jamás —respondió con expresión de arrogancia—. Somos los pictos originales; muchos de nuestros reyes se llamaban Brude, hasta que asumimos ese nombre. Brodie es solamente otra forma de nombrarlo. —«¿Será éste el momento de contarle más de mi historia? ¿De decirle que a Drust IV, mi medio hermano, lo asesinó Kenneth McAlpin en el año 838?»—. Los Brude, por siglos y por la línea materna, hemos descendido de la realeza, pero de reinas, no de reyes. La corona se transfería a hermanos o sobrinos o primos, según lo indicaba una complicada serie de matrimonios entre siete casas reales. Mi gente aceptará sin rechistar las decisiones de lady de Brodie.

—Suena como que los pictos fueran más civilizados que los escotos —dijo Lisa secamente.

—«Esa legión que frena a los salvajes escotos»: así es como se refirió a mi gente el emperador Claudio. Por un tiempo, lo logramos. Hasta que Kenneth McAlpin asesinó a la mayoría de los miembros de nuestra casa real, en una tentativa de borrarnos de Escocia para siempre.

—Pero tú todavía vives, de modo que aparentemente no fue demasiado exitoso.

«Ah, sí. Yo todavía vivo.»

—Pero dime, ¿por qué hoy te sentiste frustrado? —preguntó Lisa, volviendo a su observación inicial—. Sabes que puedo sentirte todo el tiempo. Puedo sentir tu impaciencia e ira.

Circenn se puso de pie y la hizo levantar del sillón. Se dejó caer en él y volvió a hacer que ella se sentara sobre sus muslos.

—Así está mejor. Me gusta estar debajo de ti.

—Me gusta que tú estés debajo de mí. Pero no trates de distraerme. ¿Por qué quieres entretenerme?

Circenn suspiró, atrayéndola hacia sí. Tenía miedo. Él, el guerrero intrépido, temía la reacción que ella fuera a tener sobre lo que estaba por decirle.

Cuando respiró hondo para comenzar, oyó que la puerta del gran salón se abría con estrépito, al tiempo que los guardias del castillo lanzaban gritos estrepitosos.

De inmediato ambos se pusieron tensos.

—¿Alguien nos está atacando? —preguntó preocupada.

Circenn se levantó rápidamente, depositándola en el suelo con un beso.

—No sé —le respondió, partiendo para el gran salón a toda carrera. Lisa corrió detrás de él, a medida que el estrépito del exterior se convertía en un gigantesco clamor.

Cuando entró en el gran salón, vio a docenas de caballeros gritando acaloradamente, reunidos alrededor de un extraño.

Duncan les echó una mirada cuando entraron y su sonrisa era deslumbrante.

—¡A Stirling, Circenn! Llegó el mensajero de Bruce. Finalmente vamos a la guerra.

25

—¿Que dices? —preguntó Circenn, con los ojos expectantes.

El mensajero habló rápidamente:

—El hermano de Bruce ha hecho una apuesta y debemos impedir a los ingleses que lleguen al castillo Stirling para el solsticio de verano. Bruce ha ordenado que presentéis vuestras tropas con todas sus armas en San Ninian, en la ruta romana...

Circenn lanzó un ensordecedor grito de alegría que fue repetido por todos los hombres en el salón.

Lisa se acercó a Circenn y él la abrazó con fuerza, levantándola por los aires.

—¡Vamos a la guerra! —gritó eufórico.

«Hombres —pensó ella, un poco sorprendida—. Nunca los entenderé.»

Entonces se le ocurrió algo peor: «¿Y si lo pierdo?.»

—Pero debéis apresuraros —gritó el mensajero en medio del barullo—. Si cabalgamos sin pausa, podremos llegar a tiempo. Cada instante cuenta.

Circenn la abrazó más fuerte.

—Puedes estar segura de que no moriré. Te lo prometo —dijo con fervor. La besó profundamente y se deslizó por entre sus brazos. No había tiempo de decirle más. Iría a la guerra y, al volver, tendrían la charla largamente adeudada. Mientras tanto, le aseguraría mentalmente que estaba bien, sirviéndose del profundo vínculo que tenían.

«¡A la guerra! ¡Por fin!», pensó, eufórico.

—Debo preparar mis armas —murmuró corriendo por el salón.

Lisa abandonó el salón poco después, para tratar de pasar cada instante posible con él antes de que partiera. Todo el castillo era un bullicio de actividad, mientras los hombres preparaban el viaje. Debería haber recordado que Circenn tenía que irse pronto. Debería haber sabido que la batalla de Bannockburn tuvo lugar el 24 de junio. Los registros históricos colocaban al señor de Brodie y a sus templarios en el centro de la legendaria batalla. Pero en medio de su nuevo amor y con el susto por el secuestro que había planeado Armand, no había pensado en la fecha del inminente combate.

Se dirigió a la recámara de Circenn y se deslizó silenciosamente adentro, preguntándose si habría suficiente tiempo para un momento de pasión. Lo dudaba: sentía que la mente de Circenn ya estaba lejos. Ya se había transformado en un macho guerrero, consumido por la inminencia de la batalla. Cuando se introdujo en su dormitorio, se sorprendió al ver que donde normalmente estaba el hogar de leña había un gran hueco en la pared.

Un cuarto escondido. «¡Qué fantástico! —pensó—. ¡Y qué apropiado para un castillo medieval!» Curiosa por descubrir lo que allí había, se deslizó por encima del hogar y entró. La tela de su vestido quedó enganchada en las piedras ásperas de la chimenea y se desgarró audiblemente. Ocupada tratando de desenganchar la tela de la piedra, no vio que Circenn se acercaba. Tampoco pudo ver su expresión.

—Vete, muchacha —tronó incorporándose.

Cuando Lisa levantó la vista, Circenn, abortando su plan de echarla de allí, quedó petrificado. Miró con horror cómo ella recorría con los ojos el interior de su sala oculta. Se quedó de pie, quieto, rodeado por evidencia incriminatoria. De pie entre objetos de su tiempo, Circenn supo que había perdido su confianza y, aún peor, que él además debía partir inmediatamente, si quería evitar que las tropas inglesas llegaran a Stirling para el solsticio de verano.

Lisa también estaba quieta, pero debido a que su mirada recorría, sin poder creerlo, los objetos que estaban en el aposento. Sus ojos se agrandaron, los entrecerró y los volvió a agrandar al darse cuenta de lo que estaba viendo. Armas, sí. Y escudos, sí.

E, inexplicablemente, objetos de su propio siglo.

Sí.

La primera oleada de emoción que la golpeó provenía de ella misma: se trataba de una sofocante sensación de dolor, perplejidad y humillación por haberle entregado su corazón de manera tan errónea. La segunda oleada procedía de él: una envolvente capa de miedo.

¿Cómo podía tener esas cosas? ¿Cómo podía tener objetos de su época y no ser capaz de enviarla de regreso a su hogar?

Simple. Mintió. Ésa era la única posible explicación.

—Me has mentido —susurró Lisa. Podía haberse ido a casa con Catherine, pero él le había mentido. ¿Sobre qué otra cosa le estaría mintiendo también?

Las manos de Lisa se posaron sobre un reproductor de CD. «¡Un reproductor de CD!», pensó alzándolo, espiándolo de cerca como si no pudiera creerlo. En la cubierta cromada se leía claramente la palabra «Sony». Sus ojos se entrecerraron, y lo arrojó, errando por poco, a la cabeza de Circenn. El aparato estalló contra el suelo convertido en pequeños trozos de plástico. Nerviosa disparó otro misil, cerrando los dedos alrededor de una caja que le resultó inadecuada y familiar.

—¡Tampones! —gritó—. ¿Tienes tampones? ¿Todo este tiempo? ¿Cómo te atreviste?

Circenn gesticuló inútilmente:

—No sabía que tenías que limpiar algo con eso...

Ella gruñó, salvajemente, con furia y dolor mientras le arrojaba la caja de tampones. Falló también, pero le pegó a la pared que estaba detrás de él, por lo que se produjo una lluvia de pequeños proyectiles blancos.

—¡No! —le gritó, agitando la mano cuando él intentó aproximársele—. ¡Quédate ahí! ¿Cuánto me mentiste? ¿A cuántas otras mujeres trajiste aquí para darles tampones? ¿Fui tan fácil que no necesitaste sobornarme con estas cosas? ¿Fue todo una mentira? ¿Es éste algún juego morboso que no puedo llegar a dilucidar? ¿No te afectó de alguna forma saber que mi madre estuviera muriendo? ¿De qué estás hecho? ¿De piedra? ¿Hielo? ¿Eres humano acaso? ¿Todo este tiempo pudiste hacerme regresar, pero no lo hiciste?

—No —respondió Circenn moviéndose hacia delante nuevamente, pero deteniéndose cuando ella retrocedió. Su expresión de dolor se agudizó.

—Ni siquiera pienses en tocarme. ¡Cómo debes de haberte divertido conmigo! Yo y mis patéticas lágrimas, yo y mi llanto por mi madre, y todo este tiempo pudiste haberme devuelto. Tú...

Circenn emitió un grito de dolor y frustración. Tuvo el efecto que buscaba: terminar con las acusaciones de Lisa, silenciándola.

Mientras estaba de pie allí, le dijo:

—Escúchame, porque no tengo mucho tiempo.

—Te escucho —chilló ella—. Como una tonta, estoy esperando que me des una explicación decente de todo esto. Adelante, dime más mentiras.

Circenn se pasó la mano por la cara y sacudió la cabeza:

—Muchacha, nunca te he mentido. Te adoro y nunca habrá otra mujer, de aquí en adelante. Y respecto de estos hisopos limpiadores —dijo sosteniendo un tampón en el aire—, no entiendo por qué te molestaron tanto, pero te aseguro que nunca dejé que las criadas los usaran.

Lisa frunció el ceño. Ningún hombre podía ser tan estúpido.

—¿Hisopos limpiadores?

Tomó un arma y apuntó el caño hacia ella y de allí salió un tampón. Estaba cubierto por una oscura capa negra producto de la corrosión del acero.

—¿Limpias tus armas con esto?

Circenn bajó el arma.

—¿Y no es para eso que sirven? Juro que no puedo concebirles otro uso.

—¿No leíste las instrucciones de la caja?

—¡Hay muchas palabras que no entiendo!

Los ojos de Lisa se agrandaron por la sorpresa y decidió explorarlo internamente. Se preguntó por qué no lo había hecho antes. Allí donde se encontraban, no podía ocultarle nada. Pero se había sorprendido tanto que no había podido pensar claramente. Lo alcanzó y sintió...

Temor a que no le creyera.

Dolor.

Y honradez.

Realmente no sabía qué eran los tampones. Pero había algo más, algo que él estaba intentando ocultar. Una cosa oscura y monstruosa, cubierta por la desesperación. La hizo estremecerse.

Circenn levantó las manos en un gesto de súplica:

—Lisa, nunca te he mentido sobre el hecho de que no puedo hacerte regresar a tu época. Aquí hay regalos que un hombre llamado Adam me trajo. Nunca estuve en tu época, ni puedo ir hasta allí, ni enviar a nadie.

Lisa calibró sus palabras, buscando en ellas alguna verdad. Recordó que, cuando él había estado mirando las telas para su vestido de bodas, había mencionado a este Adam. Adam, cuyos regalos Circenn había desdeñado, excepto la tela dorada que había elegido para el vestido.

Una planta por debajo de donde estaban, los hombres buscaban a Circenn.

Ignorando las llamadas, dijo:

—No quería que esto surgiera así, no ahora, cuando no tengo otra opción más que correr hacia la batalla. Debes de creer que nunca te he mentido, Lisa. Créeme y espera mi regreso. Te prometo que entonces hablaremos de todo esto. Responderé a todas las preguntas que me formules, te lo explicaré todo —le dijo suspirando y frotándose la mandíbula. Sus ojos estaban oscurecidos por la emoción—. Te amo, muchacha.

—Lo sé. Puedo sentirlo —le contestó Lisa, inclinando la cabeza—. Me amas. Si no me hubiera apresurado, podría haber percibido tus sentimientos y haberme dado cuenta de que no tenías intenciones de lastimarme.

Soltó un suspiro de alivio.

—Gracias a Dagda por nuestro vínculo.

—Adelante —dijo ella, animándolo a revelar el oscuro secreto que todavía no le había dicho. Cuando Circenn se dirigió hacia la entrada, Lisa comprendió que él no había interpretado sus palabras.

Pareció asombrado cuando ella no salió de la recámara secreta.

—Antes de salir, tengo que sellar la recámara, muchacha. Te prometo que te dejaré examinarla hasta la saciedad cuando regrese.

Se movió hacia ella, como para dirigirla hasta la habitación.

—No —dijo Lisa rápidamente—. He querido decir que me dijeras el resto.

Circenn se detuvo, moviéndose con renuencia.

—He pensado que decías que me uniera a mis hombres y que hablaríamos de esto tan pronto como regresara. —Notó la mandíbula tensa de Lisa y su mirada inquebrantable—. ¿Qué más estás sintiendo? —dijo evasivo.

—Algo que me aterroriza, porque te asusta y sospecho que, si algo te da miedo a ti, a mí me devastaría. Hay algo que no me estás diciendo y que tu miedo oculta. Debes decírmelo, Circenn. Ahora. Cuanto más rápido me lo digas, más rápido te podrás ir. ¿Qué me ocultas?

Ella respiró hondo.

—Adam, el que me dio esas cosas extrañas —gesticuló señalándolas—, puede retornarte a tu época. No te lo he dicho porque no tenía sentido. ¿Recuerdas que juré matar al portador del frasco?

Ella asintió.

—Adam es el que me obligó a ese juramento.

Lisa cerró los ojos.

—En otras palabras, la única persona que puede retornarme me matará primero. Muy bien. ¿Qué otra cosa? —Él la miró con una expresión de inocencia que ella no creyó—. Puedo sentirlo, Circenn. No me contaste lo más importante.

—Lisa, te lo diré, pero ahora debo ir a Stirling.

Convenientemente, Duncan gritó el nombre de Circenn con obvia frustración. «Debe de ser parte de una conspiración masculina», pensó Lisa.

—¿Ves? —dijo Circenn—. Los hombres me esperan. Va a ser una carrera contra el tiempo, Lisa. Debo irme.

—Dime —repitió ella.

—No me hagas esto ahora.

—Circenn: ¿realmente piensas que me quedaré sentada aquí durante semanas, preguntándome qué otro hecho fantástico me has estado ocultando? Sería una tortura para mí.

Las manos de Circenn apretaron el arma.

—Te seguiré a caballo. Si debo, te seguiré hasta la batalla misma.

Un silencio tenso llenó el espacio entre ambos.

Los continuados gritos de los hombres abajo aumentaron la tensión. ¿A quiénes les prestaría atención? ¿A sus hombres o a ella? Lisa sentía que le latía el corazón con fuerza. Circenn se pasó la lengua por los labios y comenzó a hablar varias veces, deteniéndose luego y desviando la mirada. Cuando finalmente logró hablar, su voz salió tensa y cansada.

—Mi madre era una reina Brude que nació hace quinientos setenta años atrás. Soy inmortal.

Lisa se quedó tan dura como las paredes de piedra que había a su alrededor. Pestañeó rápidamente, decidiendo que no había entendido bien.

—Dilo de nuevo.

Él sabía qué palabra necesitaba que repitiera.

—Inmortal. Soy inmortal.

Lisa retrocedió.

—¿Que vas a vivir para siempre, como Duncan McLeod, el highlander?

—No conozco a ese Duncan McLeod, muchacha. No sabía que había otro como yo. Los McLeod nunca hablaron de ese hombre.

Lisa, por un momento, no pudo hablar.

—¿In... inmortal? —alcanzó a decir en un seco murmullo.

Él asintió. Golpeó la culata del arma contra el suelo en respuesta a una llamada particularmente furiosa.

Rechazando esa absurda posibilidad, Lisa intentó llegar a él emocionalmente. Su incredulidad se aplastó contra la firme respuesta de su vínculo.

Estaba diciendo la verdad. Era inmortal.

O al menos eso creía él.

¿Podía haber sido engañado? Luego de un momento de reflexión, descartó esa posibilidad. Una persona sabría si había vivido quinientos años. Era algo que uno no podía pasar por alto.

Sin mirarla, continuó:

—Descubrí que era inmortal a los cuarenta y un años.

—Pero no pareces de cuarenta y un años —protestó, ansiosa de objetar cualquier parte de esa locura.

—No tenía esa edad cuando Adam me cambió. Yo debía de estar más cerca de los treinta que de los cuarenta. Nunca admitió exactamente en qué momento me dio la poción. Pero cuando lo confronté, me confesó que me había puesto la poción en el vino.

—¿Por qué haría eso? Y ¿quién es ese hombre que tiene el don de hacerte vivir para siempre? ¿Quién es ese Adam que puede enviarme a mi hogar? ¿Qué es?

Circenn suspiró. Ahora no tenía sentido intentar darse prisa. Le daría algunas respuestas para que ella las considerase, mientras él estuviera ausente. Al regresar, le contaría todo y le ofrecería el frasco de nuevo. Esta vez para beber.

—Es de una vieja raza, llamada Tuatha Dé Danaan. Es lo que algunos llaman un duende.

—¿Duende? —dijo Lisa incrédula—. ¿Esperas que crea en duendes?

Circenn sonrió amargamente.

—¿Aceptas que has viajado setecientos años en el tiempo, pero discutes la existencia de criaturas que nos atraparon por milenios y que poseen poderes inusuales? No puedes elegir tu locura, muchacha.

—Duende... —repitió Lisa, sosteniéndose del borde del hogar—. Ahora entiendo por qué no te pareció extraño mi viaje a través del tiempo. Creía que lo habías aceptado.

—No pienses en los duendes como criaturas etéreas y tenues, yendo por ahí con sus alas. No son así. Constituyen una civilización avanzada que habitaba un mundo lejano antes de venir al nuestro en una nube de niebla hace miles de años. Nadie sabe de dónde vinieron o qué son realmente, pero poseen poderes más allá de todo. Son inmortales y son capaces de viajar a través del tiempo.

—Pero ¿por qué te hizo inmortal?

Circenn exhaló un suspiro amargo.

—Dijo que lo hizo porque su raza me había seleccionado como guardián de sus tesoros. El maldito frasco es uno de ellos. Por eso él me hizo jurar que mataría al que lo encontrara. Dijo que su raza había buscado por mucho tiempo alguien que pudiera mantener sus objetos sagrados de manera segura. Necesitaban alguien que no muriera nunca y que no pudiese ser derrotado en una batalla.

—Entonces, ¿en verdad vivirás... para siempre?

Circenn no dijo nada, pero sus ojos oscuros estaban plenos de emoción. Asintió.

Lisa sacudió la cabeza sin poder hilvanar pensamiento coherente alguno. Su mirada se posó sobre él, sin creerle.

—No —levantó la mano como intentando protegerse—. Basta. He oído bastante por un día. Es todo lo que puedo oír. Mis oídos están llenos.

—¿Es una cosa terrible de aceptar? Yo acepté que venías del futuro —dijo—. Como quieras —rugió pateando el suelo.

—Dame tiempo para pensar, ¿de acuerdo? Ve. Ve a tu guerra —dijo Lisa apuntando a la puerta. Luego se le escapó una risa casi histérica.

—Lisa, no te dejaré así.

—Oh, sí, lo harás —dijo firmemente—, porque, de acuerdo con mi recuerdo, tú y tus templarios seréis necesarios en Bannockburn. —Necesitaba desesperadamente estar sola y pensar. No le fue difícil empujarlo a la guerra ahora que sabía que no podía morir—. Pero sangraste cuando te clavé el cuchillo —agregó.

—Bajo mi camisa, la herida cerró instantáneamente, muchacha. Sólo puedo sangrar brevemente.

Se oyeron pasos en el corredor, a sus hombres se les había agotado la paciencia.

Circenn la hizo avanzar un poco y cerró rápidamente la recámara.

—Has dicho que mis templarios fueron necesarios en Bannockburn. ¿Conoces esa batalla? —dijo.

—Sí.

—Entonces parece que ambos hemos estado ocultando información —apuntó con calma—. ¿Hay algo más que deba saber?

—¿Hay algo más que yo deba saber? —contraatacó Lisa.

Repentinamente pareció cansado.

—Que te amo con todo mi corazón, muchacha.

La besó rápidamente y se marchó.

26

Inmortal. Circenn Brodie era inmortal.

«Qué ironía», pensó. En el siglo XXI rabiaba contra la mortalidad de su madre. Ahora, en el siglo XIV, se enfurecía con la inmortalidad de él.

Su vida no había podido ser como esas vidas sencillas de quien va a la universidad, recibiendo los besos de hombres apuestos y generalmente inofensivos. Eso no era para Lisa Stone. Ella repentinamente comprendió lo perpleja y usada que debió de sentirse Buffy al descubrir que su misión en la vida era cazar vampiros.

Se hacía daño.

Él cabalgaba bastante lejos de donde se hallaba ella, pero su vínculo no se debilitaba aún. Ella se sentía un poco fustigada por lo que él sentía, sacudida por su cólera, tristeza y culpa. Se vio a sí misma quitándose esos sentimientos de encima, relegándolos a un segundo plano. No podía permitirse sentir lo que él estaba sintiendo en aquel preciso instante. Necesitaba sentir únicamente sus propias emociones, revisarlas sin que las distrajera la palpitante intensidad de Circenn.

El hombre a veces era total y completamente abrumador, y no era de sorprender. Estaba vivo desde hacía más de quinientos años, amando y perdiendo a sus seres queridos, y siendo invencible. Lisa sintió que de él emanaba una oleada de preocupación porque ella intentaba eliminarlo. Demasiado exhausta como para hacer otra cosa, le envió una ráfaga de seguridad y luego acorraló las emociones de Circenn en un rincón de su mente.

Así era mejor.

Decidió que tal vez un paseo la ayudaría a aclararse y se levantó de la cama, donde había estado sentada desde que él se había ido.

Recorrió el castillo silencioso y se aventuró a salir en cuanto oscureció. Era una noche extrañamente tranquila: no había caballeros que compitieran en el patio ni niños jugando en él; la guerra resultaba un asunto verdaderamente penoso. Ella no tenía que preocuparse de que Circenn fuera a morir, pero la mayoría de las familias de Brodie tenía a algún ser querido a quien quizá podrían herir mortalmente en combate. Un cierto aire de gravedad envolvía el lugar.

Absorta en sus pensamientos, erró en dirección a la charca y se dejó caer sobre el banco de piedra. Inclinando la cabeza, observó el cielo aterciopeladamente negro. ¿Por qué no se había enamorado de un mortal normal? Solamente podía imaginarse con horror la manera en que se sentiría cuando tuviese cincuenta años y él aún pareciera un hombre de treinta. Pudo sentir el miedo de tener sesenta años, en aquella tierra en la que las mujeres tenían hijos a los catorce años, un momento en que sería lo suficiente vieja como para que la mayoría de la gente pensara que era la madre de Circenn o, peor todavía, su abuela.

«Oh, Dios. Mi cuerpo envejecerá y se arrugará, pero el de él jamás.»

Lisa no se veía como una persona superficial, pero allí había más de lo que la vanidad de una mujer podía aceptar de buen grado. ¿Querría él seguir haciéndole el amor? Cuando su propio cuerpo hubiese envejecido, ¿podría ella permitirle mirar a otras mujeres? No era meramente un asunto de vanidad; el contraste físico entre ellos diariamente funcionaría como un recordatorio de que ella se estaba muriendo, pero que él no.

«Disfruta de los años y no pienses en el futuro lejano», dijo una parte de ella esperanzada.

Pero se conocía demasiado bien. No sería capaz de hacerlo. Viviría con miedo, observando el espejo, esperando lo inevitable.

Y había que considerar algo todavía más importante.

No sólo envejecería, mientras que él no, sino que finalmente moriría, pero él continuaría vivo. Él se quedaría sin ella, y ella sabía que tendría que alentarlo a que volviese a amar cuando ella ya no estuviese allí..., y que Dios la perdonase, no creía tener un alma tan noble.

¿Alentar a Circenn a que compartiera un vínculo tan precioso e íntimo con alguna otra mujer? Se posesionó de ella el odio por esa sucesora sin rostro ni nombre.

Pero no tendría otro remedio que hacerlo, porque lo conocía lo suficiente como para saber que compartía con ella la tendencia al sufrimiento autoinfligido. Se negaría a sí mismo. Podría llegar a pasar miles de años solo, negándose a la intimidad y esa soledad tan dura volvería loco a cualquiera. Por el bien de su propia alma, una vez que ella hubiese muerto, tenía que volver a amar.

También entonces, había que considerar el conocimiento íntimo que ella tenía sobre lo que su muerte le significaría a él; por su vínculo, él experimentaría cada emoción poco noble que ella sintiera y cada fragmento, por mínimo que fuera, de su dolor. Ella sabía lo que era observar cómo moría un ser amado. Era peor que el infierno.

¿Qué le habría pasado si hubiese realmente sentido el dolor físico de su madre a lo largo de los últimos meses? ¿Su desesperación y su miedo?

Circenn sentiría cada pizca de su dolor, a menos que ella pudiese ocultárselo de algún modo.

«¡No puedo! ¡No soy lo suficientemente fuerte!»

Se puso en movimiento, desesperada.

Caminó rápidamente, bordeando la charca, mirando al cielo, como si pudiera oírla y concederle algo de lo que rogara. Concentrada en el cielo, tropezó y cayó al suelo.

Era lo único que le faltaba. Llorando, se cogió las rodillas con los brazos y empezó a mecerse. Al cabo de unos instantes, se dio cuenta de que se había caído a un costado del túmulo y de que lloraba sobre los probables desechos de los orinales.

Se quedó quieta.

«Se dice que si das la vuelta al túmulo siete veces y derramas tu sangre en la cima, la reina de las hadas puede aparecer y concederte un deseo.» Al recordar las palabras de Circenn, lentamente abrió los ojos.

Pero ¿qué podía desear?

«Son incontables los muchachos y muchachas que se pincharon los dedos aquí. Viejas historias. Esta tierra está llena de ellas. Lo más probable es que se trate de un túmulo formado por los habitantes anteriores de este lugar. Aquí deben de haber vaciado sus orinales. Eso explicaría por qué la hierba es más gruesa y verde.»

No sabía lo que podría ocurrirle en la vida. ¿Por qué no intentarlo? Si funcionaba, podría decidir después cuál sería su deseo. Atontada, se puso de pie y comenzó a dar vueltas al *shian*. Al principio, lentamente, y luego tomando velocidad y ganando determinación al progresar alrededor del túmulo.

Una vez, tres veces, cinco y siete.

Se detuvo. Se dio cuenta de que no tenía con qué hacerse un corte. Con una peculiar indiferencia, se perforó la palma de la mano con los dientes, logrando que manara la sangre. Ascendió a la cumbre del *shian* y, presionando con los dedos, logró que cayeran unas gotas en el centro de la cima.

Esperó.

No tenía idea de qué estaba esperando. Pero considerando lo extraña que había sido su vida durante los últimos meses, no le sorprendería mucho que emergiera un hada de la tierra, agitando una varita mágica.

Contuvo la respiración. La noche era espeluznante, incluso cuando las criaturas de la oscuridad estuvieran extrañamente mudas como entonces.

Nada pasó.

«Oh, Lisa, no saldrá ninguna reina de las hadas de este túmulo y simplemente tendrás que lidiar con el hecho de que estás enamorada de un hombre inmortal.»

Cerró los ojos y sacudió la cabeza, divertida con su tonta fantasía. Al cabo de un momento, descendió de la pila de tierra increíblemente simétrica.

Tenía que admitirlo: esa tierra le había hecho algo a su sangre. Casi había llegado a creer que podía aparecer una criatura mítica. La magia había inundado el aire de Escocia, tan espesa y frecuente como la niebla, y descubría poca cosa que pareciera más allá del reino de lo posible. Circenn era inmortal. Ella había viajado a través del tiempo. Pedir un deseo, en comparación, parecía algo bastante seguro.

Le dio la espalda al túmulo, inclinó la cabeza y miró a la luna, admitiendo que, a pesar de sus heridas y de su miedo, estaba más que aliviada. Tener demasiadas opciones podía resultar abrumador.

Ahora no tenía ninguna opción. No tenía otra posibilidad más que quedarse allí y amar a Circenn Brodie.

Tal vez, mientras Circenn se mantuviera eterno, podría aprender a ver el envejecimiento como un pequeño precio a pagar por el tipo de amor que compartían. Lo buscó con sus sentimientos interiores, removiendo lentamente sus barricadas. Debido al vínculo que tenían, sabía que se sentía herido, enfadado y muy preocupado. También estaba consumido por el miedo de que ella fuera a abandonarlo.

Bueno, no tenía sentido preocuparse por eso. Ella no podía hacerlo.

—¿Qué deseas, humana?

Una voz, que contenía un millar de frías sombras de nieve, destruyó su ensoñación, helándole la sangre.

Lisa se quedó congelada.

27

La voz venía de detrás de Lisa, del túmulo donde se encontraba el hada.

—Has estado observando la luna como embelesada. ¿Deseas volar hasta ella? ¿Contar las estrellas mientras las tocas? ¿O algo más... simple?

Lisa aspiró hondo cuando la voz tembló hasta llegar a ella. No era humana. Jamás podría confundir ese sonido con el de una voz mortal. Sonaba a tiempo y a comentario desapasionado. La aterrorizaba. Lentamente se volvió sobre sus talones. La visión que la saludaba daba miedo por la sola magnitud de su belleza. El aire se le quedó en la tráquea, forzándola a respirar rápidamente.

—Adorable —murmuró—. ¡Oh, Dios! —exclamó y de inmediato comprendió el encanto de los cuentos de hadas, de criaturas que eran tan deslumbrantemente bellas que verlas casi lastimaba. Esas criaturas abrumaban los sentidos.

La visión inclinó la cabeza majestuosamente.

—Es lo que somos. Adorables, eso es. Pero no dioses. Muchos nos llaman hijos de la diosa Danu.

Lisa la miraba atentamente, con los labios entreabiertos en un suspiro, hipnotizada. La mujer tenía el cabello plateado; los rayos de luna habían peinado su delicado pelo, resistiéndose a partir. El aire nocturno resplandecía a su alrededor, como si la iluminaran mil diminutos soles. Sus cejas se arqueaban sobre ojos exóticos con forma de almendra en un rostro pálido. Sus ojos: no eran de ningún color que conocieran los seres humanos, pero evocaban la imagen de los tonos iridiscentes de la cola húmeda de una sirena, resplandeciendo al sol.

Tenía los pómulos tan prominentes que le daban a su rostro un aspecto felino, allí donde los labios eran carnosos, rojos como la sangre y elevados en sus comisuras, como si estuvieran detenidos en una sonrisa perpetua. Tenía la piel salpicada de oro; una túnica blanca la vestía sin cubrirle nada, y el cuerpo —que resultaba claramente visible debajo de la tela brillante— resplandecía dorado, perlado y rosa, haciendo que Lisa se sintiera como cuando tenía doce años.

Perfección.

—¿Qué es lo que querrás, humana? —oyó, mientras unos ojos remotos se clavaban en los suyos, abiertos sin la menor insinuación de curiosidad—. Has hecho esa puerta con tu propia sangre, ahora pide antes de que me canse de ti.

Lisa tragó. Ésa era su oportunidad. Lo único que tenía que decir era «Quiero volver a la casa de mi madre». Pero ¿podría abandonar a Circenn? ¿Y cómo podría saber si su madre todavía estaba viva o no?

—Sí —dijo la Reina de las Hadas, poniéndose un haz de cabellos plateados detrás de la oreja.

—¿Qué? —preguntó Lisa con un grito ahogado.

—Tu madre vive. Si llamas a eso vivir —dijo haciendo con los labios un gesto de desagrado—. Una pesadilla para los mortales, el cuerpo. Se está muriendo.

—¿Cómo lo hiciste para saber lo que estaba pensando? —susurró Lisa.

El hada se rió y el sonido resbaló alrededor de Lisa. Por un segundo, se perdió en él: se olvidó de quién era, de que tenía una madre, de que amaba a un hombre, de que era humana. Por un instante no deseó otra cosa más que quedarse tan cerca de esa criatura como ella se lo permitiese. Besar el dobladillo de su claridad de hada, respirar lo que respirase, bailar descalza sobre un túmulo verde. Cuando la compulsión cedía a medida que se esfumaba la risa, advirtió en esos deseos el embrujo de la locura.

—Soy de los Tuatha Dé Danaan. Nosotros vemos todo. Así que, ¿qué es lo que quieres, humana? ¿Que te envie a casa para que mueras con tu madre? ¿Es ella tan importante? ¿Abandonarás a este señor que te ama?

—Necesito tiempo para pensar —protestó Lisa débilmente.

—Has hecho que me hiciera presente ahora.

—No creo que vaya a funcionar. No he preparado mi deseo...

—Si necesitabas tiempo para pensar, no debiste perturbarme —dijo y el rostro de la Reina de las Hadas se volvió inclemente.

Alrededor del *shian* comenzó a soplar una brisa, levantando hojas en el aire. Lisa se sobresaltó, girando como las hojas, absorbiendo la noche repentinamente tensa. Tensa por el disgusto de la Reina de las Hadas.

—Somos Escocia —declaró la Reina de las Hadas, contemplando el tumulto que había producido—. La tierra una vez lloró cuando lloramos, y la primavera llegaba cuando bailábamos. Ahora las estaciones transcurren coherentemente y, más allá de las travesuras de algún tonto, este suelo ha sido mayormente domado.

—Porque sois coherentemente indiferentes, remotos —dijo Lisa sin pensarlo—. ¿Eso es lo que el tiempo os ha hecho?

La Reina de las Hadas parpadeó. Fue sólo un parpadeo, pero decía: «Aquí, amenazas no, mortal», que se acompañó con una mirada que prometía una ira que Lisa nunca desearía recibir.

Lisa se recuperó rápidamente de su torpeza.

—Quiero decir, ¿vivirá mi madre si regreso?

—Por un tiempo.

Lisa cerró los ojos con todas sus fuerzas. No había creído realmente que fuera a presentarse la Reina de las Hadas y que le concediera un deseo. Pero ahora, ahí estaba un ser que podía, y que aparentemente le ofrecía, hacerla volver con su madre.

¿Qué iba a decidir? ¿Quedarse en Escocia y contemplar cómo envejecía su cuerpo y se deshacía mientras el de su amado nunca cambiaba o regresar a su época a ver morir a su madre?

Ninguna de las opciones resultaba del todo atractiva.

—¿Supongo que puedes traer a mi madre aquí? ¿Y tal vez hacer que se cure? —sugirió Lisa esperanzada—. Quizá podrías hacerme inmortal.

—Tienes una opción: o te quedas o te vas. No me siento generosa, ni tampoco inclinada a producir cambios a gran escala. Requiere mucha voluntad. Un deseo es una piedra, y lo que concedo es que la arrojes a un lago. Hay ondas. ¿Tendré que leer en tu corazón y encontrar tu verdadera elección? Vosotros los mortales pensáis que vivir es una guerra. ¿Corazón o mente? Estúpida criatura, la culpa no es la mente. El deber no es el corazón. Escucha con eso lo que tu raza dice que ya no tenemos. ¿Deberé leer tu deseo?

La mano de Lisa voló instintivamente a su pecho, como si pudiera proteger su corazón de esa criatura.

—No, yo seré la que escoja, si me concedes apenas unos pocos instantes.

—Estoy cansada de esperar. ¿Querrías verla?

El hada desplegó una mano blanca y delgada en dirección a la charca, y ésta se puso calma y vítrea. Dentro del agua, como si fuera un portal de plata, cobró forma el dormitorio de su madre. En el siglo XXI era el alba y Catherine estaba despierta, con un rosario en las manos nudosas. Cuando la vio, Lisa se puso a llorar, porque la enfermedad se había extendido tanto que resultaba difícil creer que todavía respirase. Rezaba en voz alta. ¡Estaba viva!

A lo largo de las últimas semanas, convencida de que nunca volvería a verla, Lisa casi había dejado que su madre descansara en su corazón, pero su madre aún vivía y respiraba, echándola de menos con desesperación, terriblemente preocupada.

Lisa meneó la cabeza con gesto amargo, desconcertada ante la opción. La visión de su madre era un golpe fatal. Catherine estaba viva en el siglo XXI y, al cabo de todos esos meses, seguramente debía de haber dado a Lisa por muerta. Pero Lisa tenía la oportunidad de regresar y cogerle la mano, y tranquilizarla porque su única hija estaba bien. Cogerle la mano mientras moría. Consolarla y amarla, e impedir que muriese sola.

Las emociones la sobrecogieron, y vagamente sintió el pánico de Circenn, en algún lugar de la noche, al leer lo que ella sentía. Con firmeza, lo dejó fuera.

Lisa volvió a mirar la charca y en Catherine tuvo una terrible visión de sí misma: debilitada por la vida, marchita, con una precaria hebra de deseo de vivir, mirando a Circenn, quien seguiría sin que el tiempo hiciera mella en él.

Circenn le había dado amor. Catherine le había dado amor. Circenn viviría para siempre. Lisa sabía cómo la muerte de Catherine estaba destruyéndola, rompiéndole el corazón. Cuando ella misma muriese, Circenn sería objeto de ese mismo dolor. Si ella se quedaba, ¿qué era lo que tendría? Envejecer mientras Circenn nunca envejecería, morir mientras el magnífico guerrero se quedaría al pie de la cama, sosteniéndole la mano, con el corazón hecho pedazos. Él, en quinientos años, había perdido a tantos seres queridos... ¿Acaso no sería más amable irse ahora que hacerlo sufrir con su muerte en diez, treinta o cincuenta años? Conocía íntimamente el dolor de perder a alguien a quien se quería tan profundamente.

Le dolía la cabeza y le quemaba la garganta por el esfuerzo de evitar las lágrimas.

Lisa giró, echándole un largo vistazo al castillo Brodie, la noche encantada, la belleza que conformaba las Highlands de Escocia. «Te amo con todo mi corazón, Circenn. Pero me temo que soy cobarde y que tengo resistencia. Los años me destruirán.»

—¿Y bien? —exigió el hada.

—¡Oh! —exclamó, inhalando rápidamente, crispada por sus pensamientos.

—Ahora —exigió la Reina.

—Yo..., oh..., ho..., hogar —dijo Lisa en voz tan baja que el viento le arrancó las palabras de los labios y éstas casi se perdieron. Pero la Reina de las Hadas oyó.

—¿Qué hay del señor? ¿No quieres despedirte?

—Se ha ido —dijo, con lágrimas que se le deslizaban por las mejillas—. Está camino a Bannockburn...

—¡Bannockburn! —exclamó el hada poniéndose rígida y viéndose casi alarmada, aun cuando fuera difícil vislumbrar emociones en un rostro como el suyo. Golpeó con las manos, habló en un lenguaje que Lisa no pudo entender y, súbitamente, la noche a su alrededor enloqueció.

El *shian* brillaba, la luz surgía de su interior y a Lisa se le ofreció una visión que pocos humanos alguna vez vislumbraron o vivieron para contar.

Del *shian* salieron hadas y duendes por docenas, irrumpiendo en la noche, montados sobre poderosos caballos. Por encima de ella estalló una tempestad, que hizo volar hojas y ramas, y la tierra misma pareció tensarse hasta abrirse mientras derramaba su extraño cargamento: la caza salvaje.

—A Bannockburn —gritaron.

No tenía ni idea de cuánto tiempo duró la enloquecida oleada de criaturas extrañas que salían a toda carrera. La tierra tembló, la luna se escondió detrás de una nube, incluso los árboles parecieron retroceder respecto del *shian*. Lisa no pudo evitarlo: cerca del final, tuvo que cerrar los ojos.

Por fin la noche se hizo silenciosa y cautelosamente espió el *shian*. Allí había un hombre, alto, poderoso, con un sedoso cabello oscuro, que la miraba.

—Se olvidan del tiempo —dijo secamente—. Edward tiene más del triple de tropas que los escoceses, y mi gente tiene un gran interés en esta batalla. Circenn y sus hombres llegarán a tiempo para salvar el día. A mi gente le encanta observar los triunfos de los mortales y también las derrotas.

—¿Quién es usted? —dijo Lisa con voz ahogada, rogando que el hombre no se riera. Del hombre manaba sensualidad, una sensualidad que casi competía con el efecto que Circenn tenía sobre ella. Si se reía como la Reina de las Hadas, Lisa temía perderse en una seductora locura.

«Envíala —se oyó que ordenaba una incorpórea Reina de las Hadas—. Y entonces quedarás libre de irte de mi lado.»

«¿Qué ocurre con mi don de pasar el tiempo por la criba y mi capacidad de entrelazar mundos?»

«Todavía se quedan conmigo. Estás limitado hasta que decrete lo contrario, Adam.»

Adam hizo un gesto de furia, luego volvió su atención a Lisa.

—Parece que se te ha otorgado tu deseo —dijo curvando las comisuras de los labios en una expresión burlona de disgusto—. Y a mí me tratan de tonto.

«¿Qué derecho tienes de mirarme con tal expresión de desencanto?», pensó Lisa, desconcertada. Casi como si a él le preocupara. Como si él sintiera que la suya era una decisión terrible. Entonces fue cuando recordó las palabras de la Reina de las Hadas: «Adam.»

—Aguarda... —le dijo sin poder terminar la frase—. ¿Eres tú Adam Black? —gritó, inundada por rabia asesina.

Pero ya era demasiado tarde. Estaba...

Cayendo...

Otra vez...

Cerca del Ferh Bog, Circenn se dobló contra la silla y se agarró el estómago. Sus pulmones explotaban en profundas y ásperas exhalaciones mientras miraba fijo la noche con progresivo horror.

Galan y Duncan se apresuraron a ponerse a su lado de inmediato.

—¿Qué pasa? ¿Qué ocurre, Circenn? ¡Háblame! —aulló Duncan. Jamás había visto el rostro de Circenn Brodie tan angustiado.

—Se ha ido —susurró Circenn—. Ya no puedo sentir a Lisa.

—¿Qué significa eso? —preguntó Duncan rápidamente—. ¿Acaso ha conseguido volver a su época de algún modo?

La mirada de Circenn era salvaje.

—O eso..., o Adam la ha encontrado.

—¿Por qué no le diste el frasco? —quiso saber Duncan—. ¡Entonces esto no habría podido suceder!

Circenn casi embistió a Duncan con su caballo.

—La última vez que hablamos de eso te opusiste.

—Pero eso fue antes de que Armand...

—¡No tuve tiempo! —rugió Circenn.

—Debes regresar.

—Se ha ido —dijo Circenn con los dientes apretados—. Si abandonó este siglo, es demasiado tarde para que la busque. Si Adam la halló, también es demasiado tarde para buscarla. No entiendes: es una cosa o la otra, y se trate de lo que se trate ya es demasiado tarde porque se ha ido.

Alzó la mano y golpeó la cabalgadura de Duncan en la grupa.

—¡Ahora cabalgad! —ordenó a sus tropas—. Cabalgad y vengaos —rugió, sabiendo que cada inglés que cayera bajo su hacha o su espada llevaría el rostro de Adam.

28

La batalla, cerca del río Bannock Burn, el curso del río que le dio su nombre, duró sólo dos días, pero fueron dos gloriosas jornadas que resonaron en todo el país, de punta a punta.

Las tropas de Edward Plantagenet se reunieron en las inmediaciones del arroyo. Eran estruendosas, superaban a los escoceses en una proporción de cinco a uno y estaban arrogantemente seguras de que la victoria se obtendría en unas pocas horas. Estaban a pocas millas de Stirling, tenían una supremacía numérica importante y, además, contaban con dos días para derrotar a los bárbaros escoceses.

Edward bromeaba y se reía junto a sus hombres. No tomaría más de dos horas, se regocijó.

Para disgusto de Edward, durante los primeros momentos de la batalla las tropas enemigas se emplearon a fondo, y muchos ingleses cayeron en los pozos y trampas que la gente de Bruce había ocultado hábilmente.

Una vez que vieron minada su confianza por aquellas trampas, los ingleses se reagruparon, sólo para descubrir, demasiado tarde, que el frente escocés era virtualmente impenetrable.

Y dar la vuelta para intentar un ataque por el flanco implicaba atravesar el pantanoso Carse, mientras los lanceros escoceses, dispuestos en los terrenos altos, esperaban para atraparlos.

Edward estaba disgustado por lo bien que Bruce había elegido el terreno de la batalla y por cuán tontamente sus tropas habían subestimado las habilidades de los escoceses. Al final del primer día, la caballería de Edward había sido rechazada dos veces y una gran cantidad de ingleses habían sido aniquilados.

Las tropas de Bruce se retiraron esa noche hacia los límites del bosque de New Park, llenas de euforia por su éxito ante las huestes inglesas.

El campamento inglés cometió su segunda equivocación fatal al refugiarse en el terreno pantanoso entre el arroyo y el River Forth, un error táctico que cobraría su deuda a la mañana siguiente.

Las tropas inglesas se desmoralizaron aún más cuando sir Alexander Seton, un caballero escocés del ejército inglés de Edward, desertó esa primera noche, advirtiendo a quien pudiera oírlo que apostaba la cabeza a que los escoceses vencerían a la mañana siguiente. Al segundo día, los ingleses se percataron rápidamente del error que habían cometido al elegir lugar para el campamento. Los escoceses cayeron sobre ellos, encerrando al ejército inglés inmediatamente después de la primera carga y arrinconándolo entre el Bannock Burn y el River Forth, en un espacio demasiado pequeño como para maniobrar y lograr formarse para otra carga.

Los escoceses habían elegido su posición, forzando a los ingleses a afrontar la batalla de a pie, una táctica para la cual éstos no estaban preparados.

Los escoceses eran muy superiores a los ingleses en ese tipo de enfrentamiento, acostumbrados a luchar en turbales y terrenos pantanosos, y se podían mover con mayor libertad que los ingleses, sin el peso de las armaduras.

Los ingleses comenzaron a desorganizarse, sin poder armar una formación y fue en ese momento de debilidad que llegó el señor de Brodie con sus templarios. En medio de la refriega galopaban como si fueran uno, mientras los caballeros sagrados se deshacían de sus telas escocesas y dejaban ver sus vestimentas blancas con la cruz roja de la orden en medio del pecho.

A lo largo del campo de batalla, sobre el barro y los cuerpos mutilados, la ola de los caballeros vestidos de un blanco brillante, cortaba el paso como una guadaña de muerte. Muchos de los que ya estaban agotados por la batalla se desanimaron. Los ingleses, al ver sus vestimentas, simplemente se dieron vuelta y escaparon. Los templarios eran legendarios por su invencibilidad en la batalla. Pocos se habían encontrado frente a un guerrero templario y habían sobrevivido para contarlo. Los ingleses, que fueron lo suficientemente astutos como para darse cuenta de que entraban en la batalla bajo la bandera del notable señor de Brodie, retrocedieron con sus monturas y escaparon de una muerte segura.

A lo largo del Bannock Burn, Circenn Brodie era un animal salvaje, sin piedad y rápido. Más tarde, los hombres argumentaron que rivalizaba con los berserkers en su furia mortal y se compondrían cantares épicos en su honor. Era frío, punzante y duro, y no servía para otra cosa que para la matanza. Se perdía en una oscuridad tan completa que no se preocupaba si mataba a legiones; simplemente rabiaba, esperando cansarse y ganar el alivio de la inconsciencia, una forma temporal de la muerte.

Cuando al menos uno de los lugartenientes del rey Edward tomó su montura por las bridas y lo alejó del campo de batalla, admitiendo su derrota, un grito de triunfo se oyó atravesando todos los pantanos.

Al ver el estandarte de Edward abandonar el campo de batalla, los ingleses desmantelaron rápidamente el campamento y escaparon, mientras los escoceses rugían de alegría.

En medio de la celebración, Circenn sintió sólo una pena salvaje. Se había terminado todo muy rápidamente. Un miserable día de batalla, al final del cual no tenía más opción que enfrentar tanto su dolor como a su antiguo enemigo. Una guerra de un mes de duración lo habría hecho mucho más feliz.

Mientras los hombres celebraban y desfilaban a través del país, proclamando la derrota inglesa, Circenn Brodie cambió el rumbo de su montura y, sin detenerse a comer o a descansar, volvió de nuevo al castillo Brodie a destruir a su némesis.

Circenn sintió la presencia de Adam en el exacto momento en que entraba al castillo Brodie.

Mientras cabalgaba, se concedió la posibilidad de que un desastre natural o un accidente le hubiera ocurrido a su amada. Pero la presencia de Adam sólo podía significar una cosa: el duende había encontrado a Lisa y había descubierto que era la portadora del frasco.

«O lo haces tú o lo hago yo», había dicho el oscuro duende.

La sangre le bullía en los oídos, aullando por recompensa. Sólo quedaría satisfecho con nada menos que la muerte del inmortal. Circenn entendió tardíamente que no debería haberla dejado sola, ni siquiera por un momento, sin importar cuán segura pensaba que estaría en Brodie. Aunque Adam había jurado no entrar nunca sin una invitación, aparentemente no le preocupaba romper un juramento, tal como lo había hecho Circenn.

Tal vez finalmente fueran iguales, pensó amargamente Circenn. Se había reprochado a sí mismo a lo largo de todo el camino de regreso a Brodie. Debería haberse quedado a confortarla y entonces aquello nunca habría sucedido. Podría haber deslizado la poción de la inmortalidad en su vino unos meses atrás y eso se habría evitado. Debería haberle explicado antes que él mismo podía hacerla inmortal. Nunca debería haberla abandonado, ni por un instante. Al compararse con la pérdida de su amor, librar una batalla ahora parecía algo tan trivial como realmente lo era. Podría haber enviado a sus templarios solos: hubieran triunfado, de todas maneras.

Dejó el equipaje en el suelo y se dirigió al gran salón. Podría morir adentro más tarde, luego de asegurarse de que el *sin siriche* du nunca más manipulara a otro mortal.

Ahora entendía por qué su visión le había mostrado que pronto enloquecería: una vez que terminara con Adam, su rabia se disiparía y se vería consumido por una pena sin fin. Quedaría atrapado en la insania.

Cuando Adam se giró para saludarlo, Circenn levantó una mano:

—Quédate ahí. No te muevas. Ni siquiera me hables —dijo apretando los dientes y subió rápidamente por las escaleras.

Al atravesar el corredor, iba resoplando. Adam era tan arrogante que ni siquiera se había dado cuenta de lo que Circenn iba a hacer. Abrió la puerta de su habitación, pateó la recámara oculta y rápidamente desenvainó la Espada de Luz.

Cuando volvió al gran salón con la espada empuñada, Adam se estremeció.

—¿Qué planeas hacer con eso, Circenn Brodie? —preguntó el duende con dureza.

La mirada de Circenn no mostraba piedad.

—¿Recuerdas el juramento que hice hace quinientos años?

—Por supuesto —dijo Adam irritado—. Ahora baja esa cosa.

Circenn continuó como si Adam no hubiera hablado.

—Dije: «Protegeré los objetos sagrados. Nunca permitiré que sean usados para beneficio de un mortal. Nunca los usaré para provecho mío o de Escocia.» Pero más importante para ti es que juré que nunca permitiría que las armas sagradas fueran usadas para destruir a un Tuatha Dé Danaan inmortal. —Levantó la brillante espada con un rápido movimiento—. Ya no creo en juramentos, Adam. Y ya tengo la forma de destruirte. Un hombre sin juramento puede destruir a tu raza entera, uno por uno.

—¿Y qué lograrás entonces? —contraatacó Adam—. Te quedarías solo. Además no sabes cómo encontrar a los otros.

—Los encontraré. Y una vez que los haya eliminado, me mataré, clavándome esta espada.

—No serviría. Un inmortal no puede matarse a sí mismo, inclusive armado con los objetos sagrados.

—¿Cómo lo sabes? ¿Lo has intentado?

—No está muerta —estalló Adam—. Deja de ponerte melodramático.

Circenn siguió en su postura.

—No puedo sentirla. Está muerta para mí.

—Te aseguro que está viva. Te doy mi palabra. Te lo juro por mí, ya que piensas que es lo único que considero sagrado. Está a salvo. Pidió un deseo en el túmulo y Aoibheal consideró divertido aparecer y conferirle un favor.

—¿Dónde está? —demandó. «Está viva.» El alivio cruzó todo su cuerpo tan fuerte que se estremeció por su intensidad—. ¿Y qué fue lo que pidió?

—Pidió volver a su casa —dijo Adam más suavemente—, pero realmente no lo deseaba, yo estuve allí. Tuve que estar al lado de Aoibheal por un tiempo, desde que ella me quitó mis poderes.

—¿Por qué te quitó tus poderes? —Circenn estaba tan asombrado que Adam hubiera sido castigado tan duramente que, por un instante, se desvió del tema.

Adam parecía avergonzado.

—Por interferir en tu vida.

—Ah, hay alguna justicia en tu mundo después de todo —dijo secamente Circenn—. Entonces, ¿Lisa volvió al siglo XXI?

Podía resistir setecientos años de soledad para estar con ella de nuevo.

—No.

—¿Qué quieres decir con ese no? Has dicho que pidió volver.

—Lo hizo. O algo así. Estaba bastante indecisa. Pude sentir su indecisión. Así que no cumplí ni fallé en cumplir. Aoibheal me dio la orden de «enviarla». Obedecí su orden al enviarla a un lugar seguro, fuera del tiempo, hasta tu regreso. Ésa es la razón por la que no puedes sentirla. Ella no está..., en este mundo.

—¿Dónde está? —dijo Circenn entre dientes.

Adam le dirigió una mirada burlona.

—He hecho algo mejor que mandarla a casa. Si la hubiera enviado de nuevo al futuro tendrías que haberte sentado pacientemente sobre tu disciplinado trasero de guerrero y haber esperado setecientos años para verla de nuevo. Así de pasivo, tan condenadamente humano. Y entonces yo no hubiera obtenido lo que quería.

—¿Dónde está? —rugió Circenn alzando la espada.

Adam sonrió.

Lisa pateó la arena, sin poder creerlo.

Estaba en una isla tropical.

—Increíble —murmuró.

Pero no era algo realmente increíble, se corrigió. Encajaba perfectamente con el lamentable estado de su existencia. En algún lugar, Dios se convulsionaba de risa cada vez que ella se aproximaba a otra de esas curvas ciegas que le había preparado a lo largo del curso loco de su vida.

Miró el océano, respirando profundamente. A pesar de su irritación, adoraba la playa y nunca había podido pasar mucho tiempo en una por lo que no podía evitar inhalar codiciosamente el aire salobre.

Las olas barrían la arena con suavidad. El mar era tan hermoso que era difícil mirarlo por un tiempo prolongado. El agua era inusual, impresionante, como esa agua exótica que se ve en las engañosas páginas de los folletos de viaje, con sus fotografías retocadas. Chapoteaba contra una perfecta playa blanca con espumosos zarcillos.

Chispeante espuma blanca, brillante y blanca arena, interminable extensión de agua cristalina.

Entrecerró los ojos.

Era demasiado perfecto. Algo no estaba del todo bien. Incluso el aire se sentía extraño. Olía como... Olió cautelosamente.

Como Circenn.

¿Cómo una isla podía oler como Circenn?

Al pensar en él, sintió una profunda pena. Primero tenía a su madre, pero no tenía vida. Luego había tenido a Circenn, pero no a su madre. Ahora no tenía a ninguno de los dos y echaba de menos a ambos con todo su corazón.

—¿Qué he hecho yo para merecer esto? —le preguntó al cielo sin nubes.

—Como si hubiera alguien aquí a quien le importara —oyó que alguien decía secamente—. ¿Por qué siempre miran hacia arriba cuando apelan a su retórica exaltada? Mejor que la criatura se dirija a nosotros.

Giró sobre los talones. Dos hombres extremadamente hermosos estaban de pie en la playa, vestidos con simples ropas blancas. Uno era moreno y el otro muy pálido, y ambos la miraban con desdén.

El rubio Adonis gesticuló en dirección a su compañero.

—Qué extraño, por un instante casi creí que me oía. Parece como si nos estuviera viendo.

—Imposible. No puede ni vernos ni oírnos a menos que se lo permitamos.

—Lamento hacer estallar vuestra burbuja de petulancia, pero os veo y soy mortal. ¿Vosotros sois dos de esos perniciosos duendecillos? —preguntó con irritación.

Al diablo con ellos. No iban a manipularla. Además, ¿cuánto peor podía ponerse su vida?

—¿Duendecillos? —dijo el rubio, abriendo grandes los ojos—. «Eso» nos ha llamado duendecillos —repitió, informándole a su compañero—. «Eso» nos ve. ¿Crees que puede ser una de esas mortales entrometidas que puede ver ambos mundos? ¿Esas que nuestra reina y nuestro rey secuestran apenas nacen?

El moreno arqueó una ceja.

—Pero, entonces, ¿dónde ha estado desde que la secuestraron? A mí me parece que esa cosa ya está crecidita.

—No soy una cosa, estoy crecida, no fui secuestrada al nacer, y apreciaría que no siguierais hablando de mí como si no existiera.

—Entonces, ¿cómo llegaste hasta aquí?

—¿Dónde es aquí? —preguntó Lisa rápidamente. En cse extraño lugar iba a asumir el control de los acontecimientos desde el primer momento.

—Morar. Es el lugar donde los Tuatha Dé Danaan descansan tras el Acuerdo —dijo el Adonis.

—Llevadme con vuestra reina —ordenó Lisa imperiosamente.

Ambos intercambiaron miradas y luego, sencillamente, se desvanecieron.

Lisa dejó caer los hombros. Demasiado porte imperial. Pensó que había sonado bastante majestuosa.

Soltó la respiración y comenzó a caminar por la playa, decidida a recibir con aplomo cualquier nuevo fenómeno que el destino eligiera arrojar por entre los dientes del océano. Una piraña del tamaño de una ballena que pasara en bicicleta en ese momento por la playa no la habría sorprendido.

—Morar —repitió Circenn apretando la mandíbula—. ¿Y por qué la mandaste a la isla de tu gente?

—Para mantenerla fuera del tiempo mientras esperaba tu regreso. Para ganar tiempo mientras piensas.

—¿Mientras pienso qué? —preguntó Circenn fríamente.

—Sobre qué deseas hacer con ella.

—No necesito tiempo para eso. Quiero casarme con ella, la quiero aquí y quiero que sea inmortal. Pero no entiendo tus motivos. Pensaba que la querías muerta, Adam. ¿No me forzaste acaso a prometer...?

—Nunca tomes algo que yo diga o haga como definitivo, Circenn. Eso no tuvo nada que ver. Necesitabas romper algunas de tus ridículas reglas. Simplemente te puse en una posición donde te vieras forzado a cuestionártelas. Si en realidad la hubieras asesinado, yo me habría sentido muy decepcionado. Nunca has entendido lo que realmente estoy buscando.

Circenn sacudió la cabeza, murmurando entre dientes. Toda su angustia sobre romper una promesa había sido por nada, porque Adam, para empezar, no habría querido que la cumpliera.

—Y sigo sin entenderlo todavía. ¿Por qué no me lo explicas?

Adam lo estudió, dando vueltas alrededor de él.

—¿Por qué no bajas la espada? —dijo estremeciéndose—. Te la dimos para no vernos tentados a pelear entre nosotros. Confiamos en ti.

—Me has llevado a empuñarla, lo sabes bien —dijo Circenn amargamente. Sin embargo, bajó la punta de la espada hacia el suelo, aunque la mantuvo por el mango, firmemente asida.

Adam se relajó.

—De la forma en que yo lo veo, tienes muchas posibilidades. Puedes ir y unirte a ella donde está. En mi mundo —agregó presuntuosamente—. O puedes traerla de vuelta. O puedes ir, arreglar su futuro y enviarla allí de nuevo. Ella está a salvo, fuera del tiempo, mientras tú decides.

—¿Por qué te burlas de mí, Adam? Sabes que no sé hacer ninguna de esas cosas. ¿Me estás ofreciendo ejecutar esas acciones mágicas...?

Adam lo miró con dolor.

—No puedo. La reina me ha cortado las alas, por así decirlo.

—Entonces, ¿cómo esperas exactamente que pueda viajar por el tiempo? Morar no es accesible por medios mortales. Atrapaste a mi mujer en una isla de duendes a la cual no puedo llegar —dijo con rabia creciente.

Adam miró a Circenn desafiante.

—Sí puedes.

Circenn hizo volar una mano en el aire.

—No puedo viajar en el tiempo. Si pudiera, al descubrir todo lo que Lisa había perdido y lo dolorida que estaba, le hubiera ofrecido el regreso a su época.

—Puedes viajar por el tiempo. Lo sabes. Sabes también que, hace poco, hubo un momento en que pensaste que hubieras dado cualquier cosa por haber aceptado mis lecciones. Te negaste a que yo te lo enseñara, pero sabes que tienes el poder de hacerlo. Está dentro de ti. Sólo necesita ser liberado. Aprenderás rápido. Sólo me llevará unos días enseñarte cómo viajar a través del tiempo. Podemos practicar haciendo primero unas cortas excursiones. —Circenn lo miró sin decir nada. Su mandíbula se tensó—. Circenn, te estuve diciendo durante quinientos años que puedo enseñarte cómo moverte por el tiempo y el espacio. Siempre manifestaste desdén y te fuiste. Te lo ofrezco de nuevo: puedo enseñarte cómo navegar por el tiempo, cómo sacudir mundos, cómo cambiar el futuro de Lisa para evitar que sus padres mueran. Puedo enseñarte lo suficiente como para evitar el choque e incluso, tal vez, prevenir el cáncer y regresar a Lisa al futuro, con su memoria intacta respecto de ti. Una vez que lo hayas hecho, puedes juntarte con ella allí o traerla de vuelta aquí. O dividir vuestras vidas entre los dos lugares. Puedes hacer lo que tú quieras hacer, Circenn Brodie. Siempre te lo he dicho.

—¿Y qué precio debo pagar por ese conocimiento, Adam? ¿Cuál es el precio que debo pagar por traer de vuelta a mi mujer?

—Oh, eso es relativamente simple —dijo Adam suavemente—. Es todo lo que siempre he querido —asintió animándolo—. Sabes lo que quiero. Te ofrezco un trato. Déjame enseñarte, déjame llevarte a donde perteneces. Déjame mostrarte mi mundo. No hay nada maligno en esto.

Circenn gruñó y se frotó los ojos. Quinientos años atrás había jurado evitar este momento a toda costa. A través de los siglos Adam lo había tentado repetidas veces con todo lo que pudiera haber soñado y había fracasado. Aparentemente Adam se había dado cuenta de que había que poner mejor la trampa y esta vez había triunfado brillantemente. Eso, lo que Circenn había rehusado durante cinco siglos, ahora se hacía inevitable. El hombre del siglo IX, que todavía vivía dentro de él, se encogía de hombros, bajaba un escalón y admitía su derrota. ¿Era maligno? ¿Eran Adam y los de su raza gente maligna? ¿O simplemente Circenn no había perdonado a Adam por el desaire que le había infligido hacía tiempo?

Su opción era dolorosamente sencilla: estar con Lisa o no estar con ella.

Eso último era inaceptable, y Adam lo sabía. Circenn se sentía manipulado, y la rabia le quemaba las entrañas. Esa situación había sido diseñada y orquestada por Adam Black desde el principio.

Pero entonces pensó en Lisa. Lo que había entre ellos no tenía nada que ver con Adam. Él podía haber manipulado muy bien los acontecimientos, pero Circenn se había enamorado de Lisa sin su intervención. La habría amado, sin importar dónde la hubiese encontrado. Su rabia se disipó.

Si aceptaba lo que Adam le ofrecía, podía cambiar la vida de Lisa. Podía ir hasta el futuro y salvar a sus padres, y devolverle todo lo que siempre había querido, y estar con ella de nuevo. ¿Acaso no había estado pensando en eso? Cuando le pidió que le contara todo sobre su vida, cuando la escuchó y tomó notas mentalmente, incluso entonces había estado analizando esas posibilidades. La amargura que le había provocado Adam al hacerlo inmortal, hacía quinientos años, le había provocado un violento rechazo por todo lo que tuviera que ver con los Tuatha Dé Danaan. Pero tal vez no sería tan malo después de todo.

Él sabía que ella lo amaba. Si tenía que aceptar las lecciones de Adam, aunque sólo fuera para rescatarla de la isla de los duendes, ¿por qué no hacerlo de manera completa? ¿Por qué no perfeccionar el mundo de Lisa y hacer que todos sus deseos se cumplieran? Un don tan poderoso que podía asegurarle hasta sus sueños más salvajes. ¿Qué más podría darle?

«Todo», dijo Adam sin palabras.

Circenn miró a Adam.

¿Se atrevería a ir a su época? ¿Se atrevería a ir hacia el futuro y amarla allí?

La amaría donde fuera.

¿Se atrevería a darle a Adam lo que quería?

Circenn Brodie tomó aliento y miró al más oscuro de los duendes. Vio ante él potencial para la corrupción, poder ilimitado y una libertad aterradora.

Tal vez vio en esos ojos un poco de él mismo.

—Es fácil —le aseguró Adam—. No te dolerá cuando lo digas por primera vez. Al cabo de un tiempo, encontrarás que se siente como algo bastante natural.

Circenn asintió.

—Entonces enséñame. Enséñame todo lo que sabes... padre.

Volando...

Entonces un beso tan dulce de ti recibí
al doblar tu cuerpo en la cama
que incluso mi vida dejé entre tus labios
y desde entonces de ti mis espíritus nunca se despojarán.

ALEXANDER MONTGOMERIE,
A su amante

29

—No creas que esto significa perdonarte por haber seducido a mi madre —dijo Circenn más tarde.

—No te lo he pedido —respondió Adam, con una expresión paternal de tal severidad que hizo que Circenn se sintiera incómodo—. ¿Sabes? Tu madre era irresistible. Raramente uno de mi especie ha engendrado exitosamente con una mortal, habiendo sobrevivido el hijo hasta la madurez. Pero vosotros, los Brude, tenéis tal fuerza que fue posible, tal como lo sospeché cuando la seduje.

—Destruiste a mi padre.

—Sus propios celos lo destruyeron. No levanté una mano contra él. Y ese hombre no tuvo participación alguna en tu concepción. Eres mi hijo y sólo mío. Su semilla no te hizo. Cuando Morganna murió, me negué a perderte a ti también.

—Así que me hiciste inmortal. Te odié por eso.

—Lo sé.

Ambos seres permanecieron en silencio por un tiempo.

—¿Es verdaderamente posible alterar el futuro y devolver a Lisa a uno mejor? —preguntó Circenn.

—Sí. Iremos a su futuro dos veces y lo cambiaremos. En realidad —se corrigió—, probablemente necesitaremos muchos viajes a su época para enmendarla. Después iremos a Morar y la enviaremos a ese nuevo futuro.

—Pero ¿no habrá ella vivido dos veces partes del futuro?

—Tendrá el equivalente de cinco años de una memoria dual.

—¿Dañará eso su mente?

—¿La de Lisa? ¿Necesitas preguntarlo? Peros si esa mujer es casi una Brude.

Circenn sintió una oleada de orgullo.

—Sí, lo es —dijo y, por un instante, no habló—. Pero no entiendo cómo se hace.

—Paciencia. ¿Sabes? Cuando estudiaste por tu propia cuenta lo entendiste con rapidez. Te he observado. Sé que te has hecho más veloz. Sé que has contemplado el futuro. Sé que has alterado el espacio a tu alrededor, sin siquiera ser consciente de ello. Procederemos despacio.

—Poco a poco está bien —dijo Circenn—. Tengo la cabeza a punto de estallar con tantas ideas extrañas.

—Nos moveremos lentamente —le aseguró Adam—. Hay mucho que tienes que aprender sobre nuestra especie, Circenn, pero debes aprenderlo por etapas. La locura no es resultado de la inmortalidad. Es un molesto efecto colateral y temporal de nuestra perspectiva a largo plazo. Vemos cómo todo se interconecta, y si se busca ese conocimiento demasiado rápidamente puede hacer perder perspectiva e, incluso, causar locura.

—¿Algún día también yo seré capaz de ver esas cosas?

—Sí. Yo lo aprendí demasiado rápido, arrogantemente seguro de que nada podía dañarme. Cuando pude entenderlo me superó, como me había advertido Aoibheal que sucedería. Pero yo te entregaré el saber de nuestra raza en modo suficientemente pausado como para que puedas absorberlo y aprenderlo al mismo tiempo.

—Adam..., la lanza —dijo Circenn dubitativo.

—¿Qué pasa con ella? —preguntó Adam, con una sonrisa divertida apenas insinuada en sus labios.

—La lanza y la espada son las únicas armas que pueden matar inmortales. La lanza fue usada para herir a Cristo.

—Empiezas a ver las conexiones. Sigue.

—Pero ¿qué...?

—Encontrarás tu propio camino. Son cosas que tienen que llegarte lentamente. No puedes esperar deshacerte fácilmente de todo aquello que creías que eran verdades. Todavía eres un hombre del siglo IX, en muchas y distintas formas. Habrá mucho tiempo para hablar de eso más adelante. Por ahora, concentrémonos en Lisa y en descubrir quién y qué eres. Esto es todo lo que siempre quise de ti, Circenn, desde el principio: que aceptaras que soy tu padre y que quisieras aprender sobre tus antepasados. Soy el único Tuatha Dé Danaan que tiene un hijo que ha llegado a la edad adulta —agregó presuntuosamente—. Algunos me odian por eso. Puedo enseñarte a navegar por el tiempo, pero la plena comprensión de tus habilidades sólo vendrá con los años. ¿Estás seguro de que quieres seguir? No quiero que después me grites y estés enfadado conmigo nuevamente. Quinientos años de tu mal carácter es todo lo que puedo soportar.

Circenn hizo girar los ojos y Adam, atrapado en esa autoindulgencia, lo ignoró.

—Estoy seguro. Enséñame.

—Ven —dijo Adam extendiendo la mano—. Comencemos y recupera a tu pareja. Bienvenido a mi mundo, hijo.

La instrucción de Circenn comenzó a la mañana siguiente y el señor de Brodie empezó lentamente a entender lo que siempre había sentido y temido dentro de sí: el potencial de un poder ilimitado. Vio por qué eso lo había asustado a él, un guerrero que no le temía a nada. Ese poder era aterrador porque la habilidad de usarlo le acarreaba inmensas responsabilidades. Lo que una vez le había parecido una vasto e inexplorado territorio salvaje, su país, Escocia, ahora se presentaba en una nueva y sorprendente perspectiva.

Había otros mundos, lejos de este que habitaban. Se dio cuenta de por qué los Tuatha Dé Danaan parecían poco afectos a los mortales. La pequeña porción de tierra llamada Escocia y su pequeña guerra de independencia eran sólo una entre millones en el universo.

En los siguientes días de aprendizaje de sólo una pequeña parte de sí mismo, comenzó a desarrollar (aunque se negara a admitirlo) algún respeto por el ser..., el hombre que lo había engendrado. Adam en realidad se entregaba a extrañas diversiones, era proclive a entrometerse en situaciones ajenas y a las travesuras. Sin embargo, considerando lo que su «duende más oscuro» podía hacer, Circenn notó que, en general, Adam se contenía de manera admirable. Comenzó también a darse cuenta de cómo los mortales, que no tenían esas habilidades mágicas, no lograban entender a aquellos que las tenían.

Miró a su padre, que estaba doblado sobre un antiguo tomo del que estaba leyendo en voz alta, dando a Circenn más antecedentes sobre su raza. Era difícil concebir que ese hombre insólito fuera su padre, ya que Adam exhibía su acostumbrado glamour que lo hacía parecer más joven que Circenn.

—Adam, ¿de dónde salió ese vínculo que tengo con ella? ¿Qué pasó esa noche cuando ella y yo...?

—¿Hicisteis el amor? Ah, follasteis, como diría Duncan. —Adam levantó la cabeza del libro—. ¿Qué fue lo que te dijo Morganna cuando eras un muchacho?

—¿Sobre qué? Me dijo muchas cosas... —dijo Circenn, encogiéndose de hombros.

—¿Qué te dijo sobre poner tu semilla en una mujer? —preguntó Adam, tratando de no reírse.

—Oh, eso. Me dijo que si lo hacía mi miembro se me iba a caer —murmuró Circenn sombrío.

Adam echó la cabeza hacia atrás, meneándola con regocijo.

—Eso es exactamente algo que hubiera dicho Morganna. Mucho mejor que intentar razonar con un muchacho obcecado como tú. ¿Y alguna vez pusiste tu semilla en una mujer?

—No. Primero, le creí y tenía miedo de que se me cayera. Después, cuando crecí lo suficiente como para darme cuenta de que estaba bromeando, no lo hice porque no quería sembrar bastardos a lo largo del país. Finalmente, cuando me casé con Naya y estaba listo para tener una familia, descubrí lo que me habías hecho...

—Te lo dije ese mismo día, ¿no es cierto? Sabía que estabas planeando tener hijos.

—¿Me lo dijiste para prevenirme? —preguntó Circenn perplejo.

—Por supuesto. Sabía lo que pasaría si lo hacías. Habrías estado ligado a una mujer que no amabas y eso es un infierno para nosotros.

—¿Así que derramar mi semilla en una mujer hace que permanezcamos conectados?

—Parece ser un efecto colateral de nuestra inmortalidad. Nuestra fuerza de vida es tan fuerte, tan potente, que cuando la liberamos dentro de una mujer mortal, la unión que se forja nos conecta. Y ese vínculo pronto incluirá a tu hijo.

—Lisa no está embarazada —dijo Circenn rápidamente.

Adam lo miró, burlándose.

—Por supuesto que lo está. Tú, que eres mitad duende, mitad mortal, eres mucho más viril que nosotros. Serás nuestra esperanza para el futuro.

—¿Lisa espera un hijo mío? —rugió Circenn.

—Sí, a partir del momento en que pusiste tu semilla, la primera vez que le hiciste el amor.

Circenn se quedó en silencio.

—Los primeros siete meses son espléndidos. Es sorprendente cuando la fuerza del niño comienza a mezclarse con la tuya y la de ella. Sientes cuando el bebé se despierta, su excitación y la vida que surge en él. Te maravillas por lo que creaste y ansías que llegue, pero los dos últimos meses son un verdadero infierno. Tú, Circenn, fuiste un tormento: querías salir, pateabas y te inquietabas, peleabas y repentinamente yo desarrollé el deseo de comer cosas ridículas que nunca antes había querido. Y..., ah..., ¡el parto, dulce Dagda! Sufrí todo su trabajo de parto. Sentí el dolor y la creación, la maravilla. Para el momento en que nazca tu primer hijo, tú y Lisa estaréis tan íntimamente ligados que no serás capaz de imaginarte el hecho de respirar sin ella.

Circenn se quedó callado, maravillado por la idea de que Lisa estuviera embarazada y lo que iba a venir. Entonces se dio cuenta de la enormidad de lo que Adam había admitido.

—¿Tú tenías ese vínculo con mi madre?

—No es que yo no tenga emociones, Circenn —replicó Adam con dureza—. Trabajo para mantenerlas bajo control.

—Pero ella murió.

—Sí —dijo Adam—. Me fui hasta los rincones más apartados de la Tierra para no sentir su muerte. Pero no pude escapar. Incluso en Morar o en otros mundos, la sentí muriendo.

—Pero ¿por qué la dejaste morir?

Adam lo miró sombríamente.

—Al menos ahora, que entiendes que lo que tuve con Morganna es lo que tú tienes con Lisa, imagina lo que pasé permitiéndole morir. Tal vez puedas encontrar dentro de ti una forma de juzgarme con menos dureza.

—Pero ¿por qué la dejaste? —repitió Circenn.

Adam sacudió la cabeza.

—Mi vida con Morganna es otra historia y no tenemos tiempo para eso ahora.

Circenn estudió a ese hombre extraño. ¿Permitirle a Lisa morir? Nunca.

—Pero ¿pudiste haberla hecho inmortal? —preguntó al borde de la desesperación.

Adam miró a Circenn con expresión de furia.

—Ella no lo hubiera aceptado. Ahora deja ese asunto.

Circenn cerró los ojos. ¿Por qué su madre había rechazado la poción que Adam le había ofrecido? ¿La rechazaría Lisa?

No se lo permitiría, resolvió. No le permitiría morir nunca. Se habían ido esos vagos sentimientos de culpa por pensar en hacerla inmortal. Después de lo que Adam le había contado, sabía que no iba a poder soportar perder el vínculo que tenían. ¡Un niño! Ella tendría un bebé suyo y el lazo crecería hasta incluir a su hijo o hija.

¿Vivir la muerte de Lisa? No. Pero en recompensa por tomar su mortalidad le daría un perfecto futuro con su familia. Sería su forma de enmendar las cosas.

Circenn se materializó al amanecer del día de su graduación. Rápidamente trepó el muro que rodeaba la casa de los Stone. Perforó los neumáticos de la rueda de la máquina pequeña, para impedirle que se moviera. Luego miró una máquina más grande con irritación. «¿Cuál era el «Mercedes»?», se preguntó. Moviéndose rápidamente, también perforó esas ruedas. Pero ¿y si cambiaban los neumáticos? ¿Y si tenían ruedas nuevas en su fortaleza?

Miró la fortaleza y luego las máquinas por un largo tiempo, culpándolas personalmente por haber lastimado a su mujer. Peleó contra el intenso deseo de meterse en la casa y espiar a la Lisa de dieciocho años que todavía dormía y a la que aún no había conocido.

—Mantente lejos de ella, Circenn. A veces eres bastante pesado —oyó la voz de Adam, que se hacía presente sin cuerpo, burlándose—. Todavía no entiendes el poder que posees. ¿Por qué tratas de hacerle daño a las máquinas, cuando simplemente puedes hacerlas desaparecer? ¿O por qué aparecer fuera de la puerta y trepar el muro, cuando simplemente pudiste haber aparecido dentro?

Circenn frunció el ceño.

—No estoy acostumbrado a este poder. ¿Y adónde envío las máquinas?

—Envíalas a Morar. Eso será interesante —se rió Adam.

Circenn se encogió de hombros y se concentró en su recientemente localizado centro de poder. Cerró los ojos y visualizó las arenas de sílice de Morar. Con un pequeño golpe, las máquinas desaparecieron.

Si aterrizaron en la isla de Morar, con un suave sonido de la arena de sílice blanca, sólo había un mortal para ver eso y esa persona no se había sorprendido por algún tiempo.

—¡Han robado los coches! —exclamó Catherine.

Jack espió por encima de su diario.

—¿Los has buscado? —preguntó ausente, como si una persona pudiera dejar de ver un Mercedes o un Jeep.

—Por supuesto, Jack —dijo Catherine—. ¿Cómo vamos a llevar a Lisa a su graduación? ¡No podemos perdernos su gran día!

Circenn le puso la gorra a Adam hasta casi la altura de los ojos, retrocedió y sonriendo dijo:

—Perfecto.

—No veo por qué tengo que hacer esto.

—No quiero correr el riesgo de que me vean ni confío en mí. No sé si me podré contener ante Lisa. Por eso debes hacerlo tú.

—Este uniforme es ridículo —dijo Adam, tocándose la entrepierna—. Es demasiado pequeño.

—Entonces, hazlo más grande, ¡oh poderoso! —dijo Circenn secamente—. Deja de perder el tiempo y llama a ese número de teléfono. Diles que el taxi está en camino.

—Pero no llamaron a un taxi.

—Cuento con que el que conteste piense que alguien llamó.

Adam arqueó una ceja.

—Eres bueno en esto.

—Llama.

Ciertamente, Catherine supuso que Jack había llamado y había pedido que un taxi llegase a las 9 de la mañana en punto. Cuando apareció el taxi, Jack supuso que Catherine lo había llamado. En el lío de la denuncia a la policía por los coches robados y la compañía de seguros, ninguno pensó en preguntarle al otro si lo había hecho.

—¿Qué sigue? —preguntó Adam, frotándose las manos.

Circenn lo miró opacamente.

—Pareces disfrutar con esto.

Adam se encogió de hombros.

—Nunca antes había manipulado algo con tanto detalle. Es fascinante.

—Cáncer. Ella dijo que su madre se estaba muriendo de cáncer —dijo Circenn—. No sabemos siquiera de qué tipo. Sospecho que esto no va a ser tan simple como hacer que dos máquinas desaparezcan. Debemos encontrar una forma de evitar que ella tenga la enfermedad y, por lo que estuve leyendo, no parecen saber qué la causa. Estuve revisando estos libros toda la noche —hizo un gesto, señalando los libros de medicina que había sobre su escritorio, en el estudio del castillo Brodie.

Adam tomó varios de ellos y los revisó. En uno se podía leer «Biblioteca Pública de Cincinnati».

—¿Los has hurtado de la biblioteca? —dijo Adam burlándose.

—Tuve que hacerlo. Traté de pedirlos en préstamo, pero querían unos papeles que no tengo. Entonces volví, pero un guardia (parece que protegen sus libros incluso en el futuro) casi me atacó antes de que pudiera terminar de encontrar lo que buscaba. —Suspiró—. Pero no puedo descubrir cómo prevenir la enfermedad. Debo saber qué tipo de tumor sufre.

Adam pensó por un instante.

—¿Estás listo para hacer una salida nocturna? Creo que en su ciudad no hay más de media docena de hospitales.

—¿Hospitales? —preguntó Circenn, levantando la ceja.

—Realmente eres un bruto medieval. Los hospitales son los lugares donde tratan a los enfermos. Iremos a su época y robaremos los registros. Ven. Pasa a través del tiempo y seré tu fiel guía.

—Tiene cáncer de útero —dijo Circenn suavemente, mirando por encima del hombro a Adam, quien estaba reclinado sobre el escritorio, en una oficina del Hospital del Buen Samaritano—. Oye esto: el diagnóstico era una severa displasia. Con el tiempo, se convirtió en un cáncer. Hablan de algo que se llama «neoplasia intraepitelial del útero». —A su lengua le costó pronunciar esas extrañas palabras, así que lo hizo muy despacio—. Las notas indican que Catherine podía haber sido diagnosticada a tiempo para prevenir el cáncer, si se hubiera hecho algo llamado test de Papanicolau. Que Catherine le dijo al doctor que el último Papanicolau que se había hecho databa de ocho años antes de que le diagnosticaran cáncer. Parece que el cáncer de útero es causado por un tipo de virus que, en sus primeras etapas, se trata fácilmente.

Adam se lanzó rápidamente sobre el manual que había cogido del escritorio. Ubicando el pasaje apropiado, se puso a leer en voz alta:

—«Detección mediante Papanicolau: examen para detectar el cáncer, desarrollado en 1943 por el doctor George Papanicolau. El Pap, como se lo suele nombrar, examina las células del cuello del cérvix, o cuello del útero, ubicado en la parte superior de la vagina.» —Adam permaneció en silencio por un buen rato—. Aquí dice que las mujeres deben hacerse un examen cada año. ¿Por qué no se lo hizo ella?

Circenn se encogió de hombros.

—No sé. Pero da la impresión de que, si retrocedemos algunos años en el tiempo, podremos impedir que el cáncer se desarrolle.

Adam arqueó una ceja.

—¿Cómo lo arreglaremos? Dime cómo harás para que una mujer, que obviamente odia ir al médico, vaya a ver a uno.

Circenn sonrió.

—Con una leve persuasión.

Catherine hojeaba el correo, buscando una carta de su amiga Sarah, quien estaba veraneando en Inglaterra. Hizo a un lado dos folletos publicitarios, resoplando sin delicadeza. Recientemente había estado recibiendo un montón de correo basura, relacionado con una única cosa: ginecólogos y cáncer de útero.

«¿Ya se hizo el Pap este año?», decía uno de los folletos.

«¡El cáncer de útero es evitable!», rezaba un folleto color rosa brillante.

Todos eran de una organización sin fines de lucro, sobre la cual jamás había oído hablar. Era, aparentemente, de algún hacedor de buenas obras que tenía dinero para tirar. Los arrojó en un cesto para papeles y volvió a revisar su correo.

Pero había algo que la fastidiaba, de modo que conservó el último folleto. Debía de haber recibido unos cincuenta durante el último mes, y cada vez que arrojaba uno a la papelera tenía una sensación de *déjà vu*. Esa semana había recibido incluso una llamada desde el consultorio de un médico, que le ofrecía un examen gratuito. Nunca antes había oído de médicos que ofrecieran Pap gratis.

«¿Dónde estará mi último examen?», se preguntó, tocando el folleto. Con casi dieciséis años, ya iba siendo hora de que Lisa comenzara sus chequeos anuales. Tal vez sería difícil persuadir a su hija de que hiciera una primera visita al médico, cuando ella no había sido ni seria ni formal al solicitar turno para sí misma. Catherine miró el folleto pensativa. Decía que el cáncer de útero era evitable, que el Pap de rutina podía detectar muchas anormalidades. Y que a cualquier edad las mujeres podían contraerlo.

Decidida, dejó el folleto y llamó a su ginecólogo para solicitarle turno tanto para ella como para Lisa. A veces ella y Jack tenían tendencia a ser irresponsables en cuestiones vinculadas a los chequeos, seguros de vida y revisión de los coches. No había ido a ver a su ginecólogo porque se había estado sintiendo perfectamente bien. Pero eso era como decir que el coche no necesitaba ninguna revisión porque funcionaba bien. El mantenimiento era distinto de la reparación. El folleto decía: «La medicina preventiva puede salvar su vida.»

Lisa estaba bien y Catherine, por cierto, no quería perderse ningún momento del crecimiento de su hija. Algún día, tendría que ocuparse de sus nietos.

Tal vez, ya que estaba en eso, debería hacer que Jack se ocupara de contratar algún seguro de vida.

30

—¿Estás seguro de que eso funcionará? —preguntó Circenn con tono preocupado.

—Por supuesto que síí. Vamos a sacarla de Morar mientras duerme y la llevaremos a su nuevo futuro. Ya lo he hecho antes; sin embargo, ésta es la única vez que le he permitido a la persona retener una memoria dual. ¿Estás convencido de que quieres que recuerde la otra realidad? ¿Esa en la que su padre muere y su madre está enferma?

—Sí. Si le sacamos ese recuerdo, entonces sin duda no me reconocerá. No tendrá memoria del tiempo que pasamos juntos. Sin esos recuerdos, será una persona diferente y la quiero precisamente tal como es.

—Entonces, hagámoslo —dijo Adam—. Al principio, estará muy confundida. Tendrás que hacértele rápidamente presente para ayudarla a entender. Una vez que haya vuelto, apresúrate a estar a su lado. Te necesitará.

Lisa caminaba sin rumbo, cuando oyó las voces.

—Circenn, tienes que hacerlo ahora.

«Circenn, amor mío», susurró su mente.

«Ya llego, Lisa.»

Lisa se despertó de un sueño profundo. Su almohada tenía un agradable perfume. Trató de identificar ese aroma: jazmín y sándalo.

Ese olor le hizo saltar lágrimas: le recordaba a Circenn, la forma en que ese vago olor había siempre parecido formar parte de su piel. Rápidamente lo superó otro aroma: tocino frito. Mantuvo los ojos cerrados y dio vueltas alrededor de ese pensamiento. ¿Dónde estaba? ¿Se había tropezado en la playa y en su delirio había encontrado una casa y una cama?

Abrió los ojos con precaución.

Examinó minuciosamente toda la habitación, buscando cualquier rastro del siglo XIV. Su primer pensamiento fue que había vuelto al castillo Brodie. Pero mientras con su mirada escrutaba las pálidas paredes azules, su corazón se detuvo dolorosamente: reconocía aquella habitación, un sitio que había creído que no volvería a ver nunca más.

Dejó caer su descreída mirada sobre la cama en la que yacía. Una cama de cuatro postes, de madera dorada, con un dosel blanco como la espuma. Adoraba esa cama que había tenido en su hogar de Indian Hill, en la otra vida.

Se enderezó en la cama temblando violentamente.

¿Había enloquecido por fin?

—¿Ma... mamá? —llamó, sabiendo muy bien que nadie le contestaría. Y como nadie le podía responder, pensó que era seguro de nuevo echar la cabeza hacia atrás y gemir—: ¡Madre!

Oyó pasos en la escalera y contuvo la respiración, mientras la puerta se abría. Parecía abrirse en cámara lenta. Como si estuviera viendo una película y se desplegara cuadro a cuadro. Su corazón se agitó dolorosamente cuando vio a Catherine entrar, con una espátula en la mano y cejijunta, que era su modo de expresar preocupación.

—¿Qué ha pasado Lisa? ¿Has tenido un mal sueño?

Lisa tragó saliva, incapaz de hablar. Su madre se comportaba exactamente como lo hubiera hecho si no hubiese tenido lugar el accidente de coche y nunca hubiera padecido cáncer. Con los ojos completamente abiertos, disfrutó de esa visión, que era imposible en la realidad.

—Mamá —dijo con voz ronca.

Catherine la miró expectante.

—¿Papá está... aquí? —preguntó Lisa débilmente, luchando por comprender esa nueva «realidad».

—Por supuesto que no, dormilona. Sabes que se va al trabajo a las siete. ¿Tienes hambre?

Lisa la miró. «Por supuesto que no, dormilona.» Sonaba tan normal, tan rutinario, como si Lisa y Catherine no hubieran estado separadas nunca. Como si su padre hubiera estado vivo siempre y el trágico pasado que había destruido a su familia nunca hubiera tenido lugar.

—¿En qué año estamos? —logró preguntar.

La madre se rió.

—¡Lisa! —dijo tomándola de la mano y acomodándole el cabello—. Debes de haber tenido un sueño muy desagradable.

Lisa entornó los ojos, tratando de recordar.

Abajo sonó el timbre de la puerta y Catherine se volvió al oírlo.

—¿Quién puede ser tan temprano? —Y agregó dirigiendo su mirada a Lisa—: Baja a tomar el desayuno, querida. Te he hecho tu comida favorita: huevos escalfados, tocino y tostadas.

Lisa contempló muda de asombro cómo su madre salía de la habitación. Luchó intensamente contra la necesidad de saltar de la cama, rodear con sus brazos las rodillas de su madre y aferrarse a esa vida querida. Las rodillas de Catherine no tenían cicatrices y estaban en perfecto estado. La alegría la inundó. Decidió que seguramente se había muerto en esa playa extraña, de esa tierra extraña. ¿Era aquello el paraíso?

Decidió aceptarlo, lo fuera o no.

Se oyeron fragmentos de una conversación procedentes del vestíbulo. Decidió no prestarles atención, mientras estudiaba su cuarto. Solía tener un calendario en su mesa de estudio y estaba ansiosa por saber en qué época estaba ahora, pero antes de que pudiera moverse la llamó la madre.

—Lisa, querida, baja. Tienes un invitado. Dice que es un amigo tuyo de la universidad. —La voz de su madre sonaba excitada y aprobadora.

¿Universidad? ¿Estaba en la universidad? Oh, eso sí que era el paraíso. Ahora lo único que necesitaba para hacer su felicidad completa era a Circenn. Lisa saltó de la cama, se puso su salto de cama favorito (asombrosamente, estaba colgando de uno de los postes del dosel de la cama, donde siempre solía ponerlo) y se apresuró a bajar las escaleras, preguntándose quién la estaría buscando. Al dar la vuelta en la curva del descanso de la escalera, su corazón se sobresaltó.

Circenn Brodie arqueó una ceja y sonrió. Simultáneamente una ola de amor la golpeó y le devolvió de nuevo su vínculo especial.

Lisa casi emitió un quejido, superada por el placer, la incredulidad y la confusión. Estaba vestido con un pantalón negro y una camiseta de seda negra que se arrugaba contra su musculoso pecho, en el cual se veían, esparcidas, gotas de una leve lluvia. Se había arreglado el pelo y lo tenía peinado hacia atrás con una tira de cuero. Unas botas italianas muy costosas la hicieron pestañear y sacudir la cabeza. Nunca lo había visto vestido con esas ropas y sólo podía imaginar la molestia que debió de suponerle el pasearse así por el siglo XXI. La ropa no hacía a este hombre, sino que él hacía a la ropa, modelándola con su poderoso cuerpo. Un metro noventa de músculos. Brevemente lo imaginó con un par de tejanos y casi se desvaneció.

—Señora Stone: ¿le molestaría mucho que me lleve a su hija a desayunar fuera? Tenemos que ponernos al día sobre muchas cosas.

Catherine miró al magnífico hombre que estaba de pie en la puerta.

—Para nada. ¿Por qué no pasa y le sirvo un café mientras Lisa se viste? —lo invitó gentilmente.

—Ponte tejanos, muchacha —dijo Circenn, mirándola con intensidad—. Y tus... ya sabes —agregó con voz ronca de deseo.

Catherine miró a uno y a otra, tomando nota de la mirada tierna y apasionada del hombre alto y elegante que estaba en la puerta y de la expresión asustada, aunque soñadora, del rostro de Lisa. Se preguntaba por qué Lisa le había ocultado a su propia madre el hecho de estar enamorada. No había mencionado ni una sola vez a un novio, pero Catherine decidió que tal vez no había hablado de ello porque estaba enamorada. Cuando Catherine conoció a Jack no le contó a nadie sobre él; sintió que hablar sobre eso podría envilecer de algún modo la inviolabilidad de su vínculo.

Lisa todavía no se había movido. Apenas podía respirar; él la mantenía clavada en su lugar. ¿Cómo era que había sucedido eso? ¿Cómo era que Circenn Brodie estaba allí, de pie en la puerta de su casa en Indian Hill, hablando con su madre viva y saludable, cuando ella lo había dejado setecientos años antes, en el pasado, en Escocia?

El sueño volvió a abrumarla: «Tenemos que hacerlo, ahora mismo.»

—¿Cómo lo has hecho? —preguntó Lisa débilmente.

—¿Cómo ha hecho qué, Lisa? —preguntó Catherine con curiosidad.

—Tenemos mucho de qué hablar, muchacha —dijo Circenn tiernamente.

—Eso que detecto, ¿es acento escocés? —quiso saber Catherine—. Escocia siempre me pareció un país romántico. Jack y yo estuvimos hablando de ir allá de vacaciones este año.

Circenn se volvió hacia Catherine, llevó la mano de ella hasta sus labios y rozó sus nudillos con un beso.

—Quizá puedan visitar mi hogar cuando vayan —dijo—. Estaré encantado de recibir a los padres de Lisa en mi castillo.

Lisa jamás había visto a Catherine tan aturullada.

—¿Castillo? —preguntó—. No me diga que usted tiene un castillo. ¡Oh! Voy a traerle ese café —dijo con una risa ahogada. Mientras se dirigía a la cocina, se volvió y le echó una mirada a su hija, quien todavía estaba inmóvil al pie de las escaleras—. Lisa, ¿no lo has oído? Quiere llevarte a desayunar, aunque, por la forma en que está vestido, no estoy segura de que los tejanos sean lo más apropiado, querida. Tal vez el vestido beis con esas sandalias que tanto me gustan.

Lisa asintió estúpidamente, sólo para librarse de su madre. Luego se dio cuenta de que estaba alentando a su madre sana a que se fuera del vestíbulo. Le echó una mirada asustada a Circenn y le dijo: «Aguarda un momento, no te muevas», y luego corrió hasta alcanzar a Catherine, que justo estaba entrando en el salón.

—¡Aguarda! —gritó.

Su madre se volvió y la miró intrigada.

—Hoy estás actuando de manera muy extraña, Lisa —le dijo con una sonrisa y luego se inclinó hasta el oído de su hija y le susurró—: Me gusta. ¡Oh, Dios! ¿Por qué no me contaste sobre él?

Lisa abrazó a Catherine y le respondió:

—Te quiero, mamá.

Catherine sonrió con sorpresa y complacida. Era exactamente la clase de sonido de alegría que Lisa recordaba de la época anterior a la muerte de Jack, en otra realidad.

—No sé qué es todo esto, Lisa, pero yo también te quiero, cariño. Dime nada más que tus próximas palabras no serán «lo siento, pero estoy embarazada y voy corriendo a casarme» —bromeó—. No estoy lista para que el nido quede vacío.

La mano de Lisa voló hasta su vientre y sus ojos se agrandaron.

—¡Uh!... ¡Oh! Mejor voy a vestirme —dijo, dejando a su madre con las cejas levantadas y una muy intrigada expresión en el rostro. Huyó antes de pensar demasiado en la posibilidad que su madre había planteado.

31

Lisa, perpleja, le echó un vistazo a la suite. Después de ponerse sus «ya sabes» de encaje, el vaquero y una blusa, Circenn la había conducido a través del tránsito con eficiencia y la había llevado a The Cincinnatian, un hotel en el centro de la ciudad, donde había reservado una suite. Estaba apabullada por lo capaz que era, por lo rápido que se había adaptado y asumido el control en el mundo moderno, el de ella. Pero entonces recordó que el hombre había nacido conquistador y guerrero, y que el siglo XXI, aunque sobrecogedor, era apenas un desafío más para él, y que, por lo tanto, lo estaba dominando con el mismo aplomo con que había dominado su propio siglo.

Le había explicado algunas cosas camino al hotel, y gravemente le había informado que la perdonaba por haberlo abandonado, aunque su labio inferior tenía un ángulo tal que a ella le permitía saber que Circenn había sido herido en sus sentimientos.

También le explicó que la habían mantenido en la isla de Morar, mientras él y Adam le cambiaban el futuro, y le contó cómo habían impedido el accidente de coche y el tumor.

—Pero yo creía que odiabas a Adam.

Circenn suspiró, al tiempo que descorchaba una botella de champán y servía dos copas. Dejándose caer sobre la cama, la miró con expresión culpable y palmeó la cama a su lado.

Abrió los brazos:

—Ven. Te necesito, muchacha —le susurró, cerrando los labios sobre los de ella. Luego procedió a mostrarle lo mucho que la necesitaba.

Las ropas pronto cayeron, mientras se desvestían mutuamente con urgencia. Cuando sólo estuvo vestida con el sujetador de encaje color rosa pálido y las bragas, Circenn la cogió en sus brazos y la alzó por encima de sí, cayendo sobre la cama. Lisa quedó sentada a horcajadas sobre él y recorrió con las manos su pecho musculoso, siguiendo el rastro del sedoso cabello oscuro con un dedo leve como una pluma.

Al deslizar el tirante de su sujetador, Circenn gruñó con suavidad:

—Adoro estas cosas de encaje.

Lisa se rió y dejó caer la cabeza hacia delante, de manera que su cabello se deslizara sobre el rostro de Circenn.

—Te amo.

—Lo sé —dijo él, con petulancia. Y por algunos momentos ella quedó perdida en una oleada de pasión, ternura y amor que botaba en silencio del vínculo único que los unía.

«No me abandones nunca, muchacha. Eres la única, para siempre.»

—¿Qué? —preguntó ella.

—¿Me oíste? —preguntó y, con una perezosa sensualidad, arrastró la lengua sobre la punta de su pezón por sobre la delgada seda del sujetador. El pezón se puso inmediatamente duro.

—¡Palabras! ¡Oí tus palabras!

—Mmm... —murmuró Circenn, mordisqueándole suavemente los pimpollos que excitaba a través de la seda. Con un rápido chasquido, le quitó el sujetador y recibió los pechos de ella en sus manos, rozando sus pezones con las yemas de los pulgares. «¿Me amarás para siempre?» Cogió un pezón entre el pulgar y el índice y tiró de él delicadamente.

Lisa sacudió la cabeza, intentando despejarse. Incluso después de todas las veces que había hecho el amor con él, todavía no podía pensar claramente cuando la tocaba.

—¿Qué estás diciendo?

«Que te necesito para siempre, Lisa Brodie. Cásate conmigo y ten hijos conmigo y ofrécete a mí para siempre.»

—¿Lisa Brodie? —chilló ella.

«No pensarás que voy a dejarte en la vergüenza, ¿no? Sé mi esposa. Te prometo que es eso lo que querrás.» Le deslizó las manos por debajo de las bragas y le apretó el trasero. Tenía la vista fija en el vientre de la muchacha, como si estuviera tratando de ver dentro de ella. Lisa se lo cubrió con una mano.

—¿Sabes algo que yo no sepa? —preguntó en tono suspicaz.

—Solamente que ya hiciste una de las tres cosas que te pedí que hicieras.

—¿Estoy encinta? ¿Voy a tener un hijo tuyo? —exclamó, con un escalofrío de placer recorriéndole la espalda.

—Nuestro hijo. Sí, muchacha, ya está creciendo dentro de ti y va a ser muy... especial. Cásate conmigo, amor.

—Sí —dijo Lisa—. Oh, sí, sí, sí, Circenn.

—Soy el hombre más afortunado del mundo.

—Sí... —musitó Lisa, y a continuación ya no pensó por un buen rato.

Más tarde, ambos se ducharon juntos, resbalándose y patinando en la enorme ducha de mármol, que tenía seis salidas de agua, tres en cada pared. Circenn se permitió un placer ilimitado a partir del bárbaro del siglo XIV que era —y que nunca antes había visto una ducha—, quedándose debajo del chorro de agua, sacudiendo la cabeza y salpicando en todas direcciones. Hicieron el amor sobre el suelo de mármol, en un rincón contra la pared y en el jacuzzi. Lisa, envuelta en un albornoz blanco y esponjoso, estaba secándose el pelo con una toalla cuando oyó que Circenn gritaba en el dormitorio.

Asustada, corrió desde el cuarto de baño sólo para descubrir a Circenn, de pie, desnudo enfrente del televisor, furioso.

—¡William Wallace no tenía ese aspecto! —indicó, señalando con irritación a la TV.

Lisa se rió, cuando vio que él le señalaba a un Mel Gibson con la cara pintada de azul, arengando a las tropas para la batalla en *Braveheart*.

—¡Y Robert no se parece a eso! —se quejó.

—Tal vez deberías intentar escribir un guión —bromeó ella.

—Nunca lo aceptarían. Es obvio que en tu época no tienen idea de cómo era la mía.

—Hablando de tu época y de la mía, ¿dónde..., o tal vez deba decir «cuándo», vamos a vivir, Circenn?

Como un profesional, Circenn apretó el botón de apagado del control remoto y se volvió hacia ella.

—En el lugar que quieras, Lisa. Podemos pasar seis meses en mi época y seis meses aquí, o cambiar cada semana. Sé que deseas estar cerca de tu familia. También podemos llevarla con nosotros.

Lisa abrió los ojos con sorpresa.

—¿Podemos? ¿Podríamos llevar a mi madre y a mi padre a tu época?

—¿Cómo querrías que nos casáramos en una ceremonia del siglo XIV sin que asistieran tus padres? Tu padre debería entregarte a mí y, a mi vez, en el caso de que tus padres decidieran jubilarse allí, les concedería una hermosa mansión. Por supuesto que Robert, Duncan y Galan insistirán en estar presentes también... Me temo que eso tal vez se convierta en un verdadero espectáculo.

Lisa no podía dejar de sonreír.

—¡Me encantaría! Una boda de cuento de hadas.

—En tanto tengamos la prudencia de no cambiar demasiadas cosas, no veo problema alguno para que así sea. Estoy comenzando a entender lo que quiso decir Adam cuando me dijo que, si uno mira con atención la línea del tiempo, puede discernirse qué cosas son irrevocables y no deben ser manipuladas, y cuáles representan sólo una diferencia mínima.

—Adam —dijo Lisa titubeante. No se había olvidado ni por un instante de que Circenn no le había respondido su anterior pregunta.

—Sí —dijo una voz detrás de ella, al tiempo que Adam se materializaba en la suite. Le sonrió a Circenn—. De modo que finalmente te atreviste a pedirle que se case contigo. Estaba empezando a desesperarme. Cada vez que intentaba aparecerme, vosotros dos estabais...

Lisa giró sobre sus talones.

—¡Tú!

Adam le sonrió con expresión traviesa y se convirtió en Eirren, para luego volver a convertirse en Adam. Lisa se quedó muda. Pero sólo por un instante.

Avanzó hacia Adam.

—¡Me has visto bañándome!

—¿Qué? —rugió Circenn.

—Me visitaba a cada rato cuando estaba en tu época —aclaró la muchacha.

Circenn miró a su padre.

—¿Lo hiciste?

Adam se encogió de hombros, haciéndose el inocente.

—Me preocupaba que no la estuvieses tratando lo suficientemente bien y me acercaba a comprobarlo de vez en cuando. Deberías estar agradecido de que me haya decidido por revelar toda la verdad... Cuando se puso a preguntar sobre el niño, consideré decirle a Lisa que Eirren se había escapado. Pero, en lo sucesivo, he decidido tratar de ser una persona nueva, al menos cuando esté contigo y con Lisa.

—¿Por qué lo soportas? —dijo Lisa, meneando la cabeza.

—Está bien, Lisa —dijo Circenn, ubicándose rápidamente a su lado—. No es lo que crees. —Añadió, frunciendo el ceño en dirección a Adam—: No creas que me he olvidado de que la has visto mientras se bañaba. Ya hablaremos de todo ello después, los tres, y quiero saber toda la historia. Pero ¿cómo has hecho para venir hasta aquí por tus propios medios? ¿Acaso Aoibheal te ha perdonado?

Adam se pavoneó, arreglándose el sedoso cabello oscuro sobre los hombros.

—Por supuesto. Otra vez soy todopoderoso.

—¿Por qué estás siendo amable con él? —saltó Lisa.

—Muchacha, él me ha ayudado a hacer todo lo que hice.

—Él te volvió inmortal.

—Y si no lo hubiese hecho jamás te habría conocido, sino que habría muerto más de mil años antes de que hubieras nacido. Él me ayudó a salvar a tu madre y a tu padre. Y... Adam es..., mi padre.

—¡Tu padre!

Lisa se quedó un instante con la boca abierta, mientras digería la novedad. Cielos, pero entonces había todavía un montón de cosas sobre Circenn Brodie de las cuales nada sabía. Sin embargo, estaba más dispuesta que nunca a conocerlas.

Circenn la condujo a un sillón e hizo que se sentara; entonces los dos hombres se dedicaron a contarle aquello que no sabía a propósito del hombre que iba a ser su marido. Y una vez que ella lo supo, todo tenía sentido y explicaba lo que había quedado inexplicado: sus poderes inusuales, su resentimiento hacia Adam, el hecho de que Adam no estuviera dispuesto a que su hijo muriera.

Pasaron unos instantes de silencio, en los que ella estuvo evaluando todo lo que le habían contado. Después se dio cuenta de que ambos estaban observándola atentamente, y parecía como si estuvieran esperando algo.

Adam fue al lado de Lisa y hurgó en su bolsillo, mientras Lisa lo observaba curiosamente, preguntándose con qué otra cosa iban a salirse ahora.

—Lisa, ahora sabes que soy mitad duende —dijo Circenn amablemente—, ¿puedes aceptarlo?

Lisa se puso de puntillas y lo besó en los labios.

—Sí —le aseguró.

—¿Sin rencores?

—Sin rencores.

Cuando Adam sacó un frasco reluciente y un par de copas, y sirvió tres gotas de un líquido brillante en una de las copas, Lisa apenas podía respirar.

Observó en silencio, mientras Adam pasaba las copas de champán a Circenn, quien —con gran deliberación— le ofreció a Lisa la que contenía la poción.

La miró con gravedad y luego, con una sonrisa tierna, «dijo»:

«Ámame eternamente, muchacha. Vive conmigo para siempre. Haz que cese mi infinita soledad. Te respetaré. Te mostraré mundos con los que sólo has soñado. Caminaré a tu lado, de la mano, hasta el final de los días.»

Lisa lo miró a los ojos y cogió la copa.

El champán nunca le había sabido tan dulce.

Nota de la autora

El cáncer de útero que tenía Catherine Stone se podía prevenir. Mientras hacía la investigación para esta novela, me afligió descubrir el número de mujeres que cada año mueren de esa enfermedad. El cáncer de útero mata anualmente a unas 200.000 mujeres y cada año se verifican al menos unos 370.000 nuevos casos. Se ha estimado que en los países en vías de desarrollo sólo el 5 por ciento de las mujeres se ha sometido a un examen de displasia de cérvix en los últimos cinco años, y que, en los países desarrollados, sólo entre el 40 y el 50 por ciento.

Un sencillo Papanicolau, llevado a cabo por un ginecólogo, puede detectar la displasia de cérvix en sus estadios precancerosos. Cuanto más temprano se detecte menos invasivo resultará el tratamiento. Un Papanicolau anual cambió la vida de Catherine y podría cambiar las vidas de muchas otras. ¡Las mujeres debemos ocuparnos de nosotras mismas!

Si deseáis enteraros de más cosas sobre los Caballeros Templarios, sugiero *The History of the Knights Templar*, de Charles G. Addison (Adventures Unlimited Press); o *The Trial of the Templars*, de Malcolm Barber (Cambridge University Press). Para una visión interesante a la mitología que rodea a la orden, recomiendo *The Holy Grail*, de Norma Lorre Goodrich (Harper Collins). Intenté detallar la historia de la orden de la manera más exacta posible, considerando la miríada de fuentes en contradicción. Mi investigación reveló tantas referencias al grado de participación de los templarios en la batalla de Bannock Burn como fuentes que las desmienten. No obstante, la orden escocesa de los Caballeros Templarios, asociada con la región que hay alrededor de Raslyn Chapel, todavía existe en la actualidad.

Lo último que supe de Lisa es que acababa de graduarse en una universidad local y que se estaba preparando para entrar en una escuela de medicina. Me insistió que mencionara que, finalmente, había logrado ir a la universidad.

¿Y Circenn? Después de haber vivido durante tantos siglos, no lo guía tanto la sed de conocimientos como a Lisa y, en lugar de ello, dedica sus días y sus noches a complacer a su mujer.

Oh, casi lo olvido... Adam insiste en que lo mencione. Si queréis saber más sobre él (continúo recordándole que él no es el héroe, de modo que a nadie le importa), podéis hallarlo en mi novela *Nieblas de las Highlands*, irritando al señor Halcón Douglas.

Mejor él que yo.

Con mis mejores deseos,
KAREN